Fast dreißig Jahre haben die beiden Schwestern Reina und Constancia einander nicht mehr gesehen. Weihnachtskarten und gelegentliche Päckchen, die Constancia von New York nach Kuba schickte, waren so ziemlich die einzigen Lebenszeichen. Zudem könnte die Welt der beiden Schwestern verschiedener nicht sein. Reina arbeitet als Elektromechanikerin in Havanna, ist aber meistens auf Montage unterwegs, um Hochspannungsmasten zu reparieren und Licht in die dunkelsten Winkel ihrer geliebten Heimat zu bringen. Im Privatleben hat sie seit vierundzwanzig Jahren einen Geliebten und eine bereits erwachsene Tochter. Constancia hingegen lebt mit Ehemann Heberto, der einen Tabakladen in der Sixth Avenue betreibt, in dem Scheiche und Politiker einkaufen, in New York. Sie selbst hat einen florierenden Verkaufsstand mit Kosmetika in einem Kaufhaus in Manhattan.
Als beide Schwestern sich in Key Biscayne treffen, nimmt eine ebenso heikle wie komische Annäherung ihren Lauf. Beide suchen – bei allen Unterschieden in Temperament und Lebenswelt – sich ihrer gemeinsamen Familiengeschichte zu vergewissern. Und die wird überschattet von einem Geschehen, das sich im Sumpf von Zapata zutrug, damals 1948, als Ignacio Agüero, ein leidenschaftlicher Naturkundler und Jäger, den Tod seiner Frau Blanca womöglich mit verschuldete. Seinen beiden Töchtern hat er die Niederschrift seiner Lebensgeschichte hinterlassen. Wie sehr beide Schwestern sich auch auseinandergelebt haben mögen, ihrer beider Schicksal wird durch diese Familientragödie für immer aneinandergekettet sein.
»... ein farbiges Mosaik aus Geschichten und Geschichte. Das zärtliche zornige Stimmenkonzert der Schwestern Agüero spiegelt den Zwiespalt all derer, die freiwillig oder unfreiwillig zwischen den Kulturen leben.« *Brigitte*

Cristina García, 1958 in Havanna geboren und in New York City aufgewachsen, arbeitete nach dem Sudium als Korrespondentin in San Francisco, Miami und Los Angeles, wo sie heute lebt. ›Die Schwestern Agüero‹ wurde für den *National Book Award* nominiert. ›Träume auf kubanisch‹ (*Fischer Taschenbuch* Bd. 12915), ihr erster Roman, wurde vom ›Time Magazine‹ als einer der fünf besten amerikanischen Romane des Jahres 1992 ausgewählt.

Cristina García

Die Schwestern Agüero

Roman

Aus dem Amerikanischen
von Anne Steeb

Fischer Taschenbuch Verlag

Veröffentlicht im Fischer Taschenbuch Verlag GmbH,
Frankfurt am Main, April 2000

Lizenzausgabe mit freundlicher Genehmigung
des S. Fischer Verlags GmbH, Frankfurt am Main
Die Originalausgabe erschien 1997
unter dem Titel ›The Agüero Sisters‹
bei Alfred A. Knopf, New York

Druck und Bindung: Clausen & Bosse, Leck
Printed in Germany
ISBN 3-596-14587-2

Für Pilar

Sprechen
Während die anderen arbeiten
Heißt Knochen blank reiben ...
OCTAVIO PAZ

Vergessen ist weiß, weiß wie ein verdorrter Baum,
Und sie mag die Sibylle zum Weissagen zwingen
Oder die Götter begraben.

Ich kann mich an viel Vergessen erinnern.
HART CRANE

Prolog

IM SUMPF VON ZAPATA
8. SEPTEMBER 1948

Ignacio und Blanca Agüero nahmen den langen Weg in den Sumpf von Zapata. Schweigend ritten sie am Río Hanábana entlang durch die vertraute offene Landschaft der Palmen und des humusreichen Laubwaldes. Es war ihre erste gemeinsame Expedition seit neun Jahren. Sie hatten den Sumpf schon viele Male aufgesucht, aber noch nie bei so drückender Witterung. Nun waren sie wieder da, auf der Jagd nach Ruderenten für eine neue Museumskollektion in Boston.

Die Enten waren notorisch schwer zu jagen, und es bedurfte dazu unendlicher Geduld. Sie flogen kaum, zogen es vor, sich schwimmend fortzubewegen, untergetaucht bis an die Schnabelspitze, die verstohlen aus dem Wasser lugte. Wenn sich die Ruderenten doch einmal auf der dünnen Haut des Sumpfes ausruhten, geschah dies immer im Schutz der *malanguetas*, der großen aufrechten Sumpfdotterblumen. Nur die Einheimischen verstanden sich darauf, die Enten zu schießen. Unauffällig trieben die *guajiros* ihre Pirogen mit Bambusstöcken vorwärts und überraschten die Vögel in ihren Verstecken. Indem sie ein Stück voraus in die Richtung zielten, in welche die Ruderenten abtauchten, verfehlten sie niemals ihr Ziel.

Viele Jahre zuvor, ehe Blanca erkrankt war, hatten die Agüeros im Sumpf von Zapata viele prachtvolle Exemplare gesammelt. Krabbenfressende Weihen, gesprenkelte Rallen, rote Teichhühner, ja sogar ein eigentümliches einheimisches Krokodil, das es sonst nirgends auf der Welt gab. Dort hatten sie auch einst den *Capromys nana* erspäht (aber nicht fangen können), einen behäbigen Nager, Abkömmling einer uralten Säugetierordnung.

Als Naturforscher hatten Ignacio und Blanca Agüero Kuba mit einer Gründlichkeit und Ausgiebigkeit erforscht, wie es andere kaum je bei erheblich kleineren Gebieten schaffen. Sie kannten jede Verwerfung des Kalkgesteins auf den Anhöhen der Insel, jede Erhebung im Flachland und in den Fichtenwäldern, jede Windung ihrer Flüsse und unterirdischen Höhlen. Gemeinsam hatten sie Jahre darauf verwandt, die Herrlichkeiten der kubanischen Flora und Fauna zu katalogisieren, und hatten Jahr um Jahr den Niedergang und das Aussterben ehedem zahlreicher Arten beklagt.

Die Agüeros hatten sich oft vorgestellt, wie Kuba vor der Ankunft der Spanier ausgesehen haben mochte, denn deren Hunde, Katzen und Ratten hatten sich gewaltig vermehrt und unter den auf der Insel heimischen Tieren gewütet. Vor langer Zeit war Kuba der Traum eines Naturforschers gewesen. Warum nur war aufeinanderfolgenden Wellen von Siedlern und der um sich greifenden Monotonie der Zuckerrohrfelder soviel geopfert worden?

An wolkenlosen Tagen wie diesem war das Licht im Sumpf so grell, daß selbst die erfahrensten Wanderer irregeführt und zu allen möglichen Wahnvorstellungen veranlaßt wurden. Der Sumpf war dafür bekannt, daß er eine hypnotische Wirkung auf den Ehrgeiz ausübte, jene allumfassende Bedrohung. Insgesamt aber gaben die stillen Wasser des Zapata ihre Geheimnisse nicht ohne weiteres preis. Ignacio Agüero betrachtete liebevoll seine

Frau und erkannte, daß sich Zufriedenheit nicht auf der Jagd nach bescheidenen Entdeckungen einstellt, sondern im nüchternen Akt der Annäherung an das Wesentliche. *Wissenschaft ist in erster Linie eine Meßlatte, die in der Finsternis des Unbekannten schwankt und durch Näherung festzustellen versucht, was sich aus dem teilweise Aufgedeckten noch lernen läßt.*

Es war Mittag, und die Sonne schien gnadenlos. Riedgras und Binsen erzitterten im Morast. Den ganzen Morgen über war Blanca Agüero ihrem Mann widerstrebend gefolgt, auf der erfolglosen Jagd nach den schlauen Ruderenten. Die Hitze lastete auf ihren Lungen wie Quecksilber, kroch unter den herabgelassenen Schleier ihres Tropenhelms, in ihre hüfthohen Stiefel. Feuchte Haarsträhnen klebten an ihrer Stirn und an ihren Wangen. Wie lange war es her, daß sie so viel körperliches Unbehagen empfunden hatte? Blanca Agüero strich unruhig über ihre Schrotflinte mit der dekorativen Einlegearbeit aus Perlmutt. Sie hatte seit dem Morgengrauen kein einziges Mal Gebrauch von ihr gemacht. Sie lehnte die Flinte an einen Busch Hyazinthen und wischte sich mit dem Taschentuch das Gesicht.

Da bemerkte sie hinter sich ein Schwirren, einen leichten Luftzug in ihrem Nacken. Blanca Agüero drehte sich um und erblickte eine leuchtend bunte Erscheinung, die wenige Zentimeter von ihrem Helm entfernt vibrierend in der Luft hing. Ein Hummelkolibri mit rosa glänzender Kehle und ungewöhnlich gezeichneten Flügeln. Ein Prachtexemplar, nicht größer als eine Wespe. Ein ausgewachsener Vogel mit vollständigem Gefieder, ausgesprochen selten. Er hätte in einschlägigen Forscherkreisen zweifellos eine kleine Sensation ausgelöst. Sie wandte sich ab, um ihren Mann darauf aufmerksam zu machen, und fand ihn, den starren Blick auf sie gerichtet, bis zum äußersten angespannt hinter seiner doppelläufigen Flinte.

Beim Knall des Schusses rissen ihre Pferde, die sonst von ausgeglichenem Temperament und an Gewehrfeuer gewöhnt waren, sich los und rannten geradewegs in die *tembladera*, wo sie einbrachen und spurlos versanken. Blanca Agüero fiel mit unerwarteter Heftigkeit zu Boden und glitt halb hinein in den gurgelnden Sumpf.

Ignacio Agüero wartete, bis es dunkel wurde. Er hielt die Augen offen und wartete, bis sich ein einsamer rotschwänziger Bussard über ihnen in den Himmel aufschwang. Dann schleppte er seine Frau siebenundzwanzig Kilometer weit bis ins nächstgelegene Dorf und begann seine Lügen zu erzählen.

ERSTER TEIL

TROPISCHE STÖRUNGEN

Höhere Gewalt

EL COBRE
DEZEMBER 1990

Reina Agüero umklammert einen Strommast mit Schenkeln, die von vielen solchen Klettertouren gekräftigt sind, und repariert am Stadtrand von El Cobre, einer Kupferminenstadt im Osten von Kuba, ein Hochspannungskabel. Da zieht vom Cayman-Graben wieder einmal ein Gewitter heran. Ein Blitz, verästelt wie ein Skelett, unterbricht das nachmittägliche Summen der Sierra Maestra, erhellt in der Ferne das zerklüftete Gelände des Tagebaus. Reina Agüero wischt erst die eine, dann die andere Hand an ihrer Dienstmontur trocken und hangelt sich vorsichtig den splitternden Mast hinab. Das Werkzeug in ihrem Gürtel klappert beruhigend. Am Abend wird sie die Kokospalme hinter dem staatlichen Hotel ersteigen und die Kokosmilch mit ein wenig Rum mischen. Sie erhofft sich von dem Gebräu, endlich wieder schlafen zu können.

Reina Agüeros Schlaflosigkeit hat im vergangenen Sommer begonnen, auf den Tag genau sechsunddreißig Jahre nachdem El Comandante den Sturm auf die Moncada-Kaserne befehligt hatte. Auf Montage, unterwegs *por la revolución*, fällt es ihr besonders schwer, sich zu entspannen. Die Betten sind unberechenbar, zu weich oder von Flöhen heimgesucht, und die Tage werden durch zusätzliche Arbeit verlängert. In ihrer Funktion als reisende Handwerksmeisterin erwartet man von Reina nicht nur, daß sie die widerspenstigsten Elektrogeräte im ganzen kubanischen Hinterland repariert, sondern auch, daß sie Seminare für die dort ansässigen Elektriker abhält und allabendliche Feiern erduldet, die ihr zu Ehren stattfinden. Gewöhnlich ißt sie bei diesen Anlässen zuviel frische Ananas und verdirbt sich damit ihren sensiblen Magen.

Eine Gruppe von Elektrikern spendet Beifall, als Reina die letzten paar Meter den Mast hinabsteigt. Wochenlang anhaltender Winterregen hat den Boden aufgeweicht. Zusammen mit den Männern kämpft sie sich rutschend den Hang hinunter in Richtung Siedlung, die dank ihrer Bemühungen zu einem Viertel wieder beleuchtet ist. Reina ist durchnäßt, und ihre Montur klebt an ihrer nach wie vor kurvenreichen Gestalt. Sie ist achtundvierzig, aber ihr Körper wirkt um viele Jahre jünger. Sie achtet nicht auf die Männer, die hinter ihr herlaufen, gebannt von der Größe und der schwingenden Bewegung ihres Hinterteils.

Reina ist ein Meter achtzig groß, rund zehn Zentimeter größer als die Mehrzahl der Männer, mit denen sie zusammenarbeitet. Ihr Mund ist groß und makellos mit kaum erkennbaren Mundwinkeln. Die Kühneren unter ihren Kollegen nennen sie Compañera Amazona, ein Spitzname, der sie insgeheim freut. Oft sucht sich Reina in der Stadt, in der sie sich gerade aufhält, den kleinsten, schüchternsten Elektriker aus, um ihm ihre besondere Gunst zu schenken, und läßt ihn monatelang schwach und untröstlich zurück. Nachdem sie abgereist ist, werden in den Kapokbäumen des öfteren schwarze Eulen gesichtet.

Auf dem Rückweg in ihr Hotel macht Reina in der Basilica del Cobre halt. Sie ist überladen, düster und so wenig einladend wie viele katholische Kirchen, aber Reina hat von den eindrucksvollen Heilkräften der Virgen de la Caridad del Cobre gehört, der Schutzheiligen der Insel. In Anbetracht der vielen tragischen Gebrechen, die ihr zu Füßen gelegt werden, bezweifelt Reina, daß La Virgen sich mit ein wenig Schlaflosigkeit abgeben wird. Aber Reina weiß sich nicht anders zu helfen. Sie hat sämtliche Schlafmittel ausprobiert: Kräutertees und Tabletten, ja sogar Umschläge mit Süßkartoffelbrei für den Kopf, doch es war alles vergebens.

Nicht einmal der üblicherweise rigorose Beischlaf mit Pepín Beltrán, der seit vierundzwanzig Jahren ihr Geliebter ist, erschöpft sie so sehr, daß sie einschlafen könnte. In der vergangenen Woche ist während ihres Zusammenseins vom frühen Abend bis Mitternacht Pepíns Gesicht erschlafft, als er unter ihrer Lust einfach in Tiefschlaf verfiel. Anschließend hatte sie im Dunkeln wach gelegen, bis sie jede Ritze und Spalte des vollgestellten Raums erkennen konnte. Vor Jahren hatte er ihrem Vater als Arbeitszimmer gedient, eines von acht Zimmern in ihrer geräumigen alten Wohnung in Vedado, einem Stadtteil von Havanna. Nach der Revolution hatte die Regierung die anderen sieben Zimmer an ebenso viele Familien vermietet.

Pepín gab dem Wust von Büchern im Arbeitszimmer die Schuld an Reinas Schlaflosigkeit. Über dreitausend Bände standen in den mit Schnitzereien versehenen Mahagonischränken oder stapelten sich auf dem Marmorfußboden und auf sechs reichlich altersschwachen Sesseln. Viele der Bücher hatte ihr Vater geschrieben: *Naturkundliches Handbuch – Die Perle der Antillen*, *Neue Erkenntnisse über die Fledermaus*, *Die Eulen von Oriente*, *Auf der Suche nach ›Erophylla Sezekorni‹* und *Kuba. Flora und Fauna*, der Klassiker unter seinen Werken. Ein ehemaliger Geschirrschrank dient als Schaukasten für seine kostbarsten Häute, für seltene Vögel und längst ausgestorbene Fledermäuse, Exemplare, die er persönlich mit Arsenseife präpariert hat und die so frisch und lebendig aussehen wie an dem Tag, als er sie geschossen hat.

Pepín hat Reina angefleht, ihr Liebesnest von diesen Relikten zu räumen. Aber Reina hat sich geweigert. Nichts hat sich hier seit dem Tod ihres Vaters vor vierzig Jahren geändert.

Reina steht vor dem Marienschrein an der Rückwand der Basilika. Hunderte von Kerzen brennen dort zur Fürbitte oder zum Dank. In mehreren Jahrhunderten angesammelte Opfergaben sind zu wackeligen, glitzernden Türmen aufgehäuft: Medaillons und militärische Orden von denen, die unter ihrem Schutz Kriege überlebt hatten; die Krücken von Gläubigen, denen sie die Kraft gegeben hatte, ohne sie zu gehen; uralte Tiaras, Kelche, ägyptische Seide und Eheringe, gestiftet von Pilgern und den wundersam Geheilten. Die braunhäutige Jungfrau wacht über die Opfergaben im cremefarbenen Satingewand samt Umhang aus Goldlamé und Krone, in gelassener Haltung und beruhigend wie ihr Name in der Yoruba-Sprache: Oshún.

»Segne mich, *Virgen*, denn ich habe gesündigt«, sagt Reina, als sie vor der Heiligen in die Knie geht und sich ungeschickt bekreuzigt. Sie kann sich kaum noch erinnern an die Gebete, die sie als Kind gelernt hat, an die Rituale des protestantischen Internats, in das man sie und ihre Schwester nach dem Tod ihrer Mutter geschickt hatte. »Na ja, gesündigt nicht unbedingt, aber ich kann nicht schlafen, und das muß einen Grund haben.«

Ein Orden aus dem spanisch-amerikanischen Krieg fällt Reina ins Auge. Ein Jahr nach der Unabhängigkeit Kubas war ihr Vater aus dem Bergland von Galicien auf die Insel gekommen. Reinaldo Agüero wurde *Lector* in der zweitgrößten Zigarrenfabrik in Pinar del Río und genoß wegen seiner Belesenheit und seinem tiefen Bariton großes Ansehen. Reinas Schwester Constancia pflegte immer mit Stolz zu sagen, daß sie das zu wahren *Criollos* mache.

»Ich bin in diesen Dingen nicht bewandert, und du hast bestimmt ganz andere Sorgen, aber ich hatte gehofft, du könntest mir etwas Richtungweisendes mitgeben.« Reina hakt einen Schraubenschlüssel von ihrem Werkzeuggürtel los und legt ihn neben den Orden aus dem spanisch-amerikanischen Krieg. »Viel ist es nicht, ich weiß. Aber vielleicht könntest du trotzdem, wenn sich die Gelegenheit ergibt, mal nach mir sehen, okay?«

Am selben Abend liegt Reina im Bett und denkt über die im verborgenen wirkende Gnade von La Virgen nach. Reina ist sich ihres eigenen Glaubens unsicher. Was sie am meisten genießt, ist die Freiheit von jeglicher endgültigen Vision oder definitiven Sicht vom Sinn des Lebens. Wenn es schon nichts gibt, was man in seiner Gesamtheit wahrzunehmen vermag, warum sich dann nicht darüber freuen, was mit Hilfe der eigenen Sinne zu erfassen ist? *Vive de la vida lo sublime.* So lautete seit ewigen Zeiten ihr persönliches Motto. Ihrer Ansicht nach war es zwecklos, dem nachzujagen, was schwer zu fassen war, wo doch die Wirklichkeit so weitgehend unerforscht war.

Reina drückt sich das muffige Hotelkissen auf Nase und Mund und beginnt zu zählen. Eine Minute vergeht, dann eine zweite. Wenn es ihr gelänge, überlegt Reina, in Ohnmacht zu fallen, würde sich vielleicht der Schlaf wieder einstellen. Sechs Minuten vergehen, dann sieben. Nach acht Minuten nimmt Reina, bei vollem Bewußtsein und sehr verärgert über La Virgen de la Caridad del Cobre, endlich das Kissen vom Gesicht.

Nach dem Tod ihrer Mutter hatte Reinas Vater ebenfalls an Schlaflosigkeit gelitten. Nur war die seine vollständig und unheilbar gewesen und hatte ihn zwei Jahre nach dem Tod seiner Frau in den Selbstmord getrieben. Sie dagegen, überlegt Reina, schafft es wenigstens, in den meisten Nächten ein bis zwei Stunden vor Morgengrauen zu schlafen. Ihr Körper tut einen langen, seufzenden Atemzug, und das ist das letzte, woran sie sich erinnert, ehe der kleinste Lichtschimmer sie wieder aufweckt, verwirrt und erfrischt.

Reina hat oft über die letzte Nacht ihres Vaters in seinem Arbeitszimmer nachgedacht, über seine doppelläufige kleinkalibrige Schrotflinte irischer Herstellung, die nach wie vor in ihrem mit Samt ausgeschlagenen Kasten im Schrank steht. Diese Flinte war ideal geeignet, um Vögel aus jedem Baum außer den allerhöchsten zu holen. Ihr Vater hatte sich selbst zwar nie als eingefleischten Mörder gesehen, war aber dennoch ein ausgezeichneter Schütze gewesen, sei es hoch zu Pferd oder in geduckter Haltung drunten auf dem Boden. Viele der von ihm erlegten Exemplare waren in die Sammlungen der angesehensten Museen der Welt eingegangen.

In der Woche nach seinem Tod war ein Paket für Reina und Constancia in ihrem Internat eingetroffen. In ihm befanden sich eine Auswahl der Vorlesungsnotizen ihres Vaters, seltene ausgestopfte Fledermäuse und Vögel und ein Dutzend seiner Bücher, Erstausgaben mit farbigen Abbildungen auf Glanzpapier. Constancia wollte mit alledem nichts zu tun haben, aber Reina hatte die Erinnerungsstücke sorgsam wieder eingepackt und unter ihr Bett geschoben. Trotz aller Bedenken konnte sie es nicht ertragen, das Lebenswerk ihres Papás von Käfern und Bücherwürmern verschlingen zu lassen. »Das Streben nach Wahrheit«, hatte Ignacio Agüero an seine Töchter geschrieben, »ist ruhmreicher als das Streben nach Macht.« Ihr Vater hatte das geschrieben und sich dann ins Herz geschossen.

Man schreibt den vierten Dezember. Reina ist vor Morgengrauen aufgestanden. Auf dem Land sind um diese Zeit bereits Leute auf den Straßen und Weiden unterwegs. Das ist ein Trost für Reina, die nicht gern mit dem Gefühl aufwacht, allein zu sein. Als das erste Licht ins Dunkel dringt und sich ausbreitet, kommen ihr die Farben weniger konzentriert vor, so als würde das Sonnenlicht und nicht dessen Fehlen ihre Leuchtkraft verringern.

Während der langen durchwachten Nächte bewegt sich Reina im Geiste zentimeterweise vom Rand ihres Bettes weg und rekonstruiert die Welt in konzentrischen Kreisen. Alles in diesen Kreisen ist auf das Elementare beschränkt, nur erfüllt vom vitalen Glanz des Daseins. Dann überkommt sie ein Schwall von Erinnerungen und kehrt den Fortgang ihres Lebens um.

In den schlimmsten Nächten fühlt sich Reina wie auf einem magnetischen Plateau gefangen, ohne Bezugspunkt in der Finsternis. Sie verwechselt die ausgestopften Fledermäuse mit den Vögeln und die Bücher mit dem ausgeschalteten Kronleuchter. Sie denkt oft an ihre Mutter, hört noch einmal ihre Stimme, spürt noch einmal den warmen Druck ihrer Brust an ihrer Wange. Reina war sechs Jahre alt, als ihre Mutter auf einer Expedition in dem Sumpf von Zapata starb. Wie ist es möglich, daß sie es so viele Jahre ohne sie ausgehalten hat?

Reina hat noch einen Auftrag in El Cobre zu erledigen, ehe sie zu einem zweiwöchigen Urlaub nach Havanna zurückkehrt. Der unaufhörliche Regen hat die Kupfermine unter Wasser gesetzt. Die elektrische Pumpe, die man an den Ort des Geschehens geschleppt hat, ist uralt und hat seit Mitte November zwei Männer per Stromschlag getötet. Nun wagen sich nicht einmal mehr die sachkundigsten Elektriker in ihre Nähe.

Dieselbe Gruppe von Männern erwartet Reina im Speisesaal des Hotels, wo sie zum Frühstück Brötchen und frische Papaya mit Limonensaft zu sich nimmt. Reina hat sich die Männer tags zuvor genau angesehen, aber keinen ihres Verlangens für wert befunden. Sie sind sich alle ihrer Wirkung zu sicher. Das ist auf Kuba ein Problem. Selbst die ganz und gar verhutzelten, zahnlosen, räudigen, sklerotischen, plattfüßigen, magenkranken, ekelhaften Männer glauben, sie seien für Frauen unwiderstehlich. Reina hat oft über diese Unstimmigkeit nachgedacht. Zuviel Mutterliebe, lautet ihre Theorie. Welcher Mann, der die Liebe und Zärtlichkeit einer kubanischen *mami* genossen hat, würde sich nicht für den Mittelpunkt des Universums halten?

Elektriker sind nach Reinas Erfahrung eine Kategorie für sich. Geschickt mit den Händen und gewohnt, die Funken fliegen zu lassen, sehen sie in Frauen häufig nichts weiter als eine elektrische Herausforderung. Sie sind zuverlässig, aber schwer zu begeistern, was zum Teil der Grund dafür ist, daß Reina sie so gern bis zur Hilflosigkeit erschüttert. Dankbarkeit, findet sie, ist bei einem Mann eine erfrischende Eigenschaft. Deshalb ist und bleibt Pepín Beltrán ihr idealer Liebhaber, obwohl er verheiratet ist und orthopädische Schuhe trägt. Als Beamter im Landwirtschaftsministerium hat Pepín den ganzen Tag nichts anderes zu tun, als mit Papier zu rascheln und von ihr zu träumen. Wenn er dann abends in ihrem Zimmer anlangt, ein Paket mit Delikatessen vom Schwarzmarkt unterm Arm, ist er vor lauter Vorfreude schon ganz schwach. Er folgt Reinas Körper, als wäre er Musik.

Reina räumt ein, daß sie ein wenig eitel ist. Sie sonnt sich in der Bewunderung, die sie im Berufsleben und im Bett genießt, in der Vorstellung von der Vorstellung, die sie von sich hat. Sie behauptet gern, nur wenige Spezialgebiete zu haben, ist aber stolz darauf, wie sehr sie auf diesen Gebieten brilliert.

Niemand darf Reina Agüeros Werkzeugkasten tragen. Darauf besteht sie, wenn es sein muß, mit Nachdruck. Er wiegt an die siebzig Pfund, aber Reina trägt ihn, als enthielte er nicht mehr als ein belegtes Brot mit kaltem Braten und eine Tüte Milch. An den meisten Tagen kommt sie mit ihrem Werkzeuggürtel aus, aber die Pumpe in der Mine von El Cobre bedarf größerer elektrischer Finesse. Der Weg dorthin führt vierzig Minuten bergauf durch den Regen.

Andere Bewohner der Stadt gesellen sich zu den Elektrikern auf deren Marsch hinaus zur Mine. Die Findigkeit der Elektrikermeisterin hat sich herumgesprochen, und bald folgt eine bunte Prozession aus Schulschwänzern und beruflich nicht ausgelasteten Bürgern Reina und ihren Kollegen den Hang hinauf. Rettung oder Untergang, stellt Reina fest, ziehen unweigerlich die Massen an. Es regnet jetzt noch stärker. Die Bürger schützen sich mit Palmblättern und zerlegten Kartons und zwei schwarzen Regenschirmen mit der Aufschrift PROPRIEDAD DEL ESTADO.

Fruchtbarer Boden wird in schwarzen Rinnsalen den Hang herabgespült. Schlangen und Mäuse und zahlreiche unter der Erde lebende Tiere werden vorbeigeschwemmt, während sie hinaufsteigen. Auf den Bäumen drängen sich aufgebrachte Vögel, Frösche und Eidechsen auf der Suche nach Zuflucht vor den Fluten. Ein Elektriker, ein flachköpfiger Mann namens Agosto Piedra, tritt knietief in ein Schlammloch und gibt einen Strom derart origineller Flüche von sich, daß alle lachen müssen.

Reina ist die erste, die am Eingang zur Kupfermine ankommt. Das Gelände ist ein Amphitheater des Verfalls. Im siebzehnten Jahrhundert haben Sklaven hier genug Erz gefördert, um den gesamten Bedarf der Artillerie des Landes zu decken. Hundert Jahre später hatten sie sich mit Musketen und Macheten gegen ihre Herren erhoben und waren dank der Intervention des Bischofs von Santiago und der Virgen de la Caridad del Cobre zu freien Bürgern erklärt worden.

Es wird einiges an göttlicher Intervention nötig sein, um das schlammige, übelriechende Wasser aus der Mine zu entfernen, denkt sich Reina. Die Pumpe – eigentlich zwei Pumpen, die auf primitivste Weise über eine Anzahl nackter Drähte miteinander verbunden sind – ist dreißig Zentimeter tief im Matsch eingesunken. Reina bedeutet den anwesenden Elektrikern, sie möchten ihr helfen, die Pumpe auf trockeneren Boden zu schieben, aber niemand rührt einen Finger. Sie erwidern Reinas Blick, abwechselnd verlegen und trotzig. Die Maschine hat bereits zwei Menschenleben gekostet. Revolutionäres Engagement hat eben seine Grenzen.

Reina stellt ihren Werkzeugkasten ab. Sie umkreist einmal, zweimal, dreimal die Maschine, ehe sie sich für einen Ansatz zum Heben entscheidet. Der Schlamm saugt an ihren kniehohen Arbeitsstiefeln. Sie atmet tief ein, geht locker in die Hocke. Dann verlegt sie mit der Geschwindigkeit und Stärke eines Ringers ihre gesamte Körperkraft in ihre rechte Schulter. Die Maschine bewegt sich einen halben Meter aus dem Matsch heraus. Sie wiederholt das Manöver, so konzentriert, daß sie wie in Trance erscheint, dann noch einmal und noch einmal, bis der ganze Apparat unsicher am Grubenrand steht. Die Menge schweigt. Der Regen prasselt nach wie vor herunter. Über ihnen kreist ein Truthahngeier am Himmel.

Was als nächstes passiert, geht so schnell vonstatten, daß keiner der Anwesenden die Ereignisse genau oder in der richtigen Reihenfolge erzählen kann. Reina entfernt soeben mit ihrem batteriebetriebenen Schraubenzieher eine Seitenwand des Gehäuses der Wasserpumpe, da fliegen auf einmal Tausende von Vögeln aus den Bäumen auf und flattern wie von Sinnen durch den Regen. Der Boden beginnt zu beben und sich zu spalten. Reina springt auf die Pumpe, als diese anfängt, auf einer Schlammwoge, die sich aus der Mine ergießt, den Hang hinabzugleiten. Die Pumpe zermalmt alles, was ihr im Weg ist, und hinterläßt eine doppelte Spur aus flachgepreßtem Lehm und Dorngestrüpp, die kurz vor einem gewaltigen Mahagonibaum endet. Reina sieht den Baum kommen und ist beinahe erleichtert. Es ist ein heilkräftiger Baum, fällt ihr ein. Seine Rinde wird verwendet, um Rheumatismus zu behandeln, Tetanus und Lungenentzündung. Wie die Erde schwankt der Baum heftig.

Der Aufprall erschüttert Reinas Wirbelsäule, bricht ihr die Nase und beide Daumen und lockert einen Backenzahn. Ein Haarbüschel wird ihr mit der Wurzel ausgerissen.

Reina wird zwölf Meter hoch ins oberste Geäst des Baums geschleudert. Sie befindet sich auf einmal in einem anderen Reich. Ihre Poren nehmen die grüne Sättigung von Blättern auf, den barmherzigen Duft der Erde, der langsam an den Zweigen emporsteigt. Über ihr erblüht der Himmel in grauem Samt, im verblassenden Licht längst verglühter Sterne. Plötzlich hat Reina den Wunsch, ihre Tochter bei sich zu haben, mit ihr diese Luft und den seltsamen Höhenrausch zu teilen. Sie möchte zu ihr sagen: »Dulcita, alle Geschenke der Welt sind hier versammelt.« Dabei kennt Reina sehr wohl die Zwecklosigkeit von Worten, ihre Fähigkeit, zu trennen und Einsamkeit hervorzurufen.

Reinas Körper ist klebrig vom Blut und anderen Flüssigkeiten, die sie sich nicht erklären kann. Und dann wird auf einmal alles unwichtig, bis auf eine unerwartete Blindheit, ihr eigener Herzschlag und ein heftiges Wärmegefühl.

NEW YORK CITY

Constancia Agüero Cruz rückt die Reihen blaugrüner Schachteln auf ihrem Kosmetikstand zurecht und überprüft im Vergrößerungsspiegel ihren Lippenstift. In fünf Minuten öffnen sich die Türen des Kaufhauses in Manhattan. Es ist eine Woche vor Weihnachten, und die Käuferscharen haben sich so verdichtet, daß sie nicht mehr zu bändigen sind. Jedem Einkauf haftet ein Gefühl der Dringlichkeit an, des ewig unerfüllt bleibenden Strebens nach festlicher Perfektion.

Constancia wirbt für einen neuen Artischockenextrakt, der verspricht, selbst die feinsten Linien um die Augen herum zu glätten. Sekunden nach dem Auftragen verhärtet sich das Gel zu einem kristallinen Schimmer, der die Haut über mehrere Stunden festigt. Ein Tupfer Abdeckcreme und etwas Puder, und schon ist die Notwendigkeit, sich operieren zu lassen, vorübergehend kaschiert. Constancias Verkaufszahlen brechen alle Firmenrekorde. Aber sie läßt sich nicht von Provisionszahlungen motivieren, sondern nur von der Befriedigung, den für Frauen alltäglichen kleinen Tod abzuwehren.

Constancia hat es nicht nötig, Kosmetik zu verkaufen. Ihr Mann Heberto Cruz besitzt einen Tabakladen an der Sixth Avenue, in dem Scheiche und Politiker einkaufen. Sie hilft ihm dort am Samstag, ihrem freien Tag, beim Verkauf von Meerschaumpfeifen, speziell zubereiteten Tabakmischungen, Zigarettenspitzen aus Porzellan und den feinsten handgerollten Zigarren der Welt (in der begehbaren feuchtigkeitsregulierten Vorratskammer lagern insgeheim auch illegale kubanische Importe). Der Absatz verdoppelt sich immer dann, wenn Constancia Dienst tut, aber sie ist nicht mit dem Herzen dabei. Für sie sind Zigarren nichts als eine angenehme Zerstreuung, nicht annähernd so wichtig wie eine gute Nachtcreme.

Innerhalb weniger Minuten ist ihr Kosmetikstand von Kunden umringt. Constancia arbeitet am besten allein, indem sie ruhig und sachlich ihre Produkte demonstriert. Keine Frau ist unempfänglich für die subtile Angst, die sie mit ihren Verkaufsgesprächen erzeugt. Schon in der ersten halben Stunde setzt sie zwölfhundert Dollar um.

Constancia hält ihre persönliche Erscheinung für die wirksamste Verkaufshilfe und gibt sich mit ihrem Äußeren große Mühe. Sie ist einundfünfzig Jahre alt, aber ihre Haut ist weich und weiß. Ihr dunkles Haar ist zum Chignon frisiert, und ihre Nägel sind im selben Farbton lackiert wie ihre karneolfarbenen Lippen. Constancia hat eine Vorliebe für Kostüme von Adolfo, die ihre zierliche Figur zur Geltung bringen, und vervollständigt jedes Ensemble mit einer kurzen Perlenkette. Ihr fremdländischer Akzent und ihre präzisen Bewegungen schüchtern die Kunden soweit ein, daß sie kaufen, was sie empfiehlt.

Der Morgen vergeht schnell, während Constancia mit Puderdosen und Cremes gegen rauhe Haut, Kajalstiften und Gurkenmilch die Kasse klingeln läßt. Ihr Abteilungsleiter hat gestern verkündet, daß Constancia ein zartrosa Cadillac-Kabrio gewonnen habe, den Preis dieses Geschäftsjahres für die Spitzenverkäuferin von Nordamerika. Constancia hat überlegt, was sie in New York mit so einem ausgefallenen Auto anfangen soll. Aber Heberto hatte vorgeschlagen, es von der Firma nach Miami verfrachten zu lassen, wo sie vorhaben, nach dem Fest hinzuziehen.

Constancia ist unsicher, ob sie New York verlassen möchte, doch Heberto ist entschlossen, sich zur Ruhe zu setzen. Er ist elf Jahre älter als sie und, behauptet er, erschöpft davon, den ganzen Tag auf den Beinen sein und anderer Leute Rauch einatmen zu müssen. Im September hat Heberto eine Eigentumswohnung mit Meeresblick auf Key Biscayne erworben, nicht weit vom Haus seines verwitweten Vaters entfernt. Es gibt dort ein Schwimmbecken und einen Sandstrand und das tägliche Drama des Sonnenuntergangs, aber Constancia ist durch derlei Attraktionen nicht zu überzeugen. Sie liebt ihre Arbeit, fürchtet sich vor jeglicher Untätigkeit. Wenn um sie herum Stille herrscht, ist die Versuchung, sich zu erinnern, zu groß.

Während ihrer Mittagspause wagt sich Constancia hinaus auf die Third Avenue. Die Luft ist erfüllt vom Stimmengewirr eines Dutzends verschiedener Straßenhändler, die Brezeln, heiße Kastanien, Ohrenschützer, billige Uhren und Holzschnitzereien aus dem Senegal verkaufen. Ringsum eilen Frauen in Turnschuhen und Pelzmänteln zielstrebig vorbei. Die Bürgersteige der Stadt sind eine Qual für hochhackig beschuhte Füße, aber Constancia lehnt den modernen Grundsatz ab, wonach Bequemlichkeit vor Eleganz zu gehen hat. Wenn sie nicht gut aussieht, tut ihr das viel mehr weh als ein Paar hohe Absätze. Ihre Tochter Isabel versteht das nicht. Sie ist Kunsttöpferin und lebt ohne Schuhe und im Overall in einer ländlichen Gegend der Hawaii-Insel Oahu.

In ihrem Lieblingscafé bringt der Kellner Constancia eine Schale Hüttenkäse mit pürierten Pfirsichen und eine Tasse Kamillentee. Das Essen beruhigt nach dem morgendlichen Tumult ihren Magen. Sie achtet darauf, nur Nahrung mit lindernder Wirkung zu sich zu nehmen. Wie ihre Schwester auf Kuba hat Constancia eine empfindliche Verdauung. Keines ihrer Kinder hat diese Besonderheit geerbt. Ihre Tochter ernährt sich von Haschee aus der Dose, das sie auf einer Kochplatte wärmt, und ihr

Sohn Silvestre ißt nichts als Wurstbrötchen von einem italienischen Imbiß in Morningside Heights.

Constancia probiert eine Gabel voll Hüttenkäse und erschauert beim Gedanken an all das abscheuliche Fleisch. Sie schlägt die Zeitung beim Tageshoroskop auf. Ihr Geburtstag, der 21. März, steht am Scheitelpunkt zwischen Fische und Widder, was eine unbeständige Kombination ergibt, und sie findet es oft schwierig zu interpretieren, was die Sterne sagen. »Rechnen Sie mit einem ernsten Verlust. Halten Sie an dem fest, was Sie wirklich wollen, und lassen Sie von allem ab, was nicht von Dauer ist. Sie könnten einen finanziellen Coup landen, wenn Sie alles richtig machen.« Constancia ist erbost über derart zweideutige Ratschläge. Sie zieht das direktere Herangehen der Wahrsager daheim auf Kuba vor.

Um Punkt drei Uhr erscheint der algerische Diplomat an Constancias Stand. Sie lehnt seine Einladung zum Abendessen ab, wie sie es schon in den vergangenen zwei Wochen getan hat, aber er ist nicht leicht abzuwimmeln. Zwar ist Constancia von seinem vornehmen Gebaren angetan, vom unregelmäßigen Wuchs seiner Schläfenhaare, doch kann sie sich nicht vorstellen, mit einem anderen auszugehen. Sie hat sich nicht die Mühe gemacht, ihrem Mann von dem Diplomaten zu erzählen. Heberto ist genetisch unfähig, Eifersucht zu zeigen. Wie sonst hätte er Constancia heiraten können, als sie noch krank vor Liebe zu seinem Bruder war?

Constancia hält ihr forsches Verkaufstempo den ganzen Nachmittag über durch. Kurz vor fünf Uhr entsteht eine Pause, ehe sich wie jeden Abend die Zahl der männlichen Kunden vergrößert. Um diese Zeit kommen sie, um Parfüm zu kaufen: um Verzeihung zu erheischen, eine Geliebte zu überraschen oder das Ende einer Affäre zu versüßen. Constancia sieht es ihnen grundsätzlich an, ob Hoffnung oder Schuldgefühle sie zum Kauf anstacheln. Für Männer ist es immer Hoffnung oder Schuld, dazwischen gibt es für sie nichts.

Auf dem Nachhauseweg verdunkelt sich der Himmel blaugrau. Die Wettervorhersage hat Schnee angekündigt, aber es ist kein Schnee gefallen. Constancia wünscht sich den Schnee herbei, daß er mit seinem heilenden Weiß die Stadt einhüllt. Am Südrand des Central Park werden die Bäume vom nahenden Dunkel schwer, vom Gewicht der hereinbrechenden Nacht.

Heberto schließt soeben den Laden, als Constancia erscheint, um ihn abzuholen. Er hat vor Zufriedenheit gerötete Wangen. Der Finanzminister von Venezuela war da, um für seine Geliebte Elfenbeinpfeifen zu erstehen. Constancia beäugt die Quittung, die ihr Mann ihr vorlegt: eintausendneunhundertvierzig Dollar. Der Minister hat die Pfeifen mit zwei Tausenddollarscheinen bezahlt und Heberto aufgefordert, das Wechselgeld zu behalten.

»Sieh an, wie aufgeregt du bist, *mi cielo.* Bist du wirklich schon soweit, dich zur Ruhe zu setzen?« erkundigt sich Constancia und tätschelt die Hand ihres Mannes. Sie fragt sich, was Heberto in Florida mit sich anfangen wird. Er hat keine Hobbys, keine Leidenschaften, nur das unablässige Bedürfnis, Handel zu treiben.

Gemeinsam gehen sie die Avenue of the Americas entlang, gegen den Strom der Menge. Sie kommen an dem Wolkenkratzer vorbei, wo im sechsunddreißigsten Stock Constancias Sohn arbeitet. Silvestre wertet für das Archiv eines angesehenen Nachrichtenmagazins die Zeitungen aus, sortiert Sport und Prominentenklatsch, Serienmorde und Unwetter. Er behauptet, daß es ihm die Arbeit leichter macht, taub zu sein, daß es Ablenkungen verhindert. Sein Vater Gonzalo Cruz ist Hebertos Bruder. Constancia war 1956 genau vier Monate mit ihm verheiratet. Gonzalo lebt heute in Miami, mit seiner sechsten Frau, einem Teenager aus El Salvador, den er in einer Filiale von Kentucky Fried Chicken in Coconut Grove kennengelernt hat. Noch ein Grund, warum Constancia keine Lust hat, nach Florida zu ziehen.

Constancia ist am ersten Sonntag eines jeden Monats mit Silvestre im Cloisters Museum verabredet, aber ihr Sohn ist seit August nicht mehr dort aufgetaucht. Als sie ihn das letzte Mal zu sehen bekam, hatte er sich beschwert, daß sie ihn zu fest auf den Mund geküßt habe. Und dann hatte er flattrig nervös die Hand gehoben, eine Geste, die ganz und gar Gonzalo war. Silvestre sieht seinem Vater inzwischen so ähnlich, daß Constancia jedesmal, wenn sie ihm in dem mittelalterlichen Kreuzgang gegenübersteht, erst einmal völlig niedergeschmettert ist.

Trotz alledem genießt sie die Aussicht von der Hügelkuppe hoch über dem Hudson River, das Stilgemisch europäischer Klöster, das den Gebäudekomplex von The Cloisters bestimmt. Hier gibt es Fresken und Wandbehänge zu sehen, und im streng angelegten Garten Dutzende von Pflanzen, die im Mittelalter überall zu finden waren. Constancia entdeckt dort im Laub häufig Krähen und Eichelhäher, und hin und wieder einen Sperling, der sein langgezogenes monotones Zwitschern hören läßt.

Sie und ihr Mann gehen auf der Dreiundfünfzigsten Straße nach Westen, bis sie ihr Apartmenthaus am Ufer des Flusses erreicht haben, auf dem ölige Schlieren schillern. Constancia hat sich an die Lethargie des Flusses gewöhnt, an die pustelartigen Schornsteine am gegenüberliegenden Ufer.

Seinerzeit auf Kuba hat sie in Wassernähe gearbeitet, am Empfang der Reederei der Familie Cruz. Vom Foyer aus, das mit einem übergroßen Kompaß und alten nautischen Gerätschaften geschmückt war, konnte man den Hafen von Havanna und dessen beruhigende Ansammlung von Schiffen überblicken. Ohne auf die Uhr zu sehen oder ihren Kalender zu befragen, hatte Constancia an den Einzelheiten der draußen vor Anker liegenden Flotille die Tageszeit und den Tag des Monats ablesen können.

Damals hatte sie noch die Angewohnheit, am Malecón entlang zu Fuß nach Hause zu gehen und im Takt mit den ziellosen Wellen auf der anderen Seite vor sich hin zu summen. Sie und ihr Vater waren diesen Weg 1949, im Jahr nach dem Tod ihrer Mutter, so oft gegangen, daß Constancia Zentimeter um Zentimeter jede Vertiefung der Mole kannte. Ihr Vater sagte während ihrer Spaziergänge kaum ein Wort, aber etwas an seiner zittrigen Gangart ließ Constancia befürchten, daß er über die Mauer springen würde, ohne Lebewohl zu sagen.

Zum Abendessen gibt es aufgewärmtes *Carne asada* und die Reste eines Ananaskuchens mit Streuseln. Constancia gibt Heberto sein Essen in der Küche und schenkt ihm ein Glas Milch ein. Für sich selbst kocht sie eine frische Portion Reis und zwei Zucchini, die sie so lange dämpft, bis sie sie mit der Gabel zerdrücken kann. Heberto studiert Prospekte für ein Motorboot und Angelzeug, das er kaufen will, sobald sie sich in Key Biscayne eingelebt haben. Und das, überlegt Constancia, von einem Mann, der sich am Strand nicht einmal die Socken auszieht. Als sie in Rio de Janeiro ihren Urlaub verbrachten, hatte Heberto inmitten der sinnlichen Pracht von Ipanema gesessen und die neueste Ausgabe der Zeitschrift *Cigar Connoisseur* gelesen.

Constancia schaltet das Radio ein, um *La Hora de Milagros* zu hören, ihre Lieblingssendung, und überlegt, was von den neuesten Wundermeldungen zu halten ist: einer Flut von Marienerscheinungen rund um die Touristenhotels von Cozumel; einem chilenischen Schweinezüchter mit eindeutigen Stigmata auf der Handfläche; einer seit ewigen Zeiten unfruchtbaren Frau, die in Lake George endlich einen Sohn empfangen hat.

Als die Hörer zum Anrufen aufgefordert werden, meldet sich ein Mann aus der Bronx und berichtet von einem weiteren Wunder. Er behauptet, sein Sohn habe ein zahmes Huhn namens Wifredo besessen, das rückwärts in einen Topf mit kochendem Wasser geflogen sei, um dem Jungen das Leben zu retten. »Sehen Sie«, erläuterte der Mann, »mein Sohn hatte Lungenentzündung und lag im Sterben, und Wifredo hat das höchste Opfer gebracht, indem er sich in Suppe verwandelt hat. Diese Brühe ist ein Wundermittel! Wir haben immer noch etwas davon im Gefrierfach! Kommen Sie und sehen Sie selbst!«

Heberto ist ungehalten über Constancias abstruse Vorlieben, bezeichnet die *Milagros* als Launen der Natur, die auf einer vollkommen logischen Erklärung fußen. Er weist die Statistik von sich, wonach New Jersey, das von ihrem Wohnzimmerfenster aus hinter einer Dunstglocke zu erkennen ist, pro Kopf die höchste Zahl von Wundern aller US-Staaten aufzuweisen hat. Puerto Rico wird natürlich nicht mitgezählt, da es, wie Constancia weiß, nur den Rang eines autonomen Territoriums genießt.

Constancia setzt sich über die Skepsis ihres Mannes hinweg. In ihrem Herzen weiß sie, daß jeden Tag von den lebensvollen Rändern des Unheils her Wunder eintreffen, die der Natur trotzen und unwiderstehlich sind. Als Constancia gerade fünf Monate alt war, war ihre Mutter ohne ein Wort verschwunden und zweieinhalb Jahre nicht zurückgekehrt. Ihr Vater hatte für Constancia ein Kindermädchen eingestellt, eine Mulattin aus Regla, die ihre Mißachtung gegenüber der Wissenschaft sorgfältig verbarg. Beatriz Ureña hatte die kleine Constancia in die wahrhaftigen Geheimnisse des Lebens eingeweiht.

Nach dem Abendessen zieht sich Constancia vor ihren hell beleuchteten Schminkspiegel zurück und macht sich auf die Suche nach dem Verfall, der sie dort erwartet. Sie meidet die Mehrzahl der Produkte, die sie verkauft, ersinnt statt dessen eigene die Jugend erhaltende Kuren. Sie verstreicht erwärmten Honig auf Gesicht und Hals, läßt ihn mindestens dreißig Minuten einwirken. Constancia hat in einem Buch über die Heilkunst des Altertums von seinen Konservierungskräften gelesen. Archäologen haben in einem prähistorischen Grab in der Türkei einen Topf mit Honig entdeckt, der nach wie vor weich und süß war. Primitive Völker behandelten außerdem Brandwunden mit Honig, um das Wachstum neuer Haut zu fördern.

Constancia wäscht sich das Gesicht mit Mineralwasser und frischem Granatapfelsaft. Sie trägt eine Schicht Paraffin auf die Haut auf, das aus jahrhundertealten Mammutbäumen gewonnen wird, und schmiert dann dieselbe Mixtur auf ihre Fußsohlen, ehe sie in Frotteepantoffeln schlüpft. Die Handlotion ist ganz zuletzt dran: eine besondere Mischung aus Pflanzenfett und einer Prise Oleander, die alle Spuren des Alters beseitigt.

Als Constancia zum ersten Mal eine Hitzewallung auf der Brust gespürt hatte, probierte sie gerade in einer Umkleidekabine bei Saks einen schwarzen Kaschmirpullover an. Sie war überzeugt, einen Herzinfarkt zu haben, aber dann war ihr die Hitze ins Gesicht gestiegen und dort mehrere Sekunden verharrt. Ihre Haut war feucht und fleckig geworden, hatte sich fröstelnd zusammengezogen. Einer Eingebung folgend, hatte Constancia entschieden, den Pullover zu stehlen.

Danach war ihre Periode immer seltener gekommen, bis sich der Ausfluß auf ein paar blutige Schlieren verringert hatte. Ihre Brüste taten noch jeden Monat so weh wie ehedem, als sie zwölf Jahre alt war. Sie ertappte sich dabei, daß sie im einen Augenblick glückselig und schon im nächsten völlig verzweifelt war. Bei der Gelegenheit fiel ihr ein, daß ihre Eltern gestorben waren, lange bevor sie alt wurden. Wie sollte sie da selbst über das Altwerden Bescheid wissen?

Auf Kuba war Altern keine Schande. Ältere Frauen wurden meist verehrt und gern um Rat gefragt. Sie lebten im Kreis ihrer Familien und bekamen oft noch mit, wie ihre Urenkel aufwuchsen. Die *abuelita* war Auge und Ohr einer Sippe, Friedensstifterin, Märchenerzählerin und Geschichtsschreiberin. Sie hielt jedes junge Schicksal in ihren Händen. Das traf auf Constancias eigene Familie nicht zu: Ihre Mutter und Großmutter waren beide jung gestorben. Aber sie ließ sich davon nicht abhalten, selbst ein angemessen hohes Alter anzustreben.

Constancia zieht in ihrem Schlafzimmer die Jalousien herunter. Nordwinde lassen die Fensterscheiben klappern, wirbeln den Müll auf den Straßen auf. Grüne Sterne streichen über den Himmel, verströmen ihr vergessenes Licht. Constancia macht es sich unter ihrer Steppdecke mit dem Kreuzstichmuster bequem und beurteilt ihr Vorankommen in Richtung Tod. Der Tod an sich beunruhigt sie zutiefst, wenn auch nicht halb so sehr wie die Aussicht auf ein vorzeitiges Ende. Hätte sie sich die Stunde und die Umstände ihres Ablebens aussuchen und es mitsamt dem angelieferten kalten Büffet richtig planen können, wäre es ihr möglich gewesen, jede unschickliche Panik zu vermeiden. Sie ist durchaus zuzugeben bereit, daß sie in Sachen Unordnung eine niedrige Toleranzschwelle hat.

Der Rauch von Hebertos Zigarre dringt in ihr Schlafzimmer wie eine leise Stimme. Er ist das letzte, was Constancia vor dem Einschlafen wahrnimmt.

Der Siguapa-Kauz

Mein Name ist Ignacio Agüero, und ich wurde am späten Nachmittag des 4. Oktober 1904 geboren. Wie meine Mutter mir später mitgeteilt hat, war es derselbe Tag, an dem Estrada Palma, der erste Präsident der Republik, zu einer Parade, einem Bankett und einer langen Nacht der Ansprachen in der Residenz des Gouverneurs in Pinar del Río eintraf. Kuba hatte zwei Jahre zuvor seine Unabhängigkeit erlangt, und trotz des von Senator Orville Platt durchgesetzten Gesetzesnachtrags, der es den Amerikanern erlaubte, sich in die inneren Angelegenheiten unseres Landes vom Tag seiner Geburt an einzumischen, strömten die Bürger von Pinar del Río auf die Straße, um den Präsidenten willkommen zu heißen.

Eine Blaskapelle spielte auf einer mit Schleifen und Nelken geschmückten hölzernen Plattform, und Kinder tollten mit Windrädchen und Ballons im Sonntagsgewand umher. Aufgebrachte Arbeiter aus den Zigarrenfabriken drängten sich durch die Menge und schwenkten Plakate zum Protest gegen die hohen Ausfuhrzölle auf Tabak. Mein Vater Reinaldo Agüero, ein lector, *der den Zigarrenmachern bei der Arbeit vorlas, marschierte mit ihnen.*

Daheim in unserem weiß getünchten Zementhaus im Schatten der Krone eines anmutigen Jasminbaums bereitete sich meine Mutter auf das Fest vor, als sie tief in sich den ersten meiner heftigen Fußtritte spürte. Sie nahm auf dem Bettrand Platz, rieb sich den Bauch und summte eine Mozartsonate, deren beruhigende Wirkung auf mich sie bei früherer Gelegenheit bemerkt hatte. Statt dessen nahmen die Tritte zu, gefolgt von einer Serie rhythmischer Krämpfe. Die Mamá war ganz allein. Sie würde die Parade und die Spanferkel und den von Kandelabern erleuchteten Ballsaal versäumen.

Kaum hatte sich die Mamá auf ihrem Ehebett niedergelassen, da entdeckte sie auch schon den Schatten an der gegenüberliegenden Wand. Direkt vor ihr zwischen den offenen Läden des Schlafzimmerfensters hielt ein Siguapa-Kauz Wache. Meine Mutter kannte damals noch nicht seinen offiziellen Namen, wußte nur, daß er ein Vorbote des Unheils war, ohrlos und schwarzgefiedert und unverwechselbar. Es bedeutete doppeltes Pech, ihn am Tag zu sehen, da sie bekanntlich nur spätnachts ausflogen, um den Menschen die Seele zu rauben und sie mit Taubheit zu schlagen.

Huu-huu, huu-huu, rief er ihr zu, als sie einen tiefen Atemzug tat, der ihr Innerstes erfaßte. Sie packte die Ätzglaslampe auf ihrem Nachttisch und warf sie mit aller Kraft nach dem Vogel, aber sie verfehlte die leuchtenden Augen des Kauzes. Plötzlich breitete sich der Schmerz in ihr nach oben und unten aus wie zwei entgegengesetzte Sturzfluten, und sie gebar trotz ihrer Angst oder gerade deswegen einen fast achteinhalb Pfund schweren Knaben.

Die Eule verharrte reglos auf der Stelle, bis in einem Schwall Blut die Plazenta hervorquoll. Dann stieß sie mit finsterem Flügelschlag herab, hob das mit Feuchtigkeit vollgesogene Organ vom Boden auf und flog damit wie ein Gerücht zum Fenster hinaus.

Später erfuhr meine Mutter, daß der Kauz mit ihrer Plazenta im Tiefflug über die Parade zu Ehren des Präsidenten hinweggezogen war und Blut und Fruchtwasser herabregnen ließ, so daß die Menge auseinanderstob. Selbst Präsident Palma hatte sich zitternd vor Angst zweimal bekreuzigt und war dann kopfüber in einen blühenden Engelsposaunenbusch gehechtet, den frisch gebügelten Leinenanzug mit Mamás Blut bespritzt.

Die Nachricht von dem Vorfall verbreitete sich rasch überall auf Kuba. Der Mamá zufolge stimmten die Auslegungen der Priester und der santeros ausnahmsweise überein: Die Insel war dem Untergang geweiht. Inzwischen sind die Siguapa-Käuzchen auf Kuba nicht mehr so verbreitet, denn sie wurden mit der Zeit dezimiert von abergläubischen Land-

bewohnern und durch den Rückgang der großen, dunklen Wälder, die ihnen einst Schutz gewährt hatten.

Von Anfang an gab meine Mutter dem Siguapa-Kauz die Schuld an meiner mangelnden Musikalität, auch wenn sie dankbar war, daß er sich nicht mit meinem ganzen Hörvermögen aus dem Staub gemacht hatte. Meine Eltern waren beide vollendete Musiker, und ich bekam als Kind Unterricht am Klavier, für Geige, Flöte und Oboe, konnte aber keinem dieser Instrumente mehr als nur die einfachsten Töne entlocken. Das brach meinen Eltern das Herz, denn sie hatten gehofft, wir könnten eines Tages ein Trio bilden.

Pinar del Río war damals ein feuchtwarmes Provinznest. Zu seinen kulturellen Annehmlichkeiten zählten ein Theater mit rotem Ziegeldach, wo meine Mutter, mein Vater und ich hin und wieder ein Konzert besuchten, und ein Naturkundemuseum – ein staubiges Hinterzimmer in einem heruntergekommenen städtischen Gebäude –, in dem eine seltene Korkpalme ausgestellt war, ein auf Kuba heimischer Baum, dessen Vorkommen sich 250 Millionen Jahre zurückverfolgen läßt.

Im Nordwesten ragt die Sierra de los Organos auf, und obwohl die Berge weit entfernt sind, prägen sie mit ihrer Melancholie die Stadt. Überall wurde Tabak angebaut: in den Tälern, an den Hängen, auf den Bergkuppen, selbst in den Steilwänden der mogotes, *Kalksteinklippen, die die Arbeiter mit Hilfe von Seilen hinauf- und hinabstiegen. Obwohl es in der Nachbarschaft Ananasfelder und Orangenhaine und zahllose Hektar Zuckerrohr gab, machte nichts dem Tabak seine Vorherrschaft streitig.*

Mein Vater wurde als lector *der Zigarrenfabrik El Cid wegen seines Intellekts und seines trefflichen Vortrags der Werke von Cervantes, Dikkens und Victor Hugo bewundert. Zwei Stunden jeden Vormittag und dann noch einmal nach der Mittagspause las Papá aus einer Auswahl von Tageszeitungen, aus Romanen, politischen Aufsätzen und Gedichtsammlungen vor. Zwar stimmten die Arbeiter gelegentlich darüber ab, was mein Vater ihnen vorlesen sollte, doch oft überließen sie ihm die Wahl, Beweis* ihres völligen Vertrauens in seinen Geschmack. Einundzwanzig Jahre lang (Streiks, Urlaub und Krankheiten nicht gerechnet) stand Papá an seinem Pult und las den rund hundert Arbeitern vor, die unten vor ihm saßen. Die meisten rauchten ununterbrochen, während sie ihm zuhörten und den edelsten Tabak der Welt entrippten, sortierten und rollten.

Papá hatte eine tiefe, klangvolle Stimme, gebeizt von der schieren Menge des Rauchs, den er mit der Zeit eingeatmet hatte. Obwohl er seine Kehle regelmäßig mit Honig und Zitrone pflegen mußte, weigerte er sich, der Versuchung des Mikrophons zu erliegen, das seiner Überzeugung nach das kräftige Timbre seiner Stimme verzerrt hätte. An den Nachmittagen, wenn er gewöhnlich aus Romanen vorlas, versammelten sich außerhalb des Fabrikgebäudes Stadtbewohner mit ihren Schaukelstühlen und ihrer Stickerei, um den faszinierenden Erzählungen zu lauschen, die durch die offenen Fenster hinausdrangen.

Mein Vater war besonders stolz auf den literarischen Namen, der auf den Zedernholzschachteln der Fabrik und auf den goldfarbenen Banderolen abgedruckt war. Einmal im Jahr putzte er sich mit Jackett und Weste und Lackledergamaschen heraus und las von Anfang bis Ende El Cid vor, das große epische Gedicht des Mittelalters, das selbst den phlegmatischen Fabrikdirektor zu Tränen rührte.

Was die meisten Leute nicht wußten: Mein Vater war auch ein ausgezeichneter Violinist. Viele, die von der Straße oder vom nahe gelegenen Platz aus seine Serenaden hörten, nahmen an, daß die Musik aus dem Phonographen meines Vaters komme, der von der ganzen Stadt als Beweis ihres gemeinschaftlich hohen kulturellen Niveaus geschätzt wurde. Papá versuchte nicht, die Leute von dieser Annahme abzubringen. Die Violine war eine Verbindung zu seiner Vergangenheit, zu seinem eigenen Vater, der als armer Mann in den Bergen Galiciens gelebt und prachtvolle, gediegene Geigen geschnitzt hatte, die niemand kaufte. Meines Vaters Vater war in seinen letzten Jahren dem Wahnsinn verfallen und überzeugt gewesen, von den großen Geigenbauern von Cremona abzustammen, die der Welt nacheinander das Genie eines Nicolò Amati und Antonio Stradivari beschert hatten.

Ich habe mich oft gefragt, warum jemand mit Papás Talent nie versucht hat, auf der Welt einen tieferen Eindruck zu hinterlassen, warum er solche Abstriche von seinen Träumen gemacht hatte, denn Träume muß er wohl gehabt haben, um Spanien zu verlassen. Heute meine ich, daß mein Vater wohl all seine Reserven an Abenteuerlust auf der einen Fahrt über den Atlantik aufgebraucht hat. Die Anstrengungen der Schiffsreise müssen sein Verlangen gestillt, ihn völlig von allen weiteren Plänen abgebracht haben. Als er auf Kuba angekommen war, wollte mein Vater nur noch die Stabilität wiederherstellen, die er so leichtsinnig zurückgelassen hatte.

Wenn er kurze nostalgische Rückfälle erlebte, bereitete Papá seine Lieblingsgerichte aus Spanien zu. Er stellte selber Würste her, weil ihm die örtlichen chorizos *angeblich auf der Zunge einschliefen, und er lernte perfekte* empanadas *backen, wohlgefüllt mit kräftig gewürztem Hackfleisch. Wenn er Kabeljaueintopf mit weißen Bohnen kochte, tränten ihm vor tröstlicher Glückseligkeit die Augen. Eines Winters pflanzte er in unserem Hinterhof einen Zwergolivenbaum, aber der Schößling trug seiner sorgsamen Pflege zum Trotz niemals Früchte. Meine Mutter, die sah, wie sehr Papá das Heimweh nach den grünen Hügeln Galiciens plagte, ermunterte ihn des öfteren, auf einen Besuch hinzufahren. Aber Papá schüttelte den Kopf und sagte: »Über mein Schicksal wurde vor langer Zeit entschieden.«*

Das soll nicht heißen, daß mein Vater ein melancholischer Mann war, keineswegs. An den meisten Tagen wachte er mit dem bestimmten Gefühl auf, ein Ziel im Leben zu haben. Seine Vorlesetätigkeit nahm ihn sehr in Anspruch, und wenn er zur Arbeit ging, brummte aus seiner Kehle die frohe Erwartung dessen, was die Morgenzeitungen bringen mochten.

Es war meine Mutter, die eher zu Stimmungsumschwüngen neigte. Sie hieß Soledad und wußte besser als sonst irgend jemand, was Einsamkeit bedeutet: daß der Anfang schon das Ende beinhaltet und daß wir am Ende nur die vagen Umrisse unserer Unwissenheit erkennen. Wenn man älter wird, fragt man sich nach der Nützlichkeit seines Lebens.

Jahre später erfuhr ich, daß die Mamá lange vor meiner Geburt ein uneheliches Kind geboren hatte, ein kleines Mädchen namens Olivia, das ertrunken war, als eines regnerischen Septembers der Guamá-Fluß über die Ufer trat. Ich erinnere mich, daß meine Mutter immer im September am traurigsten war, und auch für mich ist er bis auf den heutigen Tag der trostloseste Monat.

Bedingungen des Überlebens

SANTIAGO DE CUBA
JANUAR 1991

Im Céspedes-Krankenhaus ist die Rede von Blindheit. Tausende von Kubanern in Santiago de Cuba verlieren ihr Augenlicht. Man spekuliert darüber, ob ein *Yanqui*-Virus oder infizierter Fisch schuld ist, aber die letztgenannte Theorie wird schnell widerlegt, denn Fisch ist unmöglich zu bekommen. Die Blindheit, so heißt es, beginnt damit, daß einem wie von einem bösen Mückenstich das Auge weh tut.

Reina Agüero sieht die blinden Patienten durch die Flure tappen. Sie schwenken die Arme, als wären sie frontale Antennen, und verfluchen nicht nur die Revolution, sondern auch den Comandante persönlich. Vor zehn Jahren hätte Reina dergleichen lästerliche Reden nicht hingenommen. Heute zuckt sie nicht einmal mehr zusammen.

Andere sprechen immer noch über das Erdbeben, das die Provinz im Dezember erschüttert hat. Elf Menschen sind in den Schlammlawinen und Bränden und beim Einsturz der Kupfermine von El Cobre umgekommen. Das Wetter ist seither unberechenbar, an einem Tag eiskalt und schon am nächsten sommerlich heiß. Man gibt dem Fosa de Batle die Schuld, siebentausend Meter tief am Grunde der Windward-Passage. Santiago de Cuba ist dorthin ausgerichtet. Wenn sich in dem Meeresgraben zu viele Ertrunkene regen, breitet sich unweigerlich Unheil aus.

Als Kind hat Reina von ihrem Vater von den tektonischen Spannungen der Insel erfahren, von den alten Gesteinsformationen, welche die Erosion zu kargen Ebenen abgetragen hat. Sie hatte erfahren, daß Kuba höchstwahrscheinlich vor langer Zeit mit Haiti und der Yucatán-Halbinsel verbunden war. Daß die Tiefen seines Kalkgesteins eine unerhörte Vielfalt an Weichtieren bergen. Daß sein System unterirdischer Abflüsse die Bildung von Seen und Teichen verhindert. Flüsse ja. Seen und Teiche nein. Mit Ausnahme des großen Zapata-Sumpfs stehen Kubas Gewässer niemals still.

Tana, Najasa, Jatibonico del Sur, Toa, Damují, Saramaguacá. Dutzende verschlafener Flüsse mit drolligen Namen verlaufen kreuz und quer über die Insel. Reina möchte in diesen Flüssen treiben, das unaufhörliche Brennen lindern. Statt dessen liegt sie bewegungsunfähig in einem Krankenhausbett. Um sie herum blinken mit kühler Selbstsicherheit Maschinen, rote Lichter und grüne, eine Parade bauchiger blauer Wellen. Ein schmutziges Fenster blickt hinaus auf die Bucht von Santiago. Dornbüsche und Gestrüpp säumen in beide Richtungen meilenweit die Küste.

Die Ärzte sagen, sie habe Glück gehabt, den direkten Einschlag des Blitzes in den Mahagonibaum überhaupt überlebt zu haben. Sie haben ihr das verkohlte Fleisch quadratzentimeterweise vom Rücken gekratzt, der so verbrannt ist, daß er einen fremdartigen Grauton angenommen hat. Die Werkzeuge an ihrem Gürtel haben ihre Umrisse in ihre Hüfte gesengt, die Ohrringe Löcher in ihren Hals gebrannt. Wochenlang haben ihre Poren Wasser und Blut geschwitzt, bis Reina meinte, es wäre besser zu sterben.

Entgegen jeder medizinischen Erfahrung wurden die Hauttransplantate von Angehörigen wundersam angenommen. Pepín Beltrán hat ein Stück Po geopfert, Dulcita einen langen Streifen vom Oberschenkel. Andere Menschen, seien sie tot oder lebendig, schenkten Reina ihre blasenfreie, unverbrannte Haut. Wenn sie einen schlechten Tag hat, wünscht sie sich, sie hätten es gar nicht erst versucht.

Niemand ist bereit, Reina einen Spiegel zu bringen. Dort, wo ihre Nase heilt, befindet sich ein Klumpen Verbandmull. Dumpfes Pochen zeigt einen losen Backenzahn an. Sie hat jegliches Gefühl in ihren Daumen verloren. Man versichert ihr, daß ihr Gesicht am besten erhalten ist, aber Reina darf es nicht sehen. Jedesmal, wenn sie die Bitte ausspricht, schlagen die Krankenschwestern sie ihr ab und geben ihr dann den schon vertrauten Schuß Drogen in die Venen. Reina entscheidet, daß sie alles aushalten kann, nur keine Lügen.

Nichts darf mit ihr in Berührung kommen. Die leichteste Brise steigert ihren Schmerz. Deshalb verhält sie sich den ganzen Tag still und denkt an den Augenblick, ehe die Hitze kam. An das gewaltige Rauschen der Blätter, die violett angestrahlten Zweige, die sie dem Himmel dargeboten hatten. In jenem Augenblick hatte sie die geheime Sprache der Natur begriffen, die Geduld und die Verpflichtungen, von denen sie kündet. Sie hatte zwei Wochen ihres Lebens an diese Erkenntnis verloren.

Als Reina wieder aufwachte, glaubte sie, die Welt habe sich in Feuer verwandelt. War das niemandem aufgefallen außer ihr? Alles brodelte vor Hitze. Fieberströme krochen durch ihr Zimmer wie Schlangen, klapperten mit Funken sprühenden Schwänzen. Von ihrer Haut stieg süßlicher Rauch auf. Elektrizität hatte ihre Stimme ersetzt.

Es ist Reina klar, daß der Blitz eine Funktion hat. Er ist eine unvermeidliche atmosphärische Entladung von Wolke zu Wolke oder zwischen Wolken und dem Erdboden darunter. Viele tausend Blitze schlagen tagtäglich ein und schmoren ihre tödliche Botschaft in den Boden. Aber Reina kann keine rationale Erklärung akzeptieren. Was sie weiß, ist folgendes: daß sie ausersehen war zu sterben, aber statt dessen überlebt hat.

Auf Kuba, hat Reina raunen hören, gebietet Changó über den Blitz und benutzt ihn, um sein Mißvergnügen, seine eherne Kraft zu zeigen. Oyá, seine erste und liebste Frau, gebietet über das Feuer. Sie hat es Changó einst gestohlen, als er in die Schlacht zog. Reina bittet eine Krankenschwester, zu Ehren der ungebärdigen Liebenden zwei Schleifen – eine rote, eine braune – ans Fußende ihres Bettes zu binden, für alle Fälle.

Es ist Winter. Pepín Beltrán kommt zum Wochenende aus Havanna und bringt einen Koffer mit, der Bücher von ihrem Vater und das alte Fernglas enthält, nach dem Reina verlangt hat. Im Westen gleitet ein Batista-Falke hoch auf unsichtbaren Luftströmungen dahin. Reina hebt das Fernglas. Ihre Armmuskeln schmerzen vor Anstrengung, als sie den Falken beobachtet, der knapp unterhalb der Wolken kreist. Sie stellt sich seinen klingenden Dreifachruf vor. Eine Stunde später schwebt der Falke davon, als sei er von den Bergen zu unbekannten Aufgaben abberufen worden.

»Ich habe Durst«, sagt sie, mit wackeligem Fernglas immer noch auf der Suche nach dem Falken. Ihre Kehle ist ausgedörrt, unlöschbar wie der Durst, den sie achtzehn Monate lang durchstehen mußte, als sie Dulcita gestillt hatte.

»Du mußt ihn als Begleiterscheinung deines Überlebens akzeptieren«, sagt Pepín. Er bietet Reina ein ortsübliches Getränk an, aus Pfefferblättern, Vanille, Kiefernnadeln, Seifennüssen und Speik. Sie reagiert überrascht auf seine süße Glätte, trinkt es in einem langen Zug aus. Aber Reinas Durst stellt sich augenblicklich wieder ein.

Ihre Tochter erscheint, während Pepín da ist. Dulcita ist zweiunddreißig Jahre alt, aber sie trägt einen Minirock und weiße Go-Go-Stiefel, um den fehlenden Hautstreifen an ihrem Oberschenkel vorzuzeigen. Die Narbe ihrer Tochter erinnert Reina an die purpurfarbenen Brandnarben an den Unterarmen ihrer Mutter. Blanca Mestre Agüero hatte als Chemikerin angefangen und trug die verräterischen Zeichen der schmerzlichen Anforderungen dieses Berufs mit sich herum. Reina allerdings waren die Narben ihrer Mutter eher dekorativ als entstellend erschienen, wie exotische Tätowierungen.

»Lies mir vor«, bittet Reina. Sie verlangt so etwas nur selten von ihrer Tochter. Dulcita verdirbt absichtlich die Melodie eines Satzes, läßt Wörter aus, mit denen sie nichts anfangen kann. Ihre Stimme ist hoch und mädchenhaft und erinnert Reina an glücklichere Zeiten. Reinas Vater hatte es sich zur Angewohnheit gemacht, ihr vorzulesen, als sie noch ganz klein war: *Die Selbstbetrachtungen* des Mark Aurel, Klassiker der Tiergeographie, französische und russische Literatur des neunzehnten Jahrhunderts, Geschichtsbücher über die Griechen, die Römer und die mongolischen Invasoren. Er gestattete zwischendurch keine Nickerchen, keine Pausen.

Dulcita nimmt von ihrer Mutter widerstrebend das Buch im braunen Ledereinband entgegen, das bereits an bevorzugter Stelle aufgeschlagen ist. Dulcitas Daumen verdunkelt die Ecke der betreffenden Seite mit Schweiß, nimmt winzige Goldpartikel vom Rand auf. Reina spricht den Text wortlos mit, während ihre Tochter vorliest:

> *Die Substanz des Universums ist fügsam und willfährig; und die Vernunft, die es regiert, hat an sich keinen Grund, Böses zu stiften, denn sie kennt keine Arglist und tut auch keinem Böses an und fügt auch keinem Schaden zu ...*

Dulcita hält unvermittelt inne. Sie hat etwas zu vermelden. Sie verläßt mit einem vierundsechzigjährigen Fluglinienangestellten aus Spanien das Land. Reina hat nicht die Kraft, zu sagen, was gesagt werden muß, darauf hinzuweisen, daß Dulcita aus verhohlener Rastlosigkeit handelt. Ihre Tochter hat sich mit Männern aus Schweden und Frankreich, aus Brasilien, Kanada und

Pakistan angefreundet. Sie schicken ihr Briefe und kleine Geschenke und Familienfotos. Und dann schicken sie nichts mehr. Dulcita will auch keine Kinder. Weder mit dem Spanier noch mit sonst irgendeinem.

»Wenigstens ist er nicht verheiratet«, spottet Dulcita mit einem Seitenblick auf den Liebhaber ihrer Mutter.

»Liebst du ihn?« fragt Reina.

»Natürlich nicht.«

»Und was wirst du in Madrid anfangen?«

»Boxen lernen.« Dulcita verdreht die Augen.

»*Bueno, mi amor*, über das Alter der Illusionen bist du längst hinaus.«

Pepín Beltrán tastet nach einem Glasfläschchen mit silbrigem Pulver, das in einem Schlitz in der Matratze versteckt ist. Er klopft sacht auf das Fläschchen, streut das feine Pulver auf Reinas Zunge. Er hat es bei La Sequita besorgt, einer berühmten Kräuterheilkundigen aus Guanabo, die gesagt hat, daß Reina, wenn sie alles genommen habe, entweder völlig geheilt oder tot sein werde.

»Nach Mitternacht ist es am schlimmsten«, vertraut Reina ihm an, nachdem Dulcita gegangen ist. Der scharfe Safranduft ihrer Tochter erfüllt den Raum.

»Das ist immer so, *querida*.«

Pepín bleibt bei Reina, während die Dämmerung eine Wolke nach der anderen löscht, durchquert an ihrer Seite den endlosen Kontinent der Nacht. Reina starrt stundenlang aus dem Fenster, versucht in der Dichte der Sterne einen Sinn zu erkennen.

Bei Morgengrauen holt Pepín eine abgewetzte Einkaufstasche herein, die er aus dem Elcanto gerettet hat, einem Kaufhaus in der Hauptstadt, das vor Jahren niedergebrannt ist. Er greift hinein und holt einen schneeweißen Hahn heraus. Seine rosa Augen weiten sich im plötzlichen Licht, sonst jedoch regt er sich nicht.

»Siehst du, wie sanft er ist, Reina? Wie vollkommen?« Pepín hält den Hahn mit dem Kopf nach unten an den Beinen fest und fängt an, im Kreis durch den Raum zu gehen. Er klettert auf einen Stuhl, balanciert dann auf der Fensterbank und schwenkt das Tier in Richtung der gegenüberliegenden Ecken der Zimmerdecke. Der Hahn verhält sich ganz still.

Reina folgt mit den Augen dem glatten roten Fleisch seines Kamms. Sie hat gehört, daß man in Moskau Hahnenkämme in Sahnesoße ißt, wenn Fleischmangel herrscht.

»*Así, así*«, säuselt Pepín leise. Er hält den Hahn über Reinas Brust und setzt zu einem Gebet an, das sie nicht verstehen kann.

Pepín ist überzeugt, daß ein beharrliches Übel die Wirkung von La Sequitas Heilmittel beeinträchtigt. Der Hahn, behauptet er, wird es aufspüren, in sich aufnehmen, an seinen dumpfigen Ursprung zurückbefördern.

Reina ist beeindruckt vom Anschein der Ordnung, die Pepíns Universum ebenso bestimmt wie die einigenden Prinzipien, die er Götter nennt. Wie er glaubt sie, daß die Welt mittels unzähliger lebenswichtiger Beziehungen funktioniert, zwischen belebten und unbelebten, unendlich großen und unendlich kleinen Objekten, durch gegenseitige Abhängigkeit im ganz großen Maßstab, die existiert, um für den Fortgang von Wachstum und Veränderung und Niedergang zu sorgen. Man darf, das weiß Reina, nichts von sich weisen.

Sie begutachtet das glänzende Halsgefieder des Vogels, den Bogen seiner Schwanzfedern. Die Sporen sind besonders ausgeprägt, Klauen und Schnabel kräftig. Er hätte ein Kampfhahn sein können, ein siegreicher. Reina ist gegen Hahnenkämpfe, kann aber nicht umhin, die Attribute des Hahns zu bewundern.

»Wo hast du den nur gefunden?« fragt sie, als ein merkwürdiger Strom durch ihre Adern rauscht.

»*Concéntrate*, Reina. Mach die Augen zu.«

Einen Augenblick später ist alles vorbei. Der Hahn zetert aufgebracht und fliegt zum Fenster hinaus, nun leuchtend schwarz vor dem wilden, trügerischen Himmel.

KEY BISCAYNE, FLORIDA

Constancia Agüero Cruz betrachtet den angestrahlten Leichnam ihres Schwiegervaters am Fuß des Altargitters. Arturo Cruz' Gesicht ist mit zuviel Rouge geschminkt, und seine Hände, um die ein abgenutzter hölzerner Rosenkranz gewunden ist, wirken steif und quadratisch abgeflacht wie Klaviertasten. Seine Angehörigen und Freunde, erschöpft von den Umwälzungen, die sein Ableben mit sich bringt, haben sich auf den vorderen Bänken versammelt. Constancia rückt ihren Hut mit Schleier zurecht, streicht über die Schleife an ihrem schwarzen Chiffonkleid. An der Rückwand des Altarraums verharrt eine Schar verblaßter Heiliger in längst vergessenen Ekstasen.

Abendliches Dämmerlicht bricht durch die Glasmalereien der Kirchenfenster herein. Die Kerzen flackern wie von einem Luftzug gestört. Constancia ist verblüfft. In den Tropen geht die Dämmerung so schnell vonstatten, als würde ein prächtiger Mantel mit wirbelndem Schwung gegen einen anderen ausgetauscht. In New York, erinnert sie sich wehmütig, gingen die Tage nach stundenlangem Schmollen allmählich zu Ende.

»Es ist eine Zeit des Verderbens, eine Zeit der Erlösung.« Constancia ignoriert den Geistlichen mit den verquollenen Augen, die ärgerlichen Hymnen, die für Trauerfälle vorgeschrieben sind. Ihr Schwiegervater war an einem Blutfluß gestorben, der sich in sein Gehirn ergoß, während er in Gerardos *carnicería* Domino spielte. Constancia stellt sein Ableben nicht in Frage. Sie weiß, daß es für alles, was geschieht, gute Gründe gibt.

Maldicíon, maldicíon, maldicíon. Constancia stellt sich vor, daß die Worte am Steinfußboden abprallen, daß sie den Sarg und die narzißtischen Heiligen durchrütteln. Sie greift nach der Hand ihres Mannes. Sie ist kalt und fleischig. Heberto ist seit Wochen reizbar, und sein Zustand hat sich verschlimmert, seit sein Vater gestorben ist. Die Familie hatte auf Kuba immer eng zusammengehalten, ehe Schulden und das Exil sie entzweit hatten. Nun fürchtet Constancia, daß auch Heberto den Zeitpunkt für gekommen hält zu sterben, wie die Eingeborenen, die sich die Gesichter bemalen und in den Urwald verschwinden, wenn ihre Zeit gekommen ist.

Von einer der anderen Bänke aus schleppt sich ihr erster Mann, Gonzalo Cruz, auf seinen Gehstock aus Feuerbaumholz gestützt, zum Sarg seines Vaters hinüber. Constancia hat ihn dreiunddreißig Jahre lang nicht gesehen. Es fällt ihr schwer, den Anblick dieses Mannes mit der Erinnerung an ihn zu vereinbaren, mit der Verzweiflung, die sie für jede andere Liebe verdorben hatte.

Gonzalos linkes Bein ist kürzer als das rechte, ein Andenken an die Schweinebucht. Als Constancia ihn kennenlernte, hinkte er noch nicht. Damals waren die Beine sein ganzer Stolz, muskulös und glatt wie die eines Knaben. Bei alledem lauert hinter seiner erschlafften Haltung, seinem verfallenen Halunkengesicht noch etwas von der alten Raublust. Constancia nimmt ihren einstigen Ehemann kritisch in Augenschein und überlegt, ob ihr gemeinsamer Sohn mit sechzig auch so aussehen wird.

Verwandte haben ihr verraten, daß Gonzalo Cruz langsam dahinsiecht. Die Krankheit verfärbt seine Haut zu einem zarten, wie von der Sonne auserwählten Gelb, und er verbreitet einen starken, anziehenden Geruch. In seiner Suite im zehnten Stock des Good Samaritan Hospital hält Gonzalo Hof wie ein entmachteter Diktator und empfängt alle möglichen Flüchtlinge und Speichellecker. Es freut ihn, wenn er, wie es häufig vorkommt, in flagrante delicto ertappt wird.

Constancia denkt daran, was ihre Tochter in der vergangenen Woche am Telefon zu ihr gesagt hat. Daß die Ärzte heute schon bei einem Fünfunddreißigjährigen feststellen können, woran er sterben wird. Es gebe Kernspintomographen, hatte Isabel gesagt, die Querschnitte des Torsos abbilden, auf denen die winzigen Verhärtungen zu sehen sind, die letztlich zum Tod führen. »Wir strahlen«, hatte sie betont, »*ausnahmslos* Tod aus.«

Isabel ist im zweiten Monat schwanger. Sie lebt seit einem Jahr mit ihrem Freund Austin Fleck, einem Maler, auf Oahu. Sie stellt seltsam geformte Objekte aus Ton her und brennt sie nach der japanischen Methode. Mädchen oder Junge, verheiratet oder nicht, auf jeden Fall haben Isabel und ihr Freund vor, das Baby Raku zu nennen. Constancia ist noch längst nicht bereit, Großmutter zu werden, doch gehen die zahllosen kurz aufblitzenden Überlegungen, die sie im Verlauf ihres Alltags anstellt, unter anderem dahin, wie sie das Kind, ihr erstes Enkelkind, seinem unverdienten Schicksal entreißen kann.

Vor kurzem hat Constancia einen Katalog von Austins letzter Ausstellung *Images of Isabel* erhalten. Das Gesicht ihrer Tochter, ihr nackter Körper, ganz oder in ausgewählten Ansichten, schwebend in eigentümlichem, verzerrendem Licht. Constancia war erbleicht, sie ansehen zu müßen, die seidig glänzenden, verletzlichen Rosatöne von Isabels Intimbereich. Ihre Tochter sagt, daß sie vorhat, Austin während ihrer gesamten Schwangerschaft weiter Modell zu stehen, umso mehr, als sie jetzt aufgehört hat zu töpfern. Sie fürchtet, das Blei der Glasuren könne dem ungeborenen Kind schaden.

Bis sie den Friedhof erreicht haben, ist es völlig dunkel geworden. Für Constancia ist ein Begräbnis am Abend etwas Unerhörtes, aber ihr Schwiegervater hat ein Testament mit genauen Anweisungen hinterlassen. Jeder der Anwesenden zündet sich an einer geweihten Fackel einen weißen Wachsstock an und umkreist dann langsam das Begräbniszelt. Zwei Klarinettisten im schwarzen Anzug spielen eine Melodie, die Constancia nicht erkennt. Arturo Cruz' langjährige Geliebte Jacinta Fuentes, rotbäckig, untersetzt und behangen mit Perlen, die so groß wie Tamarinden sind, will sich ins Grab des Geliebten stürzen, wird jedoch von einer Schar Freunde daran gehindert.

Am nächsten Abend verkündet Constancias Mann, er wolle in der Bucht von Biscayne angeln gehen. Constancia weiß, daß Heberto bei Morgengrauen ohne einen einzigen Fisch heimkommen wird. Am einen Abend gelobt er, einen Schnappbarsch heimzubringen, am nächsten ein Dutzend Zackenbarsche für eine Fischsuppe. Heberto hält sich auf dem laufenden, indem er die Meldungen für das Fischereiwesen verfolgt. Von Speerfischen, die in unermeßlicher Zahl die Küste entlangziehen. Von einem mannsgroßen Schwertfisch, der vor kurzem im Golfstrom gefangen wurde. Constancia stellt sich ihren Mann vor, wie er aufrecht in seinem kleinen Motorboot steht und auf seine ernste, förmliche Art den Himmel anspricht. Sie ist überzeugt, daß er sich gar nicht erst die Mühe macht, seine Leine auszuwerfen.

Wie sehr sich Heberto doch von seinem jüngeren Bruder unterscheidet. Sie lügen beide unablässig, gewohnheitsmäßig, aber Heberto lügt unschuldiger, still und versonnen aus Gewohnheit. Gonzalos Lügen sind offenkundig und unverbrämt, und so unpräzise wie die Sprache selbst. Wenn man es bedenkt, könnte Constancia Gonzalo vorwerfen, im Lauf ihrer Ehe nur zweimal aufrichtig gehandelt zu haben: als er sie geschwängert hatte, und anschließend, als er sie verließ, sobald er davon erfuhr. In all den Jahren hat er Silvestre nie zu Gesicht bekommen, seinen Sohn, der seit dem vierten Lebensjahr taub ist. Noch ein Opfer der verflixten Revolution.

Es ist der letzte Januartag. Constancia faltet ein Blatt Schreibpapier zusammen und schiebt zwei Hundertdollarscheine für ihren Sohn hinein. Früher hat Silvestre sie dafür ausgeschimpft, daß sie ihm Bargeld schickte, aber nun verliert er kein Wort mehr über den monatlichen Zuschuß. Constancia weiß nicht, ob er das Geld spart oder ausgibt oder wegwirft. Aber das ist ja auch egal. Bei dem Geld, das hat sie vor langer Zeit erkannt, geht es eher um sie selbst als um ihn.

Constancia bewahrt einen tüchtigen Vorrat Bargeld in großen Scheinen im falschen Boden ihres Kosmetikkoffers auf und unterhält bei einer nicaraguanischen Bank am Ort ein geheimes Konto. Das Geld hat sie in den letzten Monaten, ehe er verkauft wurde, aus dem Tabakladen abgezogen. Sie hielt es für klug, etwas für unerwartete Vorhaben zurückzulegen. Überraschenderweise hat Heberto das Geld nicht vermißt.

In den gläsernen Schiebetüren ihres aufs Meer gerichteten Balkons ziehen die Lichter vorbei. Die tiefhängenden Wolken lassen den Himmel trübe erscheinen. Constancia stellt sich vor, daß die Palmenwipfel die weiche Wolkenmasse durchstechen und die Reinheit darüber aufsaugen. Heute abend ist sie dankbar für die Abwesenheit des Mondes. Ohne einen Mond und das nahegelegene Meer gelingt es ihr, sich in den Ungenauigkeiten der Nacht zu verlieren.

Drunten im Becken schwimmt eine runzlige Frau mit Taucherbrille und Flossen. Wonach mag sie zu dieser Stunde in dem blauen Betongeviert suchen?

Constancia geht in die Küche, wärmt einen Teller Reis auf und gart im Mikrowellenherd eine Süßkartoffel, bis sie aufquillt. Constancias Hosen werden ein wenig eng, ihre Leinenschuhe ebenfalls. Sie hat seit der Ankunft in Florida dreieinhalb Pfund zugenommen. Ihre Bekannten im Jachtklub sagen zwar, daß ihr das zusätzliche Gewicht gut steht, aber Constancia glaubt diesen Frauen kein Wort. Sie weiß, daß sie keine der Ihren ist, daß ihr außerhalb Miamis gelebtes Leben sie immer als Fremde ausweisen wird.

Das Problem, hat Constancia überlegt, besteht darin, daß die hiesigen *cubanas* sich kein eindeutiges Bild von ihr machen können. Die eine, eine Dame der feinen Gesellschaft namens Rosalina Bellaire de Lavigna, hat sie gefragt, wo sie ihr Gesicht habe »machen« lassen. Rosalina war skeptisch, als Constancia schwor, sie habe sich nicht operieren lassen. Ein andermal hatte Constancia erwähnt, daß sie der Demokratischen Partei ihre Stimme gegeben habe (nur einmal, Jimmy Carter zuliebe), woraufhin im ganzen Raum Stille eingetreten war. Wie sollte ihr die Selbstdarstellung in derart enggefaßten Kategorien gelingen?

Constancia betrachtet sich nicht als Vertriebene, jedenfalls nicht in dem Sinn, wie es hier viele der Kubaner tun. Im Gegenteil: Sie lehnt deren gewohnheitsmäßig erbitterte Nostalgie ab, ihr Anpreisen der Vergangenheit im Tonfall wichtigtuerischer Straßenhändler. *Ihr* Vater war Wissenschaftler gewesen, befaßt mit den biologischen Notwendigkeiten von Abstammung und Austausch. Evolution, hatte ihr Papi immer wieder betont, sei präziser als Geschichtsschreibung. Wer dürfte sich demnach anmaßen, alle Antworten zu kennen?

Natürlich hätte sie sich niemals getraut, das in Miami öffentlich zu verkünden, ohne um ihr Leben zu fürchten.

Constancia ist kurz vor Neujahr nach Key Biscayne umgezogen. Die Wohnung hat sie mit Möbeln aus dem Ausverkauf bei Burdine's ganz in Weiß eingerichtet. Sie hat mit dem Gedanken gespielt, sich einen Job im Verkauf zu suchen – bei Avon ist die Stelle einer Regionalleiterin frei –, aber Heberto hat sie überredet, damit zu warten, bis sie sich eingelebt haben. Constancia fehlt die Arbeit, aber das ist es nicht allein. Miami bringt sie durcheinander, versetzt ihr, ohne daß sie etwas dagegen unternehmen könnte, einen Kulturschock, und seine Luft ist befrachtet mit erlöschenden Träumen.

Obendrein ist das Licht blendend hell, ein Verweis auf die Vergangenheit und ihr Leben auf Kuba. Überall begegnen ihr massenhaft beunruhigende Details. Die ausgebackenen Kroketten, die an der nächsten Ecke verkauft werden. Der Akzent des Hausdieners, der für sie das Auto parkt. Die altmodischen Nähte ihrer Schneiderin. Und die Lieder, langsam wie die Reue, die nachmittags im Radio erklingen.

In der besten *bodega* in Little Havana gibt es zwei Dutzend Bananensorten zu kaufen. Saftige Mangos, saure Sobben, Zimtäpfel und Papayas sind zu Pyramiden aufgehäuft. In Windeseile bekommt Constancia dort einen Milchshake serviert, der nach ihrer Vergangenheit schmeckt. Jeden Freitag belädt sie ihr rosa Cadillac-Kabrio mit frischem Obst zum Pürieren und weint die ganze Rückfahrt über.

Constancia denkt an die Zeit, als sie ihren Vater zum Zentralmarkt in Havanna begleiten durfte. Mamá war damals schon tot. Sie und ihr Papi wanderten stundenlang herum und lieferten sich tausend Aromen aus. Ihrem Vater waren die Geflügelstände am liebsten, wo zahmes Federvieh gackerte und Fasane, Rebhühner und Wachteln ihre edleren Rufe ausstießen. Sie selbst zog die Auslagen der Fischhändler vor – gigantische Morro-Krabben, zahnreiche Papageienfische, Austern, Aale und immer einige beachtliche Haie –, was daran liegen mochte, daß ihr als Kind in Camagüey das Meer so weit entfernt erschienen war.

Als Constancia fünf Monate alt war, verließ ihre Mutter das Haus. Und dann, kurz nach Constancias drittem Geburtstag, kam Mamá wieder, im achten Monat schwanger und voller blauer Flecke. Sie hatte am ganzen Leib entsetzliche Striemen, und ein Auge war völlig zugeschwollen, aber Mamá weinte nicht und beklagte sich nicht. Constancia denkt daran, wie sie sich gewünscht hat, ihre Mutter möge endgültig fortgehen und nie mehr zurückkommen.

Constancia hatte in der Schublade ihrer Kinderfrau ein perlschwarzes Pulver aufgestöbert. Sie hatte gesehen, wie Beatriz Ureña es auf eine Fotografie ihres letzten Freundes gestreut hatte. »*¡Fuera, diablo!*« hatte sie gerufen und dann das Bild angezündet. Constancia nahm von dem Pulver und streute es ihrer Mutter auf die Fensterbank, so daß es wie Ruß aussah. Aber Mamá blieb den primitiven Beschwörungen Constancias zum Trotz da, und ihre Halbschwester Reina kam im Juni zur Welt.

Die Kleine war dunkelhäutig, mollig, unheimlich ruhig, und ihre Hände waren von Anfang an größer als die von Constancia. Es war ein schwieriges Unterfangen, sie zum Weinen zu bringen, aber Constancia versuchte es dennoch immer wieder. Sie ließ Spinnen in die Wiege ihrer Schwester fallen, zwängte ihr Erdklumpen in den winzigen Mund. Constancia fragt sich, wie lange Reina überlebt hätte, wenn ihre Mutter nicht bald dahintergekommen wäre.

Nachdem Mamá gedroht hatte, ihn erneut zu verlassen, hatte ihr Papi Constancia auf Abuelo Ramóns Ranch in Camagüey untergebracht. Sie sollte dort nur den Sommer verbringen. Aber ihr Aufenthalt zog sich über die nächsten sechs Jahre hin. Constancia erinnert sich an die stille, summende Hitze der Ranch ihres Großvaters. An die Monotonie der Erwartung. An die Tröstlichkeit unvermutet aufziehender Gewitter. Obwohl ihr Papi sie häufig besuchte und Constancia, als sie älter wurde, auf seine Expeditionen mitnahm, wohnte sie nie wieder mit ihren Eltern unter einem Dach.

Constancia lebte bis kurz vor Mamás Begräbnis im Jahre 1948 mit Abuelo Ramón und seinen sechs unverheirateten Söhnen zusammen. Erst dann sah sie ihre Halbschwester wieder.

Reina lebt immer noch in Havanna, in der alten Wohnung der Familie im Stadtteil Vedado, derselben Wohnung, aus der Constancia als Kind verbannt worden ist. Daß Reina daran festhält, ärgert Constancia. Wieso hat ihre Schwester das Erbe ihrer Vergangenheit angetreten – Papis ausgestopfte Vögel und Fledermäuse, seine Bücher, die Familienfotos –, während Constancia gar nichts abbekommen hat?

Ihre Schwester schreibt ihr hin und wieder und berichtet von zunehmenden Entbehrungen. Reina sagt, es sei traurig, die nahezu leeren Körbe und Gestelle auf den Märkten Kubas zu sehen, das welke Gemüse, die Hühner, die selbst für den Suppentopf zu zäh sind. Die Leute treiben Handel mit allem, was sie haben, tauschen selbstgerösteten Kaffee oder ihre Zigarettenration gegen einen gebrauchten Büstenhalter oder ein paar Liter Benzin ein. Sie hat gehört, daß Gehirnchirurgen am Wochenende Torten backen, um sich etwas dazuzuverdienen.

Nein, denkt Constancia, sie hätte nach 1959 auf Kuba nicht glücklich werden können.

Vor fast dreißig Jahren ist Constancia auf einem Frachter der Familie Cruz aus Kuba geflohen. Damals war sie schon mit Heberto verheiratet, dem zweiten Sohn des Reeders, der ihr nach ihrer Scheidung von Gonzalo entschlossen nachgestellt hatte. Sie hatte Hebertos Werben nachgegeben, zwar nicht mit Leidenschaft, aber doch zutiefst erleichtert. Constancia hatte ihre Tochter Isabel am selben Tag geboren, an dem das neue Regime die Reederei ihres Schwiegervaters enteignet hatte.

Sie und das Kind befanden sich auf der Überfahrt nach Florida, als Offiziere der Revolution an Bord kamen, um nach Überläufern zu suchen. Constancia hatte sich mit Isabel in einem Zweitonnenbehälter Pampelmusen versteckt, mit kaum genug Luft. Isabel war von der Hitze und dem erstickenden Zitrusgeruch ohnmächtig geworden. Constancia hatte versucht, sie wiederzubeleben. Sie hatte ihre Tochter geohrfeigt und mit dem Kopf nach unten gehalten, wie es die Geburtshelferin getan hatte, als Isabel nach ihrer Geburt in Atemnot geraten war. Sogar ihre Bluse hatte sie aufgerissen und Isabel die vor Angst plötzlich ausgetrocknete Brust angeboten. Aber Isabel rührte sich nicht. Schließlich hatte Constancia ihre Tochter so fest in die Ferse gebissen, daß hinterher zwei Zentimeter Fleisch fehlten.

Um vier Uhr morgens wacht Constancia beunruhigt auf. Sie zieht ihre Hose und eine Seidenbluse über und begibt sich geradewegs in die Garage der Wohnanlage. Ihr rosa Cadillac-Kabrio steht nicht an seinem üblichen Platz. Constancia sieht sich auf dem oberen Parkdeck um, aber ihr Auto ist nirgends zu sehen. Sie leiht sich beim Nachtwächter ein Fahrrad und fährt die anderthalb Kilometer zum Jachtklub, wo Heberto sein Motorboot unterhält.

Außer ihr ist niemand unterwegs. Die Muskeln an ihren Beinen spannen und entspannen sich, bewegen sie mit ungewohnter Geschwindigkeit voran. Alles scheint den gleichen verschleierten Farbton angenommen zu haben: die Palmenwipfel und die Asphaltstraße, die kleinen Einkaufszentren mit ihren glanzlosen Anpreisungen, eine Herde Plastikflamingos in einer künstlichen Lagune. Auch am alleinstehenden Pförtnerhaus wird Constancia nicht aufgehalten.

Hebertos kleines Boot schaukelt an seinem Liegeplatz, aber von ihrem Mann fehlt jede Spur. Die Tür des Klubhauses ist verschlossen. Das Planschbecken ist leergepumpt und unnatürlich blau gestrichen. Im Hafenbecken taucht auf der Suche nach Frischwasser eine Seekuh an die Oberfläche.

Constancia folgt einem leisen Dröhnen zum Lagerhaus. Drinnen steht ihr rosa Cadillac-Kabrio mit laufendem Motor, eingezwängt zwischen Ankern und Tauen. Die Luft ist schwer von tödlichen Abgasen. Heberto liegt nackt auf dem Rücksitz, bewußtlos, die Arme auf dem Rücken gefesselt, eine schmutzige Sportsocke als Knebel im Mund. Auf dem Fahrersitz rottet ein Eimer orangeroter Fische vor sich hin.

Einen Augenblick lang zögert Constancia, beeindruckt von dem eigentümlich friedlichen Gesichtsausdruck ihres Mannes. Dann klettert sie auf Heberto, rutscht ab, klettert wieder auf ihn, fängt an, seine Brust mit den Fäusten zu bearbeiten, bis sie ihn wiederbelebt hat. So lange hämmert sie auf ihn ein, bis seine Lider flattern.

Dulce Fuerte

HAVANNA

Sex ist das einzige, was nicht rationiert werden kann in Havanna. Es ist die beliebteste Währung nach dem Dollar und, wenn Sie mich fragen, weitaus demokratischer. Das größte Problem ist die Konkurrenz. Das zweitgrößte die Polizei. Von den Leuten in meinem Alter, seien sie männlichen oder weiblichen Geschlechts, gehen so gut wie alle gelegentlich anschaffen. Es ist die einfachste Sache von der Welt, und meistens kann man sich auch noch selbst einreden, daß es bloß eine Verabredung war, die ein wenig zu weit gegangen ist. Die Ausländer mögen uns, weil es auf Kuba angeblich kein Aids gibt. Das muß wohl die bislang erfolgreichste Propagandakampagne des Comandante sein. Aber genau das ist es. Reine Propaganda.

Spazieren Sie mit mir den Malecón entlang, dann wissen Sie, wovon ich rede. Man kommt sich vor wie auf Beischlafsafari. Und alle, die Markenturnschuhe oder eine Sonnenbrille tragen, gehören zum Großwild. Sehen Sie die *jineteros* da drüben? Ich kenne sie. Ausgesprochen ehrgeizig. Sie leben von der Prostitution. Mit ihren Dollars und Schränken voller Geschenke aus den Touristenläden sind sie die perfekten Mittelsmänner für gewöhnliche kubanische Bürger. Tun Sie nicht so entsetzt. Was bleibt den Leuten denn anderes übrig? Glauben Sie wirklich, eine fünfköpfige Familie könnte von einem zähen Huhn im Monat leben? *¡Por favor!*

Obwohl mich meine Mutter im Verdacht hat, bin ich kein Profi. Ich kaufe nur, was ich brauche. Ich kaufe nur, was ich *brauche.* Ich verdiene mir hier im Augenblick nur etwas Taschengeld, bis ich mein Visum für Spanien bekomme.

Wie gesagt, man braucht hin und wieder einen *novio*, um durchzukommen. Mama versteht das nicht. Sie ist gegen die Mühen des Alltags gefeit, weil sie seit dem Heraufdämmern der *revolución* einen Lakaien der Bürokratie zum Liebhaber hat. Jeden Abend schleppt Pepín Gott weiß woher ein Festmahl an. Frisch gedünsteten Hummer. Steaks, so dick wie mein Daumen. Mangos, so vollkommen reif und süß, daß sie die reine Wonne sind – nicht das faserige Zeug, das man auf Lebensmittelmarken bekommt. Auch Shampoo bringt er ihr, das nicht das Haar zusammenklebt, wie es die heimische Marke tut, wenn sie ausnahmsweise zu haben ist. Sagen wir's mal so: Die Frau hat es nicht mehr nötig gehabt, Schlange zu stehen, seit im Jahr der zehn Millionen das ganze Land fast dabei durchgedreht ist, möglichst viel Zuckerrohr zu ernten.

Mamá ist zwar nicht die leidenschaftlichste Revolutionärin der Insel, aber sie toleriert sozusagen das System. Sie und Pepín sagen, daß die Jugend von heute verdorben ist und nicht zu schätzen weiß, was wir haben. Wir hätten sehen müssen, sagen sie, wie es vor der Revolution zuging, um zu verstehen, was Not bedeutet. Alle, die ich kenne, haben diese Argumente satt. Wir sind es leid, Kartoffeln zu ernten und Wohnheime zu bauen und in dem Beruf, für den wir uns haben ausbilden lassen, keine sinnvolle Arbeit zu finden. Wir sind es leid, uns nach dem Kacken nicht die Hände zu waschen, weil keine Seife da ist. Wir haben die Stromausfälle satt, die trockenen Wasserhähne. Wir sind es leid, nichts zu tun zu haben, Punktum. Mindestens kann man davon ewig schlechte Laune haben.

Man kann hier auch nie schwer genug arbeiten. Kuba ist wie eine böse Stiefmutter, beleidigend und undankbar. Es wird mehr verlangt, immer mehr für immer mehr Nichts. Bis sie mich vor einem Monat rausgeschmissen haben, weil ich mit einem Ausländer fraternisiert habe, war ich Volleyballtrainerin an der José-Martí-Schule (letztes Jahr bei den Landesmeisterschaften sind wir sechste geworden) und habe hundertachtzehn Pesos im Monat verdient. *Créeme*, es ist nicht leicht, sich von Schmalzbroten mit Zucker zu ernähren und dennoch in Form zu bleiben. Auf die Art wie jetzt verdiene ich wenigstens ein paar Dollar. So teilt es sich hier nämlich auf – in Leute mit Dollars und Leute ohne Dollars. Dollars bedeuten Privilegien. Eine Rolle Klopapier. Eine Flasche Rum. Pesos bedeuten *te jodes*. Mit denen ist man verratzt. So einfach ist das.

Kommen Sie. Schauen Sie sich die Aussicht an, diesen Hafen, diese herrliche Küste. Männer aus aller Welt versichern mir, daß Havanna die schönste Stadt ist, die sie je gesehen haben. Und wann bekommen wir sie zurück? Wann wird sie uns wieder richtig gehören? *Coño*, El Caballo hat sich alle vier Beine gebrochen, und niemand hat den Mut, ihn von seinem Elend zu erlösen.

Mein Vater José Luís Fuerte war Revolutionär der ersten Stunde. Er war in Moncada und auf der Sierra Maestra dabei, Seite an Seite mit Sie wissen schon wem. Ein Teil eines Museumsschaukastens in Santiago de Cuba ist seinen Heldentaten gewidmet. Mamá hat mich als Kind hingeführt. Da hängt ein vergrößertes Foto, das ihn mit einem Gewehr auf dem Rücken zeigt. Er raucht eine zu große Zigarre und hat eine Perlenschnur am Handgelenk. Das Komische daran war, daß er mir furchtbar bekannt vorkam, obwohl ich ihn noch nie gesehen hatte. Erst später ging mir auf, daß es daran lag, daß ich sein Gesicht geerbt hatte.

Während meiner ganzen Jugend hat Mamá, wenn ich mich danebenbenahm, jedesmal gesagt: Was würde dein Vater davon halten, wenn er noch am Leben wäre? Das hat mich erst einmal beschämt. Ich habe eine Tätowierung auf der Schulter, drei Reben, die sich um den Namen meines ersten Freundes ranken, der zufällig auch José Luís hieß. Als ich vierzehn war und von ihm schwanger wurde, war mein Vater der erste, an den ich denken mußte. Mamá ist nie dahintergekommen, sonst hätte sie darauf bestanden, daß ich das Kind austrage. Sie war sechzehn, als ich geboren wurde, und sagt, sie hätte sich ihr Leben anders nicht vorstellen können. Mamá setzt mir seit einiger Zeit zu, ein Kind zu bekommen. Und wozu? Damit sie es verwöhnen kann, ehe sie es in ein Internat auf dem Land verfrachtet, wie sie es mit mir gemacht hat? Nein danke.

Heutzutage frage ich mich nicht, was mein Vater von mir halten würde, sondern was er von seiner Revolution und seinen Helden von einst halten würde.

Die Leute wissen, daß mein Vater José Luís Fuerte war, und das macht es mir manchmal schwer. Sie erwarten mehr von mir. Auf der Schule war ich mit Che Guevaras Sohn befreundet. Wir haben Witze gerissen über unsere revolutionäre Vorbelastung. Zuletzt habe ich von ihm gehört, daß er Heavy-Metal-Musiker ist, daß er sich nicht nur die Ohrläppchen hat durchstechen lassen und daß er das Land zu verlassen versucht.

Ich habe auch schon daran gedacht fortzugehen. Nachts auf einem Gummireifen zusammen mit anderen *balseros* vom Strand in Jaimanitas oder Santa Fé. Lupita Núñez, eine Schulfreundin von mir, hat es 1989 versucht, aber sie ist von der kubanischen Küstenwache aufgegriffen und zu drei Jahren Gefängnis verurteilt worden. Andere werden von Haien gefressen oder verlieren vor Durst den Verstand. Die Leute, die es bis Miami schaffen, werden die eigentlichen Helden der Revolution. Meine Freunde und ich hören Kurzwelle oder versuchen stundenlang, Radio Martí reinzukriegen, wegen der Nachrichten. Oder, wenn wir sehr viel Glück haben, empfangen wir eine TV-Sendung aus Südflorida.

Das Land verlassen. Ausreisen und Dollars. Über was anderes wird hier nicht mehr geredet. *¡Basta ya!*

Manchmal spätnachts denke ich mir aus, wie anders mein Leben verlaufen wäre, wenn Mamá und ich mit ihrer Schwester in die USA gegangen wären. *Tía* Constancia wohnt in New York und hat zwei erwachsene Kinder. Ich stelle mir gern vor, wie kalt es dort werden kann. Ich möchte mich in Pelze hüllen und auf gefrorenen Seen unablässig eislaufen. Immer im Kreis herum würde ich laufen und meinen Atem als dampfende Spur hinter mir herziehen. Auf Kuba gibt es keine Seen. Und nur die Zukunft ist frostig.

Wenn ich gerade mal nicht auf dem Malecón bin, fahre ich zum Zeitvertreib Fahrrad. Nicht freiwillig, glauben Sie mir. Der verdammten Insel ist einfach das Benzin ausgegangen, und dann hat das Regime begonnen, solche schweren schwarzen Fahrräder aus China zu importieren. Und uns haben sie versucht weiszumachen, daß sie gut für die Gesundheit sind. Nun, damit haben sie ausnahmsweise recht. Die Leute fingen an abzuspecken und hatten plötzlich mehr Energie zum Sex – nicht, daß es daran je gemangelt hätte. Nun verstopfen bis zu einer Million Fahrräder die Straßen von Havanna, und es herrscht das totale Chaos. Es ist, als hätte es Autos nie gegeben.

Am liebsten nehme ich mein Rad und verlasse damit die Stadt, um stundenlang über Land zu fahren. An manchen Wochenenden habe ich es bis zum Tal von Viñales in der Provinz Pinar del Río geschafft. Dort gibt es überall, wohin man blickt, nur Tabakfelder. Mamá sagt, daß die Verwandtschaft ihres Vaters dorther stammt und daß sie vornehme Leute waren, die jeden Abend Gedichte vorgetragen und musiziert haben. Sie hat immer noch die selbstgebaute Violine meines Urgroßvaters Reinaldo, die er 1903 aus Spanien mitgebracht hat. Hin und wieder holt Mamá die Violine aus ihrem kleinen Sarg und reibt den Roßhaarbogen mit einem Tupfer Geigenharz ein. Ich muß beim Fahren oft an meinen Urgroßvater denken, während ich dicht über dem Boden dahingleite, gerade so schnell, daß mir nichts Wichtiges entgeht.

Meine Freier kommen von überall her. Aber die kanadischen Touristen sind die einfachste Nummer, weil sie alles glauben wollen, was man ihnen sagt. Zum Beispiel der da drüben. Wie Sie sehen, kann er die Augen nicht abwenden von dieser Schlampe in Hotpants. *¡Que nalgotas!* Etwas tut sich in ihrem Gehirn, sobald sie auf Kuba eintreffen. Meine Theorie lautet, daß das Verhältnis Sonnenlicht zu Sauerstoff zu Meer schuld ist. Neunzig Prozent ihrer Zellen liegen brach, bis sie hier ankommen und eine schöne *habanera* sehen. Dann bricht die Hölle los. Leider sind sie sexuell so ausgehungert, daß man mit ihnen mehr Arbeit hat als mit sonst jemandem auf der Welt.

Soweit ich weiß, sind die einzigen, die hier anständig verdienen, die *babalawos*. Bei mir um die Ecke wohnt einer, der hat von dem Geld, das er mit *santería*-Initiationsriten verdient hat, sein ganzes Haus umgebaut. Noch vor ein paar Jahren wußte jeder, wo Lisardo Cuenca zu finden war, wenn er gebraucht wurde, obwohl alles heimlich vonstatten gehen mußte. Sein Haus sah aus wie jedes andere in der Straße, mit altem, allmählich abblätterndem Anstrich. Das Meckern einer illegalen Ziege oder das gelegentliche Auftauchen einer Horde Lahmer auf seiner Schwelle waren die einzigen Hinweise auf die dunklen Mächte, die drinnen walteten.

Jetzt sollten Sie das Anwesen mal sehen. Auf dem winzigen Rasen davor steht ein zehn Meter hohes Standbild von San Lázaro, und das Haus ist weiß gestrichen, mit leuchtend blauen Streifen. Rundherum wehen siebzehn passende Fahnen, und die Leute kommen aus allen Teilen des Landes. Ganz offen schleppen sie Tauben, säckeweise Bohnen und gerösteten Mais heran. Die besten Kunden bekommt Cuenca von offizieller Seite geschickt: Ausländer, die sich eine authentische Initiation wünschen. Cuenca nimmt ihnen ein Vermögen ab. Viertausend Dollar in bar, hab ich gehört. Das Regime bekommt natürlich seinen Schnitt. Alles im Namen des Kulturaustauschs.

Man weiß, daß die Lage beschissen ist, wenn die Partei es nötig hat, die *babalawos* zu bestechen. Es ist mir egal, ob während seiner Antrittsrede eine weiße Taube auf der Schulter des Comandante Platz genommen hat oder ob er sonstwie der Auserwählte der Götter war. Niemand, kein Gott und auch kein Sterblicher, kann sich vorgestellt haben, wie schlimm es hier werden würde, wie weit die Menschen für eine Schweinskeule oder eine rostige Säge zu gehen bereit sind. Man hört immer, die Revolution habe ganze Familien entzweit. Aber was jetzt vorgeht, ist schlimmer als alles Vorangegangene. Ich hab von einer Familie gehört, die ihre Großmutter ins Irrenhaus hat einweisen lassen, um ihre Wohnung in der Altstadt von Havanna zu bekommen, von einem Bruder, der wegen einer gebrauchten Batterie für seinen Chevrolet seinen Zwillingsbruder umgebracht hat.

Der Malecón ist wegen der Asozialen und Schwarzmarkthändler neuerdings ein rauhes Pflaster. Die Prostituierten haben Messer dabei und gehen zu zweit auf den Strich. Man muß sich vorsehen. Mädchen wie ich, die nur gelegentlich kommen und mit ihnen konkurrieren, sind nicht erwünscht. Sehen Sie die Narbe auf meinem Bauch? So eine Nutte hat mich mit der Nagelfeile attakkiert, als ihr französischer Freund einen Blick auf mich riskiert hat. Damals habe ich beschlossen, mein Glück im Hotel Habana Libre zu versuchen. Keine kubanische Frau, die etwas auf sich hält, würde die häßlichen Sandalen und wadenlangen Röcke tragen, die ich an den Touristinnen sehe, also habe ich mich auch so angezogen, um als *extranjera* durchzugehen. Und mein Englisch ist die ersten neunzig Sekunden lang ziemlich überzeugend, lange genug, um zu einem Platz an der Bar auf dem Dach zu kommen. Und dort habe ich Abelardo kennengelernt.

Wegen seines übertriebenen kastilianischen Akzents (einer der dümmeren Polizeitricks) hielt ich ihn zunächst für einen Polizisten in Zivil. Aber er fing gleich an, mir zu erzählen, daß er mit seiner verwitweten Schwester in einer kleinen Hochhauswohnung in Madrid lebt. Seine linke Hand ist teilweise verkümmert, und er hielt sie hoch ins schwache Licht, das von dem rotierenden Spiegelball reflektiert wurde, wie um zu sagen: *Willst du dich etwa immer noch mit mir abgeben?* Er schien überrascht, als ich es tat.

Als nächstes erzählte er mir, daß er eine pflaumengroße Geschwulst an den Hoden habe, daß ihm die Ärzte jedoch versichert hätten, sie sei gutartig. Da hätte mich fast der Mut verlassen, aber er nahm meine Hand. Er schien es ernst zu meinen, als er zu mir sagte, daß ich die schönste Frau sei, die er je gesehen habe, und die mitfühlendste. Und ob ich ihm die Freude und Ehre machen wolle, seine Frau zu werden.

Der Alte machte mir höllische Angst, und die hat man mir wohl angesehen. Jedenfalls zog er sich zurück, entschuldigte sich wortreich und – *¡Coño! ¡Cojones! ¡Hijo de la gran puta que es tu madre!* – fing an zu weinen. Kein leises enttäuschtes Schnüffeln, sondern lautes, herzzerreißendes Schluchzen. Alle drehten sich nach mir um. Im Lokal wurde es totenstill. Weg. Nur weg. Nichts wie weg hier. Aber ich klebte an meinem Sitz wie eine Idiotin, während Abelardo weiterheulte. Die Aufpasser vom Hotel kamen zu dritt angerückt und haben mich verhaftet. *Ich* wurde an der Bar eines kubanischen Hotels verhaftet, weil ich keinen ausländischen Paß vorweisen konnte.

Der Rest ist zu langweilig, um ihn im Detail zu schildern. Kurz gesagt: Ich wurde wegen Prostitution zur Rechenschaft gezogen, verlor meinen Job als Volleyballtrainerin und schuftete zwei Stunden in einer Zementfabrik ohne Zement, ehe ich die Arbeit niederlegte und beschloß, Abelardo zu heiraten.

Drei Enten

Mein Vater brüstete sich gern damit, daß er mit zehn Pesos in der einen Tasche, einem Band mit Versen der großen Romantiker in der anderen und mit seiner handgefertigten Violine auf Kuba angekommen sei. Einen ganzen Monat lang spielte er auf den Straßen von Havanna Capricen und Sonatinen und wurde mit Münzen dafür entlohnt, daß er seine Musikauswahl mit den prosaischeren Wünschen der Passanten abwechselte. Dann jedoch spuckte ihn eines Tages auf dem Paseo del Prado eine junge Witwe an. Ihr Mann war im spanisch-amerikanischen Krieg gefallen, und sie konnte Papás kastilianischen Akzent nicht ertragen.

Die Empfangsdame in der pensión *meines Vaters hörte seine klangvolle Stimme und empfahl ihm,* lector *zu werden. Eine Woche später wurde Papá in einer Zigarrenfabrik in der Region Vuelta Abajo in Pinar del Río angestellt. An seinem ersten Tag auf dem Podium hob er schwitzend vor Nervosität und umgeben von Zigarrenrauch und den kritischen Blicken von einhundert Arbeitern zu lesen an:*

> *»In einem Dorfe von la Mancha, an dessen Namen ich mich nicht entsinnen mag, lebte unlängst ein Edler, einer von denen, die eine Lanze auf dem Vorplatz haben, einen alten Schild, einen dürren Klepper und einen Jagdhund …«*

Als kleiner Junge habe ich mich oft gefragt, wie Papá die ersten Monate fern der Heimat überstanden hat, inmitten von Fremden, ein gebildeter Außenseiter unter gewöhnlichen Menschen, ein Mann, dessen erste Einkäufe auf Kuba, nachdem er große Opfer gebracht und gewissenhaft ge-

spart hatte, ein Grammophon und eine dicke schwarze Schallplatte mit den »Hexenvariationen« von Paganini waren.

Nachdem einige Zeit vergangen war, lernte mein Vater Soledad Varela kennen, eine Flötistin aus der Umgebung, die zehn Jahre älter war als er. Es war Sonntagnachmittag, und sie besuchten das Konzert eines Kammermusikquartetts aus Havanna. Tatsächlich waren sie die einzigen Besucher. Die Mamá saß in ihrem breitkrempigen Strohhut da, und Papá strich auf seinem Schoß einen Panamahut glatt. Ihr gefiel die Art, wie er den Mund bewegte, sein unziemlicher Schnurrbart. Ihm gefiel die Furchtlosigkeit, mit der sie ihr Schweigen durchhielt und ihre Worte auf der Zunge abwog wie Silber.

Es ergab sich, daß sie einander viel zu sagen hatten, über die dumpf klingende Flöte und die Violine, die einen Halbton zu hoch gestimmt war. Sie setzten ihre Unterhaltung nach dem Konzert fort und begannen eine dreitägige Verlobungszeit, die im Rathaus von Pinar del Río endete. Die Mamá war einunddreißig Jahre alt und hatte mehrere Heiratsanträge von Bewerbern abgelehnt, die anderen Frauen, selbst wenn sie nur halb so alt waren wie sie, begehrenswert erschienen wären. Sie jedoch fand erst in Reinaldo Agüero aus Galicien, einem Einwanderer, der erst kurz zuvor von Bord gegangen war, ihr Schicksal.

Von der ersten Begegnung meiner Eltern an war meine Zukunft geboren, war jeder Augenblick vorherbestimmt, den ich lebe. Von der ersten Begegnung meiner Eltern an wandeln zwei weitere Menschen auf Erden, auf der Suche nach Trost, zwei weitere Menschen, in deren Brust Papás ursprüngliche Einsamkeit nachhallt.

Musik ist meine früheste Erinnerung, früher als Sehen oder Riechen oder Tasten, früher als das Bewußtsein selbst. Meine Eltern verbrachten die meisten Abende damit, daß sie Duette spielten, wofür sie technisch, jedoch nicht vom Temperament her gerüstet waren. Papá huldigte dem prächtigen »Carnaval de Venise«, während die Mamá die Feierlichkeit von Beethovens Adagios oder die zurückhaltendere Brillanz von Tschaikowskis »Danse Russe« vorzog. Ich erinnere mich, daß die Stimmung un-

seres Hauses durch die Musik gefärbt wurde, die es erfüllte, so als könnten die Noten selbst die Luft mit Farbe bestreichen.

Obwohl ich nicht im eigentlichen Sinn musikalisch war, konnte ich von frühester Jugend an den Ruf eines jeden Vogels in den Wäldern um Pinar del Río nachahmen. Unser Nachbar Secundino Robreño beschwatzte mich immer, mit ihm in den Wald zu gehen, damit ich ihm half, für seinen Geflügelkarren Tauben zu fangen. Ich zwitscherte mit solcher Fertigkeit, daß binnen Augenblicken Dutzende von Vögeln aus den Bäumen herabflogen, um von seiner Schrotflinte begrüßt zu werden. Secundino belohnte mich mit klebrigen Bonbons aus seinen Taschen, die gewöhnlich alles andere als frisch waren, oder mit einer Handvoll leerer Patronenhülsen.

Auf einem unserer Ausflüge entdeckte ich das Nest einer Baumente in einem hohlen Stumpf nördlich der Stadt. Drinnen lagen vier Eier, und glücklicherweise war keine mütterliche yaguasa *in Sicht. Secundino bot mir zwanzig Cents das Stück für die Eier. Das war damals eine sagenhaft hohe Summe, aber ich schlug das Angebot aus und beschloß, die Brut selbst großzuziehen. Ich sammelte die Eier vorsichtig ein, steckte mir je eines in die Hosentaschen und trug die anderen beiden in der hohlen Hand vor mir her. Auf dem Nachhauseweg setzte ich behutsam einen Fuß vor den anderen und summte das eintönige Lied der* yaguasa, *um die ungeborenen Küken zu beruhigen.*

Zu jener Zeit pflegten die Leute Baumenteneier zu sammeln und damit Geld zu machen. Die Nester waren in Bromeliengewächsen oder in den Astgabeln dicht mit Tillandsien bewachsener Bäume zu finden. Gewöhnliche Leute zogen die yaguasas *ebenso wie Züchter zusammen mit ihrem Hausgeflügel auf, weil sie Streitigkeiten auf dem Hühnerhof schlichteten und beim Herannahen von Fremden pfiffen. Baumenten, wage ich zu behaupten, waren eine auf die Vogelwelt übertragene Mischung aus Rausschmeißer und ländlichem Wächter.*

Meine yaguasas *wuchsen zu recht eleganten Vögeln heran, mit wunderbar langen Hälsen und dem Hochmut stattlicher Gänse. Natürlich waren sie auch ausgezeichnete Wachenten. Meine Mutter behauptete gar,* sie hätten meinem Vater während eines besonders konfliktreichen Streiks in der Zigarrenfabrik das Leben gerettet.

Eines frühen Morgens klopften zwei mir unbekannte Männer an unsere Vordertür. Der Größere der beiden trug einen mit Nägeln beschlagenen Ast, der Kleinere, der obendrein unrasiert war, hatte Fäuste so groß wie eine Ananas. Es war klar, daß sie gekommen waren, um meinem Vater wegen seiner führenden Rolle bei dem Streik eine Lektion zu erteilen.

Kaum war Papá an die Tür getreten, da kamen auch schon meine Enten aus dem Hinterhof herbeigerannt, pfeifend und quakend und Federn verstreuend. Sie griffen mit der Entschlossenheit alter Hennen die Männer an und richteten sie pickend und kratzend böse zu, bis die Schläger benommen davontorkelten. Danach kam nie mehr jemand, um unseren Frieden zu stören.

Leider sind die einst zahlreichen yaguasas zusammen mit den Wäldern im Tiefland der Insel verschwunden. Mit etwas Glück kann man in den entlegensten Regionen des Zapata-Sumpfs noch ein paar entdecken. Erst nachts fliegen sie los, um die Palmenhaine bestellter Plantagen aufzusuchen und sich an palmiches gütlich zu tun, den traubenförmig angeordneten Früchten der Fiederpalmen.

Weder mein Vater noch meine Mutter hatten vogelkundliche Neigungen, und darum war es um so bemerkenswerter, daß sie in mir eine Vorliebe förderten, die von ihren eigenen Interessensgebieten so weit entfernt war. Sie verwöhnten mich mit häufigen Ausflügen aufs Land, damit ich in der freien Natur Vögel beobachten konnte. Bei einem Ausflug in die Nähe von Bailén entdeckte ich ein Paar Kraniche der Gattung Grus canadensis, die schon in meiner Kindheit ziemlich selten waren. Sie kratzten im versengten Erdreich, dort wo wahrscheinlich früher ihre Brutplätze gewesen waren, und gruben auf Feldern, die zum Anbau von noch mehr Zuckerrohr gerodet worden waren, mit den Schnäbeln nach Wurzeln oder Käferlarven.

Auf einem anderen Ausflug zu den Lomas de los Acostas bekam ich den ersten rotschwänzigen Bussard zu sehen. Gavilán del monte nannten *ihn die Bauern, die in Hütten auf den Anhöhen der offenen Savanne lebten.* »¡Gavilanes del monte! ¡Gavilanes del monte!« *riefen die Frauen einander von einer Hügelkuppe zur nächsten zu, wenn sie die Bussarde erspähten. Und dann wandten sie sich warnend ihren eigenen Hühnern zu, die daraufhin erschrocken in ihre Ställe rannten.*

Jedes Frühjahr und jeden Herbst suchte ich die Bäume nach den vielen Zugvögeln ab, die unterwegs von und nach Südamerika auf Kuba Station machten. Ich sammelte mit den Jahren Hunderte von Vögeln, erlegte sie mit meiner Schlinge und einigen wenigen ausgewählten Steinen. Die Mamá beschwerte sich, daß bei uns zu Hause die Federn flogen, aber wie hätte ich sonst meine geliebten Vögel studieren sollen? Ich beobachtete ihre Migration und stellte mir vor, mitzufliegen in ihren großen Schwärmen, die unerreichbare Höhen des Himmels verdunkelten. Oft zogen sie zu Millionen nachts vorbei, zu hoch, um sie ohne weiteres zu beobachten, und orientierten sich an der Sonne und den Sternen, an der Windrichtung und den Magnetfeldern der Erde. So, befand ich, wäre ich auch gern gereist.

Im Winter 1914 nistete eine Rekordzahl amerikanischer Rotschwänze und schwarzbrüstiger Blaumeisen auf Kuba. Die Bäume vor unserem Haus wurden von ihrem Aufruhr regelrecht erschüttert und störten meinen Vater, der an Gelbfieber erkrankt war. Seine Temperatur stieg, er erbrach sich ständig und konnte doch kaum den Kopf vom Kissen heben. Nach mehreren Tagen setzte die Gelbsucht ein. Und immer noch zankten und zwitscherten die Vögel.

Meine Mutter und ich wechselten uns damit ab, aus den Selbstbetrachtungen *Mark Aurels vorzulesen, denen sich Papá in Zeiten der Sorge wiederholt zugewandt hatte: »Gedenke der universalen Substanz, an der du teilhast in äußerst geringem Maß, und der universalen Zeit, von der dir eine kurze und unteilbare Spanne beschieden; und gedenke auch dessen, was vom Schicksal bestimmt ist, und des kleinen Anteils, den du daran hast.«*

Die Mamá linderte Papás Fieber mit kalten Umschlägen und hielt ihn stundenlang bei den Händen, als versuche sie ihre Lebenskraft durch die Fingerspitzen auf ihn zu übertragen. Sie kochte für Papá caldo gallego *und gab ihm schwarze spanische Oliven zum Lutschen. Sein Gesundheitszustand besserte sich langsam, doch war er hinterher nie mehr ganz der Alte.*

Am ersten Tag, an dem er zurück in die Zigarrenfabrik ging, waren Papás Schritte schwerfällig und stockend, und ich war sicher, daß er es nicht schaffen würde, die anderthalb Kilometer bis zum Stadtrand zu Fuß zurückzulegen. Ich begleitete ihn, stützte ihn am Ellbogen. Freunde begrüßten ihn unterwegs, achteten nicht auf den Schweiß, der unter seiner Hutkrempe hervorrann, und das schien ihm Mut zu machen.

Als wir endlich in der Fabrik ankamen und Papá mit großer Mühe die drei Stufen zu seinem Podest erklomm, ertönten im Saal heisere Jubelrufe. »¡A-güe-ro! ¡A-güe-ro!« riefen die Arbeiter und klatschten und stampften im Takt unseres Namens.

»Ich bitte dich, hijo.*« Mein Vater wandte sich mir zu. Seine Stimme war kaum hörbar. Er hob die Hand, um die Menge zum Schweigen zu bringen, und es wurde still im Raum, der von Rauch und dem süßen Duft von Zedernholz durchdrungen war. »Lies du heute für mich.«*

Er reichte mir ein schweres Buch, dessen rotes Leder verschossen, dessen Rücken vom vielen Lesen gebrochen war, und ich nahm Papás Platz am Pult ein. Ich schlug die erste Seite auf. Die raucherfüllte Luft ließ meine Augen tränen. Worte stoben vor mir davon wie ein Schwarm erschrockener Fische.

Die Arbeiter hörten mir angestrengt zu. Meine Stimme klang schwach, zögernd. Drunten flatterte ein Papierfächer. Ich erreichte den zweiten Absatz und hielt inne.

»Weiter, Ignacio«, flüsterte mein Vater.

> *»Es saßen ein König mit großer Kinnlade und eine Königin mit unscheinbarem Antlitz auf dem Throne Englands und ein König mit großer Kinnlade und eine Königin mit lieblichem Antlitz auf dem Throne Frankreichs. In beiden Ländern war es den herrschaftlichen Bewahrern von Brotlaiben und Fischen klarer denn Kristall, daß alles Wesentliche für immer geordnet war.«*

Frühjahrszug

HAVANNA
MÄRZ 1991

Es ist Frühjahr, die Zeit der Vogelzüge. Reina Agüero öffnet im Arbeitszimmer ihres Vaters die hohen Fenster und tritt hinaus auf den kleinen quadratischen Balkon drei Stockwerke über dem Pflaster. Sie sucht den Himmel nach den kleinsten Anzeichen morgendlichen Lichts ab, findet jedoch keine. Der Mond sitzt noch fest im Sattel. Um diese Stunde reinigen die Passatwinde die Luft von den groben Zusätzen des Tages, und es tut gut zu atmen.

Reina reckt den Hals nach links in Richtung der dunklen, beweglichen Silhouetten der Baumkronen, die auf dem Friedhof von Colón die Toten beschirmen. Dann blickt sie nach rechts, vorbei an der schwebenden Prozession gußeiserner Balkone, vorbei an den langsam wechselnden Farben der Ampeln, die den Rhythmus des Autoverkehrs auf dem Paseo Aranguren regeln. Wenn sie sich anstrengt, kann Reina ein Auto über die Avenida de los Presidentes stottern hören. Irgendwer, denkt sie, ist doch immer auf der Flucht.

Die Straße ist verlassen bis auf ein Licht in dem alten Herrenhaus an der Ecke. Heute sind dort die Standesorganisationen von Malern, Bildhauern und Keramikern untergebracht. Seine Mauern sind mit Wandgemälden in optimistischen Lackfarben geschmückt. Ist es Vergeßlichkeit oder Notwendigkeit, überlegt Reina, die das Licht brennen läßt?

Pepín Beltrán liegt schlafend auf ihrem Bett. Er schnarcht laut, wie immer, wenn sie sich geliebt haben. Obwohl er darauf besteht, daß ihn die uneinheitliche neue Landschaft ihrer Haut in Wallung bringt wie eh und je, ist Reina aufgefallen, daß Pepín sich am längsten bei dem von ihm selbst gespendeten Hautstück aufhält, das in die glänzende Mulde ihres Rückens eingenäht ist. Reinas ehedem muskatnußbraune Hautfarbe ist durch ein Wirrwarr aus Schattierungen und Strukturen ersetzt worden. Einige Hautflächen sind so rosa und elastisch, so vollkommen haarlos, daß sie wie die eines neugeborenen Ferkels aussehen.

Im Krankenhaus von Santiago de Cuba waren aus dem ganzen Land Ärzte angereist, um ihre außerordentliche Heilung zu bewundern, den dicken, runzligen Schorf an ihrem Hinterteil. Aber nach einer Weile hatte ihre Lüsternheit Reina angeekelt, und sie hatte sie alle aus ihrem Zimmer verbannt.

Reina stört sich nicht sonderlich an ihrer Haut, obwohl sie zusammengestückelt ist und juckt, aber sie kann den Gestank nicht ertragen. Es scheint außer ihr niemandem aufzufallen, aber für sie riecht es nach getrocknetem Blut und saurer Milch. Sie erinnert sich, von Tieren der Wildnis gehört zu haben, die ihre eigenen Artgenossen abweisen, wenn ihnen ein unbekannter Geruch anhaftet. Nun versteht Reina, warum.

Sie versucht den Geruch mit Haarspülungen von dem Saft geräucherter Grapefruit zu überdecken. Aber die Erlösung ist nur von kurzer Dauer. Der Gestank verdirbt ihr alle vertrauten Genüsse. Vorbei ist es mit ihrer Verzückung. Vorbei mit ihrem heißen, schwarzen Duft. Wenn Reina Geschlechtsverkehr hat, kann nichts, nicht einmal Pepín, dessen Hände alle Übergänge aufheben, dessen Mund lustvoll mit dem ihren kollidiert, die Seligkeit zurückholen. Vielleicht war es, überlegt Reina, ihr eigener Duft, der sie die ganze Zeit erregt hat.

Es ist der erste Tag ihrer Periode. Reina ist stolz, daß in ihrem Alter und ungeachtet ihrer ungleichmäßigen Haut wenigstens ihre Monatsblutung intakt ist.

Die Überreste eines Vogelnests baumeln im Arbeitszimmer ihres Vaters am Lüster. Reina erinnert sich, daß ihr Papá die hohen Fenster seines Zimmers immer weit offenstehen ließ, so daß ganze Vogelfamilien mit ihren Zweiglein, Halmen und Fädchen hin- und herflitzen konnten. Sie pickten die Krümel von den belegten Broten und Kartoffelkroketten auf, die er unordentlich an seinem Schreibtisch aß.

»Sage mir, was du willst, und ich sage dir, wer du bist.« Das hatte ihr Vater ihr einmal aus einem Buch auf seinem Schoß vorgelesen. Sie war zu jung gewesen, um den Ausspruch zu verstehen, aber gemerkt hatte sie ihn sich trotzdem. Nun, und was will sie jetzt? Reina überlegt, ob es Nostalgie ist, daß sie sich nach ihrer Mutter sehnt, Nostalgie, daß sie so viele Jahre lang ihre Schatten um sich geschart hat. Warum sonst hätte sie aus freien Stücken so gelebt, umgeben von den Trümmern ihrer Kindheit und den toten Sammelobjekten ihres Papás? Welche Wahrheiten können sie ihr nach so langer Zeit noch offenbaren? Können Sie ihr sagen, warum ihre Mutter gestorben ist, warum ihre Schwester fortgeschickt wurde?

Reina erinnert sich, wie nach dem Tod ihrer Mutter ihrer aller Vorstellungen auseinandergingen. Über dem Grab ihrer Mami auf dem Friedhof von Colón hatte ein Vogel im Fluge verharrt. Ihr Vater hatte ihn zur gewöhnlichen Krähe erklärt. Constancia, frisch vom Gut in Camagüey, hatte steif und fest behauptet, der Vogel sei stahlblau. Reina hätte gern ihrer Schwester geglaubt, aber *sie* sah einen Vogel, der Feuer gefangen hatte, winzig klein und in grelles Licht gebadet. Er hatte ringsum die Luft aufgestört und dafür gesorgt, daß es früh dunkel wurde. Reina erinnert sich, wie die Leere sie damals einzuhüllen schien, eine traurige Bestürzung, die auch jetzt noch nicht aufgehoben ist.

Tags zuvor hatte Reina ihren Vater zum Beerdigungsinstitut Flores y Jorganes an der Obispo-Straße begleitet. Sie hatte in einem kleinen Filzbeutel eine kostbare Schlangenhaut mitgenommen, um sie ihrer Mutter in den Sarg zu legen. Aber ihr Papá hatte sie nicht in die Nähe ihrer Mami gelassen.

Der Geruch in den Räumen des Beerdigungsinstituts hatte Reina veranlaßt, den Atem anzuhalten. In einem Raum hatte sie einen Mann mit groteskem Schnurrbart erspäht, der nackt und mit Laub bedeckt dalag, in einem zweiten eine rundliche Frau ohne Fingerspitzen, die auf einem Meer aus Satin ruhte. Daneben hatte ein fahles abgemagertes Mädchen in einem blaßrosa Sarg gelegen. Es war frühmorgens, aber Reina erinnert sich, daß sie bereits den Mond zu hören glaubte, seinen langgezogenen, durchdringenden Aufschrei der Einsamkeit.

Reina hatte sich leise davongeschlichen, während ihr Vater mit dem Bestattungsunternehmer sprach. Im letzten Balsamierungsraum hatte ihre Mutter auf einem rostigen Gestell gelegen. Ihre Kehle war ein Mündungsgebiet der Farben und der Wirrnis, als habe unter ihrem Kinn ein blutiger Krieg stattgefunden. Reina hatte ihre Mutter angestarrt, hatte sich gezwungen, sie heil und gesund zu sehen, den verlorenen Weihrauch des Herbstes in ihrem Haar einzuatmen.

Dann waren auf dem Flur Schritte laut geworden. Reina hatte ihrer Mutter einen hastigen Kuß auf die Wange gegeben und sich dann hinaus auf die Terrasse geschlichen, ins grelle Tageslicht, wo sie die papierdünnen Fetzen ihrer getrockneten Schlangenhaut dem Wind preisgegeben hatte.

Als Reina aus dem Krankenhaus in Santiago de Cuba entlassen wurde, beharrte das örtliche Komitee für die Verteidigung der Revolution darauf, daß sie sich freiwillig zum Nachtdienst melden müsse, da sie ohnehin wach sei, aber Reina wies das Ansinnen zurück. Wie ihre fluchenden, erblindeten, halb wahnsinnigen *compañeros* im Céspedes-Krankenhaus entschied Reina, nichts mehr für die Revolution zu tun.

Reina kann nicht sagen, wann ihre Unzufriedenheit Wurzeln geschlagen hat. Pepín jedenfalls gibt El Comandante persönlich die Schuld. Schließlich war er es, der den Ärger herausgefordert hatte, indem er den Exilanten erlaubte, zu Besuchszwecken nach Kuba zurückzukehren. Was diese *gusanos* in ihren brechend vollen Koffern mitbrachten – Fotos von Bungalows und Cadillacs, Lederschuhe in allen möglichen Farben, Uhren, an denen man ablesen konnte, wie spät es in China war, ja sogar höher dosiertes Aspirin – begann rasch die Revolution in ihre Einzelteile aufzulösen. Binnen kürzester Zeit fingen selbst brave Bürger an, die Aufmärsche zum Ersten Mai zu schwänzen, und weigerten sich, an der Zuckerrohrernte teilzunehmen.

Jahrelang hatte Reina gehofft, daß ihre Schwester nach Kuba zurückkehren werde, aber Constancia hatte immer eine Ausrede gefunden, nicht zu kommen. Statt dessen schickte sie zu Weihnachten Pakete mit Vanillepuddingpulver, Bouillonwürfeln und sauren Bonbons mit Erdbeergeschmack, von denen sie wußte, daß Reina sie liebte. Constancia sprach höchstens nebenbei von ihrem Mann und ihren Kindern, berichtete von Entwicklungen, über deren Anfänge Reina nichts gewußt hatte. Heberto sei endlich sein Nierenstein abgegangen; Isabel habe sich das Haar wie indonesischen Stoff indigoblau gefärbt; Silvestre habe sich in Jack umbenannt. Merkwürdige Details.

Reina wurde daran bewußt, daß sie das Leben ihrer Schwester in Amerika so wenig begriff wie einst ihr Leben auf Kuba. Als sie noch klein waren, hatte Reina sich immer gefragt, warum man Constancia so weit fortgeschickt hatte. Ihre Mutter hatte nur gesagt, daß es ihr und ihrer Schwester bestimmt sei, getrennt zu leben.

Vor sechs Jahren hatte sich für Reina die Chance ergeben, das Land zu verlassen. Sie war mit einer Delegation kubanischer Elektrikermeister nach Venezuela gereist, um am Orinoko-Strom, wo die Moskitos aus jedem Zoll entblößter Haut ein Festmahl machten, Generatoren zu installieren. Am Ende der zweiten Woche waren alle ihre Kollegen desertiert, und Reina war allein nach Kuba heimgekehrt.

Inzwischen ist es fast unmöglich geworden, ohne ausdrückliche persönliche Genehmigung des Comandante die Insel zu verlassen. Fluchtvorhaben sind gewagter geworden, die Strafen dafür vernichtend. Im vergangenen Jahr ist Osoris de León, ein ehemaliger Liebhaber Reinas aus Tunas de Zaza, Ordensträger und Held des Krieges in Somalia, in einem gestohlenen Regierungshubschrauber von der Insel geflohen und damit auf dem Dach des Holiday Inn am Flughafen von Miami gelandet. Dort hatte ihn eine Schar schulterklopfender Exilanten in Empfang genommen, und bald darauf hatte Osoris in Interviews, die von Radio Martí gesendet wurden, mißbilligende Äußerungen über die Revolution getan. Nun hat auch noch Reinas Tochter Kuba verlassen. Ihre Dulcita, eine verzweifelte *jinetera cualquiera*.

Reina überlegt, wie José Luís wohl heute über seine Revolution denken würde, über Dulcitas Treuebruch am Arm eines widerwärtigen Touristen. José Luís war einer der engsten Vertrauten des Comandante gewesen, sein Verbindungsmann zur sympathisierenden Jugend allenthalben im Land. Er war erst vierzehn gewesen, als er von der Schule abgegangen war, um sich den Rebellen in der Sierra Maestra anzuschließen. Reina hatte José Luís mehrere Jahre später entdeckt. Ausgemergelt und unflätig hatte er von Orangen aus dem Garten ihres Internats gelebt. Sie hatte ihn am Ort in einem Taubenschlag versteckt, in sicherer Entfernung von Batistas Männern, und später in ihrem Bett. Als Reina gemerkt hatte, daß sie schwanger war, hatte sie ihn angefleht, sie zu heiraten.

»Glaubst du etwa, wir können behalten, was wir lieben, Reina?« hatte José Luís barsch gefragt.

Als Dulcita vier Jahre alt war, hatte Reina gehört, daß ihr Liebster beim Schwimmunterricht vor der Isla de los Pinos ertrunken war. Erst da hatte Reina ihrer Tochter seinen Nachnamen gegeben: Fuerte.

Reina weiß, daß Dulcita ihrem Vater grollt, daß ihr die Verehrung zuwider ist, die ihm als Helden der Revolution nach wie vor entgegengebracht wird. Während ihre Tochter aufwuchs, hatte ihr sein Bild aus den Geschichtsbüchern entgegengeblickt, waren seine Parolen gerühmt worden, während sie ständig zur Zitronen- oder Jamswurzelernte antreten mußte. Dulcitas ganzes Leben lang hatte es José Luís Fuerte hier, José Luís Fuerte da geheißen, bis sie ganz krank davon wurde.

Wenn er so großartig war, warum ist er mich dann nie besuchen gekommen? Dulcita war sechs Jahre alt, als sie Reina diese Frage stellte. Sie waren mit dem Zug unterwegs nach Matanzas zum ersten der vielen Internate Dulcitas (insgesamt elf warfen sie hinaus). Reina versuchte ihrer Tochter das Wesen der Sehnsucht zu erklären, jenen nervösen Druck auf dem Herzen, der niemals nachläßt. Wie hätte sie ihr sagen können, daß José Luís einfach keine Kinder wollte, was mit Dulcita persönlich gar nichts zu tun hatte? Schließlich hatte sie ihrer Tochter erzählt, daß sie aus einer großen Leidenschaft heraus geboren worden sei, daß es eine Zeit gegeben habe, in der es Reina auf nichts anderes angekommen war als auf das Antlitz des Geliebten.

Als er starb, wußte Reina, daß José Luís den Tod gesucht hatte. Der Tod, da ist sie ganz sicher, geht von innen aus. Er wartet nicht auf der Bühne wie ein General im Ruhestand, begierig darauf, endlich aufs Podium gerufen zu werden, sondern er besiegt den Körper Zelle um Zelle. Bei einigen Menschen passiert das lange vor den Verkehrsunfällen und der runzligen Haut, lange vor den Konjugationen des Bedauerns.

Reina legt sich neben Pepín und schließt die Augen. Stimmen sammeln sich in ihrem Kopf, streuen sinnlos verschlüsselte Worte aus. Seit dem Brand in der Krone des Mahagonibaums hört Reina spät nachts Stimmen, die keine Logik im Zaum hält, die gänzlich ungeordnet sind. *Die Sterne sind verendet, wurden ermordet in ihren Nestern. Dein sind die zerknitterten Lügen der Einsamkeit.* Oye, mi hijita, *Geduld verdammt.* Manchmal, so auch in dieser Nacht, kreischen sie die eine oder andere Strophe der Nationalhymne heraus:

Al combate corred, bayameses
que la patria os contempla orgullosa:
no temás una muerta gloriosa,
que morir por la patria es vivir...

Schlaflos und im Dunkeln treibend, schwingt Reina sich empor und kreist über den Jahrzehnten ihres Lebens, wie die Fledermäuse und Eulen, die ihr Vater einst so eifrig studiert hat. Sie zischt und quietscht und schimpft sich aus für das, was sie zu sehen bekommt, was sie hätte ändern können, was sie nicht ändern kann. Sie meidet die Vorstellung ihrer toten Mutter im Beerdigungsinstitut, das als etwas Gefährliches, blendend Heißes weit unter ihr auftaucht, und wendet die Augen ab wie von den direkt einfallenden Strahlen der Sonne. Ist sie deshalb so lange bei Bewußtsein geblieben?

Wenn sie die Augen öffnet, treten die Stimmen und Vorstellungen in den Hintergrund. Sie hat schon wieder Durst. Reina trinkt Wasser aus einem mexikanischen Krug, den Pepín von einer Reise nach Tampico mitgebracht hat. Dann lutscht sie an den letzten Eiswürfeln. Sie geht barfuß auf dem kalten Marmorfußboden auf und ab. La Virgen de la Caridad del Cobre hat sie eindeutig im Stich gelassen. Der Hahn hat sich mit einem Fluch aus dem Staub gemacht. Pepín läßt sich nicht davon abbringen, daß das Pulver, das er bei der *bruja* mit Namen La Sequita erstanden hat, Reina das Leben gerettet hat. Mag sein, daß er recht hat, aber was hat es genützt?

Reina greift in die unterste Schublade im Schreibtisch ihres Vaters und holt seinen Reisepaß hervor, der zum Zwecke der Lagerung sorgfältig in Wachspapier eingeschlagen ist. Er wurde 1948 ausgestellt, im Frühjahr bevor ihre Mutter starb. Reina betrachtet das Foto, den im Blitzlicht erstarrten Gesichtsausdruck. Ihr Papá war dreiundvierzig, als die Aufnahme entstand, ein stämmiger Mann mit Brillantine im unmodisch in der Mitte gescheitelten Haar.

Die erste Seite ziert ein mattblauer Visumsstempel der USA. Reina erinnert sich vage an die Reise zu den Wüsten Amerikas, die er und ihre Mami geplant hatten. Warum sie nie hingefahren sind, weiß sie dagegen nicht mehr. Die folgenden Seiten von Papás Reisepaß sind leer. Es will Reina scheinen, daß dieser Reisepaß, der jahrelang zusammen mit anderen wichtigen Dokumenten ihres Vaters in der Schublade gelegen hatte, die Wahrheit über ihrer aller Leben ans Licht bringt wie sonst nichts.

Reina fragt sich auch, was aus dem kleinen Knochen geworden sein mag, den ihre Mutter in einem roten Stoffbeutel am Gürtel zu tragen pflegte. Manchmal hatte ihre Mami ihr erlaubt, den Knochen anzufassen. Dann hatte sie mit dem Finger über die Wucherung am einen Ende gestrichen. Reina hatte nie erfahren, wo der Knochen herstammte oder warum ihre Mutter ihn aufbewahrte.

Aus dem Schrank holt Reina die Schrotflinte ihres Papás aus dem mit Samt ausgeschlagenen Kasten. Sie entfernt sie aus ihrer Lagerung und legt sie fest an ihre Schulter. Dann richtet sie sie auf verschiedene Ziele im Raum: auf den *periquito*, den ihr Vater im Urwald bei Guantánamo erlegt hat; auf die Milchglaskugel der Straßenlaterne direkt vor ihrem Fenster; auf Pepíns längliches, in Tiefschlaf versunkenes Gesicht.

Auf dem Schreibtisch steht ein Porträt ihrer Mutter. Sie ist wesentlich jünger als Reina jetzt, mit gerundeten Wangen, die in einem energischen kleinen Kinn auslaufen. Mamis Haar ist nicht aufgesteckt und hängt in Locken weit über ihre Schultern, über ihren weichen weißen Hals herab. Wie immer hat Reina das Gefühl, als würde ihr die Mutter aus diesem Bild zurufen, als würde sie ihren Namen flüstern.

Constancia war ihrer Mutter nach deren Tod sehr ähnlich geworden. Sie schien die sprunghafte Vitalität ihrer Mami anzunehmen, die spinnenhaften Bewegungen ihrer Handgelenke. Selbst ihre Sprechweise war von nasaler Gleichmäßigkeit zur stockend fedrigen Musik von Mamis Stimme übergegangen. Reina erinnert sich, wie Constancia bei der Beerdigung mit dieser gespenstischen Nachahmung die Trauergäste erschreckt hat. Nachdem sie ihre Schwester nie richtig kennengelernt hatte, hatte sie nur den einen Wunsch gehabt, sie zu lieben. Aber das hatte Constancia natürlich nicht zugelassen. Eine Woche später hatte sich ihre Schwester wieder in sich selbst zurückverwandelt.

Reina legt die Flinte zurück in ihren Kasten und geht damit nach unten. Draußen weht ein heftiger Wind, aber sie spürt sein Beißen nicht. Es hat den Anschein, als sei sie wie die Flinte in schwarzen Samt gehüllt. Sie geht schnell zur Avenida de los Presidentes, biegt ab auf La Rampa. Nirgends eine Menschenseele. Sie kommt an der weißen Kuppel der Eisdiele Coppèlia vorbei und an den grellen Lichtern des Hotels Habana Libre. Stampfende Musik weht von der Bar auf dem Dach herab, jener Bar, in der Dulcita ihren Spanier kennengelernt hat, aber Reina hört sie nicht. Sie geht an Ministerien und Reisebüros vorbei, an Restaurants, Nachtklubs und Lichtspielhäusern, die allesamt geschlossen sind.

Als sie den Damm des Malecón erreicht hat, bleibt sie stehen. Die Luft ist mit Salz angereichert, und sie atmet sie begierig ein. Reina hat das Gefühl, als würde die Luft ihr Herz erfüllen, als würde sie es dehnen und ihm Mut geben. Ein Stück weiter wirft ein Angler geduldig die Leine aus, doch Reina achtet nicht auf ihn. Sie tritt langsam vom Damm zurück, nimmt alle Kraft zusammen und schleudert die Schrotflinte weit hinaus in die sternenlose Nacht.

MIAMI

Die Abendkleider stellen ihre Treibhausfarben zur Schau, als wären sie gezwungen, bei künstlichem Licht zu blühen. Jadegrün und Safrangelb, Zinnoberrot und glänzendes Schwarz. Die Frauen, die in ihnen stecken, drehen sich um und verharren, um mit ohrenbetäubendem Zauber ihre Röcke rascheln zu lassen. Die Männer tragen weiße Buschhemden mit bestickten Gürteln. Ihre Haut hat die Sonne absorbiert, die zu meiden ihre Frauen große Anstrengungen unternehmen. Das Fest im Klub an der Bucht steht unter dem Motto Tropische Nacht, und das Orchester spielt einen Cha-Cha-Cha, der so heiß ist, daß er beinahe den Speck anbrät.

Constancia zerrt ihren Ehemann zur Tanzfläche. Er ist so klein wie sie, und sie ist in Weiß gekleidet wie er. Zusammen sehen sie aus wie ein Paar Erstkommunikanten. Heberto ist ein guter Tänzer, hat aber oft keine Lust. Constancia ist keine gute, aber eine übermäßig begeisterte Tänzerin. Sie taumelt bei einer Drehung zu weit nach rechts, doch Heberto wirbelt sie mit geübter Hand zurück. Dann legt er ihr stützend die Handfläche ins Kreuz und führt sie quer durch den Saal.

Hebertos Brust schimmert vorn durch sein Leinenhemd wie ein regennasser Wald. Heberto bewegt sich vorsichtig, noch wund von den Schlägen, die Constancia ihm auf dem Rücksitz des Cadillacs verpaßt hat. »*Carajo*, fast hättest du mich zugrunde gerichtet«, beschuldigt er unvermittelt seine Frau und reibt sich den Solarplexus. Heberto behauptet, sich nicht zu erinnern, was vorgefallen war, ehe Constancia ihn gefesselt und ohnmächtig im Lagerschuppen des Jachtklubs entdeckt hatte.

»*Por favor*, Heberto«, kontert Constancia leichthin. »Du warst schon halb tot. Ein Glück, daß ich dich rechtzeitig gefunden habe.«

Gonzalo Cruz zufolge war der mitternächtliche Überfall auf Heberto von einer fanatischen Exilantengruppe ausgeführt worden, die davon Wind bekommen hatte, daß er in New York geschmuggelte kubanische Zigarren verkauft hatte. Natürlich, denkt Constancia, und um den Auftrag zu erledigen, haben sie eine lateinamerikanische Mata Hari geschickt. Oder wie sollte sie sich sonst erklären, daß Heberto splitternackt im Auto gelegen hatte?

Constancia geht davon aus, daß Heberto und Gonzalo mehr wissen, als sie zugeben. Aber wie soll sie das beweisen? Sie mißtraut der wachsenden Kameraderie der Brüder, ihren endlosen mit Rum angeheizten Tête-à-têtes. Man braucht sich nur anzusehen, wohin es Heberto in nur zwei Monaten gebracht hat!

Die Trompeten und Congatrommeln rufen und antworten. Es dauert nicht lange, dann stehen Constancia und Heberto wieder auf der Tanzfläche. Seine Hüften nehmen das zusätzliche Quentchen Rhythmus an. Die ihren bleiben immer einen Viertelschlag zurück. Constancia beugt sich vor, preßt ihren Mund an den ihres Mannes, kostet die Schwärze in seinem Innern. Im selben Augenblick überlegt sie, ob wohl alle Geschöpfe, die mit Männern zu tun haben, dem Untergang geweiht sind.

Constancia hat das Bedürfnis, Heberto mitzuteilen, wie sehr sich die Methoden der Ornithologen seit der Zeit ihres Vaters geändert haben, daß sie, statt zu schießen, jetzt im Dschungel Netze aufspannen und die Vögel aus nächster Nähe anstarren.

Dann erst drücken sie ihre Daumen fest in die Brust der exotischen Vögel, um das zarte Schlagen ihrer Herzen zum Stillstand zu bringen.

»Du brauchst noch nicht zu sterben«, sagt Constancia statt dessen zärtlicher, als sie es vorgehabt hatte. Ihre eigene Brust schmerzt von zuviel ausgeatmeter Luft. *»No te vayas, mi cielo.«*

Die Klänge eines neuen Mambos brausen auf und nehmen den Saal in Besitz. Eine Frau im atomroten Kleid, die allein tanzt, stößt mit Heberto zusammen. Sie ist mindestens zwanzig Jahre jünger als alle übrigen Anwesenden. Wo immer sie sich hinbewegt, bringt sie die Tänzer aus dem Takt. Heberto gerät mitten in einer Drehung ins Stocken, starrt hilflos in ihre Richtung. Dann wendet er sich Constancia zu. Wut macht sich unerwartet von seinem Mund aus breit. »Ich vertrödle hier doch nicht die Zeit wie ein Herumtreiber!« schreit er. Er schwenkt herum, versetzt sich erneut in den Rhythmus, wird zum Fortsatz des Orchesters und neigt Constancia so weit hintenüber, daß sie den Boden berührt.

Heberto reist am Dienstag ab. Constancia gibt Gonzalo die Schuld. Sie weiß aus erster Hand, was für ein überzeugender Verkäufer ihr erster Ehemann sein kann. Fünfunddreißig Jahre ist es her, daß Gonzalo kam, um sie zu freien, in heftige Träume verstrickt. Er hatte an seinem Bein eine Ader aufgeschnitten, um sie zu beeindrucken, hatte ihr einen Kranz toter Bienen gebracht. Er hatte gesagt: *Mi vida, te lo juro*, ich weiß, was du brauchst.

Constancia hatte ihn als Risiko eingeschätzt, von ähnlicher Schwere wie Trägheit und Sonnenstich, und die Ansteckung durch ihn gemieden. Doch das hatte ihn nur umso mehr veranlaßt, ihre Nähe zu suchen. An dem Tag, an dem Gonzalo ihre Hand ergriff, hatte er einen infizierten Fleck hinterlassen, der von ihrem Arm Besitz ergriff und ihr Herz überwältigte. Constancia und er hatten in den ersten Monaten, in denen sie zusammen waren, jegliche Sprache zerrüttet. Danach wußte Gonzalo nichts mehr zu sagen.

Heberto hatte sich kurz vor dem Überfall im rosa Cadillac Gonzalos Untergrundorganisation La Brigada Caimán angeschlossen. Die Organisation beansprucht jeden Angriff, jeden Bombenanschlag auf angebliche Kommunisten für sich, ganz egal, ob sie für diese Gewaltakte tatsächlich verantwortlich ist oder nicht. Gonzalo prahlt damit, daß die Brigada Caimán in den Everglades zur Vorbereitung der letztendlichen Eroberung Kubas militärische Übungen abhält. Die große Invasion, läßt er durchblicken, findet vielleicht schon in diesem Sommer statt.

Constancia sieht es ihrem Mann an, daß ihn die Krankheit des Möglichkeitswahns befallen hat, des vielversprechenden Glanzes einer quasihistorischen Berufung. Er hat sich bereits einen nagelneuen Guerillaanzug zugelegt und ein Jagdmesser für seinen Sportgürtel. Wie hätte sie vorhersehen sollen, daß Gonzalos plumpe Appelle Heberto derart beeinflussen würden? Sie hielt ihren Mann für einen strikten *comerciante*, dem an Freizeit ebensowenig wie an Politik gelegen war. Und tatsächlich schien er sich nie an etwas zu freuen, es sei denn, daß ein definierbarer Profit in Aussicht stand.

»Mach dich nicht lächerlich, Heberto«, schnaubt Constancia, während sie warten, bis sie an der Reihe sind, ans Büfett zu treten. »Es gibt auf Kuba nichts mehr zu erben, nichts mehr, was sich aufteilen ließe.«

Ihr Mann belädt seinen Teller mit *lechón asado, arroz con frijoles*, Avocadosalat und *yuca* in Knoblauchsoße. Dann legt er sich zum Nachtisch eine Riesenportion Kuchen auf.

Constancia überlegt, daß Selbsttäuschung wesentlicher Bestandteil auch der sinnlosesten Unterfangen der Männer ist. »Wir sind nach Miami gezogen, damit du deine Ruhe hast!« beharrt sie. Und merkt augenblicklich, daß es falsch war, das zu sagen.

Heberto weigert sich, Constancia zu sagen, wo er hingeht, erwartet aber dennoch, daß sie für ihn packt. Constancia hat seine Unterwäsche einlaufen lassen, so daß sie zu eng zum Tragen ist. Sie hat die Schnürsenkel seiner Militärstiefel versteckt. Wenn Heberto das nächste Mal sein Deodorant benutzen will, wird er an dessen Stelle besonders klebrigen Honig vorfinden.

»Männer verwechseln immer Patriotismus mit Egoismus!« zischelt Constancia zwischen zwei Bissen gebratener Banane. Das ist eine Perversion des Idealismus. Warum sonst die ganze Schniegelei, die Orden, das mit Öl und Spucke zum Glänzen gebrachte Leder? Ihrer Meinung nach müßte Krieg eine streng persönliche Angelegenheit sein, wie Philosophie oder sexuelle Vorlieben.

Mitten in der Nacht rückt Constancia ihrem Mann, der im Ehebett liegt und zu schlafen vorgibt, auf den Leib. Sie schlüpft aus ihrem Abendkleid, rutscht nackt über die Bettdecke. Dann richtet sie sich auf, stellt je einen Fuß zu beiden Seiten von Hebertos Kopf. Constancia starrt auf ihren Mann herab, auf die runzlige Feuchte seines Gesichts. Langsam geht sie in die Hocke, bis er nur noch sie atmen kann. Dann wiegt sie sich vor und zurück, bis das ganze Bett wackelt, aus dem Gleichgewicht gebracht von ihrer Lust.

Constancia weiß, daß ihr Mann über ihren neuerdings so starken Sexualtrieb erstaunt ist. Es ist, als habe sich ein Grundbedürfnis neue Geltung verschafft, seit sie ihn leblos in ihrem Cadillac aufgefunden hatte. Nun hat sie das Gefühl, als gebe es zwischen ihnen keine Geschichte, keine Erinnerungen, keine Zukunft außer der des Todes.

Am nächsten Morgen folgt Constancia Heberto in einem beim Strandhotel gemieteten Wagen den Rickenbacker Causeway entlang. Ihr Kabrio, meint sie, sei für die Verfolgung zu auffällig.

Die Bucht ist makellos blau, eine unbefleckte Abstraktion. Segelboote ziehen mit frisch gestärkter Rechtschaffenheit durchs Wasser. Constancia fällt auf, wie sehr dieses Blau die Entfernungen verzerrt, wie ein unzuverlässiger Spiegel.

Ihr Mann ist nach Norden unterwegs. Constancia fährt nicht gern auf der I-95, aber sie ist entschlossen, ihm zu folgen. Es herrscht unregelmäßig starker Verkehr – Zusammenballungen von Autos, und dann wieder kilometerweit freie Bahn. Die uneinheitliche Silhouette der Innenstadt von Miami steigert ihre Rastlosigkeit. Miami ist eine für den Frieden zu junge Stadt. Neun Kreuzfahrtschiffe liegen vor Dodge Island vor Anker, behangen mit Fahnen und dreieckigen Wimpeln. Jeden Samstagabend sieht Constancia die Schiffe am Horizont näher rücken, unmerklich wie die Zeit.

Constancia fährt mit hundertzehn Stundenkilometern hinter ihrem Mann her. Sie weiß, daß er sie nicht bemerken wird. Heberto fährt zu schnell, blickt nie in den Rückspiegel und wechselt unachtsam die Spur. Außerdem hat sich Constancia verkleidet, viel zu auffällig, um erkannt zu werden. Ihr Haar steckt unter einem geblümten Turban, ihre Sonnenbrille hat Übergröße. Sie trägt fuchsienrosa Lippenstift, den sie weit über die Konturen ihrer Lippen hinaus aufgetragen hat.

Ihr Mann setzt seine Fahrt nach Norden fort, vorbei an den Flughafenschildern, vorbei an Ausfahrten, bei denen es Constancia für möglich gehalten hätte, daß er sie nehmen würde. Dann biegt Heberto zu ihrer Überraschung nach Westen ab in Richtung Bird Jungle. Constancia ist einmal am Nachmittag dort gewesen, als Heberto beim Angeln war. Sie war dort auf einen *guajiro* gestoßen, der ihr alles erzählt hatte, was er wußte: daß die Knochen der Seetaucher denen der ersten flugfähigen Vögel am ähnlichsten waren; daß auf den Chincha-Inseln Perus fünf Millionen Kormorane nisten; daß von allen Vögeln auf Kuba die Wachteltaube das bezauberndste blaue Gefieder trägt.

Heberto fährt am Bird Jungle vorbei, an Le Jeune Road vorbei zum Eingang von Hialeah Park. Der Rennplatz ist saisonbedingt geschlossen. Trotzdem bearbeiten Männer mit Hacken und Rasenmäher sorgfältig das Gelände. Der Pförtner winkt Heberto wie einen Stammkunden durch. Constancia bleibt ein ganzes Stück zurück. Gleich darauf folgt sie ihrem Mann hinein.

Constancia schlendert durch das verlassene Klubhaus, dessen abgestandene Luft von den Gerüchen der vergangenen Saison erfüllt ist, und klopft ans Fenster eines jeden Wettschalters. Sie inspiziert das Männerklo, das Gerüst der Tribüne. Heberto ist nirgends zu finden.

Draußen in einem Bromeliengarten sonnt sich ein gesprenkelter Leguan auf einem Stein. Constancia erinnert sich an den schwarzen Leguan, den sie einmal gesehen hat, zum Trocknen aufgehängt an einem *Yagruma*-Baum in Pinar del Río. Ihr Vater hat ihr erklärt, daß die schwarzen Leguane fast ausgestorben seien, weil die *campesinos* sie töteten, um Unglück abzuwehren.

Die Pferdekoppeln sind grün von der vielen Pflege und vom kürzlich niedergegangenen Regen. Ein Froschpaar hockt in einer Pfütze. Sie ist nicht sicher, ob es mit seinem Duett zur Paarung auffordert oder sich beschwert. Überall stehen Flamingos und putzen sich ungelenk. Constancia sehnt sich auf einmal danach, ein Pferd striegeln zu können. Jahrelang hat ihr Vater für ihre Sammelexpeditionen dieselben zwei Stuten eingesetzt. Gordita war stämmig und gescheckt und mochte geschälte Weintrauben. Epictetus war kastanienbraun und liebte einen tüchtigen Galopp. Beide Pferde waren an ein und demselben Tag im Sumpf von Zapata umgekommen, zum Wahnsinn getrieben von unbarmherzigen Moskitos, hatte ihr Vater gesagt.

Ihre Mutter war an jenem Tag mit den Pferden zusammen gestorben. Ihr Vater hatte erzählt, daß Mamá ertrunken sei, nachdem sie sich getrennt hätten, um besser an die schwer zu fangenden Ruderenten heranzukommen. Er hatte erzählt, daß Mamá ausgerutscht sei und sich an einem Baumstamm die Schläfe aufgeschlagen habe, daß sie ohnmächtig gewesen und so lange sumpfiges Wasser eingeatmet habe, bis sie tot war. Constancia erinnert sich, Papis Gesicht beobachtet zu haben, als er ihr das erzählte, seinen stumpfen, entschlossenen Blick. Sie erinnert sich, gedacht zu haben, daß Mamá gestorben sein mochte, daß sie jedoch nicht zu begraben sei, daß sie ihnen für immer erhalten bleiben würde, höllisch wie ihre Abwesenheit.

Als Reina sich nicht hatte davon abbringen lassen, daß sie Mamá im Beerdigungsinstitut mit zerschmetterter Kehle gesehen habe, hatte Papi geleugnet, daß dies möglich sei. Reina hatte wie ein geblendetes Tier geschrien und von ihrem liebsten Tulpenbaum sämtliche Blüten abgerissen. Dann war sie von Haus zu Haus gegangen, hatte in den Gärten der Nachbarn Blumen ausgerissen, Blütenblätter verstreut und Bienen aufgescheucht.

Als ihr Vater sie nach Trinidad aufs Internat schickte, hatte ihre Schwester angefangen, starr wie eine Wildblume im Regen zu sitzen und auf gefallenem Laub zu kauen. Constancia wollte nichts mit Reina zu tun haben. Sie wies ihre Annäherungsversuche zurück, wollte kein Wort mehr hören über Mamá. Constancia war eifersüchtig auf die Trauer ihrer Schwester, denn sie empfand nicht das geringste.

Ein Jahr später hatte Papi Constancia endlich anvertraut, daß Reina über das, was sie gesehen hatte, nicht gelogen hatte. Ihre Mutter habe sich, gestand er, im Sumpf von Zapata selbst erschossen. Sie habe die Flinte auf ihre eigene Kehle gerichtet. Er ließ Constancia versprechen, Reina nie etwas davon zu sagen, da das Geheimnis nur alte Wunden aufreißen würde. Das hatte Constancia mehr Angst gemacht als seine ursprüngliche Version, denn sie wußte nun, daß sie Papi nicht retten konnte, wußte mit Sicherheit, daß er als nächster sterben würde.

Constancia überquert in der Mittagshitze die Rennbahn von Hialeah. Hoch droben in der Sprecherkabine erspäht sie ein zappelndes Paar Stöckelschuhe mit Glitzereffekt. Die Konsequenzen sind ihr äußerst unangenehm. Dies ist eine Entdeckung bezüglich ihres Ehemanns, die sie nicht über sich ergehen lassen mag. Constancia ruht sich am Ufer des Teichs aus, der im inneren Rund der Rennbahn angelegt ist. Dann reißt sie von einer stummeligen Palme einen Wedel ab und wischt sich sorgsam den Lippenstift vom Mund.

Es ist später Nachmittag. Heberto ist noch immer nicht nach Hause gekommen. Constancia erklimmt eine Trittleiter und entfernt Ecke um Ecke die kubanische Flagge, die ihr Mann an der Schlafzimmerwand aufgespannt hat. Sie schüttelt sie aus, bis sie weht wie ein frisch gewaschenes Laken. Dann faltet sie sie vor ihrer Brust zu einem immer kleiner werdenden Quadrat zusammen. Constancia mißtraut allen Fahnen und versteht nur zu gut ihre standhafte Leidenschaft für die Toten.

Constancia geht ins Wohnzimmer und wählt aus ihrer Sammlung kubanischer Sinfonien des zwanzigsten Jahrhunderts eine Aufnahme aus. Die Musik schält ewig wunde Regionen des Elends heraus, meldet Verletzungen von Nerv zu Nerv. Wenn sie den dumpfen Trommeln lauscht, gerät ihr jede Zeit durcheinander.

Ihr Sohn war sieben Jahre alt, als Constancia ihm einen Satz Bongos zum Spielen schenkte. Silvestre hatte darauf herumgehauen, bis er den Rhythmus spüren konnte. Danach hatte er behauptet, immer noch alles mögliche zu hören.

»Was denn zum Beispiel?« hatte Constancia ihn gefragt.

Silvestre hatte das Brausen des Ozeans nachgeahmt, hatte gerufen wie die Straßenhändler, die in der Nähe des Malecón ihre Früchte anpreisen: *¡Mangos preciosos, mangos deliciosos!* Da war Constancia klar gewesen, daß er sich an die Geräusche nur erinnerte, so wie Amputierte weiter ihre fehlenden Arme und Beine spüren. Als letztes hatte Silvestre Constancias Stimme nachgeahmt, laut und auf spanisch: *Sei ein kleiner Mann und weine nicht, Silvestre. Das ist viel, viel besser, als Kommunist zu werden.*

Auf Kuba war 1961 das Gerücht umgegangen, daß man vorhabe, Kinder zusammenzutreiben und in Internate in die Ukraine zu verfrachten. Entsetzte Eltern hatten daraufhin ihre Söhne und Töchter in amerikanischen Waisenhäusern untergebracht, in der Hoffnung, sie zurückzuholen, wenn die Krise vorbei war. Constancia hatte Silvestre nach Colorado geschickt. In jenem Winter war es in Denver so kalt, daß ihr Sohn unzählige der Kleidungsstücke, die Constancia für ihn eingepackt hatte, übereinander anziehen mußte. Einige der anderen Kinder sprachen auch spanisch. Sie waren aus dem gleichen Grund wie Silvestre in dem katholischen Waisenhaus: damit die Russen ihrer nicht habhaft werden konnten.

In weniger als einer Woche lag Silvestre im Krankenhaus mit einundvierzig Fieber und einer bösen Schwellung, die die gesamte rechte Körperhälfte erfaßte. Als das Fieber endlich nachließ, war er unwiderruflich taub.

Ein Jahr später hatte Constancia Kuba verlassen und war mit Heberto und der kleinen Isabel gekommen, um ihren Sohn abzuholen. Sie fanden Silvestre vereinsamt auf der Krankenstation des Waisenhauses. Constancia wollte nicht glauben, daß Silvestre nichts mehr hören konnte. Sie klatschte hinter seinem Rücken in die Hände und erwartete, daß er zusammenzucken würde. Als er es nicht tat, zerschlug Constancia schuldbewußt und von Gram überwältigt das Mobiliar und mußte selbst vorübergehend in stationäre Behandlung.

Auf dem Couchtisch steht ein Bild von Silvestre, gerahmt in glänzendes Silber. Er ist sechzehn Jahre alt und mit hellblauem Smoking und weißem Rüschenhemd herausgeputzt für seinen Abschlußball. Constancia erinnert sich, daß sie ihn einen Häuserblock von der Schule entfernt absetzen und sich später in die Turnhalle schleichen mußte, um ihm beim Tanzen zuzusehen.

Alle Schüler an seiner Schule waren taub, hatten aber dennoch zur dröhnenden Musik geschwoft, indem sie auf die Vibrationen des gewachsten Holzfußbodens reagierten. Constancia hatte Silvestre dabei beobachtet, wie er eng umschlungen mit einem großen vollbusigen Mädchen im bodenlangen Kleid tanzte. *Sie sieht überhaupt nicht aus wie ich,* hatte Constancia gedacht. Er hatte den Hals des Mädchens liebkost, und bald darauf hatten sie angefangen, sich zu küssen, wobei Silvestre sich ein wenig anstrengen mußte, um ihre Lippen zu erreichen.

Der Anblick hatte Constancias Kummer wiederaufleben lassen, hatte sie mit dem Bewußtsein erschüttert, wie unerschütterlich treu ihr Schmerz blieb.

Constancia schaltet die Musik aus und dreht den Programmknopf von der durchgehenden Gezeitenansage zur allabendlichen Aktualisierung von *La Hora de los Milagros*. Es gibt einen Nachfolgebericht über die Marienerscheinungen in Cozumel, die örtliche Reklamemacher mit den Wundern von Lourdes und Guadelupe vergleichen.

Die Jungfrau Maria hat offensichtlich nach wie vor eine Vorliebe für die Waschküche des Hotels El Presidente, wo sie der Wäscherin Bernarda Estrada, die inzwischen ins Kloster der Barmherzigen Schwestern Eingang gefunden hat, insgesamt neunmal erschienen ist. Zweimal hat sich die Jungfrau außerdem der Küchenhilfe Consuelo Barragán gezeigt, und zwar jedesmal beim Kartoffelschälen für den berühmten Hummertopf des Hotels. Und auf den südlichen Tennisplätzen des Hotels El Cozumeleño, das hatte der Platzwart Gustavo Rubio beim Grab seiner Mutter geschworen, hatte er die Muttergottes zwei Meter über dem Netz schweben und den rechten Arm schwingen sehen, wie zu einem kräftigen Aufschlag.

Constancia erinnert sich an ihre eigene religiöse Hingabe, die erst von Beatriz Ureña, ihrem Kindermädchen, gefördert worden war und dann von der bunt zusammengewürfelten Schar diverser Onkel in Camagüey. Dort auf der *finca* hatten Rituale stattgefunden, hatten weißgekleidete Männer eintönige Gesänge angestimmt, immer bis spät in die Nacht hinein. Mit acht Jahren war Constancia von einer kommunalen Straßenbahn gesprungen, um ihrem Onkel Dámaso zu zeigen, daß Jesus sie fliegen lassen konnte. Aber statt dessen war Constancia im Karren eines Mangoverkäufers gelandet und hatte seinen sorgfältigen Aufbau plattgedrückt. Noch Wochen danach hatte sie mit ihrem süßen, fleischigen Duft streunende Katzen angelockt.

Ein andermal hatte sich Constancia mit dem Taschenmesser ihres Großvaters die Schenkel aufgeschlitzt, hatte sich flache kreuzweise Schnitte beigebracht, die zu winzigen Kruzifixnarben verheilt waren. Allerdings hatte niemand ihr abgenommen, daß es sich um Stigmata handelte, nicht einmal die leichtgläubigen Nonnen des Klosters von Santa Ana.

Nachdem ihr Vater Selbstmord begangen hatte, hörte Constancia ganz mit dem Beten auf. Da wußte sie schon, daß sie mit etwas Glück nur die minutiösen Genauigkeiten ihres eigenen Lebens kontrollieren konnte. Alles andere würde unerreichbar bleiben.

Im Gefrierfach liegt ein Pfund Rinderhackfleisch. Constancia taut es im Mikrowellenherd auf und erhitzt in ihrer größten Bratpfanne eine Pfütze Olivenöl. Sie stellt einen Topf mit Wasser für den Reis zum Kochen auf. Der Knoblauch ist vertrocknet, aber sie hackt ihn trotzdem fein, schneidet eine Zwiebel und die Reste einer glänzenden grünen Paprikaschote in Stücke, dünstet alles in der Pfanne an. Als nächstes bräunt sie das Fleisch, gibt eine Dose Tomaten, roten Paprika, gefüllte Oliven, eine halbe Schachtel Rosinen dazu.

Während der *picadillo* schmort, tritt Constancia mit einem Schälmesser auf den Balkon, um das herannahende Gewitter zu beobachten. Die Hitze preßt sich gegen ihr Gesicht wie eine warme Hand. Ihr fällt ein, was Isabel vor einer Woche zu ihr gesagt hat (wo erfährt ihre Tochter diese seltsamen Fakten?): Wenn alle Menschen auf der Erde im Weltraum Urlaub machen wollten, hätte jeder von ihnen dreißig Sonnensysteme zur Auswahl. Constancia hat diese Statistik an Heberto weitergegeben, aber der schien nicht im mindesten beeindruckt zu sein.

Im vergangenen Monat hatte Isabel ihnen ein Geschenk zum zweiunddreißigsten Hochzeitstag geschickt: eine Sammlung toter Zaunkönige, die in Gläser mit Formaldehyd eingelegt waren und wollene Stiefelchen und Schals trugen. Ihre Tochter hatte die pastellfarbenen Kleidungsstückchen selbst gestrickt. Isabel hatte bereits erzählt, daß sie, seit sie mit der Töpferei aufgehört habe, mehr mit Konzeptkunst und traditionellen Handarbeiten experimentiert habe. Das Werk *Jubiläumsvögel*, hatte sie gesagt, sei der Beleg für ihre neue künstlerische Zielsetzung.

Constancia durchschneidet an fünf Stellen das Fliegengitter am Balkon. Die metallischen Einschnitte rollen sich nach innen auf wie verletzte Blätter. Constancia überlegt, ob sie sich je selbst das Leben nehmen könnte. Sie würde es anders machen als ihre Eltern, würde sich einen hohen, offenen Schauplatz aussuchen, eine geeignete Klippe, ein sonniges Stück Mittelmeerküste. Auf jeden Fall aber keinen Schauplatz, an dem ihr zerschmetterter Leichnam aufzufinden war und von ihrem Mann und ihren Kindern beweint werden konnte.

Constancia tritt einen Schritt vor und legt beide Hände flach gegen die zerschnittene Vergitterung. Heberto reist übermorgen ab. Es ist wider die Natur, den Tod zu wählen, aber die Alternative, dieses langsame Dahinsiechen, scheint manchmal alles andere als würdevoll. Ihre Glieder fühlen sich schwer an vom Blut. Constancia versucht sich an ihre Träume der letzten Nacht zu erinnern, aber es fällt ihr kein einziger ein, nur die Belastung und die Verstörung, sie geträumt zu haben.

Die Abwesenheit der Sonne breitet sich den Strand entlang aus, rückt dann Woge um Woge vor. Sie ist eine kolossale Mißachtung, entflammte Gleichgültigkeit. Sie hinterläßt eine Landschaft, die keine gewöhnliche Finsternis verbergen kann.

Die Lederschildkröte

Meine Eltern feierten meinen dreizehnten Geburtstag wie jedes wichtige Ereignis in unserem Leben mit großem Gepränge und Fanfarenklängen. Papá backte mir eine Mandeltorte samt Marzipanpapageien, die er bei einem Süßwarenladen in Havanna bestellt hatte, und dann brachten mir die beiden wie zwei Mariachis ein Ständchen, das eine ganze Stunde dauerte. Die Mamá sang mit quietschender, kratziger Stimme, die mit ihrer wohlklingenden Sprechstimme nichts gemein hatte, und Papá drückte seinen Bariton heraus, bis sich das »Happy Birthday to You« eher gesprochen als gesungen anhörte.

Ich rechnete mit einem Geschenk, nicht jedoch mit einem, das so sensationell war wie die durchweg farbig bebilderte einbändige britische Enzyklopädie *Vögel der Welt*. Eintausenddreiundvierzig Seiten alles in allem. Jahre später wurde dieser Prachtband aus meinem Büro an der Universität von Havanna gestohlen. Die Illustrationen tauchten überall in Kuba auf Wochenmärkten auf. Sie waren mit billigem Holz gerahmt und wurden als Zimmerdekoration für wenige Pennies an *guajiros* verkauft. Ich weiß das, weil ich selbst in Guardalavaca und Morón mehrere der Illustrationen erworben habe.

Nach dem Abendessen spazierten mein Vater und ich durch die lauen Straßen von Pinar del Río. Ab und an machten wir halt, um einen Freund zu begrüßen oder um im Schaufenster des Fotogeschäfts das neueste Fernglas zu bewundern. Das ziellose Umherschlendern setzte sich ungefähr eine Stunde lang fort, was für meinen zielstrebigen Vater ungewöhnlich war. Wie es schien, hatte die Mamá dem Papá aufgetragen, sich mit mir über die Gegebenheiten der Natur zu unterhalten – mit mir, der ich ein eifriger Beobachter des Tierreichs war, seit ich laufen konnte! Papá räusperte sich und tat sich mit der Wahl seiner Worte so schwer, daß ich schließlich genauso abwinkte, wie er es tat, wenn er ungeduldig oder beunruhigt war.

»De acuerdo«, sagte er. »Aber wenn deine Mutter dich fragt, sagst du ihr, wir hätten uns unterhalten.«

Nachdem er an Gelbfieber erkrankt war, hat Papá mich oft gebeten, in der Zigarrenfabrik für ihn einzuspringen. Es machte mich längst nicht mehr so nervös, vor Publikum zu sprechen, und die Zigarrendreher beglückwünschten mich zu meiner Stimme – nicht halb so wohlklingend wie die deines Vaters, sagten sie, aber glockenhell und klar. Das war zwar nicht das, was ich hören wollte, aber ich nahm ihr Lob an.

An einem solchen Tag organisierte ich das Vorlesematerial für den Vormittag: zwei örtliche Tageszeitungen, eine Filmzeitschrift, den neuesten Rundbrief der Internationalen Gewerkschaft der Zigarrenarbeiter und Papás Lieblingsrezept für Muschelpastete auf galicische Art, für die eine ganz bestimmte, nur in Spanien heimische Muschelsorte benötigt wurde. Mein Vater hatte sich angewöhnt, seine kulinarischen Kenntnisse an die Zigarrendreher weiterzugeben, die für seine Kochtips überaus dankbar waren. Als Papá jedoch einmal versucht hatte, die Zubereitung der perfekten torta a la española auf einem tragbaren Kocher zu demonstrieren, hatte ihn der Direktor wegen der Brandgefahr mitten im Vortrag unterbrochen. Ein Transparent mit der Aufschrift DAS KOCHEN AUF DEM FABRIKGELÄNDE IST VERBOTEN hing immer noch ausgefranst und vergilbt vom Rauch an der Rückwand der Halle. Am Nachmittag wollte ich mit der spanischen Übersetzung von La bête humaine weitermachen, die Papá in der Vorwoche angefangen hatte.

Nach dem Mittagessen trat eine neue Arbeiterin durch das Fabriktor. Sie war das genaue Ebenbild einer üppigen Karnevalstänzerin, die ich einst auf einem Kupferstich aus dem neunzehnten Jahrhundert bewun-

dert hatte. Die junge Frau, die ein kariertes Kleid und ein gestärktes weißes Kopftuch trug, nahm in der ersten Reihe Platz und holte eine gebogene Klinge aus ihrer Tasche. Der Vorarbeiter brachte ihr einen großen Stapel Tabakblätter. Sie war eine despalilladora, *deren Spezialität das Abstreifen der Stengel von den Blättern war.*

Droben auf der Plattform stellte sich meine alte Nervosität mit aller Macht wieder ein. Ich bildete mir ein, die despalilladora *säße allein vor mir und würde mich mit ihren strahlenden Augen mustern. Ich räusperte mich und begann zu lesen:*

> *»Um elf Uhr fünfzehn, auf die Minute pünktlich, gab der Diensthabende an der Europabrücke die vorgeschriebenen zwei Hornsignale, um das Herannahen des Schnellzugs aus Le Havre anzukündigen, der aus dem Tunnel von Batignolles hervorkam …«*

Mir wurde immer heißer, und ich war dem Ersticken nahe, aber es gab kein Fenster, das ich hätte öffnen können, keinen Ort, an dem ich hätte Luft schöpfen können. Mir fiel auf, daß die despalilladora *selbst keine Zigarren rauchte, daß sie aber den Rauch tief befriedigt einatmete, als seien die Wölkchen um sie herum eine frische Meeresbrise.*

> *»… Bald darauf ratterten die Drehkreuze, als der Zug mit einem kurzen Pfiff in den Bahnhof einfuhr, mit quietschenden Bremsen, dampfend und triefend naß vom treibenden Regen, der seit Rouen unablässig herabgeprasselt war …«*

Ein unangenehmes Prickeln breitete sich durch meinen Körper aus. Es fing in meiner Brust an, wo mein Herz vernehmlich klopfte, und dann in allen Gliedmaßen auf einmal. Im Nu war meine Haut mit einem Schweißfilm überzogen, und jede Ader in meinem Leib zuckte vor Blut. Von drunten in der Halle starrte die despalilladora *zu mir herauf. Sie hatte besorgt die Brauen hochgezogen, und ihr gebogenes Messer verharrte mitten in der Luft.*

Ich erwachte flach auf dem Rücken liegend im Büro des Generaldirektors von El Cid. *Meine Mutter beugte sich über mich und strich mit der*

Hand über meine Stirn. Sie roch gut nach Vanille, nach der sahnigen Seife, die sie immer benutzte. Sie half mir, mich aufzusetzen, rückte mir Hemdkragen und Krawatte zurecht und blickte mir dann direkt ins Gesicht. »Du bist verliebt, Ignacito«, flüsterte sie so leise, daß es sonst niemand hören konnte, und drückte mich fest an sich.

Aus meiner Verliebtheit, die fast ein Jahr lang anhielt, wurde nichts, außer daß ich zahlreiche Schultage versäumte, weil ich Teresita Castillo nachspionierte. Meine Gefühle, übervoll mit Unsicherheiten, lösten in mir eine derart schwerwiegende Freudlosigkeit aus, daß sie an Erbärmlichkeit grenzte. Wie konnte ich lachen, da ich doch mehr als alles andere fürchtete, man könne über mich lachen?

Ich erfuhr, daß Teresita vor kurzem geheiratet hatte und aus einem anderen Teil des Viñales-Tals nach Pinar del Río gezogen war. Ihr Mann Rodolfo, der schmächtig, aber dennoch unerwartet sehnig und kräftig war, fuhr einen der Lastwagen einer Kartonagenfabrik und war häufig tagelang fort, um andere Regionen des Landes zu beliefern. Ich stellte mir vor, Teresita vor diesem nichtswürdigen Wurm zu retten und ihr ein Leben an meiner Seite anzubieten, aber da hatte ich gerade erst angefangen, die höhere Schule zu besuchen.

Jedesmal, wenn Teresita und ich uns begegneten – was nie zufällig geschah, denn ich kannte genau ihren Tagesablauf und sorgte dafür, daß ich sie täglich mehrmals zu sehen bekam –, erkundigte sie sich nach meiner Gesundheit, als wäre ich jemand, der kränklich ist und zu Ohnmachten neigt. Das fraß schlimmer an mir als jede Säure, die zu schlucken ich in meiner Verzweiflung in Betracht zog. Gelang es mir nicht, Teresitas Liebe zu gewinnen, mußte mir ihr Mitleid genügen. Mitleid, das hatte ich aus den vielen Romanen in Papás Besitz gelernt, die ich gelesen hatte, erwies sich oft als fruchtbarer, wenn auch dünner Boden für eine Romanze.

Was für törichte Gedanken, was für ein törichtes Herz! Es könnte komisch sein, wenn ich nicht noch im nachhinein ein Aufflackern der einst erlittenen Qual empfände.

Meine Mutter war während dieser Zeit am gütigsten zu mir. Damit soll gesagt sein, daß sie mich in Ruhe ließ, keine Fragen stellte und dafür sorgte, daß ich bei aller Zerstreutheit genug aß. Papá war weniger hilfreich. Er verlor die Geduld, wenn ich ihm mit Erkundigungen nach meiner Liebsten zur Last fiel. Ich wollte über Teresita Castillo nur das Allerbeste hören. Daß sie die beste despalilladora *in der Fabrik war, die schnellste und geschickteste im Umgang mit dem Messer. Daß sie von allen Zigarrenfabrikarbeitern die liebenswürdigste, mit der größten Herzensgüte gesegnete war. Aber mein Vater ließ sich nicht dazu herab, mir zu sagen, was ich hören wollte.*

Solange ich in Teresita verliebt war, forderte mein Vater mich kein einziges Mal auf, an seiner Stelle in der Fabrik vorzulesen. Meine Mutter muß das mit sanften, aber unmißverständlichen Drohungen sichergestellt haben.

Kurz vor Ostern vertraute Teresita mir an, daß sich auf ihrem Dachboden Fledermäuse eingenistet hätten. Was für ein Glück! Natürlich wußte ich durch mein ständiges Spionieren längst Bescheid über ihre Fledermäuse, aber ich verriet mich nicht. Die meisten Kubaner waren zu jener Zeit Fledermäusen gegenüber recht tolerant – sie waren schließlich bloß eine der simplen Gegebenheiten des Alltags. Ihre Einstellung unterschied sich von der bei Amerikanern verbreiteten und sogar bei einigen Europäern vorkommenden irrigen Auffassung, die Fledermäusen jedes nur erdenkliche asoziale Verhalten andichtete. Bei Teresita daheim war jedoch die Zahl der Fledermäuse über das erträgliche Maß hinaus gestiegen, und der Gestank war zu überwältigend, um ignoriert zu werden.

Ich traf kurz vor Einbruch der Dunkelheit bei Teresita zu Hause ein, angetan mit Weste und Jackett, die ich mir von meinem Vater geliehen hatte. Ich war eher für ein Staatsbankett als für die Massenvernichtung von Fledermäusen gekleidet. Sie bat mich herein, sah freundlicherweise über meinen Aufzug hinweg und bot mir etwas zu trinken an.

»Whisky, wenn Sie welchen da haben. Oder einen Cognac. Por favor.*« Ich bedauerte meine Worte augenblicklich.*

»Wäre Ihnen ein wenig Rum auch recht?« fragte sie mit unbewegter Miene. Ich hätte sie vor lauter Dankbarkeit küssen mögen.

»Ja, ja. Danke.«

Ich nahm kleine, brennende Schlucke von dem Rum.

»Ungefähr um diese Zeit fangen sie an, unruhig zu werden«, sagte Teresita. Ich starrte sie verständnislos an. Mein Gesicht und meine Brust standen in Flammen. »Die Fledermäuse«, ergänzte sie. »Können Sie sie hören?«

Tatsächlich quietschten und raschelten die Fledermäuse über uns, und der Lärm, den sie verursachten, nahm rasch zu. Gleich darauf verschmolzen die Geräusche so, daß es sich anhörte wie das Summen eines gigantischen Bienenkorbs.

»Jetzt fliegen sie los!« verkündete Teresita, den Krach übertönend. »¡Mira!«

Vor dem Fenster ergoß sich ein Strom von Fledermäusen ins Freie, so daß ein großer grauschwarzer Strudel entstand. Um und um flogen sie, und immer noch kamen Hunderte nach, die mit hoher Geschwindigkeit kreisten, ehe sie in alle Himmelsrichtungen davonstoben.

*»Tedarida murina«, sagte ich. »Das sind die besten Flieger auf der Insel.« Ich hätte Teresita gern erzählt, daß sie auf Kuba nach dem Mo-*lossus tropidorhynchus *die zweithäufigste Fledermausart sind und unter ihresgleichen annähernd die gleiche Position einnehmen wie die Schwalben unter den Vögeln. Ihre langen schmalen Flügel, wollte ich zu ihr sagen, schlagen derart schnell, daß die Fledermäuse seitlich hin- und herwogen, und ihr Verbreitungsgebiet erstreckt sich bis nach Jamaika, Santo Domingo und Puerto Rico.*

Statt dessen teilte ich ihr widerstrebend mit, wie sie die Einschlupflöcher mit Stroh und Zement verstopfen solle, wo sie das Rattengift auslegen solle, damit möglichst viele daran eingingen, und was sie gegen den durchdringenden Gestank unternehmen konnte. Es machte mich traurig, ihr all das zu sagen. Auf dem Nachhauseweg, den ich eine Stunde später noch leicht betrunken vom Rum antrat, begann meine Liebe zu Teresita Castillo abzuklingen.

Im Sommer desselben Jahres fuhren mich meine Eltern wohl unter anderem deshalb, weil sie mich über den Fehlschlag meiner Liebe hinwegtrösten wollten, an die Südküste Kubas zu meiner ersten allein unternommenen Expedition. Von da fuhr ich mit dem Dampfer über den Golf von Batabano nach Nueva Gerona, der Hauptstadt der Pinieninsel. Ehe ich an Bord ging, überreichte Papá mir einen Deckelkorb voller Speisen, die er selbst zubereitet hatte: Krabbentörtchen, frisches Brot mit Anchovispaste, Lammfleischwürstchen und ein noch warmer Fischtopf. Er nahm zweimal soviel Platz ein wie der Rucksack mit meinen Sachen für die gesamte Reise.

Während ich über das türkisfarbene Wasser des Golfs dahinglitt, vorbei an kleinen Inselgruppen mit phantasievollen Namen, überlegte ich, was die ersten Entdecker beim Anblick neuer Horizonte empfunden haben mochten, beim Heranrauschen der Möglichkeiten in ihren Köpfen. Ich stellte mir vor, wie ihnen die ungeheuren Reichtümer einfielen, die sie erwarteten, die allesamt nur darauf warteten, mit der Muskete und einem Paar kräftiger Hände erobert zu werden.

Auf dem Dampfer freundete sich eine amerikanische Frau mit zwei kleinen Kindern mit mir an. Sie lebte seit 1913, als ihr Mann dort eine Grapefruitplantage gekauft hatte, auf der Pinieninsel. An warmen Sommerabenden, erzählte sie seufzend, bleibe das Zitrusaroma an jedem Luftpartikel haften. Señora Crane empfahl mir, die Höhlen von Punta del Este zu besuchen. Sie seien, erläuterte sie, vor kurzem von Schiffbrüchigen entdeckt worden und enthielten Zeichnungen aus präkolumbianischer Zeit. In der größten Höhle seien Piktogramme von roten und schwarzen konzentrischen Kreisen durch Pfeile verbunden, die gen Osten wiesen.

In meiner Begeisterung und in der unbarmherzigen Hitze der Pinieninsel fand ich es unmöglich, zu schlafen. Ich beruhigte mich, indem ich allabendlich an den Stränden des Nordens schwimmen ging, dort wo der schwarze Sand glitzerte. An meinem fünften Abend ließ ich mich gerade langsam im Meer treiben, als etwas Riesengroßes vorbeischwamm und an meinem Bein entlangstrich. Ich geriet in Panik, rechnete mir schnell die

Wahrscheinlichkeit aus, daß ein Hai der Küste so nahe gekommen war. Ich hatte mir am Nachmittag am Strand von Bibijuagua an einem Marmorsplitter den Fuß verletzt, und die Schnittwunde hatte sich noch nicht geschlossen.

Ich paddelte vorsichtig ans Ufer, hielt meinen verwundeten Fuß so gut es ging über Wasser. Als ich den Strand erreicht hatte, atmete ich so schwer, daß ich befürchtete, meine Lungen könnten kollabieren.

Dann sah ich sie. Ihr wulstiger Rücken und die Größe ihrer Schwimmfüße machten die Identifikation leicht, schon gar im Licht des Mondes. Sie war fast zweieinhalb Meter lang, eine halbe Tonne bedächtiger Herrlichkeit. Die Lederschildkröte schwenkte ihren faltigen gesprenkelten Hals herum und musterte mich, als wolle sie meine Vertrauenswürdigkeit ergründen. Ich sah deutlich ihre Augen, den wie ein V geformten Schnabelfortsatz. Sie zog sich mit Hilfe ihrer vorderen Gliedmaßen den Strand hinauf, verharrte alle paar Meter, um sich auszuruhen. Hinter ihr blieb im Strand eine lange, breite Furche zurück.

Es kam außerordentlich selten vor, daß an unserer Küste eine der großen Lederschildkröten gesichtet wurde. Sie paaren sich hauptsächlich im Golf von Guinea vor Westafrika und legen ihre Eier in die flachen Gewässer rund um Ceylon. Ich wußte damals jedenfalls schon, daß auf Kuba nicht öfter als alle paar Jahre einmal eine Lederschildkröte auftauchte, und wenn, dann fast nie zur Eiablage.

Als die Lederschildkröte einen geeigneten Platz für ein Nest gefunden hatte, versenkte sie sich tief in den Sand, indem sie sich mehrmals im Kreis drehte, bis sie eine Mulde gebildet hatte. Sie wandte sich mir erneut zu, als wolle sie mich davor warnen, näher zu kommen. Dann schaufelte sie weiter ihre Eiergrube aus, erst mit dem einen, dann mit dem anderen Schwimmfuß, den sie einwärts bog, um mehr Sand herauszuholen.

Nach scheinbar unendlich langem Graben legte die Riesin die Hinterbeine zusammen, streckte den Hals vor und begann sich in einem ureigenen Rhythmus zu wiegen, um schließlich ihre Eier in den Sand zu legen. Als sie damit fertig war, schaufelte das erschöpfte Muttertier die Grube wieder zu. Sie klopfte auf den Sand, bis sie alle Spuren ihres Nestes verwischt hatte, und machte sich dann müde auf den Weg zurück ins Meer.

Die ganze Nacht suchte ich die Wogen nach ihr ab, aber nur die stetige Brandung antwortete auf meinen forschenden Blick.

Bei Tagesanbruch stieß eine dicke Raubmöwe auf das vergrabene Nest der Lederschildkröte herab. Ich verfluchte den Vogel und warf eine Handvoll Sand nach ihm. Gleich darauf tauchten weitere Möwen auf. Sie verharrten in Formation über mir, und dann kam ein streunender Hund mit der Nase am Boden den Strand entlang.

Was blieb mir anderes übrig? Ich saß den ganzen Tag und die ganze folgende Nacht auf dem Nest der Lederschildkröte und bewachte an ihrer Stelle die Eier. Ich stellte mir ihre Brut vor, die später im Sommer das Wettrennen in die Brandung austragen würde, und ich frage mich immer noch hin und wieder, ob das Gelege wohl überlebt hat. Vielleicht nur ein Tier oder zwei. Diese Schildkröten wären inzwischen voll ausgewachsen, hätten womöglich schon eigene Nachkommen und würden träge alle sieben Meere durchqueren.

Reisen mit der Familie

HAVANNA
APRIL 1991

Reina arbeitet die warme Aprilnacht hindurch. Sie kramt herum zwischen den Büchern, den Papieren, den Tierhäuten ihres Vaters. Die Balkontüren des Arbeitszimmers stehen weit offen. Das Zimmer erscheint ihr in dieser Nacht wie ein intimer Teil der Stadt, nicht abgegrenzt durch Verputz und Mauerwerk, sondern eines ihrer kleinen lebenswichtigen Organe, eine unverzichtbare Körperhöhlung. Außerdem ist Reina ausnahmsweise dankbar für ihre Schlaflosigkeit, für den sanften Trost der Dunkelheit. Die Vergangenheit, die sie durchkämmt, ist lange tot, abgestreift vom Leben ihres Papás wie die trockene Haut einer Schlange.

Immer noch warten Dutzende seiner Objekte darauf, untersucht zu werden, allesamt auf Kuba heimische Tiere und Pflanzen. Die meisten wird Reina dem Naturkundemuseum von Gíbara schenken. Die am besten erhaltenen jedoch wird sie der Sammlung Carlos de la Torre in Holguín vermachen. Ihr Vater war mit de la Torre befreundet gewesen, dem bedeutendsten kubanischen Naturforscher aller Zeiten, einem Weichtierexperten, der einmal an der Universität von Havanna eine bemerkenswerte Demonstration durchgeführt hatte. Mit verbundenen Augen und erstaunlichem Eifer hatte de la Torre nur mit den Fingerspitzen zweiundneunzig Muscheln wiedererkannt. Da war er schon sehr alt gewesen und fast so blind, daß sich die Augenbinde erübrigte.

Reina überlegt, wer sich wohl noch an de la Torre erinnern könnte. Alle Freunde ihres Vaters waren tot, ihre Knochen längst eingegangen in die unzähligen Zyklen der Erde. Dr. Sergio Manubens y Quintana. Dr. Mario Sánchez Roig. Dr. Victor Rodríguez y Fuente. Dr. Eliseo Pérez Tovar. Dr. Isidoro Castellanos Solís. Alles seinerzeit herausragende Wissenschaftler, heute dagegen hier ein namenloses Stück Fischmuskulatur, da ein Lufthauch in der Lunge eines Zugvogels. Vergessen werden, schließt Reina daraus, bedeutet den endgültigen Tod.

Papá wäre über ihr Engagement sicher überrascht gewesen, überrascht, daß sie es war und nicht Constancia, die sich so viele Jahre lang um seine Schätze gekümmert hatte. Ihr Vater hatte Constancia in ihrer Abwesenheit immer als ein Muster an Vollkommenheit beschrieben, unerschrocken und hochbegabt. Warum sie nicht nach Hause kommen konnte, hatte Papá dagegen nie erklärt. Reina gegenüber hatte er sich immer viel distanzierter verhalten. Er hatte ihr häufig vorgelesen und daran gearbeitet, ihr Denkvermögen zu schärfen. Damit hatte er Reina jedoch nicht davon abbringen können, ihn zu lieben.

Reina zieht ihre Arbeitsmontur an, die sich auch ohne das gewohnte Gewicht ihres Werkzeuggürtels angenehm trägt. Sie schnürt ihre Stiefel mit den Gummisohlen zu, schlüpft dann in die regierungseigene Windjacke, die sie seit dem Brand in El Cobre nicht mehr getragen hat. Reina hüpft auf der Stelle, erst auf einem, dann auf dem anderen Fuß, und genießt die ungeheure Leichtigkeit um ihre Hüften. Dann nimmt sie den metallenen Schlüsselring von seinem Nagel an der Tür und tritt vorsichtig in die Nacht hinaus.

Ein Bus nach dem anderen fährt vorbei, während Reina in östliche Richtung die Rampa entlanggeht. Bei Tag wartet sie oft zwei Stunden auf einen Bus und kann sich dann wegen der vielen anderen Leute nicht einmal hineindrängeln. Wer kann so eine Planung erklären? Leere Bänke flankieren die Avenida de los Presidentes. Eine Frau von unbestimmtem Alter kommt auf sie zugerattert. Sie schiebt einen hölzernen Karren, der hoch mit übelriechenden Bündeln beladen ist. Reina denkt, daß die Frau aus der Ferne festlich ausgesehen hatte, wie eine Erscheinung aus mittelalterlicher Zeit, aber aus der Nähe ist ihr Elend nicht zu übersehen. An der nächsten Ecke gleitet ein flotter schwarzer Plymouth vorbei. Er bläst die leisen Klänge eines *danzón* in die Luft.

An der Ecke La Rampa und Calle L biegt Reina in Richtung Universität nach Süden ab. Sie erinnert sich, wie sie eines Samstags ihren Vater ins Büro begleiten durfte, während ihre Mami fort war, zu Besuch bei Freunden. Stundenlang spielte Reina mit Papás ausgestopften Vögeln und Fledermäusen, immer auf der Hut, ihn nicht zu stören. Sie veranstaltete unwahrscheinliche Hochzeiten zwischen den bepelzten und gefiederten Geschöpfen, schmiß ein Baumkronenfest und beweinte den *cordoníz* bei dessen imaginärem Begräbnis.

An jenem Nachmittag hatte ihr Vater sich ihr zugewandt, mit Augen, deren Grau ebenso vielfältig war wie das des Winterhimmels draußen. Reina erinnert sich an die Höhe und Wölbung seiner Stirn, an den Knoten seiner gepunkteten Fliege. Sie hatte gerade eine kleine ohrlose Eule in der einen Hand und in der anderen eine Fledermaus, die so winzig war, daß sie wie ein Schmetterling aussah.

»Würdest du wohl so gut sein und mir sagen«, hatte ihr Papá begonnen, so als würde er einen Hochschulabsolventen ansprechen, »was uns von den Tieren unterscheidet, die du in Händen hältst?«

Reina war gründlich verwirrt gewesen. Ihr Vater hatte oft

lange Vorträge über das Wesen von Instinkt und Intelligenz gehalten, aber sie war viel zu jung, um seinen Gedankengängen zu folgen. Sie begriff nur ab und zu ein Wort, einen Satz. Normalerweise stellte er ihr keine Fragen, und mit einer Antwort rechnete er schon gar nicht. Reina hatte überlegt, ob wohl Constancia gewußt hätte, was sie sagen sollte.

Papás Atem war regelmäßig, aber mühsam und stockend gewesen. Er hatte den Raum erfüllt, seine Wärme und Feuchtigkeit, seine chemische Zusammensetzung bestimmt. Dann hatte er auf einmal den Blick gesenkt und aus dem Fenster geschaut, das präzise eine schief wachsende Königspalme einrahmte.

»Gefäße«, murmelte er, so als wäre ihm etwas eingefallen, das lange her war. »Tausende von Gefäßen.« Seine Stimme hob sich, verlangsamte sich ins schier Unmögliche. Er wandte ihr weiter den Rücken zu. »Wir... sind... keine... Bienen.«

Dann hatte er sich wieder mit Feuereifer in die Arbeit gestürzt und es seinen sinnlosen Worten überlassen, in Reinas Kopf zu tanzen.

Reina geht geradewegs zum Biologiegebäude in der Mitte des Universitätsgeländes. Plakate mit revolutionären Parolen überfluten die Mauern wie ein starrer Ozean. Der Haupteingang und die Seitentüren sind verschlossen. Reina krempelt die Hosenbeine hoch bis zum Knie und zieht sich, angestachelt durch die irreführende Kraft ihrer Schlaflosigkeit, an der Außenwand des Gebäudes hoch. Sie beginnt zu klettern, zwängt ihre Füße zwischen die gewaltigen Kalksteinplatten, erklimmt ein Sims nach dem anderen, bis sie fast ganz oben auf ein offenes Fenster stößt.

Es dauert einen Augenblick, aber dann hat Reina einen Lichtschalter gefunden und betätigt ihn. Sie ist desorientiert. Der Raum ist weder als Büro noch als Seminarraum eingerichtet, nur mit einer unvollständigen Ausstellung wirbelloser Tiere an der hinteren Wand – mit Schwämmen, Polypen, Plattwürmern, Rädertieren. In einer Ecke stehen sich in einem verzierten Glaskasten eine Gila-Krustenechse und ein Riesensalamander gegenüber; in einem zweiten ist eine große Familie aufgespießter Garnelen zu besichtigen.

Reina fällt eine Geschichte ein, die ihr einst ihre Mutter erzählt hat, wonach die verschwommenen Lichter, die Kolumbus vom Achterdeck der *Santa María* aus gesichtet hat, wahrscheinlich Bermuda-Leuchtkäfer waren. »Zweimal jährlich paaren sich die Leuchtkäfer«, hatte ihre Mami erklärt, »und lassen die Karibik meilenweit in phosphoreszierendem Grün leuchten.« Dann hatte sie Reinas Gesicht in beide Hände genommen und in scharfem Tonfall zu ihr gesagt: »Man weiß nie, *mi hija*, wieviel man von dem, was man sieht, eigentlich gar nicht sieht.«

Ihre Mutter hatte ihr viele solche Geschichten erzählt, und zwar aus dem Kopf, nicht hauptsächlich aus Büchern vorgelesen wie Papá.

Von frühester Jugend an hatte Reinas Mutter sie in Havanna überallhin mitgenommen. Sie trug Reina in einer Schlinge, wenn sie am Río Almendares spazierengingen, der sich zwischen Vedado und Miramar in Richtung Meer schlängelt, und anschließend in den Bosque de la Habana mit seinen üppigen subtropischen Bäumen und kreideweißen Klippen. Ihre Mutter hatte Reina die Eidechsen und Schlangen gezeigt, die sich zwischen den gefallenen Ästen und Blätterhaufen versteckten, und hatte immer wieder Steine umgedreht, um alle möglichen Insekten zu begutachten.

Als Reina älter wurde, hatten sie und ihre Mutter am Wochenende das Barrio Chino und insbesondere das Teatro Gran China im Herzen des Vergnügungsviertels besucht. Sie hatten die hochdramatischen Stücke über sich ergehen lassen, ohne ein Wort zu verstehen, nur angezogen von den außerordentlichen Tragödien und der wunderbaren, dissonanten Musik.

Als Dulcita wenige Tage alt war, hatte Reina aus zwei Kissenbezügen aus dem Krankenhaus eine Schlinge geknotet und war mit ihrer Tochter denselben Weg gegangen, den sie und ihre Mutter genommen hatten, am Río Almendares entlang. Aber der Fluß war verschmutzt. Er hatte geschillert vor lauter Moskitos und Algen, und der Pfad war mit Haushaltsabfällen und faulendem Obst übersät. Daran hatte Reina sich nicht erinnern können.

Reina geht den Flur entlang, macht verzweifelt überall Licht. Wenn es ihr nur gelänge, diesen Ort schnell genug zu erleuchten, könnte sie vielleicht einen Blick auf ihre Mutter erhaschen, über ein Untersuchungsobjekt gebeugt oder ruhig am Tisch sitzend und schreibend. Im Summen unerwarteter Helligkeit gibt sich die Misere des Biologiegebäudes zu erkennen: ein Waschbecken voller Petrischalen, überzogen mit samtigem Schimmel; die entfärbten, modernden Häute Dutzender Vögel; ein zusammengestückeltes Skelett, dem wichtige Knochen fehlen.

Das grelle Licht erhöht Reinas Verwirrung. Nichts ist ihr vertraut, nichts scheint am angestammten Platz zu sein. Sie eilt von Zimmer zu Zimmer wie ein Heulen in der Nacht, sucht verzweifelt nach dem Büro ihres Vaters. Würde sie ihre Mutter dort vorfinden, ausgestopft und unbeweglich wie alles, was ihr Papá umgebracht hatte? Die Kehle mit Hauttransplantaten geflickt? Die Reitstiefel poliert, so daß sie das Licht reflektierten? Würde alles Grün der Welt tot in ihren Augen liegen? Und würde ein handgemaltes Schild um ihren schlanken Hals verraten, welcher Art sie angehörte, wann und wo sie erlegt worden war und welche Regionen ihr Verbreitungsgebiet umfaßte?

Bis Reina das Erdgeschoß erreicht hat und die große Bronzetür am Eingang aufstößt, ist sie zittrig und fiebert. Das Naturwissenschaftsgebäude erstrahlt in donnerndem Licht. Reina kommt sich vor, als sei sie ebenfalls von innen erleuchtet, in Brand gesteckt durch ihre gefälschte Vorgeschichte. Sie wartet ab, um zu sehen, was ihre Störaktion bewirkt. Aber nichts passiert, überhaupt nichts.

Um genau fünf Uhr dreizehn morgens tritt Reina an die Standuhr im Arbeitszimmer ihres Papás. Mit ausladender Geste entfernt sie das schwarze Cape, das sie zu Beginn der Nacht darüberdrapiert hatte, als wäre sie ein redseliger Papagei. Dann verzeichnet sie die Uhrzeit auf einem kleinen Spiralblock. Ihr Vorhaben steht fest, auch wenn sie sich über ihre Motive noch nicht eindeutig klar ist. Reina weiß mit Sicherheit nur eines: Sie kann nicht länger in Kuba bleiben. Sie vertraut darauf, daß alles übrige, was sie zu erfahren hat, sich mit der Zeit herausstellen wird. Sie beneidet ihre Tochter um ihren klaren Kopf beim Verlassen des Landes, um die Bereitschaft, alles Erdenkliche zu tun, um zu bekommen, was sie zu wollen glaubt.

Reina nimmt ihre Seife, ihre Zahnbürste und den alten vergoldeten Rasierapparat ihres Papás und geht über den Flur zum Bad. Reina ist stolz darauf, ihre Pflege für den Tag in weniger als fünf Minuten erledigen zu können. Das Geheimnis, hat sie entdeckt, besteht darin, daß man eine Vielzahl lästiger Aufgaben – Zähne putzen, Nase putzen, Ohren reinigen und urinieren – beim Duschen erledigen kann. Trotz der Unterbrechung, die ihr monatelanger Aufenthalt im Krankenhaus bedeutet hat, behält Reina ihren präzisen Zeitplan bei.

Heute zieht sie ihren weichen Flanellrock an, eine kurzärmelige weiße Bluse und eine seidene Weste mit Hornknöpfen, die sie der Garderobe ihres Papás entlehnt hat. Sie befestigt die Ohrringe, die irgendwie den Blitzschlag überdauert haben. Ihre schwarzen Lacklederschuhe, die sie nur zu besonderen Gelegenheiten trägt, haben dicke Absätze und übergroße Schnallen – Fußbekleidung eines Kutschers aus vergangener Zeit.

Draußen fängt es an zu regnen, schnurgerade und unentwegt wie überhebliche Männer. Reina greift nach dem alten Schirm ihres Vaters. Das Visa- und Emigrationsbüro macht vor acht Uhr morgens nicht auf. Reina ist bereit zu warten. Sie marschiert durch die stillen Straßen und läßt absichtsvoll den Schirm ihres Papás rotieren. Der Regen schwächt den Gestank ihrer Haut zu einer erträglichen Mischung aus Essig und Wildleder ab, und das freut sie.

Bald nimmt Reina im Hauptbüro für die Visavergabe an der Avenida Bélgica ihren Platz unter den Dissidenten ein. Ihr Paßbild, vor sechs Jahren aufgenommen für die Reise nach Venezuela, sieht ihr nicht mehr ähnlich. Sie möchte die Diskrepanz klarstellen, den Zustand ihrer übelriechenden Haut erklären, aber niemand macht sich die Mühe, eine Erklärung zu verlangen.

Warum wünschen Sie Kuba zu verlassen? Reina denkt, daß diese Frage, die dritte auf dem Formular für den Ausreiseantrag, eine Antwort von ihr erfordert, die länger ist als die vorgesehene Lücke von zweieinhalb Zentimetern. Ihr Vater hatte immer gesagt, daß Bürokratien die Tyrannei unkomplizierter Lösungen und unwiderlegbaren Wissens bevorzugten, eine bestimmte Zeit- und Ortsangabe. »Wahrhafte Fragen«, hatte ihr Papá wiederholt zu ihr gesagt, »verlangen immer nach genaueren Fragen.«

»Kommen Sie in drei Monaten wieder, dann erhalten Sie Bescheid über den Stand der Bearbeitung Ihres Antrags«, sagt die Beamtin automatisch, als Reina ihr das Antragsformular überreicht.

»Aber Sie haben doch noch nicht einmal meine Papiere gesehen.«

»Ich treffe keine Entscheidungen. Ich nehme lediglich die Petitionen entgegen.« Das Haar der jungen Frau ist zu einem altmodischen Knoten hochgesteckt, aber ihre revolutionär frisch gebügelte Uniform hat moderne kantige Fasson.

»Dann bleibe ich einfach hier, bis ich Bescheid bekomme.«

»*Compañera*, ich sagte Ihnen doch: Kommen Sie in drei Monaten wieder. Vorher können wir nichts für Sie tun.«

»Ich warte da drüben«, Reina zeigt auf die Holzbank im Vorraum.

Reina ist während der vier Tage und Nächte, die sie im Visa- und Emigrationsbüro kampiert, ganz untypisch höflich. Sie sieht davon ab, die Stimme zu erheben, läßt sich auch nicht zu Drohungen hinreißen. Sie erklärt nur jedesmal, wenn wieder ein Beamter sie anfleht, vernünftig zu sein, daß sie das Gebäude nicht zu verlassen gedenke, ehe sie nicht die Genehmigung erhalten habe, das Land zu verlassen.

Der Innenminister spricht sich anfangs dagegen aus, sie reisen zu lassen, mit der Begründung, daß Reinas Ansehen durch den Abgang ihrer Tochter nach Spanien schwer geschädigt sei und daß ihre Fertigkeiten als Elektrikerin für die Revolution nach wie vor unverzichtbar seien. Aber Reina bleibt halsstarrig.

Tagsüber vertreibt sie sich die Zeit, indem sie mit den Dissidenten Karten spielt und sich von ihnen mitgebrachten Kaffee und kalte fritierte *Yuca*-Scheiben abgeben läßt. Nachts ruht Reina auf der Holzbank, und ihre Gedanken trudeln über ihr wie eine schwerfällige Galaxie durch den Weltraum. Sie denkt an Dulcita, an die Einsamkeit, die sie jeden Abend in Madrid überfallen muß. Reina hat vor einer Woche eine Postkarte von ihrer Tochter erhalten. Dulcita schreibt, sie habe an der Calle de Alcalá eine Plakatwand gesehen, auf der *Jesus verleiht Gnade* stand.

Am fünften Morgen von Reinas Wache wird vermeldet, daß El Comandante persönlich eingegriffen habe: »Soll die alte Stute doch nach Amerika gehen, wenn sie will. Was nützt sie uns denn noch?« Und nachdem diese unanfechtbare Direktive ergangen ist, erhält Reina endlich ihre Papiere für die Ausreise.

Obwohl sie sich seit vielen Jahren kennen, hat Reina noch nie einen Fuß in Pepíns Haus gesetzt. Nun jedoch, am Vorabend ihrer Abreise aus Kuba, steht sie in ihrem zerknitterten Flanellrock unangemeldet auf der Schwelle bei ihrem Geliebten. Seine Frau kommt auf ihr Klingeln hin an die Tür. Gloria Beltrán blickt zu Reina auf. Sie hat keine Vorstellung nötig. Nach fast einem Vierteljahrhundert weiß sie, um wen es sich handelt. Sie hatte sich das Gesicht dieser Frau vorgestellt, noch ehe die Gleichgültigkeit ihres Gatten eingesetzt hatte, noch ehe ihre Kinder von zu Hause ausgezogen waren, an Orte, die sie ihr auf Landkarten gezeigt hatten, kalte Orte in Osteuropa oder Rußland oder Orte, an denen es im Sommer noch heißer wurde als auf Kuba.

»Er ist im Schlafzimmer«, sagt Gloria stoisch ruhig. Sie ist Psychologin an der Grundschule des 26. Juli und daran gewöhnt, in beruhigendem Ton zu sprechen. Sie führt Reina zu ihrem Mann.

Das Zimmer ist ordentlich, rechteckig, blaßrosa gestrichen. Über einem durchgelegenen Doppelbett hängt schief ein Kronleuchter. Draußen vor dem geschlossenen Fenster ist ein Spalier mit Bougainvilleen zu sehen, das drunten den Innenhof beherrscht. Reina fällt ein, was Pepín ihr vor Jahren erzählt hat: daß es im Gehirn eine unerlaubte Stelle gibt, die, wenn sie richtig manipuliert wird, den Betreffenden jahrzehntelang glücklich machen kann.

Sie schließt die Tür, wartet, bis sie hört, wie sich Glorias Schritte durch den Flur entfernen. Dann streckt sie beide Hände aus und hilft Pepíns Mund, den ihren zu finden. Ihre Lippen sind trocken, heiß, leicht brennbar. Die Luft im Raum ist abgestanden, durchzogen von einlem schalen, blumigen, weiblichen Duft, so als wären auf der Kommode oder unter dem Bett, auf dem sie liegen, Rosen verwelkt. Dann lieben sich Reina und Pepín zum letzten Mal, ganz sanft, wie es nur alte Liebende können, kurze Zeit abgeschirmt von der langen, munkelnden Nacht.

MIAMI

Es ertönt ein leises Surren, das Constancia im langsamen weißen Rauschen ringsum nicht identifizieren kann. Es ertönt knapp unter der Oberfläche, emailliert vielleicht und leicht metallisch. Ihre Augen sind geschlossen, aber sie kann den Atem des Chirurgen hören, gedämpft und nah. Seine karmesinrote Schere durchtrennt sauber singend ihre Haut. Er zerrt an den zarten Lappen, die so schwach verankert sind, und schichtet sie um, zieht und schlingt seinen sich selbst auflösenden Spezialfaden ein, ein blutrünstiger Pointillist.

Constancia lauscht dem Druck der aufgestützten Finger des Chirurgen. Sie knarren und ächzen wie kleine Gletscher, berühren lebendig ihr Gesicht. Nun befindet sich Constancia im Innern des Surrens, das unmittelbar ist wie Wut. Der Chirurg durchtrennt Wurzeln und nutzlose Nerven, erfindet die Architektur ihres Gesichts von Grund auf neu. Oh, das Geräusch, das die frisch in ihren Schädel eingepaßte enge Krone von sich gibt! Es übertönt alle eindringenden Laute.

Constancia widersetzt sich dem ohrenbetäubenden Weiß, doch dann gibt sie sich wie durch ein göttliches Kentern seinem eigentümlichen Frieden hin. Es ist eine Geheimkunst, seine Sinne zu gebrauchen, entscheidet sie. Direktes Wahrnehmen gibt es nicht. Und im selben Augenblick begreift sie, daß die Zeit für all jene, die intimen Umgang pflegen mit Blut, einen anderen Verlauf nimmt.

Es ist sechs Uhr morgens. Constancia erwacht aus ihrem Traum und geht ins Bad. Sie schaltet das Licht an ihrem Schminkspiegel ein, stellt fest, daß ihr Gesicht in Unordnung ist, daß sich darin alles mögliche bewegt wie bei einem primitiven Tier. Ihr Hals und ihre Schläfen jucken furchtbar und brechen jedesmal, wenn sie sich zu kratzen versucht, in Beulen aus.

Constancia atmet tief ein und besprüht sich mit Salzwasser aus einem für Zimmerpflanzen gedachten Zerstäuber, den sie dazu benutzt, um ihrer Haut zusätzliche Feuchtigkeit zuzuführen. Dann sieht sie noch einmal in den Spiegel. Ihr Gesicht hat sich beruhigt, aber es kommt ihr verändert vor, jünger, so als wäre es in der Nacht tatsächlich neu angeordnet worden. Sie reibt sich die Augen, kneift in ihre Wangen. Ihre Augen wirken runder, entschiedener grün. Dann trifft sie mit der Wucht einer Ohrfeige die Erkenntnis. Dies ist das Gesicht ihrer Mutter.

Constancia schaltet die Lichter aus und steigt nervös zurück ins Bett. Sie spürt eine jähe Kälte in ihrer Mitte, als würde sie von innen heraus erfrieren. Ihr Blut gerinnt, ihre Nerven sind ein feines Netz aus Eis. Einen Augenblick lang fürchtet Constancia, überhaupt nicht mehr zu existieren. »A! E! I! O! U!« ruft sie, so laut sie kann. Wenn sie noch die Vokale aufzählen kann, überlegt Constancia, kann sie unmöglich tot sein.

Seit Heberto vor einem Monat zu seiner geheimen Mission aufgebrochen ist, ist Constancia außer sich. Sie ist verloren ohne seine robuste Präsenz, auch wenn er in den letzten Wochen vor seiner Abreise recht launisch gewesen war. Wenn nur ihr Mann dagewesen wäre, um sie zu beruhigen, ihr zu versichern, daß sie so hübsch aussah wie eh und je. Dann hätte Constancia ihn belohnt, indem sie ihm die Hände vorn in die Hose gesteckt und ihm warm ins Ohr geflüstert hätte: *Du bist ein reisender Juwelier in Cienfuegos. Ich bin eine reiche, einsame Hausfrau mit einem untreuen*

Mann. Verkauf mir einen Rubinring, mi ciclo. In letzter Zeit sind ihre Phantasien immer abwegiger geworden. Samt Massenszenen. Exotischen Schauplätzen. Unretuschierten Großaufnahmen schamloser Männlichkeit.

Constancia steht wieder auf und zieht ihren Badeanzug an. Ein Spaziergang am Strand, denkt sie, wird ihr helfen, wird ihr das Delirium aus dem Kopf pusten. Vielleicht hat sie zuviel frei verfügbare Zeit. Vielleicht sollte sie anrufen und sich doch um den Avon-Job bewerben. Als sie sich im Vorbeigehen im Flurspiegel sieht, unterdrückt sie nur mit Mühe einen Aufschrei. Das Gesicht ihrer Mutter verharrt dort im Glas und blickt so erschrocken drein wie Constancia selbst.

Sie eilt zum Schrank, holt einen Stapel Bettücher heraus und drapiert sodann über jeden Spiegel große pastellfarbene Laken. Dennoch ist es ihr unmöglich, ihrem Spiegelbild ganz zu entgehen, dem widerstrebenden Dialog mit dem Licht auf jeder Fläche der Wohnung.

Draußen empfindet sie die Sonne als Jägerin, die es auf ihre Haut abgesehen hat. Constancia schlendert am Strand entlang. Ihren Kopf bewegt sie behutsam, wie in einer schwebenden Gegenwart, und zwingt sich, nicht ihre Wangen zu berühren. Sie fragt sich, ob sich das Gesicht ihrer Mutter über Nacht stufenweise aufgebaut haben mochte, eine kumulative Schicht nach der anderen, wie Kalkstein oder wuchernde Korallen.

Die Möwen über ihr wirken seltsam vergrößert, sie bestreichen den Himmel mit ihrer Arroganz. Das Haus, in dem sich Constancias Eigentumswohnung befindet, kreisrund und neunzehn Stockwerke hoch, ist ein Stück zurückgesetzt vom Strand. Unzusammenhängende Einzelheiten springen ihr ins Auge, wie verbunden durch eine Gemeinsamkeit, die ihr noch nicht klar ist. Auf dem Dach flattert eine amerikanische Fahne an ihrem schlanken Mast.

Constancia grüßt einen vorbeikommenden Nachbarn, doch

er scheint sie nicht zu erkennen. Ihre Stimme klingt ungewohnt – höher, mädchenhaft, mit einem eigentümlichen federleichten Trällern. Jeder Atemzug fühlt sich an, als dränge er sich durch einen Kloß in ihrer Brust.

Das Meer schimmert aquamarinblau. Constancia weiß, daß es in Miami von Meeresbiologen und anderen sogenannten Ozeanexperten wimmelt. Sie erinnert sich an den schrillen Franzosen im Fernsehen mit seinen Kameras und Sauerstofftanks, seiner melodramatischen Darstellung naturwissenschaftlicher Vorgänge unter Wasser. Constancia betrachtet wie ihr Vater das Meer mit Argwohn. Ihr Papi hatte einmal gescherzt, daß sie die gleiche irrationale Angst vor der Devolution hätten, davor, daß sie sich im Ozean zu einer früheren Lebensform zurückentwickeln könnten, zu Hummern vielleicht oder reizbaren Tintenfischen.

In der Nacht, als ihr Vater gestorben war, hatte Constancia ganz aufgehört zu träumen. Erst viele Jahre später, als sie mit Isabel schwanger gewesen war, hatte Constancia wieder zu träumen angefangen. Ihr erster Traum war einfach zu deuten: eine kahle Landschaft, rissig ausgetrockneter Schlamm, das unablässige Dröhnen des Mittags. Dann war ein dünner Schößling erschienen, zartgrün, dann ein zweiter und ein dritter, bis die Erde entflammt war von der Dichte des Lebens.

Sie überlegt, warum nicht schon die erste Schwangerschaft ihre Traumlosigkeit beendet hatte. Solange sie Silvestre in ihrem Schoß getragen hatte, war er Constancia vorgekommen wie ein Nerv in ihrem Innern. Sie hatte der Neigung zu Temperamentsausbrüchen widerstehen müssen, hatte vergebens versucht, ihr unstetes Herz zu besänftigen. Es hatte nicht geholfen, daß ihr Sohn, als er größer wurde, Gonzalo zum Verwechseln ähnlich sah. Als er zwölf Jahre alt war, hatte sich Constancia dabei ertappt, daß sie Silvestre in der Dusche nachspionierte, daß sie die Decke von seinem nackten, schlafenden Leib hob und mit dem Finger über seinen stillen Beckenknochen strich.

Constancias Liebe zu ihrer Tochter war völlig anders, eine unbefangene, strahlende Hingabe. Ein unverzichtbarer Ausgleich.

Daheim angekommen, kramt Constancia in ihrer Korbtruhe nach Hebertos Instamatic-Kamera und macht einunddreißig Aufnahmen von sich selbst. Dann schickt sie den unentwickelten Film an ihre Tochter in Hawaii. Constancia kann sich grundsätzlich darauf verlassen, daß Isabel ihr die Wahrheit sagt. Ihre Tochter hat kein Gespür für die üblichen Anstandsregeln, ist gewöhnlichen Versuchungen gegenüber immun. Constancia hatte sie ebensowenig dazu bringen können, Lippenstift zu tragen, wie sie eine Wasserstoffbombe bauen konnte. Jedesmal, wenn sie Isabel zu überreden versucht, etwas zu tun oder zu sagen oder anzuziehen, was ihr gegen den Strich geht, holt sie sich unweigerlich eine Absage.

Constancia sieht nach ihrem Horoskop in der Zeitung. Wie üblich gibt es ihr keine Anhaltspunkte. »Alles lebt nachts in geheimem Zweifel. Etwas sagt Ihnen, daß Sterben Aufwachen heißt.« Constancia findet den Astrologen des *Miami Bugle* ungewöhnlich poetisch, aber nicht im mindesten erhellend. Sie beschließt ihr marineblaues Adolfo-Kostüm anzuziehen und es mit einem karierten Seidenschal und einer kurzen Perlenkette zu akzentuieren. Die Aufmachung beruhigt sie, gibt ihr das Gefühl, glaubhaft und für den schlimmsten Fall gewappnet zu sein. Es ist schwer, Selbstzweifel zu hegen, wenn man so gut aussieht.

Constancia fährt in ihrem rosa Cadillac-Kabrio zum Jachtklub, mit heruntergeklapptem Verdeck und laut aufgedrehtem Autoradio, aus dem ein Merengue dröhnt. Sie thront mit aneinandergepreßten Knien auf ihrem Schalensitz und wiegt sich leicht im Takt. Der Wachmann winkt sie in den Parkplatz ein, und sie ist ein wenig ermutigt. Wäre sie ihm völlig fremd gewesen, hätte er sie gewiß nicht passieren lassen.

Im Speisesaal des Klubhauses wird als Tagesgericht *palomilla-*

Steak zum Lunch serviert. Constancia bestellt dazu Pommes frites und Salat nach Art des Hauses und Salatsoße mit Blauschimmelkäse extra. Sie hält es für denkbar, daß ihre Ernährung ihre Wahrnehmung beeinträchtigt. Das viele kubanische Essen, das sie in letzter Zeit zu sich genommen hat, mit seinem hohen Fett- und Fleischgehalt. Das muß es sein. Ihre Fettaufnahme hat sich drastisch erhöht. Sie ruft nach dem Kellner und bestellt ihr Steak wieder ab.

Außer ihr ist nur noch ein Gast da, der soeben eine Portion Floridalimonentorte verschlingt. Das Lieblingsdessert ihres Mannes. Constancia verspricht stillschweigend einer ganzen Batterie von Heiligen, Heberto jeden Tag seines Lebens eine Torte zu backen, wenn sie ihn nur heil und gesund zurückbringen. Und an wen, überlegt Constancia, soll sie sich wenden, um das Gesicht ihrer Mutter loszuwerden?

Constancia stochert in ihrem Salat, teilt jedem Lattichblatt einen Tropfen Salatsoße zu. Um elf Uhr dreißig kommt die übliche Clique kubanischer Damen herein, um eine Runde stark gezuckerten Espresso zu trinken. Constancia winkt ihnen zu, erhält jedoch als Antwort nur ein eisiges Lächeln.

»¿No me reconocen?« fragt Constancia und tritt mit dem dringenden Bedürfnis, erkannt zu werden, an ihren Tisch.

Aber die fünf Damen starren sie nur an, ausdruckslos vor Verblüffung.

Constancia stürmt zur Tür hinaus und läßt ihren Wagen an. Sie hat kein Ziel, will aber dennoch irgendwo hinfahren, weg vom Meer und seiner Grammatik des Untergangs. Sie sehnt sich nach einem kleinen Gewässer, in sich abgeschlossen und ungefährlich.

Sie erinnert sich an eine Exkursion, die sie und ihr Papi Anfang 1948 zu den Höhlen außerhalb von Matanzas unternommen hatten. Bewaffnet mit Fackeln und Fischernetzen war Constancia hinter ihrem Vater her tief in eine unterirdische Grotte vorgedrungen, bis sie auf einen Tümpel gestoßen waren, so still, daß er wie gefroren wirkte. Behutsam hatte ihr Papi die Kalkschicht an der Oberfläche durchbrochen und darunter kristallklares Wasser entdeckt, in dem Tausende bleicher Fische schwammen, die nach Constancias Empfinden aussahen, als hätten sie Sterne verschluckt.

»Sie sind blind«, hatte ihr Papi gesagt. Tatsächlich reagierten die Fische jedoch so empfindlich auf die kleinste Bewegung oder das leiseste Geräusch, daß es fast drei Stunden dauerte, um ein Dutzend Exemplare zu fangen.

Draußen vor der Höhle hatte eine weitere Überraschung auf sie gewartet: Eine Gruppe ländlicher Milizionäre hatte sich um den Eingang herum versammelt. Ihr Anführer, ein stämmiger Sergeant, dem ein Daumen fehlte, verlangte eine Erklärung. Ihr Ausflug zu den Höhlen hatte sich in Windeseile herumgesprochen. Es konnte dafür nach Ansicht der Einheimischen nur einen Grund geben, und sie wollten einen Anteil an dem Schatz haben. Erst nachdem Constancias Vater seine durchweichten Papiere vorgezeigt und die gefangenen Fische hochgehalten hatte, hatte sich der Sergeant mit einem tiefen mißvergnügten Seufzer bereit erklärt, sie ziehen zu lassen.

Es fängt an zu regnen, während Constancia in Richtung Festland fährt, aber sie klappt das Verdeck nicht hoch. Statt dessen holt sie eine Karte von Miami aus dem Handschuhfach und sucht nach dem kleinsten See, den sie finden kann. Es gibt einen in Hialeah, ganz in der Nähe der Zweiundsechzigsten Straße Nordwest. Der Regen setzt die Fahrbahn unter Wasser. Constancia wird klitschnaß, fährt aber trotzdem weiter. Das Rauschen des Regens ist eine Art Schweigen, denkt sie, ein dunkler, provisorischer Bezirk. Im Norden scheint der Horizont unter die Meeresfläche gesunken zu sein.

Constancia biegt auf dem Dr. Martin Luther King Boulevard

nach links ab und kommt an einem leuchtend gelben Haus vorbei. Sie folgt einem Impuls und hält an. Sie klopft an die Tür, hinterläßt dort, wo sie steht, eine Pfütze. Niemand kommt, deshalb betritt sie das Haus und wartet. Drinnen ist alles gelb: Fußböden, Wände, Decken, alles gelb. Ein Sofa mit gelbem Baumwollbezug steht neben fünf gelb gestrichenen Stühlen. Am Fenster wächst eine einzelne Sonnenblume in einem gelben Keramiktopf. Über ihr wälzt ein Deckenventilator zögernd die Luft um.

Ein rundlicher Mann, kaum größer als ein Meter fünfzig, erscheint im Vorraum. Er ist weiß gekleidet, und seinen Schädel krönt eine gestärkte weiße Kappe. Sein Name lautet Oscar Piñango.

»Wie sieht mein Gesicht aus?« will Constancia von ihm wissen, so als könne er ihr alles sagen.

»Ich kann sehen, daß Ihnen Vernichtung teuer ist.«

»Ist das so offensichtlich?«

»Alle Heimsuchungen sind offensichtlich.«

Constancia folgt Piñango, eine Spur aus Regenwasser hinterlassend, den kahlen Korridor entlang in einen Raum, der ganz der Virgen de la Caridad del Cobre gewidmet ist. In der Mitte befindet sich ein elektrisch betriebener Springbrunnen, der von bernsteingelben Scheinwerfern angestrahlt wird, und auf dem Altar steht eine Schichttorte mit weißem Guß und gelber Randverzierung. Kürbisse in jeder Größe sind mit Perlen behängt und zu Füßen der Gottheit angeordnet. Der *santero* ruft die Jungfrau mit ihrem afrikanischen Namen Oshún an.

Daheim auf Kuba hatte Constancia von Oshún gehört, von ihrer Vorliebe für Flüsse und Gold und Honig. Sie öffnet die Schließe an der Perlenkette um ihren Hals und bietet dem *santero* die Kette dar. Piñango bedeutet ihr, sie zu den anderen Opfergaben Oshúns zu legen, zwischen das *ochinchín* – das Omelett mit Krabben und Wasserkresse – und einen Sechserpack Orangenlimonade. Dann kniet Constancia vor dem Altar nieder, berauscht von den vermischten Düften eindringlicher Hingabe.

»Das wird bei ihr Anklang finden«, sagt Piñango mit ernster Miene. Sein runder Leib erbebt, als er Constancia auf eine Strohmatte winkt. Er zündet sich eine erstklassige *claro* an, die zwischen seinen dicken Fingern seltsam feminin wirkt, und nimmt fünf Züge. Er saugt so heftig, daß seine Lippen jedesmal ganz verschwinden, und bietet die angezündete Zigarre dann Oshún an, damit sie ihm zum Deuten der Muscheln zusätzliches *ashé* verleiht.

»Sie tragen Ihre Feinde hier«, teilt er Constancia mit und klopft sich auf die Brust. »Sie haben Macht, aber keine Kraft. Sie sind müde von zuviel nutzloser Wachsamkeit.«

Der *santero* taucht den Mittelfinger in eine Schüssel Wasser und besprenkelt damit den Boden, um die Wahrsagemuscheln aufzufrischen. Seine Stimme wird tiefer, als er die westafrikanische Sprache Yoruba benutzt, um erst zu Oshún und dann zu den übrigen *orishas* zu beten, bis er ihnen nacheinander genügend Ehre erwiesen hat. Dann sammelt er die Kauris ein und berührt Constancias Segenspunkte, um die Götter feststellen zu lassen, was sie belastet.

»Die Muscheln lügen nie. Aus ihrem Munde offenbaren die *orishas* ihre Absicht.«

Piñango schüttelt sacht die Kauris, ehe er sie auf die Matte wirft. Das Muster, das sie bilden, ist *ofún*, die Geburtsstätte des Fluchs. Das ist der Hauptbescheid. Dann wirft er noch zweimal die Muscheln aus. Die Botschaft ändert sich nicht: *oddi*, wo das Grab ursprünglich ausgehoben wurde, wo das Grab ursprünglich ausgehoben wurde.

Es wird immer wärmer im Raum. Constancia legt ihren karierten Seidenschal ab. Er ist feucht und riecht nach Salz. Der *santero* betet immerfort. Um ihr Glück sei es nicht gut bestellt, sagt er. Es müße eine *lariache* geben, eine Lösung, einen Ausweg vielleicht, aber keiner ergibt sich. Schwarzer Rauch aus Oshúns schwarzer Zigarre zieht durch den Raum. Er riecht brackig, faulig, überhaupt nicht wie Tabak. Constancia leidet unter Atemnot.

Dann fängt auf einmal die Zigarre Feuer, erfüllt die Luft mit ihrem heißen Fossilgestank. Constancia ist vom Anblick der Flammen gebannt, von dem stechenden Schmerz in ihrer Kehle. Piñango schüttelt eine Maraca, redet flehentlich auf Oshún ein, bis die Luft langsam klar wird und feine gelbe Asche sich auf jeder Fläche im Raum niederläßt.

Vom Wesen der Parasiten

Der Erste Weltkrieg war seit zwei Jahren vorbei, als ich Pinar del Río verließ, um in Havanna auf die Universität zu gehen. Es war die Zeit des »Tanzes der Millionen«, als der Zuckerpreis so gestiegen war, daß manche Kubaner über Nacht zu Millionären wurden. Die Reichen zogen am Paseo del Prado und anderen modischen Boulevards in der Hauptstadt marmorne Paläste hoch, und am Spätnachmittag konnte man sie in ihren flotten ausländischen Autos den Malecón auf- und abfahren sehen.

Es war eine Epoche unerhörter Eleganz, und sie hatte wenig mit mir zu tun, dem sechzehnjährigen Stipendiaten vom Land. In Pinar del Río hatten nur wenige vom Zuckerboom profitiert. Bei El Cid, *wo mein Vater weiterhin lesend sein Pult besetzt hielt, hatte die Hälfte aller Zigarrenarbeiter wegen der gefallenen Tabakpreise ihre Arbeitsplätze eingebüßt. Diejenigen, die noch da waren, fürchteten sich davor, sie an die modernen Zigarrendrehmaschinen aus Amerika zu verlieren.*

Papá machte wie gewohnt Gewerkschaftspolitik und schrieb Leitartikel für das Boletín de Torcedor, *die Zeitung der Gewerkschaft der Zigarrenarbeiter, in denen er die Herrlichkeiten des revolutionären Rußland pries. Welchen Bezug das zu den Alltagssorgen der Arbeiter hatte, war mir unklar, und Papá und ich stritten häufig über das, was wir als das falsche Politikverständnis des jeweils anderen begriffen.*

Mamá litt damals schon an Arthritis, die bald die Stunden einschränkte, in denen sie Flötenunterricht geben konnte, und ich sah in ihren geröteten Gelenken die Entstellungen schlummern, die sie in den letzten Jahren ihres Lebens heimsuchen sollten. Zugleich wurde sie immer mehr in sich gekehrt, so als ermögliche ihre Untätigkeit es der Trauer über ihre Vergangenheit, über ihre verlorene Tochter, sie am Ende doch noch zu überwältigen.

Alle gingen stillschweigend davon aus, daß ich während meiner Studentenzeit arbeiten ging, und es dauerte nur ein paar Tage, bis ich eine Stelle gefunden hatte, die mir hundertprozentig zusagte: im Spätdienst als Platzanweiser in einem Lichtspielhaus an der Avenida Galiano. Es war ein zeitgemäß schrill eingerichtetes Kino, und ich mußte eine Uniform anziehen, die mit so viel Tressen und Troddeln bestückt war, als sollte man ein ganzes Bataillon kommandieren. Die eigentliche Arbeit war leicht, und die ständige Dunkelheit bereitete mich darauf vor, nachts zu arbeiten, ein unschätzbarer Vorteil, als ich ernsthaft damit anfing, Fledermäuse zu erforschen.

Meist setzte ich mich abends, nachdem ich die Besucher zu ihren Sitzplätzen geleitet hatte, zum Filmvorführer in seine stinkende Kabine und studierte, so gut ich konnte. Die Filme waren damals Gott sei Dank stumm, aber ich mußte mich immerhin gegen die Melodramatik der Orgel stählen. Gelegentlich riskierte ich, wenn die Musik wieder einmal zum Crescendo aufbrandete, einen Blick durch das Fenster des Vorführers. Aber ich schaffte es nie, zu begreifen, warum manche freiwillig und im Dunkeln diese Trugbilder über sich ergehen ließen, während draußen die ganze Welt auf sie wartete.

Im Frühling meines ersten Studienjahres kam der bekannte Biologe Dr. Samuel Forrest von der Harvard University nach Havanna, um ein Seminar über Tropenzoologie abzuhalten. Die Nachricht, daß er einen Assistenten für die Feldforschung suchte, sprach sich rasch herum, und die besten Studenten der höheren Semester trugen sich zu einem Vorstellungsgespräch ein. Obwohl ich kaum damit rechnen konnte, eine so begehrte Position zu ergattern, meldete ich mich auch an, den berühmten Mann kennenzulernen.

In der Woche darauf drängte sich ein Dutzend erwartungsvoller jun-

ger Männer vor seinem Büro. Drei Stunden mußten wir warten, während ein Student nach dem anderen völlig erschüttert aus seinem Verhör herauskam. »Was will er?« fragten diejenigen unter uns, die draußen geblieben waren. Aber der einzige Hinweis kam von einem ausgesprochen enttäuschten Studenten: »Er will wissen, wie man über Gott und die Welt denkt!«

»Bitte setzen Sie sich«, sagte Dr. Forrest müde, als ich endlich an die Reihe kam. Er war ziemlich korpulent, und seine Augen, blau wie das Gefieder einer Wachteltaube, wurden durch eine hohe glatte Stirn und einen krausen Backenbart betont.

»Können Sie mir sagen, Señor Agüero, welche unserer Verwandten im Tierreich Sie am meisten bewundern?«

Ich glaubte erst, mich verhört zu haben oder daß es Dr. Forrest beliebte, meinen Humor auf die Probe zu stellen. Warum sonst würde er mich so etwas Leichtes fragen? Er blickte von seinen Papieren auf und blinzelte gelassen.

Es gab viele Geschöpfe, die mir besonders lieb waren: die Baumenten, die meinem Vater das Leben gerettet hatten, die königlichen Bussarde Kubas, die jenseits der Berggipfel um ihre Inspiration kreisten, und natürlich meine wunderschöne Lederschildkröte, die in einer schwülen Nacht auf der Pinieninsel ihre Eier meiner Obhut anvertraut hatte. Instinktiv war mir klar, daß ich sie gegenüber Dr. Forrest nicht erwähnen durfte, daß ich meine Sentimentalität um jeden Preis verbergen mußte.

»Die Parasiten«, brachte ich vor.

»Parasiten?« Dr. Forrest schien überrascht zu sein. Er lächelte verkniffen, ob aus Belustigung oder Verachtung, wußte ich zunächst nicht zu sagen.

»Jawohl. Ich finde, daß sie die Originellsten unter den Tieren sind.«

»Fahren Sie fort«, sagte er, nun mit ernster Miene, so als versuche er, das Ausmaß meiner Kühnheit zu ergründen.

»Denken Sie nur an Darmparasiten, an bestimmte Käfer, ja sogar Flöhe.« Ich wurde immer verwegener. »Ein guter Parasit muß einen Wirt ausnutzen, der größer, stärker und schneller ist als er selbst, und ihm

möglichst wenig lästig sein. Jeder Faser, jeder Funktion seines Daseins ist dieser Drang eingeprägt –«

»– sich im verborgenen danebenzubenehmen.« Dr. Forrest lächelte herzlich.

»Genau.« Ich lachte.

Er lehnte sich vor in seinem Stuhl und zupfte links an seinem Backenbart. Ich fuhr fort, ermutigt durch Dr. Forrests unentwegte Aufmerksamkeit.

»Der Unterschied zwischen uns und niederen Lebensformen läuft meines Erachtens darauf hinaus, daß Menschen eine Vielzahl von Gefäßen und Behältnissen für ihre Bedürfnisse geschaffen haben, Tiere dagegen nicht. Es will mir scheinen, daß das Erzeugen von Vasen oder Koffern oder Bratpfannen auf eine spezifisch menschliche Fähigkeit hindeutet, für die Zukunft zu planen und das Verhalten von Materie auf eine Weise vorherzusagen, die sich von jener der Tiere unterscheidet. Die Biene zum Beispiel baut seit hundert Millionen Jahren immer die gleiche winzige Zelle.«

»Sehr interessant«, sagte Dr. Forrest. »Und nun eine persönliche Frage, Señor Agüero, wenn es Ihnen nichts ausmacht. Sind Sie Katholik?«

»Nein«, antwortete ich rasch. Tatsächlich hatte Papá mir beigebracht, jeglicher institutionalisierter Religion mit Mißtrauen zu begegnen. Erst später räumte mein Vater ein, daß auch Politik in extremis *eine Form von Religion sein konnte.*

Dr. Forrest stand auf und streckte mir eine dickliche Hand entgegen. »Damit ist unser Einstellungsgespräch beendet, Señor Agüero. Es wird mir ein Vergnügen sein, mit Ihnen zu arbeiten.«

Noch am selben Abend kündigte ich meinen Job im Lichtspielhaus.

In den nächsten sechs Monaten begleitete ich Dr. Forrest auf seinen Reisen, die ihn mit dem Schiff, mit dem Zug oder zu Pferd kreuz und quer über die Insel führten. Wohin wir uns auch wandten, beklagte Dr. Forrest den Verlust von Kubas Niederwaldregionen. Ihm zufolge konnte die Insel zwar nicht den üppigen foresta real Mittel- oder Südamerikas unterhalten, doch hatten ihre weiten Flächen kalkhaltigen Bodens einst einen dichten und artenreichen Waldbewuchs getragen. Der einzige echte Wald, den es auf Kuba noch gab, befand sich in den höheren Bergregionen der Provinz Oriente, und er war so steil und unzugänglich, daß er bis auf den heutigen Tag vielen seltenen Tierarten Zuflucht bietet.

Leider konnten wir meist nur noch in den Städten und deren Umland den Reiz der tropischen Flora der Insel genießen – die weitläufigen Palmenhaine, die mächtigen rotgrünen Mangobäume, die den dichtesten Schatten boten, und alle möglichen exotischen Blumen. Es gab auf Kuba zwar nach wie vor große Savannengebiete auf Granit- oder Serpentinboden, aber nur, weil sie für die Bewirtschaftung ungeeignet waren. Mit ihren Hainen aus Jata- und Cana-Palmen beherbergten diese Gebiete eine relativ spärliche Vogel- und Säugetierpopulation.

Ich erinnere mich noch gut an unsere erste Reise ins Herz des Zapata-Sumpfes, an das unablässige Rascheln und Summen seiner unsichtbaren Lebewesen, an die Luft, die dick wie Pudding in unseren Lungen lastete. Ich folgte Dr. Forrest, der auf der Oberfläche aus Riedgras und Schilf vorsichtig einen Fuß vor den anderen setzte, während die furchterregende Masse uns jeden Augenblick zu verschlingen drohte.

Auf einer anderen Reise beauftragte mich Dr. Forrest, in einer unbewohnten Kaserne außerhalb von Matanzas gewöhnliche Hausfledermäuse zu sammeln. Dr. Forrest hatte vor, eine Reihe ihrer Embryos zu konservieren, um das Frühstadium der Entwicklung ihrer Zähne zu erforschen. Gewappnet mit Arbeitshandschuhen schaffte ich es, zwei Säcke mit lebenden Fledermäusen zu füllen, und kehrte damit zum Hotel El Mundo zurück, wo ich meine rastlose Last in der Badewanne hinterließ.

»Nachdem wir zu Mittag gespeist haben«, sagte Dr. Forrest in typisch gestelztem, bedächtigem Spanisch, »werden wir die Fledermäuse töten und nach ihren Embryos suchen.«

Während wir aßen und Dr. Forrest sich soeben über die tiefere Bedeutung der Freudschen Theorien ausließ, wurde in der Hotelküche auf einmal ein furchtbares Geklapper und Getöse laut. Gleich darauf stürmten *der Chefkoch, zwei Gehilfen und ein Kellner durch die Schwingtüren, gefolgt von einem Schwarm* Molossus tropidorhynchus. *Vom Licht geblendet, schwirrten die Fledermäuse umher und ließen sich auf den Eßtischen nieder, wo sie Suppe verspritzten und das Besteck hinunterfegten.*

»Naturam expellas furca, tamen usque recurret«, *sagte Dr. Forrest und tat den Vorfall mit einem Achselzucken ab. Er philosophierte besonders gern auf lateinisch.*

Auf einer Expedition, als wir im Hinterland von Sancti Spíritus unser Lager aufgeschlagen hatten, war Dr. Forrest beglückt, für unser Abendessen einen Leguan gefangen zu haben. Nun wußte ich, daß in Mittelamerika, wo Dr. Forrest einen erheblichen Teil seiner Berufsjahre zugebracht hatte, Leguanfleisch als Delikatesse galt. Dennoch fiel es mir schwer, meinen Ekel zu überwinden. Es ist nämlich so, daß Leguanen, wenn sie zum Trocknen aufgehängt werden, ein brauner, nach Kaffeesatz aussehender Saft aus dem Maul rinnt, der mich an das Erbrochene meines an Gelbfieber erkrankten Vaters erinnerte.

An jenem Abend briet Dr. Forrest über dem Lagerfeuer den Leguan und bot mir ein Stück Rückenfleisch an, reichlich mit Salz bestreut. Ich konnte nicht gut ablehnen. Ich schluckte das Fleisch ganz herunter, gestattete ihm kaum, dabei die Wände meiner Speiseröhre zu berühren. Dann entschuldigte ich mich, trat hinter eine weiße ixora *und würgte meine Mahlzeit wieder hervor, mitten auf die prächtigen schneeweißen Blüten.*

Trotz dieser und vieler anderer Mißgeschicke behandelte mich Dr. Forrest immer als Freund und kompetenten Kollegen. Mit der Zeit und mit seiner geduldigen Ermunterung wurde ich sowohl das eine als auch das andere. Ich schulde ihm unendlich viel. Der bescheidene Erfolg, den ich unter seiner Anleitung genoß, förderte mein Selbstvertrauen als Wissenschaftler.

Dr. Forrest hatte seine Karriere in der zweiten Hälfte des neunzehnten Jahrhunderts begonnen, als große wissenschaftliche Fortschritte die Begeisterung von Tausenden entfacht hatten: Darwins Evolutionstheorie, Mendels Vererbungsgesetze, die Feststellung, daß Licht ein elektromagne-

tisches Phänomen ist, das Gesetz von der Erhaltung der Energie und die Erfindung des Spektroskops. Als Dr. Forrest aufwuchs, war es die Wissenschaft, nicht Politik oder Wirtschaft, die den Schlüssel zur Eroberung des Universums in der Hand hatte. Wissenschaft war seine Mission, und bald darauf auch die meine.

Meine wohl außergewöhnlichste Entdeckung unter Dr. Forrests Aufsicht erfolgte gegen Ende seines Kubaaufenthalts. Es begann eines Abends im Mai in der biologischen Bibliothek der Universität Havanna, wo ich in einer Ausgabe der Zeitschrift National Geographic *aus dem Jahr 1907 auf ein eingelegtes Blatt mit Expeditionsnotizen stieß. Die weder mit einem Datum noch mit einem Namen versehenen Notizen waren in einer deutlichen, winzigen Schrift abgefaßt und besagten, daß im Busch zwischen dem Castillo del Morro und dem kleinen Fischerhafen Cojímar ein tiefer Teich voller Garnelen zu finden sei, die »aussahen, als seien sie gekocht«. Ich fand das ungewöhnlich, da alle Höhlengarnelen, die ich zusammen mit Dr. Forrest untersucht hatte, bleich waren. Nur Tiefseegarnelen trugen die dunkelrote Farbe zur Schau, die der Bericht beschrieb.*

Gleich am nächsten Tag machte ich mich auf die Suche nach der mysteriösen Garnele. Die Morgenluft war warm, und ich marschierte in flottem Tempo, um das Abenteuer zu beschleunigen. Ich kam mir ziemlich lächerlich vor, weil ich mich auf anonyme Notizen verließ, aber Dr. Forrest hatte mir beigebracht, daß keine Expedition je umsonst sei. Mit den Jahren war er mit Freuden manch einem campesino *gefolgt – die er zu den besten Beobachtern der Natur zählte –, nur auf das vage Versprechen hin, etwas Neues beobachten zu können. Dr. Forrest tat kein Indiz, keine noch so unwahrscheinliche Geschichte ab, ohne die Angelegenheit persönlich untersucht zu haben.*

Ich eilte zum Hafen und mietete ein Ruderboot, das mich über die Bucht zum Castillo del Morro brachte. Ich ging an der Treppe nahe der Batterie der Zwölf Apostel an Land und kämpfte mich dann durch den küstennahen Bewuchs aus Seetraubenbäumen, bis ich zu einer kahlen Gesteinsfläche kam. In der Mitte, wo vermutlich eine Höhle eingestürzt war, befand sich ein offenes Becken reinsten Wassers. Die Tiefe und Krümmung der Beckenwände erschwerte es, weiter als dreißig bis fünfzig Zentimeter hineinzusehen.

Ich rührte das Wasser mit dem langstieligen Netz auf, das ich mitgebracht hatte, und gleich darauf kamen winzige leuchtend rote Garnelen aus ihren Verstecken und schwammen näher an die Oberfläche. Die Garnelen waren beeindruckend: Ihre spindeligen Beine liefen weiß aus, als wären sie aus Versehen in einen Farbeimer getreten. Immer wieder tauchte ich mein Netz ein, aber die Tiere waren nahezu unmöglich zu fangen. Nach mehreren beschwerlichen Stunden hatte ich endlich zwanzig Exemplare erwischt.

An jenem Abend schien Dr. Forrest von meinen Garnelen sehr beeindruckt zu sein. Er schickte sie an Miß Barbara J. Winthrop, eine Autorität auf dem Gebiet der Krustentiere, die am United States National Museum in Maryland tätig war. Es dauerte nicht lange, bis sie sich mit der Feststellung zurückmeldete, daß es sich bei den Garnelen um eine neue Art handle. Außerdem hatte sie sich die Freiheit genommen, einen Namen für sie vorzuschlagen: Forrestia agueri.

ZWEITER TEIL

EINE VERBREITETE HEIMSUCHUNG

Originalgeographie

IN DEN EVERGLADES
MAI 1991

Heberto Cruz ist die erdrückende Sonne nicht gewohnt, das Tropfen und Saugen des Sumpfes, die stechende Hitze hinter seinen blutunterlaufenen Augen. Schwärme von Moskitos, sirrend, quälend, lassen sich unablässig und immer wieder neu auf seinem geröteten Gesicht nieder. Heberto schleppt sich voran in seinen von der Feuchtigkeit geborstenen Stiefeln. Er hat die Maschinenpistole diagonal von Hüfte bis Schulterblatt umgeschlungen, und an seinem Daumen gedeiht ein rosa Fungus. Heberto schleppt sich voran, beeindruckt vom Gefühl seiner neuen persönlichen Bedeutung.

Constancia, das weiß er, steht seiner Mission skeptisch gegenüber. Natürlich, wie könnte es anders sein. Sie hatte seinen Rasierapparat versteckt, seine Unterwäsche eingehen lassen, seine Socken mit Beschimpfungen bestickt. Glorreiche Vergeblichkeit – was macht es schon, was die eigene Frau denkt? Er ist hier, nicht wahr? Hier bei den Männern der Tat, Männern mit flammenden Helmen. Hier mit Hunderten militanter, *geweihter* Männer. Der meilenweite Gestank ist ein Privileg des Durchhaltevermögens. Er ist hier, nicht wahr? Nicht, wo er vorher war. Nicht in seinem schaukelnden Boot, jämmerlich den Mond anflehend. Nicht festgenagelt hinter seiner Theke, befaßt mit dem

Verkauf teurer Zigarren. Nicht im Begriff, sich der erratischen Republik von Constancias Bett zu unterwerfen.

Was, denkt Heberto säuerlich, hat ihm seine Sicherheit schon eingebracht, wenn nicht noch mehr fruchtlose Sicherheit?

Es ist später Nachmittag. Wolken ziehen donnergrollend von Süden heran. Gleich darauf wird alles zu Wasser und brechendem Licht, zu jeglicher Abart des senkrecht Herabfallenden. Blitze stehlen sich wie leuchtendes Filigran vom Himmel herab. Die Männer brüllen Anweisungen, klammern sich an Zypressen fest. Heberto bleibt, wo er ist. Er weiß, daß der einzige Schutz vor dem Sturm die Zeit ist. Wäre nicht diese geheime Mission gewesen, hätte es keinen Sinn ergeben, um diese Jahreszeit in den Sumpf zu kommen, wenn nur einige fehlgeleitete Touristen aus Europa ihn besuchen. Aber diese Hitze, dieses Training ist dazu gedacht, ihn zäh zu machen, ihn auf die bevorstehende Invasion vorzubereiten.

Invasion. Das Wort macht Heberto hart wie einen jungen Mann. Er kann ihn spüren, den angespannten Grat der Erwartung in der Leistengegend. Das Zusammenziehen seiner *cojones*, von denen sein Vater behauptet hatte, er besitze keine. Heberto legt die Hand auf sein Herz und stellt sich vor, daß es vor lauter Leben überquillt. Unermüdlich. Unerschöpflich. Bebend in einem verstohlenen Rhythmus.

Für ihn kommt das Warten im Hintergrund in diesem schäbigen Reich des Exils nicht mehr in Frage. Bald wird er im Angesicht seiner selbst die äußerste Ekstase erleben – gezielt, vehement, ohne Gedanken an die Vergangenheit. Nichts Geringeres wird ihn mehr befriedigen.

Vor Jahren hatte Heberto den Wunsch gehabt, sich bei der Invasion in der Schweinebucht seinem Vater und seinen im Exil lebenden Brüdern anzuschließen. Er hatte sich danach gesehnt, eines der Schiffe zu requirieren, das die Familie Cruz inoffiziell zur Verfügung gestellt hatte. Aber Constancia hatte damit gedroht, ihn zu verlassen und nach Spanien zu gehen. »Ich bin nicht bereit, mich für deine *politica dichosa* zu opfern!« hatte sie geschrien und ihren Reisekoffer gepackt. Und darum war Heberto daheimgeblieben.

Hebertos älterer Bruder hatte in der Schweinebucht als Held sein Leben gelassen. Leopoldo Cruz war im Ansturm auf den Strand ertrunken, während der Himmel leer blieb und keine amerikanischen Flugzeuge kamen. In letzter Minute hatte Präsident Kennedy den Mut verloren und hatte die versprochene Unterstützung aus der Luft zurückgezogen. Gonzalo, der jüngste Bruder, wurde ins Bein geschossen. Sein Knie war so schwer verstümmelt, daß er immer noch deutlich hinkt. Gonzalo hätte vor Jahren die Möglichkeit gehabt, sein Bein operieren zu lassen, aber ihm ist es beschädigt lieber. Er weiß den Vorwand zu schätzen, den es ihm gibt, sich mit seinem Heldenmut zu brüsten. Ihr Vater Arturo, der die Invasion von Deck seines Frachtschiffs aus mit dem Fernglas beobachtet hatte, hatte Kuba verlassen und war fortan nur noch zum Dominospielen und für dumpfe Nostalgie gut gewesen.

Noch Jahre später hatte ihn sein Vater kühl behandelt. Hebertos Schande hatte ihm während der Mußestunden zugesetzt, und darum hatte er sich immer etwas vorgenommen, bis jede seiner Minuten ausgefüllt war, bis es nichts Wesentliches mehr zu tun gab. Die Winter in New York halfen ihm, das Eis und die Blindheit, die ein langes Drittel des Jahres anhielten. Mit jeder Jahreszeit, die verging, war Constancia, wie es Frauen mit eigenem Geld so ergeht, an seiner Seite immer selbstbewußter geworden, und Heberto war bestürmt worden von allem, was seinem Leben entgangen war.

Früher einmal hatte Heberto Constancia geliebt, hatte er sie mit einer Heftigkeit begehrt, die ihn fast bis zur Passivität erschreckt hatte. Vor allem aber hatte er das Bedürfnis gehabt, sie zu beschützen. Sie war Gonzalos erste Frau gewesen, und sie hatte unter seinem Bruder gelitten. Heberto wollte dafür sorgen, daß Constancia nicht mehr zu leiden hatte. Doch mit der Zeit, als seine Leidenschaft nachließ und seine Frau in Selbstsicherheit erblüht war, hatte Heberto das unangenehme Gefühl nicht mehr abschütteln können, daß ihm irgendwie nur vermacht worden war, was sein Bruder übriggelassen hatte. Heberto hatte sogar Silvestre großgezogen, Gonzalos und Constancias Sohn, hatte ihm den Besuch der kostspieligen Hochschule für Taube in Washington D.C. ermöglicht.

Ein einziges Mal in seinem Leben wollte Heberto etwas, das ihm allein gehörte. War das zuviel verlangt?

Als er nach Miami gezogen war, war Heberto Gonzalo und der verwesenden Haut seines kranken Bruders zunächst aus dem Weg gegangen. Aber der Tod ihres Vaters hatte sie wieder zusammengeführt. Am Abend der Beisetzung hatte Heberto Gonzalo ins Krankenhaus zurückgefahren. Sein Bruder hatte ihn zu einem Drink auf die Sterbestation eingeladen und einen Pfleger mit einem Fingerschnippen veranlaßt, ihnen zwei Flaschen sieben Jahre alten kubanischen Rum zu bringen. Sie hatten langsam und mit Bedacht getrunken, hatten die Nacht geleert, *coronas* geraucht und Erinnerungen ausgetauscht, bis der Morgen graute.

Sie hatten ihrer Mutter María Josefa Escoto de Cruz gedacht, die so spröde und hoch anständig gewesen war und ständig in Tränen aufgelöst. *Una neurasténica* wurden Frauen wie sie seinerzeit genannt. María Josefa war im Schlaf gestorben, am selben Tag, an dem ihr ordentlich frisiertes Haar schlohweiß geworden war (das sei ein biologischer Impuls gewesen, hatte ein Nachbar behauptet; María Josefa habe es seit Wochen so geplant gehabt). Ihre drei Söhne waren noch unter zwanzig gewesen. Heberto und Gonzalo einigten sich trinkend und rauchend und selbst den Tränen nahe widerstrebend darauf, daß ihre Mutter nur ihren älteren Bruder Leopoldo geliebt habe.

Sie besannen sich auch auf den Abend, an dem ihr Vater sie in ein Bordell in der Nähe von La Chorrera in Havanna mitgenommen hatte. Heberto und Gonzalo waren erst elf und neun Jahre alt gewesen, aber ihr Papá hatte sie gezwungen, zuzusehen, wie er eine opulente Mulattin mit orientalischen Augen fickte, wie seine gewaltig baumelnden *cojones* gegen ihren riesigen, zitternden, pflaumenfarbenen Arsch prallten. Die Hitze, die von ihrer Paarung ausging, hatte den Jungen fast den Atem geraubt. Schließlich hatte Papá der Frau befohlen, eine halbe Ewigkeit lang an seinem *pinga* zu lutschen, bis er stöhnte und vornüberfiel wie ein abgestochener Stier. *Así jode un hombre*, hatte Papá hochzufrieden gesagt und seine Söhne angestachelt, es ihm gleichzutun. Als sie zurückwichen, entsetzt über das viele nackte Fleisch, hatte Papá sie ausgelacht und sie *maricones* genannt.

Auf dem Nachhauseweg hatte Papá ihnen noch mitgeteilt, daß jede Frau, die an ihren *pingas* lutschte, eine Hure sei. Das sollten sie sich merken und sich nicht an der Nase herumführen lassen.

Noch Jahre danach hatte der Anblick seines Vaters Heberto verfolgt und ihn immer dann gestört, wenn er sich ausnahmsweise an seine Träume erinnern konnte. In seiner Hochzeitsnacht, in einem barocken Zimmer, das von dünnen schiefstehenden Kerzen erleuchtet wurde, hatte sich Constancia zärtlich über seine Lenden gebeugt. Da hatte Heberto sie brutal weggestoßen. »Tu das nicht noch einmal!« hatte er gedroht und ihr den Rücken zugewandt. Er hatte seinen Bruder im Verdacht, Constancia verdorben und erniedrigt zu haben, wie es sein Vater mit der mandeläugigen Hure getan hatte.

Die Nächte im Sumpf sind schlimmer als die Tage. Heberto schläft unruhig oder überhaupt nicht, solange die Laternen brennen, graugrün von dem Mittel, das die Insekten vertreiben soll. Die übrigen Männer träumen wütend aus den Eingängen ihrer Zelte. Jede Nacht zündet sich Heberto heimlich ein gutes

Stück vom Lager entfernt eine kubanische Zigarre an, eine *panatela*. Wenigstens wenn es um Zigarren geht, läßt Heberto die Politik Politik sein.

Er war richtig froh, als er erfuhr, daß Gonzalo, der sich für einen Exilantenführer ohne Fehl und Tadel hielt (man nennt ihn El Gallo wegen seines Erfolgs bei den Damen und seiner Bereitschaft, es mit jedem Gegner aufzunehmen), ebenfalls den transzendenten Freuden einer handgerollten kubanischen Zigarre erlag. An jenem Abend im Krankenhaus hatten sie gemeinsam den hochwertigsten Rum und die besten *coronas* ihres Landes genossen, und ihre Lebenswege hatten begonnen, sich wieder miteinander zu verflechten.

Wer kann Kuba heute noch in Schutz nehmen? Seine alltäglichen, gewöhnlichen Schrecken? Das hatte Gonzalo Heberto hinter einer Wolke duftenden Rauchs gefragt. *Niemand*, hatte Heberto geantwortet und war immer bedrückter geworden, als er an seine eigene jahrelange Untätigkeit zurückdachte. *Die Revolution ist ein Versehen der Geschichte, ohne weiteres rückgängig zu machen*, war Gonzalo mit einer Beredsamkeit fortgefahren, die Heberto erstaunte. *Jeder auf der Insel wünscht sich den Neubeginn, den radikalen Wandel des Schicksals, eine nagelneue, echte Marken-Jeans. Drunter geht nichts.*

Gegen Morgen hatte sich Heberto nichts sehnlicher gewünscht, als an der Seite seines Bruders zu kämpfen, sich loszureißen von seinem Leben am Gängelband. Er hatte alles satt. Den Scheitel in seinem Haar, der so und nicht anders gezogen war. Seine ungeschickten, schwieligen Hände. Heberto wünschte sich eine Rolle bei der Errettung Kubas. Er wollte Brücken in die Luft sprengen, und wenn er die dazu nötigen Sprengstoffblöcke verschlucken mußte. Für ihn gab es kein Zögern, keinen ängstlichen Blick zurück.

Unter ihm vollführt der nachgiebige Grasboden seine Kontinentalverschiebung. Die Rhythmen der Dunkelheit muten Heberto falsch an, mißtönend und ohne Synkopierung. Als er in sein Zelt zurückgekehrt ist, zuckt jedes seiner Beine im Nylonschlafsack in einem anderen Tempo. Er hört die Schreie der gespenstischen Vögel, das unbeholfene Schliddern der Alligatoren im Schlamm. Und obwohl Panther hier ausgesprochen selten sind, bildet sich Heberto immer wieder ein, ihr weiches, kreisendes Tappen rund um sein Zelt zu hören.

Niemand ist zu gottgefällig, um zu sterben, sagt Heberto zu sich. Vielleicht könnte ein ehrenvoller Tod den Stumpfsinn wettmachen, mit dem er gelebt hat. Mit dem Tod zu leben, so glaubt er – mit ihm zu leben wie mit einem heißen Atem im Nacken –, heißt wahrhaft leben. Egal wie: Diesmal würde er mit Vorsatz handeln. Ja, dies eine Mal würde Heberto Cruz mit Vorsatz handeln, und er würde erlöst werden.

KEY BISCAYNE

Ein Bottich mit Constancias neuem Weichmacher für die Gesichtspflege brodelt auf dem Küchenherd. Sie fügt eine Tasse gemahlene Papayakerne hinzu, rührt die Blütenblätter von einem Dutzend Teerosen ein. Zweiundsiebzig königsblaue Fläschchen stehen auf ihren Resopalflächen aufgereiht. Auf jedem klebt ein Etikett mit einer Miniatur des Gesichts ihrer Mutter (das nun ihr Gesicht ist) unter dem reichverzierten Firmenzeichen *Cuerpo de Cuba*. Constancia verschließt die Flaschen mit Rosenholzstöpseln und windet seidene Kordeln und Troddeln darum, um ihnen den Anschein von Familienstücken zu geben.

Es ist sieben Uhr morgens. Constancia schaltet das Radio ein, in der unbestimmten Hoffnung, von ihrem Mann zu hören. Heberto ist vor nahezu zwei Monaten aufgebrochen, und sie hat immer noch nichts von ihm gehört. Gleich darauf schaltet sie zur Morgenausgabe von *La Hora de los Milagros* um. Constancia erfährt, daß in Xcalacdzonot, einem Dorf unweit der Ruinen von Chichén Itzá, eine scheckige Kuh neuerdings beim morgendlichen Melken das Vaterunser aufsagt. Am Anfang war dieses Wunder nicht ernst genommen worden, weil Benito Zúñiga, der Eigentümer der Kuh, am Ort als unverbesserlicher Schelm bekannt ist. Aber der Dorfprediger, ein Mann, der nicht zu übermäßiger Frömmigkeit neigt, bestätigt, daß die ansonsten ganz normale Chuchi in der Tat das Vaterunser rezitiert, wenn auch ein wenig undeutlich.

Constancia verreibt ein wenig von dem heißen Weichmacher auf der Schräge ihrer Wange und bedenkt den Fall der betenden Kuh. Sie fährt mit dem Finger über eine feine Linie auf ihrer Stirn, die Andeutung einer Falte zwischen ihren Augenbrauen. Vor einem Monat war sie erwacht und hatte entdeckt, daß das Gesicht der Mutter ihr eigenes ersetzt hatte. Seither hat Constancia nachts nur vier Stunden geschlafen, und ihre Energie hat sich in begeisternde Dimensionen gesteigert. Sie fühlt sich von Mamás weichem Fleisch über dem ihren eigentümlich gestärkt, wie in der Schwebe gehalten von einer mächtigen warmen Flut.

Derweil ist Constancias Stimmung unvorhersehbaren Schwankungen unterworfen, von dem beschriebenen Gefühl der Zufriedenheit zu einem unkontrollierbaren Verlangen, sich das Gesicht abzukratzen. Sie überlegt, wie lange sie wohl zusätzlich zur Perspektive einer Frau im mittleren Alter das Antlitz ihrer Mutter tragen, die Bürde von Mamás Jugendblüte schultern muß (sie war vierunddreißig, als sie im Sumpf von Zapata starb). Was für eine Buße war ihr damit auferlegt: Mamás Mund, ihre Augen herumzuschleppen wie ein böswillig zugedachtes Erbe, die Gesichtszüge aushalten zu müssen, die sie verschmäht, verbannt und zu einer einsamen Kindheit der Onkel und Pferde verurteilt hatte.

Und die Frage bleibt bestehen: Wohin war ihr eigenes Gesicht geflohen? *Für jede Aktion gibt es eine gleichwertige und entgegengesetzte Reaktion.* Das hatte ihr Vater ihr beigebracht, ein unveränderliches Gesetz der Physik. Wenn es stimmt, daß in der großen Energiebilanz nichts verlorengeht, dann muß ihr Gesicht irgendwo sein – durch eine kosmische Schleuse gerutscht, tief vergraben in einem kalten Schwarzen Loch, vertrieben von unbekannten Gesetzmäßigkeiten der Affinität. Vielleicht, so hofft Constancia, handelt es sich nur um eine seltene Begleiterscheinung der Wechseljahre.

Constancia wartet eine Stunde, bis der Weichmacher abgekühlt ist, ehe sie ihn durch winzige Trichter in ihre königsblauen Flaschen gießt. Die Creme hat einen unverkennbaren Duft, wie das Destillat einer Jahreszeit. Constancia schwitzt in der Hitze, benommen von ihrer seltsam ausufernden Duftnote, die längst vergangene Sommer auf Kuba heraufbeschwört. Sie denkt an ihren Onkel Dámaso, wie er auf dem Hof am Holzofen gestanden und in seiner berühmten Bananensuppe gerührt hatte. Ihr Großvater und ihre Onkel waren, obwohl sie Pferde und Rinder züchteten, praktisch Vegetarier gewesen. Und es hatte eine unausgesprochene Regel gegeben, wonach Schweinefleisch bei ihnen zu Hause nicht geduldet wurde. Nicht einmal die *chicharrones*, kleine Stücke knuspriger Schwarte, die Constancia köstlich fand.

Manchmal spürt Constancia, wenn sie sich an die Jahre der Isolation auf dem Gestüt erinnert, wie sich der Raum, die Luft, ja, alles um sie herum langsam und unmerklich dreht, als sei sie eine kleine weiße Sonne, der Leitstern einer bescheidenen neuen Galaxis.

Zum Glück hat Constancia nicht lange gebraucht, um die Kaufhäuser und Spezialgeschäfte von Miami für ihre hausgemachten Lotionen und Cremes zu interessieren. Ihre anfängliche Strategie war ganz einfach: die Mengen erhältlicher Ware streng zu begrenzen, um die Nachfrage anzuregen. Ihr erster Erfolg, eine Augencreme namens Ojos de Cuba, war im Einkaufszentrum Bal Harbour nach zweiundvierzig Minuten ausverkauft. Und ihr Fußbad Pies de Cuba hatte eine zwei Spalten lange begeisterte Besprechung auf den Schönheitsseiten der Sonntagsbeilage des *Miami Bugle* erhalten.

Constancia hat die Absicht, eine vollständige Produktpalette für Gesicht und Körper herauszubringen, die jeden glorreichen Zentimeter kubanischer Weiblichkeit erfaßt: Cuello de Cuba, Senos de Cuba, Codos de Cuba, Muslos de Cuba und so weiter.

Jeder Artikel ihrer Reihe Cuerpo de Cuba wird dem übertriebenen Bild entsprechen, das sich kubanische Frauen von sich selbst machen: als leidenschaftliches, aufopferndes Geschöpf, das jeden Luxus verdient. In der vergangenen Woche hat sie eine aufgelassene Bowlingkugelfabrik gefunden, die sie mit Geld von ihrem Konto bei der nicaraguanischen Bank zur Kosmetikfabrik umbauen will.

Constancia schreibt ihre Geschäftstüchtigkeit dem Hervortreten des Gesichts ihrer Mutter aus dem eigenen zu. Ihre Anzeigen (Hochglanzfotos mit Weichzeichner, antiken Spiegeln und tropischem Grün) sprechen die Erinnerungen ihrer Kundinnen an, die vermeintliche Herrlichkeit ihrer kubanischen Jugend. Ihr Motto: *Die Zeit mag leidenschaftslos sein – von Ihnen verlangt das keiner*, appelliert an ihre nervöse Eitelkeit. Kein besonders subtiler Ansatz, das gibt sie zu, aber sehr wirkungsvoll.

Constancia hat bereits Dutzende von Briefen von Frauen erhalten, die ihr beichten, sie würden sich nach dem Gebrauch ihrer Produkte eher als *cubana* fühlen und sich längst vergessener Einzelheiten aus ihrer Kindheit in Sagua la Grande, Remedios, Media Luna oder Santa Cruz del Sur entsinnen. Vielleicht sind es Mamás fragende Augen, die diese Reminiszenzen auslösen, oder der Anblick ihres langen unbedeckten Halses. Die Politik mag Constancias Kundinnen betrogen, die Geographie sie übersehen haben, aber die Produkte der Reihe Cuerpo de Cuba schaffen es dennoch, die rosa Wurzeln ihrer Traurigkeit anzurühren.

Constancia ist selbst nicht immun gegen diese unvermittelten Träumereien. Als sie das letzte Mal ihre Augencreme aufgetragen hat, kamen ihr lebendige Erinnerungen an das Begräbnis ihrer Mutter, an die leuchtend blaue Taube, die über der Grube verharrt und hilflos mit den Flügeln geschlagen hatte, an den unerbittlichen Gram ihrer Schwester. Ihr Papi hatte einen Klumpen feuchte Erde in der Hand gehabt, um ihn ins Grab zu werfen, hatte aber statt dessen damit nach der Taube geworfen. Der

Vogel war noch lange in der Luft verharrt, ehe er auf Mamás Sarg herabfiel. »Sie bewegt sich noch!« hatte Reina gerufen, aber ihr Papi hatte sie nicht beachtet. Er hatte einem Totengräber die Schaufel abgenommen und rasch die Grube gefüllt.

Constancia räumt die Nahrungsmittel in ihrem Kühlschrank um, damit Platz für den frischen Schub Weichmacher geschaffen wird. Sie verwendet keine Konservierungsstoffe. Darum ist es von entscheidender Bedeutung, die Creme kühl zu lagern, schon gar bei dem Wetter, das alles so schnell verderben läßt. Als sie die Fächer mit ihren königsblauen Fläschchen füllt, starrt ihr Mamás Gesicht in schwindelerregendem Kleinformat entgegen. Constancia überlegt, wie weit sie sich von ihrer Mutter entfernt hat, nur um festzustellen, daß sie an jedem neuen Ort auf sie wartet.

In letzter Zeit hat Constancia angefangen, alte Kleider zu tragen. Maßgeschneiderte Kostüme aus den vierziger Jahren, schulterfreie Sommerkleider, deren weite Röcke an der Hüfte ansetzen. Sie kauft alte Broschen und Ohrgehänge mit tropfenförmigen Perlen, Krokodillederpumps, die vor vielen Jahren in Havanna hergestellt worden sind. Sie weiß nicht mehr, ob sich ihre Mutter so angezogen hat, erinnert sich überhaupt nicht mehr recht an Mamá, außer an den Tag, an dem sie heimgekehrt war, im achten Monat schwanger und voller blauer Flecke. Constancia stellt sich gern vor, den Platz ihrer Mutter einzunehmen, so wie sie gewesen sein könnte, als sie an Papis Arm eine wissenschaftliche Tagung in der Hauptstadt besucht hatte. Sie stellt sich das Raunen im Saal vor, das ihre Gegenwart ausgelöst haben muß, die Unruhe, die unter Papis Kollegen ob ihrer betörenden Schönheit ausgebrochen war.

Es ist schon Nachmittag, als Constancia für die erste Lieferung des Tages ihren Cadillac vollpackt. Sie denkt an Heberto, während sie den Rücksitz mit drei Styroporbehältern füllt, aus denen Trockeneisnebel hervordringt. Was würde sie von ihm wissen wollen, wenn ihr nur eine Frage gestattet wäre?

Heute wird sie Geschäftskunden in Kendall, Coconut Grove und South Beach Cara de Cuba bringen. Ihre übrige Klientel muß noch mehrere Tage auf eine Lieferung warten. Constancia weiß, daß die Leute für eine Ware, die sie für kostbar oder selten halten, nahezu alles ertragen. Wann immer sie in ihrem rosa Cadillac-Kabrio vor einem Laden anhält und in ihrem Kostüm aus den vierziger Jahren und den zehenfreien Pumps aussteigt, kommt augenblicklich der Verkehr zum Erliegen.

Die Sonne durchwebt die Luft mit dichtem, unerträglichem Licht. Constancia fährt mit hochgeklapptem Verdeck und voll aufgedrehter Klimaanlage, um ihre empfindliche Fracht zu schützen. Wie sehr unterscheidet sich diese Art der Fortbewegung von der ihrer Kindheit, als sie und ihr Vater auf der Suche nach vom Aussterben bedrohten Tierarten jede Unbequemlichkeit in Kauf genommen hatten, die Kuba zu bieten hatte – sintflutartigen Regen, schwarze Moskitowolken, unbefestigte oder gar nicht vorhandene Straßen und die bestialischste Hitze der westlichen Hemisphäre.

Auf einer Reise durch Pinar del Río waren sie und ihr Vater auf eine Hochwiese gestoßen, die von Hunderten ungewöhnlicher Höhlungen durchlöchert war. Einige grob und unfertig, andere glatt und wie behauen. Die groben waren, wie Constancia rasch herausfand, mit Taranteln gefüllt, die auf Kuba recht verbreitet waren. In den glatten dagegen, die ungefähr zwanzig Zentimeter tief waren, saß je eine von den seltenen Kröten, die sie suchten: *Bufo empusus*. Die Kröten, die viel größer wirkten als ihre Höhlen, benutzten ihre Schädeldecke, um wie mit einem genau passenden Deckel ihren Bau zu verschließen.

An jenem Abend, als sie unter einem Himmel kampierten, der vor lauter Sternen einstürzte, hatte ihr Vater sich über die relativen Vorzüge der griechischen Philosophen ausgelassen.

Dann jedoch hatte er plötzlich das Thema gewechselt. *Menschen zu analysieren ist unendlich viel beschwerlicher, als zwischen den feinsten Abstufungen einer Subspezies zu unterscheiden.* Es stimmte, daß ihr Papi mit einem schnellen Blick das Grundverhalten eines Lebewesens zu identifizieren vermochte – seine Nahrungsvorlieben und Paarungsrituale, sein Brutverhalten und Merkmale von Fehlverhalten. *Menschen sind entsetzlich unberechenbar. Sie haben eine wesensmäßige Neigung zum Chaos. Das ist Teil ihrer Biologie, wie die Fähigkeit, Verzweiflung oder Glückseligkeit zu empfinden.* Ihr Vater hatte innegehalten und zu den zum Leben erwachten Wunden einer Million Sterne aufgeblickt. *Es ist ein Trost,* mi hija, *zu wissen, was man zu erwarten hat.*

Constancia war verblüfft gewesen. Die Erklärungen ihres Vaters waren meist Umschreibungen – bezogen auf die Gegenwart, die Naturgeschichte oder abstrakte Philosophie. Kein einziges Mal hatte ihr Papi auf ihre Mutter oder ihre Halbschwester in Havanna angespielt, nicht einmal nebenbei. Constancia rang mit der Bürde der Leere, keine gemeinsame Vergangenheit zu haben außer der des Landes, keine Zukunft außer den Lebewesen, deren sie und ihr Papi habhaft zu werden hofften. Aber die Freude über die Gegenwart ihres Vaters, seine beruhigende Stimme gewannen häufig die Oberhand über ihre Unzufriedenheit.

Constancia nimmt die Fernstraße U.S. 1 nach Süden in Richtung Kendall. Die Boutique ihres Abnehmers befindet sich gleich gegenüber von einem Serpentarium, einer Art Schlangenzoo. Constancia ist in Versuchung, es zu besuchen – einige ihrer angenehmsten Erinnerungen handeln von der Schlangenjagd mit dem Vater. Aber sie befürchtet, daß ihr Weichmacher es nicht überstehen würde, auch nur einen Augenblick dieser Hitze ausgesetzt zu sein. Ein Transparent vor dem Laden verkündet, daß an diesem Tag die nächste Lieferung Cara de Cuba erfolgen wird. Eine lange Reihe elegant gekleideter Frauen wartet schon darauf, ihr Produkt kaufen zu können. Constancia fährt in ihrem rosa Cadillac vor und holt einen Styroporbehälter vom Rücksitz. Die Frauen spenden spontanen Beifall. An der Spitze der Reihe kommt es zu einem Handgemenge, und ein Sicherheitsbeamter eilt herbei, um den Streit zu schlichten. Der Besitzer erzählt Constancia, daß die ersten Kundinnen seit dem Morgengrauen Schlange stünden und darum ein wenig gereizt seien.

Eine Stunde später kommt im Laden in Coconut Grove den Kundinnen zu Ohren, daß es nur zwei Dutzend Flaschen Cara de Cuba zu kaufen geben soll, und wieder bricht ein Gerangel aus. Eine Frau greift rasch durch das Rückfenster von Constancias Kabriolett und reißt den letzten Behälter mit Lotion an sich, der für das Geschäft in South Beach bestimmt war.

Einem Impuls folgend, fährt Constancia zum Samariterkrankenhaus in Coral Gables. Ihr ehemaliger Gatte Gonzalo liegt dort nach wie vor sterbend im elften Stock. Sie nimmt sich vor, darauf zu bestehen, Hebertos Aufenthaltsort zu erfahren, und erst wieder zu gehen, wenn sie weiß, wann er nach Hause kommt. Sie gibt Gonzalo die Schuld an Hebertos Verschwinden; ihrer Ansicht nach hat er ihren Mann angestiftet, ein verwegener, zu Temperamentsausbrüchen neigender Mensch zu werden.

Es widerstrebt Constancia, Gonzalo aufzusuchen. Sie hat ihn seit der Beisetzung seines Vaters im Januar nicht mehr gesehen. Damals hat er ziemlich krank gewirkt, aber seine Gegenwart hat sie dennoch erregt. Insgeheim befürchtet Constancia, er könne in ihr erneut eine Leidenschaft entfachen, die nicht zu stillen wäre. Gonzalo mag sie vor langer Zeit verlassen, mag sie so gründlich angelogen haben, daß es schon fast wieder wahr war, aber Constancia hat ihn nie vergessen. Hat ihn weder vergessen, noch hat sie ihm vergeben.

Mit den Jahren hatte ihr gemeinsamer Sohn Constancia an

Gonzalo gebunden wie an einen lebendigen Stier. Sie hat den Verdacht, daß ihre Entscheidung, Silvestre in ein Waisenhaus nach Amerika zu schicken, eher zu ihren als zu seinen Gunsten gefallen war. Damals hatte sie gerade in ihre Ehe mit Heberto hineingefunden – er war so berechenbar, sanft und auf bescheidene Art leistungsfähig im Bett (und reinlich war er auch, wusch und puderte er doch seinen Penis nach jeder Paarung). Aber jedesmal, wenn sie und Heberto sich liebten, hatte Silvestre an die Schlafzimmertür geklopft und etwas verlangt. Der Anblick ihres Sohnes, dessen Augen den gleichen launenhaften Braunton hatten wie die Gonzalos, ließ Constancias Verzweiflung immer wieder aufleben. Erst als Silvestre in Colorado war, taub und dem Tode nahe infolge eines Fiebers, hatte sie es geschafft, ein zweites Mal schwanger zu werden.

Im Krankenhaus angekommen, ist Constancia überrascht, zu sehen, wie kräftig Gonzalo für einen Todkranken aussieht, obwohl die Krankenschwester ihr mitteilt, daß es sich im Grunde nur um Wasseransammlungen im Gewebe handelt. Sein Kopf erscheint schwer und kaum geradezuhalten, seine Finger gräßlich geschwollen. Am schlimmsten aber sind seine Augen, trübe und völlig verklebt.

Gonzalo erkennt Constancia zunächst nicht wieder. Aber sobald sie das Wort ergreift, heißt er sie mit offenen Armen willkommen. *»Ah, mi golondrina!«* gurrt er, seinen alten Kosenamen für sie benutzend. Gonzalo hat schon immer behauptet, sich an eine Geliebte am ehesten anhand ihrer Stimme zu erinnern.

Vor Jahren hatte ihr Reina anvertraut, daß sie einmal mit Gonzalo geschlafen habe, nachdem er sich von Constancia hatte scheiden lassen. Sein Penis sei so klein, hatte ihre Schwester geklagt, so knabenhaft, daß sie ihn kaum in sich gespürt habe. Das hatte Constancia erstaunt. Sie hatte Gonzalos Penis immer eindrucksvoll gefunden, schon gar im Vergleich mit dem von Heberto. Aber sie hatte in ihrem Leben auch nur zwei Liebhaber gehabt. Wie hätte sie sich vorstellen können, woran Reina durch ihre anderen Eroberungen gewöhnt war?

»Bist du dir über die tödliche Attraktion im klaren, die gewisse infizierende Wirkstoffe auf die Leber ausüben?« fragt Gonzalo und sieht Constancia eindringlich an.

»Wo ist Heberto?« verlangt sie zu wissen, versucht aber, den Ärger in ihrer Stimme zu unterdrücken. »Er ist im März mit deinen Piraten losgezogen, und ich habe immer noch kein Lebenszeichen von ihm bekommen!«

»Die Bäume verschwinden«, flüstert Gonzalo und wendet sich dem Fenster zu. Die Wolken stehen rosa und fleischig am Himmel. Constancia folgt seinem schweifenden Blick und bemerkt eine Gruppe von Kohlpalmen im Krankenhausgarten, zwei Jakarandas und einen einzelnen Kajeputbaum.

Gonzalo nimmt wie auf ein unsichtbares Signal hin den Telefonhörer ab und ruft eine Mitpatientin am anderen Ende des Korridors an, eine Mystikerin namens María del Carmen, die ihrer Pneumektomie zum Trotz durch ein Loch in der Kehle weiterhin raucht.

María del Carmen schlurft in Papierpantoffeln herein. Ihr Kopf ist geschoren, ihre Fingernägel sind mit geometrischen Mustern golden lackiert. Sie ist überzeugt, daß der Heilige Geist die Reinigungsfunktionen des Körpers überwacht, und sagt zu Gonzalo, daß auch er seinen Schädel rasieren müsse, damit der Geist so reibungslos wie nur möglich über ihn kommen könne.

»Also, was meinst du, soll ich das abschneiden?« sagt Gonzalo neckisch zu Constancia und zaust die Enden seines strähnigen Haars. An seinem Kinn hängt ein Speicheltropfen. »Meinst du, es hilft?«

Constancia sagt nichts. Sie ist bemüht, den Anblick Gonzalos auf einen Nenner zu bringen mit dem schlanken, gebräunten Leib, der sich einst den ihren untertan gemacht und in ihr die Bereitschaft ausgelöst hat, mehr zu empfangen, als ihr je wieder zuteil werden sollte. Sie studiert seine Fieberkurve, das Register seiner mannigfaltigen Symptome. Ihr geht auf, daß Gonzalo die ganze Zeit, sechs katastrophale Ehen hindurch, nicht Trost gesucht hatte, sondern Abenteuer. Ihr eigenes Leben war dagegen eine Jagd nach immer hochwertigerer Sicherheit. Welcher Appetit, überlegt sie traurig, ist der sinnlosere?

María del Carmen holt einen Rasierer und Rasierschaum aus einer Falte ihres Krankenhaushemdes und macht sich an Gonzalo zu schaffen. Sie fängt vorn in der Mitte an und schert ihn methodisch vom Haaransatz nach hinten.

Gonzalo ist sentimentaler Stimmung. Er erinnert sich an das erste Mal, daß er Constancia gesehen hat, vor dem Panoramafenster mit Blick auf den Hafen von Havanna an ihrem Empfangstisch sitzend. Das war 1956. Sie hatte Sandalen mit niedrigem Absatz angehabt, und ihre kleinen Füße hatten unter dem Tisch hervorgelugt.

»Ich habe diese Chinesinnenfüße gesehen und gleich gewußt, daß ich sie heiraten würde«, verkündet er, ohne jemanden direkt anzusprechen.

Kaum ist María del Carmen mit triumphierend erhobener Rasierklinge gegangen, fängt Gonzalo unbefangen an, sich zu reiben, so daß sein kleines Glied unter dem Krankenhaushemd anschwillt.

»In diesem Sommer wird dein Mann zum Helden«, sagt Gonzalo mit verführerischer Stimme. Er blickt auf seine geringfügige Schwellung herab und starrt dann Constancia erwartungsvoll an, so als biete er ihr eine einzigartige Gelegenheit, ihre patriotische Pflicht zu tun. »Eigentlich, *mi vida*, müßtest du mir dankbar sein.«

Constancia tut einen Schritt auf Gonzalo zu, atmet eine Wolke seiner feuchten Verwesung ein, den Minzeduft der Rasiercreme an seinem immer noch nassen Schädel. Sie will ihn zurechtweisen, will Hebertos Rückkehr fordern, aber etwas gebietet ihr Einhalt.

Sie beugt sich über ihn, schiebt die rechte Hand unter sein Krankenhaushemd, ergreift die feste, vertraute Wärme. Constancia blickt ihrem geschiedenen Mann in das nun in lustvoller Auflösung begriffene Gesicht und zieht dann rasch die Hand zurück. Sie bedeckt damit ihre Nase und ihren Mund und atmet tief ein. Dann verläßt sie hastig den Raum.

Constancia lenkt ihren verschrammten Cadillac zurück nach Key Biscayne. Von der Fernstraße aus erspäht sie den grellbunt verschwimmenden Fleck einer Poinciana in voller Blüte. Die meisten Poincianas in Miami sind noch nicht aufgegangen, sind mit dunklen Samenkapseln übersät. Noch einen Monat, dann wird die Stadt dank ihrer bunten Pracht erstrahlen. Constancia ist das tiefe Scharlachrot der *Poinciana regia* am liebsten. Ihr Papi hat ihr einmal gezeigt, daß jede ihrer roten Blumen ein einzelnes weißes Blütenblatt hat, das sich entfaltet, wenn die Pollen reif sind. Das weiße Blütenblatt dient als Nektaranzeiger für Bienen und Vögel und anderes für die Befruchtung zuständige Getier.

Constancia überquert in ihrem rosa Kabriolett den Rickenbacker-Damm. Das Verdeck ist heruntergelassen, und ihr Haar weht frei im Wind. Was für eine Erleichterung bedeutet es, dem Druck des Möglichen in Gonzalos Krankenzimmer entflohen zu sein.

Um sie herum geht die Bucht träge in abendliches Dämmerlicht über. Es herrscht Ebbe, und ein Heer schillernder Taschenkrebse krabbelt am Ufer entlang. Männer mit nackten Oberkörpern und ausgefransten Shorts sammeln die Krebse in Blecheimern, und von den Grillfeuern am Strand steigt spiraliger Rauch auf. Das schwindende Licht verweilt auf dem Wasser, ehe es ganz erlischt. Die Zeit breitet sich schnell und leer in sämtliche Richtungen aus. Während die Hitze des Tages verstummt, nimmt die Dunkelheit den Horizont und alle anderen Illusionen in sich auf.

Constancia zählt die als »Bäume der Reisenden« bekannten Palmen am Crandon Boulevard. Sie hat Lust anzuhalten, um unten an jedem Stengel zu ziehen und den Liter Wasser abzuzapfen, der sich dort sammelt. Sie und ihr Vater haben auf ihren Reisen oft an solchen Bäumen getrunken, ihren Durst gestillt und ihre leeren Feldflaschen aufgefüllt. Sie haben die Samenkapseln gegessen, die nußartig und ein wenig bitter schmecken, und oft unter ihren riesigen, windzerzausten Blättern Schutz gesucht. Constancias Papi hat ihr auch von dem Glauben der *guajiros* erzählt, daß diese Bäume in der Wildnis ein natürlicher Kompaß seien, da sie sich immer in ostwestlicher Richtung aufreihten. Constancia war richtig enttäuscht gewesen, als sie später erfuhr, daß das nicht stimmte.

Sie blinkt nach links, fährt das letzte Stück bis zu ihrem Apartmenthaus am Strand. Der Wachmann winkt sie ein, und sie parkt an der üblichen Stelle. Hebertos schmuckloser Chevrolet steht unbenutzt an seinem Platz. Im Briefkasten ist auch nichts von Interesse. Keine Postkarte von ihrem Ehemann. Kein Brief von ihrer Tochter oder von ihrem Sohn in New York. Nur Coupons von einem nahe gelegenen Pizzarestaurant. Constancia steigt langsam die neun Stockwerke bis zu ihrer Wohnung hinauf. Sie tut das einmal am Tag, damit ihre Beine in Form bleiben.

An ihrer Haustür ist mit Klebeband ein Telegramm festgemacht. Es scheint ringsum mit dem hellen Holz zu verschmelzen. Die Nachricht ist von ihrer Schwester Reina in Havanna. Sie lautet, daß Reina am folgenden Abend über die Bahamas in Miami eintreffen wird.

Dulce Fuerte

MADRID

Hier in Madrid ist der Himmel ständig friedlich blau. Keine Unrast, die der meinen entspräche. Schön war sie nicht, diese Ernüchterung nach soviel angestrengter Zielstrebigkeit. Um Kuba verlassen zu können, mußte ich alles brandschatzen, was ich weiß. Erinnerung, davon bin ich überzeugt, ist die übelste Verräterin.

Zwei Wochen mit Abelardo, diesem ekelerregenden Kamm aus Rückgrat und Steißbein, dann habe ich ihn endgültig verlassen. Erst grenzenlose Geduld, und dann habe ich ihn endgültig verlassen. Manchmal frage ich mich, was ich außer diesem neuen Abkommen mit der Einsamkeit gewonnen habe.

Ich habe Abelardos verwitweter Schwester alles gestohlen, dessen ich habhaft werden konnte, habe ihr schmieriges Geld eingesackt und den Schmuck versetzt. Das war nach unserer Prügelei. Sie hat mich an den Haaren gezogen und mich eine kommunistische Hure genannt. Ich habe sie die Treppe hinuntergestoßen. Sie hat es überlebt, weil sie auf einer ältlichen Nachbarin gelandet ist, die gerade ihre Post geholt hatte. Abelardo selbst hatte nichts, was sich zu stehlen lohnte.

Ich habe nicht lange gebraucht, um Arbeit zu finden. Ich bin die Frau, die man angeheuert hat, um die Villa zu putzen und lieb zu dem einsamen zweijährigen Mädchen zu sein. Meine

Tracht ist eine Katastrophe: babyrosa mit einer gerüschten Schürze und weißen Schuhen mit Gummisohle. Sagen wir es einmal so: Meine Anwesenheit ist eine nachsichtig geduldete Störung.

Das Klima im Haus ist unruhig. Es ist nicht zu übersehen, daß eine Scheidung bevorsteht. Mir ist es am liebsten, wenn der Señor und die Señora mich mit dem Mädchen allein lassen. Es heißt Mercedes und ist spindeldürr und bei aller Winzigkeit unergründlich. Es spricht kaum, darum erzähle ich ihm, was ich in der Zeitung lese. Daß die Eiskappen an den Polen schmelzen und der Anstieg der Erdtemperatur um einen halben Grad zahllose Lebensformen vernichtet.

Nachmittags gehen wir spazieren. Mercedes bleibt immer vor dem Besteckladen stehen und starrt die blitzende Auslage an. Mein Hackebeilchen, scherze ich, eines Tages wirst du groß sein und deine Eltern um die Ecke bringen. Ich überlege, daß alles Böse mit der ersten Mangelerscheinung anfängt.

Niemand weiß, wo ich bin. Es ist, als habe mich mit samtener Anonymität die Nacht eingehüllt. Natürlich benutze ich nicht meinen richtigen Namen. Nicht, weil ich glaube, daß Abelardo und seine Franco verehrende Schwester nach mir suchen. Nicht, weil ich glaube, daß überhaupt jemand nach mir sucht. Sondern eher, um es mit einer neuen Identität zu probieren, um behutsam neue Wurzeln zu schlagen. Manchmal wünsche ich mir, daß sich alles, was ich will, so leicht herbeiführen ließe.

Es gibt an den Wänden des Hauses, in dem ich arbeite, weder Bilder noch Bücher. Nur Spiegel, viele Dutzende von Spiegeln, die das Licht zurückwerfen. Ich bin inzwischen so weit, daß ich mein Spiegelbild selbst dann ignorieren kann, wenn ich direkt davorstehe, um den Spiegel zu putzen. Glauben Sie mir: Es ist eine Erleichterung, so unsichtbar zu sein.

Die Señora richtet sich jeden Abend vor dem Spiegel her und

frisiert ihren spärlichen blonden Pagenkopf. Mercedes sitzt währenddessen neben ihr und zupft an ihren kindlichen Fledermausohren.

Irgendwie ist dies alles mehr, als mir vorgeschwebt hat, und zugleich weniger. Meine innere Uhr ist anders eingestellt, der Zeit enthoben, und ich erwarte Privilegien, von denen ich angenommen hatte, sie würden sich wegen des Risikos, das ich eingegangen bin, automatisch einstellen. Aber ich befinde mich an einem Ort mit Regeln, die ich nicht verstehe. Ich suche in den zerfetzten Stierkampfplakaten, den separatistischen Graffiti, den Gesprächen, die ich in der Fleischabteilung von El Corte Inglés belausche, nach Hinweisen. Jedes Wort ist eine Wegbeschreibung, die ich zurückverfolge zu ein und derselben dicht mit Moos bewachsenen Mauer.

Der Sonntag ist mein freier Tag, und ich fahre zum Retiro und gehe rund um den künstlichen See spazieren. Jedes Plätschern eines eintauchenden Schwans löst kleine innere Zeremonien des Zweifels aus. Auf der Promenade treffe ich eine Zigeunerin, mit der ich meist eine Stunde oder noch länger zusammensitze. Sie ist jung, nicht älter als ich, mit grober Haut und verschiedenfarbigen Augen. Ich rauche und höre ihrem gebrochenen Spanisch zu, beobachte ihre flinken ledrigen Finger dabei, wie sie meine Zukunft zurechtschnippen.

»Sie sind dünn, aber Sie haben zuviel Fett im Blut«, beginnt sie jede Sitzung, und ihr graues und braunes Auge blicken gleichermaßen ernst.

»Erzählen Sie mir etwas Neues«, habe ich sie beim letzten Mal aufgefordert.

»Ich blicke in Ihr Herz und lese nur Fragen.« Sie hörte auf, ihre Karten zu mischen, und zeigte auf einen Buben mit rotem Glöckchenkragen. »Wer ist dieser Mann, dessen Einflüsterungen Sie immer noch ausgesetzt sind?«

»Che Guevara.« Ich lachte. Dann verlor ich die Geduld.

»Also, woher soll ich das wissen? Sie sind doch die Zigeunerin!« Ich hatte nur noch eine Zigarette. Ich brauchte etwas zu essen. Ich mußte daran denken, daß Antibiotika allmählich ihre Wirksamkeit bei Krankheiten einbüßen.

Die Zigeunerin schob ihre Karten zum unordentlichen Haufen zusammen. »Das kostet Sie heute nichts«, sagte sie und wandte sich verdrossen ab.

In der vergangenen Woche habe ich mit Mercedes den Prado besucht. Außer im Archiv in Santiago de Cuba, wo neben anderen Ausstellungsstücken der Revolution das Bild meines Vaters hängt, war ich noch nie in einem richtigen Museum. In einer Kirche war ich auch noch nie. Wer kann sich all diese Märtyrer und Heiligen schon merken? Auf Kuba wurde uns beigebracht, daß Religion eine Zuflucht für die Schwachen und Unwissenden ist. Aber dann sah ich Raffaels *Kardinal* und wußte, daß das überhaupt nicht wahr ist.

»Schau dir das Gesicht von diesem Mann an, Mercedes.«

»Mann«, wiederholte sie mit lauter Stimme.

»Alles, was du über Ehrgeiz wissen mußt, steht hier zwischen seinen Augen geschrieben.«

Ich entstamme einer langen Ahnenreihe von Atheisten. Meine Mutter vertraut ganz auf Elektrizität und Sex. Und die antiklerikale Parole meines Vaters für die Revolution – »Laßt sie Palmnüsse anbauen!« – wird auf Kuba heute noch vertreten. Meine Großeltern mütterlicherseits waren Wissenschaftler und haben institutionalisierte Religion rundheraus abgelehnt. »Religion ist eine Art willentlicher Wahnvorstellung«, pflegte Mamá zu zitieren, was ihr Vater gesagt hatte. Ihre Eltern sind im Abstand von zwei Jahren in den vierziger Jahren gestorben, ohne daß Mamá mir je hätte sagen können, woran.

Manchmal wünsche ich mir, ich hätte meine Großeltern gekannt. Die Erzählungen meiner Mutter lassen beide überlebensgroß erscheinen, wie die großformatigen Anschlagtafeln mit Che, der uns dazu anhält, mehr für die Revolution zu tun. Sie sind überall auf Kuba herumgereist und haben Vögel und Fledermäuse und andere Tiere studiert. Mamá sagt, daß ihre Eltern auf ihrem Gebiet berühmt waren, daß Wissenschaftler aus aller Welt sie in Havanna besuchen kamen. Ich frage mich, ob sich noch jemand an sie erinnert.

An manchen Tagen spüre ich den heißen Dunst der Vergangenheit auf meinem Rücken, all die Generationen, die mir vorausgegangen sind und mir zuflüstern: *dies und dies und nicht das.* Es müßte bei uns Rituale wie in primitiven Kulturen geben, mittels deren die Alten ihr Wissen Stück für Stück an ihre Nachkommen weitergeben. Dann könnten wir die Lügengeschichten von uns weisen, die man uns aufdrängt, und unsere wahre Geschichte anschwellen lassen wie einen Fluß zur Regenzeit.

Meine Mutter hat nur Bruchstücke der Vergangenheit ihrer Familie an mich weitergegeben, ein paar Zitate von Philosophen des Altertums, eine kritische Natur, die mir meist nur Schwierigkeiten eingebracht hat. Über die Familie meines Vaters weiß ich gar nichts. (Seine Eltern waren »Arbeiter«, so heißt es in den Geschichtsbüchern der Revolution. Wer wäre das nicht?) Mamá hatte nicht viel Zeit, die Lücken zu füllen. Sie hat immer gearbeitet, hat es in den entlegeneren Regionen der Insel hell werden lassen. Sie hat ein ungewöhnliches Talent, für Licht zu sorgen. Was mich angeht: Ich habe praktisch meine ganze Kindheit in Internaten zugebracht, habe marineblaue Uniformen getragen, habe Kopfsalat oder Zitronen oder Jamswurzeln geerntet und nutzlose Fakten nachgebetet.

Im Museumscafé ist alles so teuer, daß ich nur eine Schüssel Gazpacho kaufe, um sie mir mit Mercedes zu teilen. Außerdem nehme ich von den Salzkräckern so viele, wie ich in meinen Taschen unterbringen kann.

»Scharf!« ruft sie und meint damit, daß es ihr zu stark gewürzt ist. Ich gieße ein wenig Wasser in die Suppe, um sie zu verdünnen. Das gefällt Mercedes. Ich habe ihr beigebracht, mit dem Löffel zu essen, und sie schlürft die Gazpacho mit Hochgenuß.

Ich bemerke einen Mann, der uns beobachtet, aber dann steht er auf und geht, und ich denke nicht mehr an ihn, bis er sich in unsere Nische zwängt, beladen mit zwei Tabletts, auf denen Braten und gedämpftes Gemüse und je eine Portion Pudding stehen. Er ist riesengroß. Selbst im Sitzen ist er größer als die meisten Leute im Stehen. So groß wie ein Planet. Seine Gesichtszüge sind so nichtssagend, daß ich mich nicht auf ihn konzentrieren kann. Es ist, als würde man eine geschälte Kartoffel anstarren.

»Ich bin nur zwei Tage hier in Madrid«, sagt er schließlich. Ich überlege, daß sein Akzent entweder schwedisch oder norwegisch klingt, und siehe da: Er stammt aus einem Vorort von Stockholm.

Man kriegt eben nichts umsonst, denke ich, aber ich habe solchen Hunger, daß ich mir ein Stück Braten abschneide. Mercedes greift nach dem Pudding, der ihr am nächsten ist, und zerdrückt ihn in den Fäusten.

»Das ist nicht meine Tochter«, verkünde ich, und dann frage ich mich, warum ich den Drang verspüre, darauf hinzuweisen. »Ich passe nur auf sie auf.«

Der Mann sagt nichts, sondern starrt mich nur unverwandt an. An einem seiner Daumen sprießt eine Blutblase.

»Womit verdienen Sie Ihr Geld?« frage ich auf englisch, und das nimmt ihm gleich die Befangenheit.

»Mit pharmazeutischen Produkten.« Er richtet sich auf und sieht jederzeit bereit aus, mir etwas zu verkaufen. »Wir haben Medikamente gegen viele verschiedene Erkrankungen. Gegen Kahlheit, Lungenentzündung, marokkanische Hautpilze.«

»Ich bin froh, Ihnen mitteilen zu können, daß ich keines Ihrer Produkte brauche«, sage ich, diesmal auf spanisch. Mercedes fängt an zu lachen, krächzend wie ein kleiner Papagei, als hätte sie meinen Witz verstanden. Ihr Gesicht und ihr Schürzenkleidchen sind mit Pudding beschmiert.

»Sie haben schönes Haar«, sprudelt der Mann hervor, als habe ihn plötzlich die Erleuchtung gepackt. Dann blickt er herab auf seine riesengroßen Hände.

Seine Augen sind zartrosa. Wie die eines Kaninchens, denke ich. Oder wie eine unausgesprochene Sorge.

Mercedes und ich begleiten Bengt an diesem Nachmittag zu einem Stierkampf. Seine Firma besorgt ihm Karten, damit er Kunden ausführen kann, deshalb haben wir ausgezeichnete Plätze. Die Kostüme der Matadore schimmern in der Sonne wie prachtvolle Insekten. Vier Stiere werden mit einem Minimum an Aufwand abgestochen und entfesseln heftiges Gejohle, Jubelrufe und einen Hagel von Sitzkissen. Es ist ein hoffnungsloses Unterfangen festzustellen, was dem Publikum gefällt. Nur Abscheu ist unverwechselbar.

Der fünfte Stier ist klein, überhitzt, glänzend vor Zorn. Wieder und wieder stürmt er auf den jungen Matador ein. Er strauchelt, und die Menge verhöhnt ihn. Als er ein zweites Mal ausrutscht, wird der Matador wütend. Er hält seinen Degen hoch in die Luft, zum Töten bereit, aber der Stier rennt ihn um und zertrampelt ihm mit den Hufen das Bein. Der Matador gerät außer sich und versetzt ihm Degenhiebe. Er trennt dem Stier ein Ohr ab und sticht ihm ein Auge aus.

Einen Augenblick lang hält der Stier benommen inne. Dann stürmt er wie von Sinnen einmal um die Arena herum, während von seinem Schädel das Blut herabrinnt. Die *aficionados* drehen durch. Sie verfluchen den Matador und alle seine Vorfahren. Ein Dutzend Männer sind nötig, um das Tier endlich zu töten. Als der Krankenwagen in die Arena einfährt, um den verletzten Matador zu holen, werfen die Zuschauer mit Steinen und Flaschen, und die Sanitäter kommen kaum selbst mit dem Leben davon.

Es ist beinahe Mitternacht, als ich mich aus dem Haus mit den Spiegeln fortschleiche, um Bengt in seinem Hotel zu treffen. Er gibt beim Zimmerservice eine Bestellung auf und sieht mir dann eine Stunde lang beim Essen zu. Gebratene Ente in Olivenöl, Kalbsbries mit Paprikasoße und einen halben Laib Brot mit Fischpaste.

»Erlaubst du, daß ich dir den Nachtisch füttere?« fragt Bengt schüchtern. Auf einer silbernen Platte sind wie Eierstöcke ein Dutzend *yemas* angeordnet. Er nimmt meine Hand und führt mich zu dem breiten Bett im Nebenzimmer.

Die Nacht ist gelaufen, denke ich und fange an, meine Kleider aufzuknöpfen. Er bedeutet mir aufzuhören.

»Bitte leg dich hin«, flüstert er.

Ich bemerke die dunkle Masse seiner Zunge, dick und geschwollen und zu groß für seinen Mund. Er verströmt einen scharfen, aufdringlichen Geruch, der mir angst macht.

Bengt zieht mir die Schuhe aus, sonst nichts. Einen Augenblick lang betastet er die Narbe an meinem Schenkel, dort wo ich für die Heilung von Mamás verbranntem Fleisch ein Stück Haut gespendet habe. Dann setzt er sich mit der Platte voller gezuckerter Eidotter und einem silbernen Vorlegelöffel neben mich auf einen Stuhl. Bengt hebt mit einer Hand meinen Hinterkopf an, so sacht, als wäre ich krank und hilfsbedürftig. Mit der anderen schiebt er mir das erste *yema* in den Mund. Es löst sich mit feuchter, präziser Süße auf meiner Zunge auf. Dann verabreicht er mir ein zweites und ein drittes.

Innere Ruhe ist nichts Geringeres als der wohlgeordnete Zustand des Geistes. Ich wiederhole den Satz zweimal, um mich zu beruhigen. Ich denke daran, wie meine Mutter die Lehren ihrer Philosophen laut vorgelesen hat, die Gesichtszüge in Nostalgie erschlafft, als habe sie selbst im antiken Griechenland oder Rom gelebt. Was war es noch, das sie direkt vor meiner Abreise aus Kuba zu mir gesagt hat? Auf einmal ist es mir sehr wichtig, mich daran zu erinnern.

Sieben *yemas*, acht. Die Eidotter gehen in mir auf wie fette, klebrige Sonnen. Wie damals, als ich vierzehn war und ein Kind erwartete. Neun, zehn, elf *yemas*. *Alles fließt; du selbst bist ständig im Wandel und wohl auch ständig in Auflösung begriffen, und das Universum in seiner Gänze auch.*

Zwölf *yemas*. Bengt läßt den Löffel fallen. Er lockert seine Krawatte und schlägt die Hände vors Gesicht. Sie scheinen von innen heraus zu strahlen, bebend und versunken in Licht. Dann klettert er zu mir ins Bett und schläft fest ein.

Rarae Aves

Während meines letzten Jahres an der Universität von Havanna wurde bei meinem Vater Kehlkopfkrebs diagnostiziert. Die Ärzte sagten, er habe nur noch wenige Monate zu leben, doch seine Willenskraft strafte die Prognose Lügen. Er lebte noch fast drei Jahre. Ich beschloß, nach Pinar del Río zurückzukehren, damit ich ihm vorlesen konnte. Das war ein Luxus für Papá, der so viele Jahre darauf verwendet hatte, pflichtschuldigst anderen vorzulesen. Tag für Tag und Buch für Buch las ich ihm seine gesamte Bibliothek vor.

Mein Vater schöpfte wie immer viel innere Kraft aus den Werken der griechischen und römischen Philosophen – Plato und Epiktet – und vor allem Mark Aurel. Auch die Dichtkunst von Miguel de Unamuno und Rubén Darío bereitete ihm große Freude, insbesondere die Gedichte in Cantos de Vida y Esperanza. *Papá war kein religiöser Mensch, aber ich habe den Verdacht, daß er in diesen Gedichten einen Weg zum Seelentrost entdeckte.*

Papá empfing, während er krank war, unzählige Besucher. Seine Freunde nahmen keine Rücksicht auf seine nachlassende Gesundheit und ließen ihn an Neuigkeiten und Gerüchten aus der Zigarrenfabrik teilhaben. Ein Hauptthema waren damals die widerwärtigen Zigarrendrehmaschinen, die ratternden Ungetüme aus Amerika, die den Zigarrenarbeitern die Lebensgrundlage entzogen. Und wenn sie noch so viel marschierten und aufbegehrten, konnten sie sie doch nicht von den Fabriken fernhalten. Es sah ganz danach aus, als seien die verlorenen Stellen endgültig verloren.

Eines Abends während der Karnevalszeit brach eine Bande kostümierter Männer in die Fabrik ein und schlug die Zigarrendrehmaschinen zu Schrott. Später beschädigten Sprengsätze den Ersatz, der aus den Vereinigten Staaten angeliefert worden war. Papá, der die Seele eines Anarchisten besaß, aber so praktisch dachte wie ein Buchhalter, hatte sich gegen den Plan seiner Freunde ausgesprochen. Am Ende kamen sechs von ihnen ins Gefängnis.

Auch die Tradition des lector *wurde untergraben. Nachdem mein Vater seinen Posten verlassen hatte, fand sich kein anderer Vorleser, der so gebildet gewesen wäre wie er. Trotz der Vorzüge des inzwischen installierten Mikrophons brachte man keinem mehr den Respekt entgegen, den er genossen hatte. Ich fühlte mich geschmeichelt, daß man mir die Stelle anbot, sah mich jedoch nicht in der Lage, sie anzunehmen. Die Welt, die ich als kleiner Junge gekannt hatte, Papás Welt, existierte nicht mehr.*

Statt dessen arbeitete ich stundenweise als Jagdführer, um meine Eltern bei der Bezahlung ihrer Arztrechnungen unterstützen zu können. Meine Kunden waren vorwiegend nordamerikanische Touristen, denen es durch die Bank an Urteilsvermögen und Geschicklichkeit mangelte. Für mich ist das Erlegen von Tieren weder ein Zeitvertreib noch ein Sport, sondern dann eine Notwendigkeit, wenn man Hunger hat oder wissenschaftliche Zwecke verfolgt. Die jüngeren Naturforscher arbeiten heutzutage mehr mit Kameras und Tonbandgeräten. Zu meiner Zeit dagegen war die Ausrüstung, die dafür zur Verfügung gestanden hätte, zu sperrig, um sie auf Expeditionen mitzunehmen. Man war gezwungen, ein Lebewesen zu töten, um es ganz erforschen zu können.

Die Mamá drang in mich, nach Havanna zurückzugehen und mein Studium zu beenden, aber ich wich nicht von der Seite meines Vaters. Glücklicherweise verschlechterte sich Papás Befinden so langsam, daß wir uns daran gewöhnten. Sein Appetit ging immer weiter zurück und hörte ganz auf, als er auf achtzig Pfund abgemagert war. Der Krebs breitete sich auf Mund und Kieferknochen aus, bis die untere Hälfte seines Gesichts kollabierte. Er verlor die Orientierung und sprach mit mir, als wäre ich sein Vater. Wenn er Erinnerungen nachhing, bewegten sich un-

willkürlich seine knochigen Finger, durchzuckt von der Erinnerung an einhundert winzige Muskeln. Papá sprach von den Fideln, bei deren Herstellung er daheim am Küchentisch im Bergland von Galicien seinem Vater geholfen hatte, von den übelriechenden Lacken, die sie aus dem Harz der Bäume herausdestilliert hatten. »Es ist vor allem der Lack«, betonte er, »der die Resonanz und Lebensdauer einer Violine bestimmt.«

Papás letzte Stunde kam unerwartet. An einem Spätnachmittag im September hatte die Mamá soeben caldo gallego *zubereitet, die Lieblingssuppe meines Vaters. Als sie ihm die dampfende Schale brachte, richtete Papá sich auf die Ellenbogen gestützt auf, atmete tief das Aroma ein und summte die ersten paar Takte der »Hexenvariationen«. Meine Mutter lächelte traurig, als sie den Löffel hob, um ihn zu füttern. Er nahm ihn ihr aus der Hand und fing mit ungewohnter Lust selbst zu essen an. Die Mamá und ich sahen einander an. Vielleicht konnten wir doch damit rechnen, daß sich Papás Gesundheit besserte.*

Einen Augenblick später warf mein Vater den Löffel zu Boden und schüttete sich die übrige Suppe vorn über den Morgenmantel, ohne daß seine Haut gespürt hätte, wie heiß sie war. Seine Augen und das, was von seinem Mund blieb, waren offen, aber er konnte weder sehen noch sprechen. Sein Gesicht war eine Maske, starr vor Angst.

Ich erbot mich, den Arzt holen zu gehen, aber Mamá nahm meine Hand und bat, ich möge mich neben sie aufs Bett setzen.

»Geh, wenn du mußt, mi amor*«, sagte sie leise zu Papá. »Dein Angedenken ist bei uns gut aufgehoben.«*

Dann hielt sie seine Hände umfangen, während sie unter der Neige seines Lebens erzitterten.

Kaum hatte ich meine Doktorandenstudien abgeschlossen und begonnen, an der biologischen Fakultät der Universität von Havanna Vorlesungen zu halten, als General Gerardo Machado die Schließung der Hochschule befahl. Die Professoren hatten lautstark protestiert, sie könnten nicht lehren, solange sich Soldaten in den Unterrichtsräumen aufhielten, woraufhin dieser Despot versuchte, die höhere Schulbildung ganz abzuschaffen.

Das war 1931, ein furchtbares Jahr. Tausende von Studenten wurden zusammengetrieben und viele kaltblütig ermordet. Es ging das Gerücht, daß einer meiner Kollegen, der bekannte bolivianische Zoologe José Garriga, Mitglied der geheimen Terrorgruppe ABC war. Er wurde eines frühen Morgens aus der Mensa der Universität entführt und nie mehr gesehen.

Viele Professoren flohen nach New York oder Miami oder nach Yukatán, um das Ende der gewalttätigen Übergriffe abzuwarten. Andere blieben in Havanna und leisteten niedrige Arbeiten, um selbst am Leben zu bleiben oder ihre Familien zu unterhalten. Der Dekan der chemischen Fakultät wurde Koch in einem Schnellimbiß. Ein befreundeter Physiker namens Jorge de Lama lieferte für seinen Onkel Eis aus. Andere Kollegen arbeiteten als Kellner, Hilfskraft bei der Zuckerrohrernte, als Knecht oder Verkäufer. Ich beschloß wieder einmal, nach Pinar del Río zurückzukehren.

Im Verlauf der Krankheit meines Vaters hatte Mamás Arthritis ihr den Rücken gekrümmt und ihre anmutigen Hände entstellt. Sie lebte von Papás Rente, den paar Pesos, die ich von meinem mageren Gehalt abzweigte, und der Großzügigkeit unserer Nachbarin Graciela Montalvo, einer pensionierten Damenschneiderin. Ich gewöhnte mir an, in den verbliebenen Wäldern rund um Pinar del Río auf die Jagd zu gehen, und schoß hutias *und Tauben für unser Abendessen. Ich legte einen Garten an und erntete Knoblauch, Zwiebeln, Paprikaschoten und Tomaten. Auch unser Orangenbaum trug viele Früchte. Wir überstanden die Not besser als die meisten.*

In jenen Tagen setzten viele ihr Leben aufs Spiel im Kampf gegen General Machado, einen Halunken, der sein brutales Regime mit Krediten amerikanischer Banken finanzierte. Seine Gegner organisierten Kundgebungen, legten Bomben, sabotierten Regierungsgebäude. Ich erinnere mich an einen einheimischen Jungen namens Agapito Fernández, dem die Miliz den Mittelfinger abschnitt, weil er sich weigerte, den Aufenthaltsort seines Vaters zu verraten, der Gewerkschaftsführer war. Ich hörte die Geschichten, brachte es jedoch nicht über mich, selbst entsprechend zu handeln.

Ich rechtfertigte damals meinen Standpunkt, indem ich mir einredete, Politik sei ein schmutziges Geschäft und habe mit Wissenschaft nichts zu tun. Meine Mutter teilte meine Auffassung nicht. Als sich das Massaker an den Studenten im El-Principe-*Gefängnis herumsprach, schloß die Mamá sich auf dem Hauptplatz von Pinar del Río den Protestierenden an. Im folgenden Monat marschierte sie zur Polizeistation, um die Freilassung von Federico Zequeira zu verlangen, einem ihrer ehemaligen Flötenschüler, der unter dem falschen Verdacht stand, Landesverrat begangen zu haben. Und später schrieb Mamá zahllose Beschwerdebriefe an den US-Botschafter Harry Guggenheim, ja sogar an General Machado selbst im Nationalpalast. Es war ein Wunder, daß sie nicht verhaftet wurde.*

Da ich es unmöglich fand, mir meinen Lebensunterhalt zu verdienen, entschied ich, mich wieder der Forschung zuzuwenden. Mein neues Projekt war beispiellos: die Katalogisierung jedes einzelnen der nahezu ausgestorbenen Vögel Kubas. Es war bezeichnend für meinen gewaltigen Ehrgeiz und meine ebenso gewaltige Ignoranz, daß ich das Projekt zu einer Zeit in Angriff nahm, in der bürgerkriegsähnliche Zustände herrschten.

Praktisch ohne Finanzierung, bis auf das, was ich mir unter Gewissensbissen bei meiner Mutter leihen konnte, suchte ich in den nächsten acht Monaten die entlegensten Winkel Kubas nach rarae aves *ab. Ich fuhr per Anhalter, sprang auf Güterzüge auf, überredete* guajiros, *mir ihre Maultiere zu leihen, schlief in Höhlen oder im Schutz der Wipfel riesiger Ceiba-Bäume. Die Landschaft Kubas hatte in nur einem Jahrzehnt so dramatische Veränderungen erfahren, daß selbst die einst zahlreichen Vögel, die Dr. Forrest und ich gesammelt hatten, nirgends zu finden waren oder höchstens noch als Einzelexemplare und in kleinen Schwärmen. Es gab keine Vogelschutzgebiete auf Kuba, kein Bewußtsein dafür, daß die Traktoren und Pflüge etwas Wertvolles zerstört haben könnten.*

Ich erinnere mich noch lebhaft an zehn Tage, die ich damit zubrachte, im Zapata-Sumpf eine Schar prächtiger Ibisse zu beobachten – die mit

Sicherheit letzte solche Gruppe auf Kuba, alles in allem höchstens drei- oder vierhundert Vögel. Die langhalsigen Ibisse flogen in wogenden Reihen von Osten heran und landeten auf dem feuchten Marschboden. Dann arbeiteten sie sich auf der Jagd nach Insekten und Schnecken allmählich in Richtung Festland vor. Wenn sie erschraken, flogen die Vögel in Massen auf und zogen in eindrucksvoller Formation ihre Kreise.

Mamá starb an einem Herzanfall, während ich im Sumpf von Zapata weilte. Señora Montalvo hatte sie eines frühen Abends mit wirrem Haar im Bett vorgefunden, dem Bett, in dem ich geboren worden war, dem Bett, in dem die Mamá vor langer langer Zeit der schwarzen Eule der Nacht ihre Plazenta überlassen hatte. Als ich nach Pinar del Río zurückkam, war meine Mutter bereits seit vier Tagen begraben. Sie lag neben meinem Vater an einem windigen Hang, der mit den leuchtend lavendelblauen Blüten zweier Poinciana-*Bäume bestreut war.*

Damals fiel mir eine Geschichte ein, die mir meine Mutter anvertraut hatte, als ich neun Jahre alt war. Sie sagte damals, sie wolle nicht, daß ich sie aus anderem Munde höre. Und dann erzählte mir die Mamá, daß ihr Vater sie als Siebzehnjährige aus der Familie verstoßen habe, nachdem in Consolación del Norte ein verheirateter Mann sie vergewaltigt hatte. Der Missetäter, Besitzer eines Kolonialwarenladens, war später Bürgermeister der Stadt geworden. So sei das damals gewesen.

Meine Mutter, die sich weigerte, in ein Kloster zu gehen oder ihr Kind zur Adoption freizugeben, war über die Cordillera de los Organos entflohen und hatte in Pinar del Río ein neues Leben angefangen. Damals war ihr die Stadt wie eine ausgewachsene Metropole vorgekommen, besonders im Vergleich zu Consolacíon del Norte, der Kleinstadt, in der sie aufgewachsen war. Mit geliehenem Geld von einer wohlmeinenden Tante (die sie andererseits ermahnte, nie mehr heimzukehren) erstand meine Mutter eine gebrauchte Flöte und verdiente ihr Brot damit, daß sie den Kindern reicher Kaufleute Musikunterricht gab. Ihre Tochter Olivia kam 1890 auf die Welt. Vier Jahre später ertrank das kleine Mädchen, als der Guamá-Fluß über die Ufer trat.

Nach Mamás Tod lebte ich weiter im Haus meiner Eltern. Tag und Nacht arbeitete ich an meinem Buch, dokumentierte die Gewohnheiten und Fundorte von sechsundneunzig schwindenden Arten, darunter der kubanische Sittich, der Waldibis, der herrliche Camao (Oreopeleia caniceps caniceps) *und der Gundlach-Falke, einer der seltensten Vögel der Welt.*

Um mein kleines Oval der Klarheit und Ordnung herum verkam das Haus. Weder putzte ich, noch nahm ich Reparaturen vor, und wäre nicht die Güte der Señora Montalvo gewesen, hätte ich vermutlich auch kaum etwas gegessen. Ich sah so ungepflegt aus wie meine Umgebung. Hin und wieder verließ ich mein Arbeitszimmer, um im Wald spazierenzugehen oder ein Möbelstück zu verkaufen, um Nahrungsmittel zu besorgen. Ich brauchte viele Monate, um mein Buch fertigzustellen. Bis dahin war vom Heim meiner Eltern nichts mehr übrig als ihr handgeschnitztes Bett, Papás philosophische Texte und eine Unzahl Spinnweben.

Am Nachmittag meines Wiedereintritts in die Welt fand ich ganz Pinar del Río verbarrikadiert vor. Der Marktplatz war menschenleer, die Straßen selbst von Händlern verlassen, und die Bäcker hatten ihre Öfen kalt werden lassen. Überall lagen hohe Abfallhaufen. Irgendwie fand ich die Stille und den Gestank bedrückender als Gewehrsalven.

Señora Montalvo berichtete mir, daß die Fahrer der Omnibusgesellschaft von Havanna vor vier Tagen den Generalstreik ausgerufen hätten. Die Straßenbahn- und Taxifahrer hatten sich angeschlossen. Dann waren die Schauerleute, Fährenbesatzungen und Hafenarbeiter ihrem Beispiel gefolgt. Sie erzählte, daß selbst die Pagen der feinen Hotels in Havanna mit Rollschuhen zur Arbeit erschienen. Die ganze Insel befinde sich im Stillstand.

Der Druck auf General Machado verstärkte sich, bis er gezwungen war, fluchtartig das Land zu verlassen. Hunderte von Menschen stürmten den Nationalpalast und schleppten Topfpalmen und langstielige Canna-Pflanzen aus dem privaten Garten davon. Andere machten sich aus Rache oder vom Hunger getrieben über die Lebensmittelvorräte des Generals her und transportierten ein quiekendes Wildschwein ab, das sie im Zayas-Park ohne viel Aufhebens schlachteten. Viele andere plünderten die Häuser von Machados Kumpanen, den porristas, *und verbrannten auf improvisierten Scheiterhaufen ihr Hab und Gut.*

Die rachsüchtige Stimmung steigerte sich. Machados Helfershelfer wurden aufgespürt, verprügelt und von der Menge in Stücke gerissen. Die Rächer fanden einen berüchtigten Meuchelmörder, den Mann, der für das Massaker im El-Principe-*Gefängnis verantwortlich war, in seiner Küche unter dem Spülbecken versteckt und als alte Frau verkleidet. Sie zerrten seinen Leichnam, den nach wie vor die schwarze Mantilla zierte, durch die johlende Menge, die sich in der Hauptstadt versammelt hatte. Es sollten viele Tage vergehen, ehe die Ordnung wiederhergestellt war.*

Ich verkaufte das Haus meiner Eltern und legte mit dem Erlös fünfhundert Exemplare meines ersten Buches mit dem Titel Kubas sterbende Vögel *auf. Es war eine Freude, endlich den Band in Händen zu halten, das frische Papier zu riechen und den groben braunen Einband zu befühlen. Auf dem Buchrücken stand in goldenen Buchstaben mein Name eingeprägt. Meine ganze Arbeit schien mir auf einmal viel weniger abstrakt.*

Ich schickte mein Buch den Ornithologen im Ausland zu, die ich am meisten bewunderte. Bei aller Bescheidenheit muß ich berichten, daß es in gewissen akademischen Kreisen beachtliches Aufsehen erregte. Dr. Horatio Fowler III von der Yale University schrieb in der Zeitschrift Ornithology Today, *mein Buch sei für ihn »... eines der wenigen, die sofort zum Klassiker ihrer Epoche werden«.*

Als in jenem Herbst die Universität von Havanna wieder ihre Pforten öffnete, wurde ich prompt zum Professor der Naturwissenschaften und der Biologie berufen. Das war 1933. Und ich war neunundzwanzig Jahre alt.

Eine Frage der Begabung

KEY BISCAYNE
JUNI 1991

Reina läßt den Haken ihres Bikinioberteils aufschnappen und legt sich mit dem Rücken zur Morgensonne ans Schwimmbecken. Es ist über einen Monat her, seit sie in Miami eingetroffen ist, und schon gewöhnt sie sich an den beunruhigend trägen Gang des Lebens im Exil. Das Kuba, das sie kennt, verblaßt neben dem Luxusdasein ihrer Schwester. Nur ein Koffer voller Erinnerungen an ihren Vater – ausgestopfte Fledermäuse und Vögel, ein paar Bücher und Kleidungsstücke, das gerahmte Foto ihrer Mutter – bleibt aus der wirren Zeit vor ihrer Abreise.

Reina glaubt, daß sie in Havanna kurz vor einer Gewißheit gestanden hat. Nun fragt sie sich, ob ihr jegliche Gewißheit vorenthalten bleiben wird, fragt sich sogar, ob Gewißheit nicht tatsächlich Verderben in anderer Gestalt ist.

Am Flughafen von Miami war Reina verblüfft gewesen, am Ausgang ein Trugbild ihrer Mutter auf sich zueilen zu sehen. Constancia sieht jetzt so sehr wie Mami aus, und zwar bis ins kleinste Detail, daß Reina nicht anders konnte – sie hat das Gesicht ihrer Schwester betastet wie eine Blinde und mit den Händen versucht, die Würde und das Entsetzen abzulesen, die sich dahinter verbargen.

»Was für eine seltsame Methode, tot zu sein!« hatte sie

schließlich ausgerufen. Es waren die ersten Worte seit dreißig Jahren, die sie direkt an Constancia gerichtet hatte. Danach hatte sie Constancia noch stundenlang angestarrt und aus jedem nur möglichen Winkel betrachtet, bis sie vor Gram wie von Sinnen war.

Die ersten paar Nächte in Miami schlief Reina mit Constancia Bauch an Rücken in einem Bett. Reina lag außen, beschützte ihre zierliche ältere Schwester und horchte auf Botschaften von den Toten. Sie und Constancia duschten zusammen, kämmten einander das Haar, fütterten einander mit Bissen von ihren Tellern. Und die ganze Zeit hatte Reina das Gesicht ihrer Schwester im Auge behalten wie eine unwiderstehliche Tragödie.

Reina fragt sich, ob Mamis Gesicht nur eine oberflächliche Membran ist, ähnlich ihren eigenen geliehenen Hautstücken, oder ob es tiefer hinabreicht – bis zum Knochen, bis zu einer grundlegenden molekularen Ebene. Sie kann nicht umhin zu denken, daß doch alles im Grunde elektrischer Natur ist, daß dicht unterm Boden natürliche Erd- und Magnetströme fließen, daß sie immer wieder in die Spannungsfelder des Gesichts ihrer Schwester hineingezogen wird.

Wenn Constancia nur aufgehört hätte zu reden, wenn sie nur lange genug stumm geblieben wäre, um Mami zum Vorschein kommen zu lassen. Reina findet die falschen Erwartungen unerträglich, die die Gesichtszüge ihrer Mutter auslösen. Etwas in Reina hat das Bedürfnis, ihre Mami direkt anzusprechen und alles zu riskieren – auch wenn das die Auslöschung ihrer Schwester bedeuten würde. So groß ist die Hoffnung, ihre Vergangenheit zurückzugewinnen.

Nach dem Tod ihrer Mutter hatte ihr Papá Reina und Constancia nach Trinidad ins Internat geschickt. In jenem ersten regenreichen Winter hatte zwischen ihnen ein Wald von Höflichkeiten Wurzeln geschlagen und die Luft, die sie gemeinsam atmeten, versteift. Jedesmal, wenn Reina versucht hatte, über

Mami zu sprechen, hatte sich Constancia die Ohren zugehalten und die Nationalhymne gesummt. Obwohl sie im Internat viel Zeit zusammen verbracht haben – ob aus alter Gewohnheit oder aus Feigheit, weiß Reina nicht zu sagen –, haben sie und Constancia nie wieder über ihre Mutter gesprochen.

Reina springt mit weit geöffneten Augen am tiefen Ende des zum Apartmenthaus gehörenden Schwimmbeckens ins Wasser. Wo der Boden schräg nach unten abfällt, liegen ein Zehncentstück und ein goldener Ohrring. Sie hebt beides auf und legt es am Rand des Beckens ab. Dann schwimmt sie mit kraftvollen Zügen ans flache Ende. Ein Zug, dann noch einer, und schon ist sie im tiefen Wasser. Zwei weitere Züge, und schon ist sie wieder am flachen Ende angelangt.

Das ist ein Schwimmbecken für Pygmäen, denkt Reina. Wer sonst wäre mit den paar Tropfen Blau zufrieden?

Die Sonne steht hoch am Himmel. Keine Beeinträchtigung durch Wolken. Das Meer kräuselt sich in der leichten Brise. In der Ferne liegt die Stadt, seltsam flach und wenig einladend. Reina steigt aus dem Wasser und schüttelt sich, daß die Tropfen fliegen, ein herrliches titanisches Geschöpf. In ihrer Nähe wird über Sonnenbrillen gelugt, werden Jalousien hochgezogen. Ihr durchdringender Eigengeruch steigt dampfend von ihrer schekkigen Haut auf.

Um zwölf Uhr mittags ruft Constancia vom Balkon herab ihre Schwester zum Mittagessen. Es schmeckt köstlich wie immer: *arroz con pollo*, gebratene Bananen, ein Kokosnußpudding zum Nachtisch, alles serviert auf feinem Blumengeschirr.

»Dies ist das Jahrhundert, in dem das Christentum ausgestorben ist«, erklärt Constancia und pickt die Erbsen aus ihrem Reis. »Das Metaphysische gewinnt die Oberhand. Die Leute glauben heute an Wunder statt an Gott.«

Reina streckt die Hand aus, zerdrückt die Erbsen ihrer

Schwester mit der Gabel und lutscht sie dann von den Zinken. Sie blickt auf, sieht die in Constancias Gesicht gefangene Vergangenheit und weiß nicht, was sie sagen soll.

Während sie essen, klingelt unaufhörlich das Telefon. Ein Anruf nach dem anderen von Constancias Kunden, die es kaum erwarten können, ihre Lotionen und Cremes zu bestellen. Ihre Schwester steht kurz davor, die Umrüstung einer Bowlingballfabrik abzuschließen, die zur Herstellung der Produktreihe Cuerpo de Cuba dienen und die lautstarke Nachfrage decken soll. Reina hat sich bereit erklärt, Constancia mit den noch anstehenden Elektroinstallationsarbeiten zu helfen.

Auf dem Küchentisch liegt ein Stapel Fotografien, die vor Constancias Heimsuchung aufgenommen wurden. Reina sichtet die Bilder, betrachtet sorgfältig eines nach dem anderen. Ihre Schwester sieht gut aus, gepflegt, jünger als ihre zweiundfünfzig Jahre. Ihr Leib ist geschmeidig und wohlgenährt, stellt Reina fest, aber es fehlt ihm an wahrer Spannkraft.

»Meinst du, das geht vorbei?« Constancia ist schlechter Laune, unruhig. »Ich bin doch wohl nicht abgestorben, wie?«

Reina ist nicht sicher, ob sie bei ihrer Schwester bleiben kann, falls Mamis Gesicht verschwindet, nicht sicher, ob sie bleiben kann, falls es bleibt. Sie nimmt die Hand ihrer Schwester und tätschelt sie. Es ist eine Kinderhand, faltenlos und glatt. Was mag sie an sich haben, das die Toten in Versuchung führt?

»Es wäre mir lieb, wenn du damit aufhören würdest!« faucht Constancia auf einmal. »Du machst das seit Tagen!«

Reina zuckt zusammen, als ihr aufgeht, daß sie unbewußt gepfiffen hat. Sie erkennt die Melodie, ein volkstümliches *changüi* aus Oriente, das sie einmal im Céspedes-Park einen *negrito* hatte singen hören. *He nacido para ti, Nengón. Par ti, Nengón.* Sein Gesang hatte Reina zu Tränen gerührt.

»Ich habe kleine Mengen reines Silber eingenommen«, sagt Constancia, nachdem sie sich etwas beruhigt hat. Sie holt einen

Stoffbeutel aus ihrer Schürzentasche, zeigt Reina den darin enthaltenen Silberstaub. »Ich habe im Radio gehört, daß er Halluzinationen abschwächt.«

Reina nimmt sich aus einer Schüssel auf dem Küchentisch einen Apfel. Sie will jetzt nicht sagen, daß die ganze Welt Silberstaub essen müßte, weil jedermann Halluzinationen hat.

»Jemand hat gesagt, daß es womöglich eine Tropenkrankheit ist. Ich muß sie mir hier in Miami zugezogen haben. Hier sind viele Leute aus Südamerika.« Constancia nimmt eine Prise Silberstaub und sprenkelt ihn auf ihre Zungenspitze. Dann spült sie ihn mit einem Glas Eiswasser herunter. »Ich möchte wissen, was aus meinem Gesicht geworden ist. Wohin ist es verschwunden?«

Reina fällt ein Gedichtfetzen ein, ohne daß sie wüßte, woher sie ihn kennt. Vielleicht hat ihr Vater ihn ihr einmal vorgelesen. *Das Leben steckt im Spiegel, und du bist der ursprüngliche Tod.*

Natürlich sagt sie Constancia auch davon nichts.

»Ayúdame, por favor.« Ihre Schwester beschließt, eine Partie Muslos de Cuba herzustellen, ihre neue Oberschenkelcreme.

Reina ist nicht sonderlich interessiert – der Geruch und der Dampf machen ihr Kopfschmerzen –, aber Constancia ist so überlastet, daß sich Reina widerwillig bereit erklärt hat, ihr beim Anrühren von ein paar Litern für eine Kaufhausdemonstration am nächsten Tag zu helfen.

»Wozu sind die da?« fragt Reina und stochert in einer Schale mit gekochten Avocadokernen.

Constancia knackt das Kerngehäuse mit einer Messerklinge und schabt das weiche Fleisch heraus. »Sie weichen die subkutanen Zellen der Oberschenkel auf. Vermindern das Auftreten von Orangenhaut. Würdest du mir wohl eben diese Pfirsiche schälen?«

Reina beugt sich über ein Tablett mit fauligen Früchten, wedelt mit der Hand, um Scharen von Fliegen zu verscheuchen, die sich daran gütlich tun. Sie nimmt ein scharfes Messer zur Hand und fängt an zu schälen. Reina ist verblüfft über die Besessenheit, mit der die Frauen in Miami auf unbedeutende körperliche Details achten, über ihre zum Scheitern verurteilten Kreuzzüge. Sie war entsetzt gewesen, als Constancia sie am vergangenen Sonntag ins Dade-County-Einkaufszentrum mitgenomme hatte: all diese hüftlosen, brustlosen Mannequins, bis an die mageren Hälse in Seide gehüllt.

Begreifen Frauen denn nicht, daß es ihre Besonderheiten sind, die sie bei den Männern beliebt machen? Nur selten haben die konventionell schönsten Frauen ihre Gefährten am besten im Griff. Pepín, der Reina anbetete, aber in all den Jahren ein unermüdlicher Frauenbeobachter geblieben war, hatte gestanden, daß er keinem bestimmten weiblichen Merkmal den Vorzug gab. *Cada mujer tiene algo*, hatte er gesagt. Jede Frau hat etwas. Die besten Liebhaber, das weiß Reina aus Erfahrung, gehen mit dieser Einstellung an Frauen heran.

»Du mußt dir keine Sorgen machen; das mußtest du noch nie«, sagt Constancia schniefend. Sie öffnet eine Familienpakkung Kirschjoghurt und entleert sie löffelweise in den dampfenden Bottich.

»Aber warum muß sich denn überhaupt jemand Sorgen machen?« Reina dreht sich um und hebt ihr Frotteekleid an, um ihre gedellten Schenkel vorzuzeigen. »*Oye, chica,* seit wann hat Orangenhaut Leidenschaft abgewendet?«

Constancia nimmt Reina das Schneidebrett ab und schabt die Pfirsichschalen in die Küchenmaschine. Sie knirscht schrill wie ein defekter Bohrer. Die Schalen werden braun und matschig, höchst unappetitlich. Reina sieht zu, wie ihre Schwester sie dem brodelnden Weichmacher hinzufügt.

»Ich denke, daß jede Frau im eigenen Bewußtsein auf ein bestimmtes Alter fixiert ist.« Constancia senkt die Stimme, bis sie verschwörerisch leise ist. »Auf einen kostbaren Zeitpunkt, da sie sich im Spiegel mit den Augen ihres Geliebten gesehen hat und über den Anblick erfreut war.«

Reina vermutet, daß sie soeben die beste Kosmetikabteilungsstimme ihrer Schwester gehört hat.

»Ist dir schon einmal aufgefallen, wie oft Frauen Bilder von sich zerreißen, Reina? Das liegt daran, daß keines unserem Selbstbild entspricht. Meine Produkte bringen jenes bewußte Gefühl zurück. Die Schönheit von Duft und Empfinden, die Mischung aus Erinnerung und Phantasie.«

»Nicht bei mir, *mi amor*. Ich lebe im Hier und Jetzt.«

»Na, dann bist du wohl die einzige Frau auf Erden, der es wirklich gefällt, wie sie aussieht!« sagt Constancia schnippisch und rührt mit stetigem Rhythmus ihres hölzernen Löffels die Schenkellotion um. »Äußerst schlecht fürs Geschäft!«

Reina zieht sich ins Gästezimmer zurück und streift ihre Arbeitsmontur über. Sie ist dabei, Regalbretter anzubringen und Furnierholzkästen für die ausgestopften Tiere ihres Vaters zu bauen. Sie holt einen Hammer aus ihrem Werkzeugkasten und befestigt die nächste Winkelstütze an der Wand. Ihre Daumen sind nach wie vor ein wenig wund davon, daß sie sie seinerzeit im Mahagonibaum gebrochen hat. Als nächstes legt sie die Borde mit Aluminiumfolie aus, die sie im Supermarkt gekauft hat.

Reina ist jedesmal wie vor den Kopf gestoßen, wenn sie in Miami einkaufen geht. Diese Auslagen voll mit Waren, die sie entweder vergessen hatte oder erst gar nicht kannte. Rote Paprikaspaghetti. Riesenartischocken, die ein wenig mittelalterlich aussahen. Brot der verschiedensten Backrichtungen und Formen. Und alles, so scheint es, läßt sich hier gefrieren oder gefriertrocknen. Und schnell muß es gehen, alles augenblicklich!

Auf dem obersten Brett an der gegenüberliegenden Wand stellt Reina den *periquito* aus, den ihr Papá im Urwald bei Guantánamo erlegt hat. Den spektakulären *camao* ihres Vaters, dessen Rückengefieder immer noch fabelhaft blau ist, setzt sie in einen Kasten am Fenster, neben eine ohrlose Eule mit Namen *sijú*. Reina streichelt die Zwergeule, ihr Lieblingsstück aus der Sammlung ihres Vaters, und erinnert sich an die feinen Lichtspuren, die sie im Laubgewirk hinterließ. Sie überlegt, ob Erinnerung wohl je mehr ist als das: eine Folge von Löschungen und ausgestalteten Teilansichten.

Über der Kommode, wo ein dekoratives Kruzifix gehangen hat, bringt Reina ein Bild ihrer Mutter an, auf dem sie genauso aussieht wie Constancia heute. Mehr noch: Es ist identisch mit dem auf alt gemachten Foto, das ihre Schwester für die Klebeetiketten auf ihren Tiegeln mit Lotion oder Creme verwendet. Mami sieht blaß aus auf diesem Bild, so blaß, daß ihre Gesichtsfarbe eher Mutmaßung als Farbton ist. Reina erinnert sich, daß im Sommer vor ihrem Tod Mamis Wimpern weiß geworden waren, bis ihre grünen Augen scheinbar das Doppelte ihrer normalen Größe erreicht hatten.

Reina steckt sich eine ordentliche Reihe von Nägeln in den Mund und schlägt sie dann nacheinander in die Wand. Sie rückt ein weiteres Regalbrett zurecht. Ins Schwitzen geraten, zieht sich Reina bis auf die Unterhose und einen altmodischen Büstenhalter mit konischen Körbchen aus. Sie hat sich immer gewünscht, nackt arbeiten zu können, hält Kleidung bestenfalls für ein Hindernis. Ihr selbst paßt sowieso nie etwas richtig, schon gar in diesem Land, in dem geleugnet wird, daß es so etwas wie *nalgas* überhaupt gibt. Reina weiß, daß sie hüllenlos am besten aussieht, selbst jetzt noch mit ihrer scheckigen Haut.

Es ist fast vier Uhr, als Reina mit dem Gästezimmer fertig ist. Sie findet Constancia in der Küche, wie sie Vanilleextrakt in die erkaltende Schenkellotion träufelt. Reina redet ihrer Schwester zu, mit Hebertos kleinem Motorboot eine Spritztour zu unternehmen. »Das kann doch nicht so schwierig sein!« behauptet

Reina. »Ohne deinem Mann zu nahe treten zu wollen, *mi amor*, aber wie viele Astrophysiker kennst *du* auf der Welt, die angeln gehen?«

Auf Kuba darf niemand ohne Sondergenehmigung eine Bootsfahrt veranstalten, so daß Reina nur selten Gelegenheit gehabt hat, sich aufs offene Meer hinauszuwagen. Constancia ist besorgt, weil Heberto seit März fort ist, auf geheimer Mission gegen El Comandante. Reina verkneift sich ein Lachen. Den alten *cabrón* stürzt so leicht keiner, schon gar nicht ein gutmütiger Mensch wie Heberto Cruz. Sie findet den Gedanken amüsant, daß Constancia ihrem Mann im Kampf irgendwelche Chancen einräumt.

Im Jachtklub macht sich Reina daran, vor den Augen einer Schar johlender Bewunderer den rostenden Außenbordmotor zu reparieren. Sie vergräbt, in einer Hand die spitz zulaufende Zange, ihr Gesicht im Motor, ohne den Aufruhr ringsum zu beachten. Seit Hebertos Abreise hat niemand das Boot angelassen. Reina bittet ihre Schwester, ihr aus dem massiven Werkzeugkasten eine Rolle Kupferdraht herauszusuchen. Sie ist immer dann am glücklichsten, wenn sie den Werkzeugkasten neben sich stehen hat, selbst beim Liebesakt. Er steigert für sie jedes Vergnügen.

Im vergangenen Monat hat sie den Werkzeugkasten aus Kuba herausgeschmuggelt, indem sie die Zollbeamten am Flughafen mit dem Namen des berühmten Generals beeindruckte, den sie einst verführt hat. Reina weiß, daß sie sich ein Strandhaus in Manzanitas hätte kaufen können, wenn sie ihr Werkzeug auf dem Schwarzmarkt verkauft hätte. *Coño*, es ist auf Kuba unmöglich, an Bandagen heranzukommen, von einem anständigen Schraubenschlüssel ganz zu schweigen. Sie aber wäre ohne ihre kostbaren Gerätschaften auf gar keinen Fall ausgereist.

Constancia hält Reina ein Stück Draht zum Abschneiden hin. Reina windet und befestigt ihn geduldig im Motor, zieht dann am Anlasser. Der Motor schaudert und erstirbt. Sie zieht mit ihrem besten verstellbaren Schraubenschlüssel noch zwei Schrauben nach. Man könnte Reina mit ihrem Werkzeug irgendwo absetzen, in einer fernen Galaxie ohne Wasser, mit einem Bruchteil der irdischen Schwerkraft, und sie – sie grinst bei dem Gedanken, denn sie weiß es –, sie würde überleben.

Beim nächsten Versuch erwacht der Motor knatternd zum Leben. Reina ist zufrieden mit sich. Nichts, absolut nichts, weder Mann noch Maschine, ist gegen die Wiederbelebungskraft ihrer magischen Hände gefeit.

Constancia zieht ihre Schwimmweste über, aber Reina macht sich diese Mühe nicht. Statt dessen nimmt sie am Heck von Hebertos Boot Platz und winkt ihre Schwester an Bord. Dann steuert Reina das Boot aus der Hafenanlage des Jachtklubs hinaus, als wäre sie zu nichts anderem geboren.

Die Luft ist viel zu dumpf für Wind. Es ist mitten in der Woche, und in der Bucht kreuzen nur zwei andere Boote, Segelboote, die sich in der Entfernung kaum vom Fleck rühren. Reina ist nur zweimal in ihrem Leben mit dem Schiff gefahren, aber ihr gefällt die Perspektive, die es ihr gibt, die offene Verachtung des Meeres für bestimmte Ziele. Warum war ihr die Sinnlosigkeit des Landlebens nicht schon früher aufgefallen?

Da Constancia darauf beharrt, schwenkt Reina nach links ein und tuckert durch die Kanäle von Key Biscayne.

»Was würdest du mit soviel Geld anfangen?« Constancia schreit, um den winselnden Motor zu übertönen, so als wolle sie Reina mit der Möglichkeit beeindrucken.

Reina zuckt die Achseln. Die Villen und Jachten, die sich an den Wasserstraßen drängen, lassen sie kalt. Geld haben und mit Moskitos und Wasserratten in diesem Sumpf leben? *Por favor.* Wenn sie in der Lotterie gewinnt – sie nimmt gewissenhaft daran teil, seit sie in Florida angekommen ist –, würde Reina bis an ihr Lebensende um die Welt segeln und Männer ihrer Wahl vernaschen. Auf keinen Fall würde sie freiwillig so leben, in hautnahem Kontakt mit den krankhaft Reichen.

Natürlich würde sie, wenn sie den Hauptpreis gewönne, das Geld mit Dulcita teilen. Sie würde sie von dem spanischen Bussard in Madrid weglocken. Vielleicht, überlegt Reina hoffnungsvoll, würde sie demnächst Großmutter werden. Nein, dazu ist Dulcita zu vernünftig. Als sie vierzehn und schwanger war, hatte Dulcita kein Wort darüber verloren. Aber Reina hatte es gemerkt. Ihre Tochter hatte nachmittags stundenlang geschlafen, hatte eine Schachtel altbackene Kekse an ihrem Bett stehen gehabt. Reina hatte gehofft, daß ein Wunder geschehen und Dulcita das Baby behalten würde. Aber sie hatte es im Herbst des Jahres abgetrieben, als wäre es etwas Schwaches, von der Jahreszeit Abhängiges.

»Ich möchte Großmutter werden«, verkündet Reina und rast um eine Kurve. »Ich möchte Großmutter werden und die ganze Nacht Mambo tanzen!«

Constancia dreht sich nach ihr um und betrachtet sie nachdenklich. Reina ist bestürzt über ihr Gesicht, über das wiederauferstandene Mienenspiel ihrer Mutter.

An Deck einer Jacht, die an Stegpfosten festgemacht ist, tippt ein Mann mit nacktem Oberkörper und karierter Hose Eingaben in einen Laptop-Computer. Er blickt auf und wirft Reina eine Kußhand zu.

»Du bist eine Göttin!« ruft er auf spanisch mit schwerem Akzent und nimmt seine Baseballkappe ab. Auf seinem Kopf wächst ein dichter grauer Schopf.

»*Caballero*, sage mir etwas, das ich nicht schon weiß!« fordert Reina ihn lachend auf.

Der Mann wirft seine Kappe in die Luft.

Es verlangt Reina plötzlich danach, tiefere Gewässer zu erkunden, darum steuert sie aus dem Gewirr der Kanäle heraus und um die Ostspitze der Insel herum.

»Fahr nicht zu weit, Reina! Das ist gefährlich!« warnt Constancia. »Heberto hat mit dem Boot nie die Bucht verlassen!«

Aber Reina blickt nur an ihrer Schwester vorbei in die blaue Weite, auf den gebrochenen Bogen der Möwen am Himmel. Constancias Furcht vor dem Abenteuer macht Reina ungeduldig. Schon im Internat hat ihre Schwester immer wegen allem und jedem um Erlaubnis gefragt – ob sie vom Frühstückstisch aufstehen oder jenseits der Straße im Orangenhain spazierengehen dürfe. Dann hatte sie diesen Flegel Gonzalo geheiratet, und das hatte sie für immer von jeglicher Unbesonnenheit kuriert. Reina erinnert sich, daß Constancia seinen Verlust wie ein Schaustück, wie ein heiliges Medaillon getragen hatte, so daß jeder es sehen konnte. In Reina hatte der Verlust ihres ersten Liebhabers José Luís Fuerte nur den Appetit auf neue Leidenschaften geweckt, genau wie der Ozean vor ihnen mit seinem Hunger nach schutzlosen Menschen.

Am Horizont versammelt sich feierlich ein Zusammenklang von Wolken. Die Sonne weicht zurück, und ein unerwarteter Wind setzt Büschel eintöniger Wogen in Bewegung. Das kleine Motorboot hebt und senkt sich, und es fängt zu regnen an. Danach ist nichts mehr zu sehen als dieses Reich des blauen Wassers und des Lichts.

»Dreh um, Reina. *Tengo miedo.*« Constancia kauert fröstelnd auf ihrer Vinylbank. Ihre Hände sind wund vom Umklammern des Bootsrandes.

Das Boot schießt in die immer tieferen Wellentäler hinab und spritzt sie naß. Reinas Bluse ist durchnäßt, und ihrer Schwester klebt das Haar am Kopf. Wieder taucht das Boot ein, und wieder ergießt sich ein heftiger Sprühregen über sie.

Was war es, das Constancia im Internat zu ihr gesagt hatte? *Erbarmen, Reina, ist wichtiger als Wissen. Coño*, wer hatte ihrer Schwester das nur beigebracht? Schlimmer noch: Wie konnte sie so etwas glauben? Die Lehrer hatten sie angewiesen, für die

Seele ihrer Mutter zu beten und Gott um Verzeihung zu bitten. Aber Reina konnte nicht verstehen, was ihre Mutter falsch gemacht haben sollte.

Wieder verspürt sie den Wunsch, Constancia zu erzählen, was sie im Beerdigungsinstitut gesehen hat, die Farben der verwüsteten Kehle ihrer Mami zu beschreiben. Sie möchte sie zwingen, ihr zuzuhören, möchte es ihrer Schwester laut ins Gesicht sagen: Die Mami kann nicht ertrunken sein, wie es ihr Vater gesagt hat. Nein, sie kann nicht ertrunken sein, und das heißt, daß ihr Vater gelogen haben muß. Und wenn Papá gelogen hat, was ist dann verdammt nochmal die Wahrheit?

Der Bug des Boots senkt sich steil in ein Wellental. Von hinten strömt Meerwasser herein, das Reina bis an die Schienbeine reicht. Sie ist überrascht von seiner verlockenden Wärme. Sie versucht sich ihre Mutter bei ihrem letzten sumpfigen Atemzug vorzustellen.

Eine Woge trifft die Seite des kleinen Bootes. Der Motor wird unter Wasser gesetzt und geht aus. Reina wirft ihrer Schwester einen Kindereimer aus buntem Kunststoff zu. »Fang an zu schöpfen!« brüllt sie. Constancia bewegt sich steif, mit hochgezogenen, verkrampften Schultern. Das Boot wiegt sich heftig auf den Wellen. Reina inspiziert den Außenbordmotor, läßt das Gehäuse aufschnappen. Als zu ihren Füßen nur noch zweieinhalb Zentimeter Wasser übrig sind, bläst Reina, ihre Lungen leerend, mit aller Kraft in den Motor. Sie zieht am Anlasser, und der Motor springt ohne Stottern an.

Reina manövriert das Boot herum, bis sie nach Südwesten fahren, auf die schmucken Palmen der winzigen Insel ihrer Schwester zu, dem bereits mit Sternen besetzten ersterbenden Zwielicht entgegen.

MIAMI

Constancia steht vor ihrer neuen Cuerpo-de-Cuba-Fabrik im Süden von Miami und späht in den Himmel. Alles um sie herum ist schwer und still wie die dichter werdenden Wolken. Nur ein gelegentlicher, sehr vereinzelter Windstoß raschelt mit den Blättern der Palmen. Allein die Vögel sind in Bewegung. Constancia verfolgt ihre Flugbahn, stellt sich die Vögel als dahinziehende Farbtupfer vor, bis der Himmel mit den bunten Strichen ihrer unabsichtlichen Grazie bedeckt ist.

In der Ferne zerreißt ein Gewitter den Himmel mit ungebärdigen Blitzen und leisem Donnergrollen. Constancia fragt sich, ob es dort, wo Heberto ist, wohl auch regnet, wo er wohl Schutz sucht und ob er Unterwäsche hat dazukaufen müssen. Die Gezeiten, hat Constancia im Radio gehört, haben Rekordwerte erreicht. In der schweren Luft liegt eine Ahnung von Tod. Seit ihre Schwester aus Havanna eingetroffen ist, hat es in Miami fast jeden Tag geregnet.

Reina hält ein Nickerchen im Büro der Fabrik. Sie ist seit dem Morgengrauen auf den Beinen und hat die letzten der alten elektrischen Leitungen durch neue ersetzt. Es war keine leichte Aufgabe, diese alte Bowlingballfabrik in die erste Kosmetikfabrik von Cuerpo de Cuba umzubauen. Constancia ist verwundert über die Kompetenz ihrer Schwester, ihre verläßliche Konzentration, den Respekt, den sie den ehrfürchtigen Bauarbeitern abnötigt. Während sie auf Leitern balanciert und Drähte zurecht zwirbelt, erglüht Reina mit der stillen Kraft einer aufgegangenen Gleichung.

Und doch hat ihre Schwester etwas an sich, dem Constancia mißtraut. Ihrer Meinung nach ist auf niemanden Verlaß, der sagt: »Reichtum ist letztlich nutzlos.« Denn was weiß man schon über die Leute, ehe man weiß, was sie in Versuchung führt?

Ihre Schwester ist beunruhigend zufrieden mit den vierzig Dollar Taschengeld, die Constancia ihr jede Woche gibt: für ihre Lotterielose (Reina spielt mit gläubigem Enthusiasmus, versucht es mit endlosen Kombinationen von Zahlen aus dem Leben ihrer Tochter), ihre Schokoriegel (für den großen Appetit, Marke Baby Ruth) und ihren Dieselkraftstoff (für die abendlichen Fahrten mit Hebertos Motorboot).

Constancia möchte Reina als Fabrikaufseherin einstellen, aber ihre Schwester ist noch nicht einmal bereit, es sich zu überlegen. Nicht einmal bei einem Anfangsgehalt von sechshundert Dollar die Woche. Auch für die viele Arbeit beim Umbau wollte sie keinen Cent annehmen.

»Es geht mir nicht ums Geld, Constancia, sondern darum, daß ich mir nicht vorstellen kann, immer mit Mamis Gesicht konfrontiert zu sein. Ihr Bild jeden Tag an mir vorbeiparadieren zu sehen, so als würde sie nicht mehr mir gehören.«

»Und was ist mit meinem Gesicht?« Constancia spürt ein Erschauern zwischen ihnen.

»Dafür kannst du nichts.«

»Du meinst also, ich nutze Mamá aus?« Constancia versucht das Mienenspiel ihrer Schwester zu entziffern. Nachsichtig und traurig, treu ergeben, sehnsüchtig. Es bringt sie immer wieder auf. »Das ist rein geschäftlich, Reina!«

»Das meine ich ja gerade.«

Constancia erklimmt die kurze Treppenflucht zu ihrem Büro. Reina hat sich ausgezogen und schläft nackt auf der gebraucht gekauften Liege. Constancia bemerkt die Echos der Verbrennungen an den Hüften ihrer Schwester, ihre schmerzhaft aufgesprungenen Fingerspitzen. Reinas Haut sieht fluoreszierend aus, flammend wie die Protuberanzen auf der unruhigen Oberfläche der Sonne im Film. Aber dann blinzelt Constancia, und an ihrer Schwester strahlt wieder nur noch ihre seltsam schekkige Haut.

Im letzten Winter ist Reina in einem Riesenmahagonibaum in den Außenbezirken von El Cobre vom Blitz getroffen worden. Die Elektrizität, schwört ihre Schwester, strömt nach wie vor durch ihre Adern. Auf Kuba, behauptet Reina, hat sie unter anhaltender Schlaflosigkeit gelitten, aber hier in Miami hat sie mit dem Schlafen keine Probleme, schon gar nicht kurz vor einem Wolkenbruch.

Constancia erinnert sich, daß Tío Dámaso einst vom Blitz getroffen worden war, als er gerade über ein Feld mit trockenen Gräsern ritt. Der Blitz traf als erstes eine Königspalme und entlud sich in einer kugelförmigen elektrischen Welle, die durch sein Pferd in seinen Körper und oben aus seinem Schädel herausfuhr wie ein Feuerball. Ihr Onkel hatte behauptet, nach diesem Treffer scharfsinniger geworden zu sein und die unheimliche, wenn auch nutzlose Fähigkeit erworben zu haben, alles rückwärts zu lesen.

Von ihrer Haut abgesehen, hat Reina sich seit dreißig Jahren kaum verändert. Constancia ist beeindruckt von der Kraft und Haltung ihrer Schwester, vom betörenden Anblick ihres weichen gerundeten Fleisches. Reina bedrängt das Selbstvertrauen hochgewachsener Männer und stellt für Frauen eine ständige Herausforderung dar. Ihre Stimme ist so tief wie ehedem, vom Klang her einem sinnlichen Cello ähnlich. Constancia weiß nicht, wie sie darauf gekommen ist, jemals Schuldgefühle zu haben, weil sie ihre jüngere Schwester nicht beschützt hat, warum sie Reina nicht erlaubt hat, statt dessen sie zu beschützen.

Wo Reina hingeht, drehen die Leute sich nach ihr um. Sie flüstern, zeigen hinter ihrem Rücken mit dem Finger auf sie. Jedesmal, wenn sie den Jachtklub betritt, ist die Hölle los. Constancias weibliche Bekannte haben sie angefleht, Reina unter Verschluß zu halten. *Wir haben schon genug Schwierigkeiten, unsere Männer bei der Stange zu halten, auch ohne daß Ihre Schwester wie die leibhaftige Versuchung daherkommt.*

Estela Ferrín, eine der regelmäßigen Besucherinnen des Jachtklubs, hat sogar damit gedroht, die Einwanderungsbehörde anzurufen und Reina deportieren zu lassen. Sie hat den Verdacht, daß ihr Mann Walfredo, der deutsche Autos importiert, mit der kurvenreichen Elektrikerin aus Havanna bereits einen Seitensprung gewagt hat. In den letzten zwei Wochen hat er neunzehn Pfund abgenommen, sich das Haar schwarz wie Schuhwichse färben lassen und jede Nacht im Schlaf Reinas Namen gerufen. Seinen verärgerten Partnern zufolge hat es Walfredo Ferrín außerdem seit Tagen nicht für nötig befunden, auch nur eine einzige Luxuslimousine abzusetzen.

Mittlerweile vergehen die Rosen für Reina zu Dutzenden, rot und summend, als würden unsichtbare Mikrophone ihren Verfall aufzeichnen. In Constancias Wohnung hängt der schwüle Duft von einhundert welkenden Blüten. Ihre Schwester scheint unberührt zu bleiben vom täglichen Ansturm der Blumen, von der Größenordnung ihrer Anziehungskraft. Reina möchte die Fenster aufreißen und das Aroma freisetzen, das sie so elend anmutet wie Hochzeiten, aber Constancia weigert sich, die frische Luft hereinzulassen. Statt dessen schwebt sie spät nachts im Zustand vager Fieberhaftigkeit umher.

Reinas Tochter Dulce, so heißt es, sieht genauso fabelhaft aus. Als Constancia Kuba verlassen hat, war ihre Nichte noch klein. Sie erinnert sich an Dulce als verdrossenes Kind mit einem

Grübchen im Kinn und einer Vorliebe für eingelegten Mais. Nun erzählt Reina ihr, daß Dulcita in Spanien lebt, verheiratet mit dem greisen Angestellten einer Fluggesellschaft, den sie im Hotel Habana Libre aufgegabelt hat.

»Levántate.« Constancia beugt sich über ihre Schwester. »Es ist schon fast sechs.«

Reina wacht prustend auf. »Ich hab geträumt, ich wäre eine Rübe, eine ganz berühmte, die Regentin von Schweden.« Sie lacht und küßt Constancia auf die Wange. »Was für ein geruhsames Leben.«

Constancia sieht Reina beim Anziehen zu, beobachtet die Leichtigkeit, mit der ihr Körper sich bewegt, das Zusammenspiel der Muskeln wie bei einer ausgeklügelten Konstruktion. Auch Reinas Brüste sind schön, weich und ausladend. Heute trägt sie zur Abwechslung keinen Büstenhalter.

»Die Klimaanlage funktioniert noch nicht.«

»Keine Sorge, Constancia. Bis Montag hab ich sie wieder in Gang gebracht.« Reina schwenkt mit großer Zuversicht ihren Werkzeugkasten.

Constancia folgt Reina durch die Fabrikhalle, vorbei an den riesigen elektrisch befeuerten Bottichen (»Kochtöpfe des Lasters« nennt Reina sie) und einem nagelneuen Förderband, an den aufgereihten Lagerregalen und Kartons mit königsblauen Flaschen, auf denen das blasse Gesicht ihrer Mutter klebt.

»Vielleicht solltest du ein Parfüm mit meinem Profil herausbringen«, scherzt Reina und zeigt ihre attraktive rechte Seite. »Du könntest es aus Kokosnüssen, Honigbienen und dem Schweiß brasilianischer Affen herstellen. Weißt du, wie man mich auf Kuba genannt hat?«

»Ich wage gar nicht erst zu fragen.«

»Amazona.« Reina läßt ihren Bizeps spielen, täuscht Aggression vor. »*Créelo, mi amor.* Das würde sich gut verkaufen.«

Draußen bricht der Regen den Himmel auf. Reina nimmt Constancias Hand und zerrt sie in den Schutz des rosa Cadillac. Reina läßt sich hinterm Steuer nieder. Constancia läßt immer ihre Schwester fahren. Es erscheint ihr irgendwie unangemessen, es nicht zu tun, als würde sie ihre Kompetenz in Frage stellen, und das, obwohl Reina noch keinen in Florida gültigen Führerschein besitzt.

Ihre Schwester fährt auf der Fernstraße U.S. 1 nach Norden. Sie überredet Constancia, beim Américas-Café am Coral Way haltzumachen und einen Happen zu essen. Constancia hat keinen rechten Hunger, bestellt aber dennoch ein belegtes Brot und dazu einen Bananenmilchshake und Pisangsüßspeise. Reina nimmt das Tagesgericht, gebratene Leber mit Zwiebeln, schwarzen Bohnen und Reis sowie einen Avocadosalat.

Die hufeisenförmige Theke macht alle für alle sichtbar. Constancia mustert die übrigen Gäste, die im grellen Licht der Resopalfläche schlürfen und kauen und sich die Finger lecken. Dabei kommt ihr der Gedanke, daß Essen eigentlich eine ganz private Angelegenheit sein müßte.

»Weißt du, was mir von Kuba am meisten fehlt?« fragt Reina mit einer Stimme, die laut genug ist, um Constancia zu beunruhigen. »Die kleinen Plätze in jeder Stadt. In Miami gibt es keine Plätze, auf denen man sich versammeln könnte.«

Constancia gabelt ein Stück gebackenen Pisang auf und legt es ihrer Schwester auf den Teller. »Ich mag es nicht besonders, wenn die Vergangenheit romantisiert wird.«

»Du erinnerst dich nicht an die Plazas?«

»Ich denke, wir erinnern uns an manches ganz unterschiedlich.«

In den ersten Tagen ihres Zusammenseins hat Reina Constancia gebeten, ihr kleine Intimitäten zu gestatten. Intimitäten wie die zwischen Reina und ihrer Mutter. Aber schon bald hatte Constancia dies als zu belastend empfunden. Ihre Erinnerungen an Mamá sind so anders als die ihrer Schwester, und kaum jemals positiv.

Reina ißt ihre Leber mit Zwiebeln auf und spült sie mit einer Flasche dunklen Biers hinunter. Sie lehnt sich in ihrem Drehstuhl aus Chrom und Kunstleder zurück. »Wahrscheinlich ist es weniger schmerzhaft, zu vergessen, als sich zu erinnern«, stellt Reina ruhig fest.

»Ich habe ›romantisieren‹ gesagt, nicht ›vergessen‹!« kontert Constancia schnippisch.

Wenn sie nur vergessen *könnte*. Aber bestimmte Erinnerungen haben sich in ihr festgesetzt wie jahrhundertealte Tatsachen. Daran kann noch soviel Umdenken nichts ändern. Zum Beispiel der Tag, an dem ihre Mutter ihr eine klebrige blaue Paste auf den Mund geschmiert hatte, woraufhin sie stundenlang halluziniert hatte. Constancia hatte sich bitterlich bei ihrem Vater beschwert, aber er war Mamá gegenüber hilflos gewesen. Im Gegenzug hatte Constancia versucht, Reinita weh zu tun – sie hatte ihr das Schmollmündchen mit Dreck gestopft und Spinnen in ihre Wiege geworfen. Als Mamá dahintergekommen war, hatte sie veranlaßt, daß Constancia fortgeschickt wurde.

Reina macht mit einem Zischlaut die Kellnerin auf sich aufmerksam. »Tu mir einen Gefallen, *mimi*, und bring mir einen *cafesito* und einen *pudín de pan.* Willst du auch noch was, Constancia?«

Constancia blickt auf ihren Teller herab. Sie hat ihr Sandwich nicht angerührt. Die Pisangstücke sind kalt; sie sehen fettig aus und sind auf einer Seite angebrannt. *»No, nada más.«*

Reina starrt sie an, als versuche sie den berauschenden Anblick des Gesichts ihrer Mutter zu durchdringen. »Manchmal werden wir zu dem, was wir am meisten zu vergessen suchen.«

»Was willst du damit sagen?« Constancias Mund zieht sich zusammen, »daß ich Mamá bin?«

»Nein, *mi amor*, du bist bloß von Spiegeln erschöpft.«

In jener Nacht wacht Constancia nach wenigen Stunden Schlaf wieder auf und tappt auf Schaffellpantoffeln in die Küche. Sie holt ihre Kristallgläser heraus, ihr Silberbesteck und die Vorlegelöffel, ihr Porzellan mit dem Maiglöckchendekor. Sie verwendet ihr gutes Geschirr zu jedem Essen, Frühstücke vor Morgengrauen eingeschlossen. Nicht, daß ihre Schwester es merken oder sich in acht nehmen würde. Bis jetzt hat Reina zwei Kuchenteller angeschlagen, einen Sprung in der ovalen Servierplatte verursacht und bei dem Versuch, englische Muffins aus dem Toaster herauszuholen, eine Silbergabel ruiniert.

Und es hat andere Mißgeschicke gegeben. Eine seidene Lieblingsbluse wurde mit Reinigungsflüssigkeit für die Geschirrspülmaschine befleckt, das Sofa mit billigem Nagellack rosa betropft. Von den zahllosen elektrischen Pannen ganz zu schweigen: Uhren, die rückwärts gehen, Lichter, die aus keinem erkennbaren Grund schwächer werden, und der Kühlschrank, der zu husten angefangen hat wie ein Kettenraucher.

Constancia setzt sich mit ihrem *café con leche* und einem Teller Vollkorntoast an den Küchentisch. Sie läßt drei Würfel Zucker in den dampfenden Becher fallen. Constancia gibt Zuckerwürfeln den Vorzug gegenüber Raffinade. Sie liebt die Zeremonie mit der kleinen Zange. Reina ist nicht zu Hause. Das ist nichts Neues. Sie muß sich zu einem mitternächtlichen Stelldichein mit einem ihrer Liebhaber davongeschlichen haben.

Nach dem Frühstück nimmt Constancia einen Zerstäuber zur Hand und besprüht die Rosen ihrer Schwester, bis sie wie frisch gepflückt aussehen. *Die Blume zeigt das Verbrechen an*, hatte ihr Vater immer zu ihr gesagt. Nach Mamás Tod hatte Papi Veilchen im Knopfloch getragen, Veilchen mit samtig dunkler Mitte. Noch Jahre danach hatte Constancia jedesmal, wenn sie etwas falsch gemacht hatte, nach der nächstbesten Blume gesucht. Diebstahl hieß weiße Nelken. Lilien Gotteslästerung. Und Sex bedeutete Orchideen der Gattung *ave del paraíso* – in Gelbtönen, Karmesinrot, tiefstem Schwarzblau –, insgesamt sechshundertvier Orchideen, eine für jeden Liebesakt zwischen Gonzalo und ihr.

Constancia füllt mehrere Schalen mit Äpfeln, so rot wie ausufernde Lust, und plaziert sie an strategisch günstigen Stellen in der Wohnung. Oscar Piñango hat ihr gesagt, daß Äpfel jegliches Übel und alle bösen Absichten schlucken, daß Constancia bei sich zu Hause jede Woche Dutzende davon auslegen soll. Die Äpfel dürfen nicht gegessen werden, hat der *santero* sie angewiesen, aber Reina mißachtet sein Edikt. Sie verspeist mindestens neun, zehn pro Tag – samt Samen, Kerngehäuse und allem. Die Götter, behauptet sie, werden ihr diese eine Übertretung verzeihen. Auf Kuba hat es seit der Revolution keine Äpfel mehr gegeben, darum fühlt sich Reina berechtigt, die ihr während dreißig Jahren entgangene Menge in ebenso vielen Tagen zu verschlingen.

Einem Impuls nachgebend, nimmt Constancia einen Apfel aus der Schale im Wohnzimmer und führt ihn zum Mund. In ihrem Kopf erklingt Musik, Septembermusik, melancholisch und düster. Constancia läßt den Apfel sinken, staubt eine dicke schwarze Schallplatte ab, José Ardévols Sinfonie in Fis-Dur, und läßt sich auf dem Sofa nieder, um zuzuhören. Dies sind die Ruinen, von denen sie in ihrer Jugend geträumt hat, nachdem Papi sich erschossen hatte, nachdem seine Asche im Zapata-Sumpf verstreut worden war.

Sie hebt die Hand, um ihr Gesicht zu betasten. Wann wird ihrer Mutter der Durchbruch gelingen? Auf ein Wort, eine Geste hin, intakt herübergerettet aus der Vergangenheit? Und wird sie selbst dann in Vergessenheit geraten? Was wird aus der Erinnerung an ihr früheres Selbst, das wie eine kleine Satinfahne flattert?

Constancia sieht sich in ihrer Wohnung um. Sie ist weiß eingerichtet, in jeder nur möglichen Schattierung von Weiß. Im Weiß sind alle Farben enthalten, das hat, erinnert sie sich, ihre Tochter zu ihr gesagt, und Schwarz ist vollkommene Abwesenheit von Farbe. Nur die Äpfel und Reinas rote summende Rosen beeinträchtigen die Perfektion.

Isabel ruft an, als gerade die Sonne aufgeht. Letzte Woche hat sie um die gleiche Zeit angerufen und Constancia mitgeteilt, daß sie Fotografien von Constancia in einer Collage verwendet, die sie aus aufgelesenen Vogelknochenfragmenten von der Paiko-Lagune zusammenfügt. Und dann hat ihr Isabel gestanden, daß ihr Freund seit einem Monat jeden Abend verschwindet, daß er ihren anschwellenden Leib meidet, der aus der Form geraten ist vom neuen Leben.

»Cuéntame todo.« Constancia weiß, daß ihre Tochter nicht ohne Grund ein zweites Mal um diese Stunde anrufen würde.

»Austin hat mich verlassen, Mom. Er ist mit einer Tänzerin aus der Don-Ho-Show zusammengezogen, die halb Chinesin, halb Filipina ist. Sie trägt fleischfarbene Lycratrikots, wenn sie überhaupt etwas trägt. Ihre Familie ist seit der Herrschaft von Königin Liliuokalani im 19. Jahrhundert im Lande.«

»Wer?« Constancia ist stolz, daß sie über die Monarchien dieser Welt so gut Bescheid weiß, aber von dieser Königin hat sie noch nie etwas gehört.

»Sie steht ihm Modell. Sie ist neunzehn Jahre alt. Sie hat winzige Brüste.« Die Stimme ihrer Tochter wird leiser, bis sie kaum noch zu hören ist.

»Nimm das nächste Flugzeug, *mi hija. Aquí te espero.*«

An Isabels zehntem Geburtstag ist Constancia mit ihr ins New Yorker Naturkundemuseum gegangen. Ihre Tochter hatte sich keine gewöhnliche Party gewünscht. Als erstes hatten sie die Welt der Vögel besucht. Constancia hatte ihr drei Exemplare gezeigt, die ihr Vater vor Jahren erlegt und aus Kuba an das Museum geschickt hatte: einen hochnäsig dreinblickenden Vogel mit dunkelrosa Gefieder, einen zweiten mit dünnen hohen Beinen und gezahntem Schnabel und einen dritten, der so klein war, daß Isabel die Augen zukneifen mußte, um ihn zu betrachten – einen Kolibri mit schillernder Kehle.

Nun leidet die arme Isabel, wie Constancia einst gelitten hat. Diese endlosen Tage der Schwangerschaft, als Silvestre in ihrem Schoß entstanden war. Gonzalos Abwesenheit – ein Schlagen in ihr wie von einem billigen Tamburin. Nichts vor oder nach ihm außer einer vagen Erinnerung an das, was ihr Körper geliebt hat. Nachdem Silvestre geboren war, hatte Constancia stundenlang das Wetter beobachtet, das Ende des Tages, der in Nacht übergeht. Für etwas anderes hatte sie keine Kraft. Sie hörte eine Frau im Radio ein Gedicht vortragen, das sie in ihrem Elend ansprach: *Liebe hat mit Geschenken zu tun, die ins Feuer geworfen werden, umsonst.*

Gonzalo war zurückgekehrt, um sie zu besuchen, als ihr Sohn acht Monate alt war. Constancia hatte die Besteckschublade aufgezogen und mit einem Tranchiermesser auf sein Herz gezielt. Gonzalo hatte nicht abgewartet, bis er wüßte, wo es ihn treffen würde. Und Silvestre in seiner Wiege hatte die ganze Zeit fest geschlafen. Das war am letzten Maitag gewesen. Constancia hatte sich nach einem Wechsel der Jahreszeiten gesehnt, nach einem kurzen Schneesturm, einem Wirbel verwelkender Blätter. Irgend etwas, das diesen Augenblick vom vorangehenden unterschied.

Constancia fragt sich, was Gonzalo heute von ihrem Sohn halten würde. Wie lange würden sie brauchen, einander kennenzulernen? Einen Monat? Sechs Monate? Weitere sechsunddreißig Jahre? Es gibt keinen Ersatz für die ruhige Kultiviertheit des Zusammenlebens, die endlosen Tage des Nichtgedenkens, an denen Geschichte Stück für Stück zusammengetragen wird. Nur wenige Ereignisse scheiden die Vergangenheit unwiderruflich von der Zukunft. Zum Beispiel jenes, als Constancia heimgekehrt war und Silvestre mit dem Penis eines Fremden im Mund vorgefunden hatte. Am selben Abend war Silvestre ohne ein

Wort der Erklärung ausgezogen. Er war damals vierundzwanzig Jahre alt gewesen.

Constancia war nicht noch einmal im Samariterkrankenhaus. Gonzalo ruft sie häufig an, hinterläßt *boleros* auf ihrem Anrufbeantworter. Seine Stimme klingt wie dunkel fließendes Wasser. Ihre Hand brennt nach wie vor dort, wo sie ihn berührt hat.

Es ist dunkel im Gästezimmer, und Papis trübsinnige Taxidermie betont die düstere Atmosphäre. Reinas Bett ist wie üblich ungemacht, Kissen und pastellfarbene Laken übersät mit den krausen schwarzen Haaren, die sie überall verliert. Constancia ist aufgefallen, daß das Haar auf dem Kopf ihrer Schwester mit ihrem Schamhaar identisch ist, dick und elastisch und intim.

Constancia nimmt die *Camao*-Henne in die Hand, fährt mit dem Daumen über ihre möwengraue Haube. Als ihr Vater sie geschossen hat, war dieser Vogel schon so gut wie ausgestorben. Auf ihren Sammelexpeditionen hatte ihr Papi sie immer auf Dutzende seltener Arten hingewiesen, hatte über die zu Fall gebrachten, die Gejagten Geschichten erzählt, über die jeweilige Art ihres Ablebens. Daß sich die Pflanzer von Ciego de Avila am zarten Fleisch der Wachteltaube gütlich zu tun pflegten. Daß die kubanischen Aras nach dem großen Hurrikan von 1844 aus Pinar del Río verschwunden waren.

Vor langer Zeit hatte sich Constancia gern vorgestellt, der letzte Dodo auf Erden zu sein, denn ihr Vater liebte nichts so sehr wie vom Aussterben bedrohte Vögel. Constancia hatte sich ausgemalt, daß sie in einem silbernen Käfig in seinem Arbeitszimmer leben und sich von Insekten und faulem Obst ernähren würde. Und ihr Vater würde sie verhätscheln, würde die Federn auf ihrer wehen Brust streicheln. Was war es noch, was er einst gesagt hatte? *Nur aussichtslose Unterfangen sind der Mühe wert.*

Nun fühlt Constancia sich so ausgestorben wie die vielen verlorenen Vögel, die ihr Vater mit den Jahren beweint hat, die Vögel, denen Kuba keine Heimat mehr hatte bieten können, die Vögel, nach denen sie in den entlegensten Winkeln ihrer geschundenen Insel vergebens gesucht hatten. *Nichts läßt sich zweimal ermorden*, hatte ihr Papi gern gesagt. Aber Constancia ist nicht so sicher, ob das stimmt.

Sie erinnert sich an einen Sonntag mehrere Monate nach dem Tod ihres Vaters. Die Luft in ihrem Schlafsaal war dünn und trocken. Die Glocken der Internatskapelle hatten ihre Anwesenheit verlangt und waren dabei mit dem fernen Geläut der ältesten Kirche Trinidads in Konflikt geraten, der Nuestra Señora de la Candelaria de la Popa. Anstatt mit den anderen Mädchen aufzustehen und sich zur Morgenmesse anzuziehen, hatte sich Constancia tiefer in ihre Koje vergraben und die Decke über den Kopf gezogen.

Ihr Bett war damals ein kleiner Friedhof gewesen, eine Heimstatt des Todes. Ihr Körper hatte sich schwer angefühlt, ihr Herz war in seinem eigenen trägen Blut versunken. Ihre Kiefer waren so schwach, daß sie kaum den Mund aufbekam oder gar die Fischstäbchen essen konnte, die ihr die Internatsköchin persönlich aufs Zimmer brachte, um sie aufzuheitern.

An der Wohnungstür wird ein gedämpftes Scharren laut. Das Flurlicht beginnt zu flackern. Constancia zieht ihren Morgenmantel über und ertappt ihre Schwester dabei, wie sie mit einem Stemmeisen aus ihrem treuen Werkzeugkasten in die Wohnung einzubrechen versucht.

»Gracias, mi amor.« Reinas Haar ist wirr; jede Strähne steht vom Kopf ab; ihre scheckige Haut ist gerötet. »Ich hab meine Schlüssel vergessen.«

Constancia folgt ihrer Schwester nach hinten ins Gästezimmer, sieht zu, wie Reina sich die Kleider vom Leib reißt und ins Bett sinkt. Papás tote Vögel starren aus ihren leeren Glasaugen von den Borden herab.

Reina gähnt und zieht das Laken bis zum Kinn hoch. »Weißt du, ich hab Jahre gebraucht, um einzusehen, daß nicht jeder bei sich zu Hause tote Tiere aufgestellt haben möchte.«

Constancia erinnert sich, wie stolz ihr Vater auf seine kostbaren Exemplare war, wie er sich um sie gekümmert und sie gelegentlich mit einem Drüsenfett gereinigt hatte, das nur aus bestimmten Meeressäugern zu gewinnen war, und wie er die Häute vor Insekten geschützt hatte, indem er sie sorgfältig in Zedrachbaumblätter einwickelte.

Constancia faßt den plötzlichen Entschluß, daß auch sie sich um Papás verlorene Vögel kümmern muß. Sie holt einen Waschlappen aus dem Flurschrank und befeuchtet ihn am Wasserhahn im Badezimmer. Am Himmel steigt die Sonne auf und läßt einen Lichtstrom ins Gästezimmer fließen. Reina ist in dem schmalen Bett am Fenster bereits eingeschlafen. Ihr Körper hebt und senkt sich mit einem leisen rhythmischen Kratzgeräusch.

Constancia macht sich daran, so methodisch jeden verblaßten Flügel, jede Feder abzuwischen, wie es ihr Vater getan hätte, und poliert jeden Schnabel, jedes Gelenk, jede Klaue. Die Vögel jedoch sehen, egal wie gründlich sie sie abstaubt, immer noch tot aus.

Allein ihre Mutter sieht im Gästezimmer lebendig aus, auf dem Foto, das Reina über der Kommode aufgehängt hat. Es liegt eine Verlockung in Mamás Augen, in der Gelassenheit, die ihr Mund zum Ausdruck bringt, so als wüßte sie schon, daß ihr jemand lange nach ihrem Tod eine furchtbar wichtige Frage stellen würde.

Der kleinste Frosch der Welt

Das erste Mal, daß Blanca Mestre in mein Biologieseminar an der Universität von Havanna kam, ging ein Schauer durch den Raum. Sie hatte etwas an sich – eine stille, leuchtende, entrückte Präsenz –, das die Menschen bewegte, obwohl es sie nicht verleitete, ihr nahezukommen.

Ihre besondere Begabung hatte mit Intelligenz, die sie in reichem Maß unter Beweis stellte, nichts zu tun, leitete sich vielmehr aus weniger greifbaren Eigenschaften ab. Instinkt. Intuition. Ein unheimliches Gespür für das Abweichende. Blanca hatte für Hypothesen und trockene Dogmatik nicht die nötige Geduld. Für sie war ein ungelöstes Rätsel Aufforderung genug, um forschend tätig zu werden.

Blanca interessierte sich damals am meisten für Chemie. Das Fach lag ihr, und sie schien die eigenartige Fähigkeit zu besitzen, unbelebte Substanzen nachzuahmen. Wenn sie zum Beispiel mit Schwefel arbeitete, nahmen ihre sonst grünen Augen eine gelbliche Färbung an. Verlangte ein Experiment nach Phosphor, schien dessen schauerliches Glosen von ihr auszugehen. Und gewöhnliches Blei ließ sie schwer und weich und grau erscheinen. Es war, als würde die Materie direkt zu Blanca sprechen und ihr allein ihre Geheimnisse offenbaren.

Als praktischer Mann, als Mann der Wissenschaft konnte ich mir das alles nicht erklären. Aber wie hätte ich auch logisch bleiben können, da doch der bloße Anblick dieser Frau mein Herz entwurzelte?

Blanca war zierlich, mit Knochen so zart wie die mancher Vögel, und eine Kaskade blauschwarzer Haare ergoß sich über ihre Schultern. Kleine purpurne Brandnarben zierten ihre Unterarme, Überreste mißlungener chemischer Experimente. Sie sagte kaum etwas, als sei sie nicht willens, sich der unzuverlässigen Sphäre des gesprochenen Worts anzuvertrauen. Wenn Blanca in Gedanken versunken war, fuhr sie sich oft mit dem Finger über die Kehle.

Andere Männer teilten meine Schwärmerei für Blanca Mestre, erlagen wie ich dem sonderbaren Taumel, den sie auslöste. Amado Saavedra, ein Jurastudent aus einer wohlhabenden Bankiersfamilie in Ciego de Avila, litt unter Blancas Gleichgültigkeit ihm gegenüber und erhängte sich schließlich an einem Manzinellenbaum, nachdem er zuvor seinen tödlichen Saft geschluckt hatte. Im Herbst des Jahres verguckte sich Professor Isidoro de Grijalve, ein bekannter Entomologe, so sehr in Blanca, daß er seine Frau und fünf Töchter verließ, um sie von morgens bis abends umwerben zu können. Sein Unterfangen erwies sich als fruchtlos, und mit seiner illustren Karriere war es auch vorbei.

Es gab noch andere. Ein zu Besuch weilender belgischer Reptilienforscher verliebte sich heftig in Blanca und zog sie, als es darum ging, einen Assistenten einzustellen, mehreren höher qualifizierten Kandidaten vor. Der Belgier, der sich mit seinem dichten raupenförmigen Schnurrbart brüstete, konnte auf den vielen Ausflügen, die er für sie plante, ihre Liebe nicht gewinnen. Dafür erwies sie sich als würdige Studentin der Herpetologie. Blanca war fasziniert von den unterschiedlichen Tarnmethoden ihrer Studienobjekte, von ihrer mannigfaltigen Physiognomie, ihrer schamlosen Vermengung von Biologie und Chemie.

Wenn Blanca freitags den zentralen Markt von Havanna aufsuchte, folgte ich ihr in einigem Abstand und verweilte an denselben Ständen wie sie. Ich berührte dieselben Mandarinen und Anonenfrüchte, sonnte mich in der Wärme, die sie hinter sich zurückließ. Nur auf diese Art wagte ich ihr so nahe zu kommen, wie ich es mir erträumte.

Und noch eine Frage hoffte ich durch meine gelegentliche Spionagetätigkeit zu klären. Wovon, *por Dios*, ernährte sich das arme Mädel? Weder ich noch sonst jemand an der Universität hatte Blanca je etwas anderes zu sich nehmen sehen als Milch, unzählige Liter Milch mit dikken Sahnepfropfen obenauf.

Es stellte sich heraus, daß Blanca nur eine Mahlzeit am Tag aß, und zwar um vier Uhr morgens, um die Stunde, zu der sie schon auf dem Gut ihres Vaters zu frühstücken gewohnt war. Der Speiseplan änderte sich nie: Steak vom Rinderbauch, zwei Spiegeleier mit Reis und in der Saison eine reife Mangofrucht. Außer dieser Mahlzeit und den gewaltigen Mengen Milch schien sie keine Nahrung nötig zu haben.

Als ich Blanca schließlich aufforderte, meine Forschungsassistentin zu werden, waren meine Kollegen gelinde gesagt mißtrauisch. Obwohl ich mich sehr zu Blanca hingezogen fühlte, hätte ich sie jedoch nie eingestellt, wenn sie sich nicht schon als Sammlerin bewährt gehabt hätte. Sie stürmte, ohne zu zögern, in Höhlen und Wälder, und ihre Hände waren besonders geschickt, flink und geschickt. Sie konnte Schlamm auf Insektenstiche packen, Schnittwunden und blaue Flecken mit sauber ausgestochenen Moosquadraten heilen und für sämtliche Beschwerden das richtige Elixier zusammenbrauen.

Eines Abends bereitete Blanca für mich einen Trank aus fünfeckigen Blättern zu, die sie zusammen mit einem merkwürdigen blauen Stein eine Stunde kochen ließ. Wundersamerweise vergingen meine Symptome – heftige Leibschmerzen und ein rasch ansteigendes Fieber – beinahe sofort. In jener Nacht träumte ich lebhaft in Schwarzweiß, anstatt wie üblich in Farbe, und als ich aufwachte, hatte ich vorübergehend meinen Namen vergessen.

Blanca und ich kamen in unserem ersten gemeinsamen Winter weit auf Kuba herum, anfangs mit dem Zug, aber immer öfter zu Pferde. Das war 1936, und es hatte sich, seit ich mit Dr. Forrest im Land herumgereist war, vieles geändert. Ich weiß, daß es altmodisch ist, so etwas zuzugeben, schon gar in dieser Zeit des glühenden Nationalismus, aber mir fehlte die alte Eisenbahn in britischem Besitz. Gewiß, die befrackten Kellner und der Nachmittagstee hätten in keinem größeren Widerspruch zu den Gepflogenheiten des Landes stehen können, aber sie waren bei aller Widersinnigkeit äußerst anheimelnd. Nachdem General Machado die Macht ergriffen hatte, erlitt das Eisenbahnwesen des Landes schwere Ein-

bußen, von denen es sich leider nie wieder erholte. Dennoch sind Züge auch heute noch dem Reisen mit dem Auto vorzuziehen. Kubas Straßen sind heute wie damals in beklagenswertem Zustand.

Unsere Zielsetzung bestand in jenem Winter darin, auf der Insel sechzehn ausgewählte Reptilien zu dokumentieren und zu sammeln, ehe ihre angestammten Lebensräume durch Umwandlung in Ackerland zerstört würden. Auf Kuba sind über siebzig Reptilienarten beheimatet – davon zweiundfünfzig ausschließlich auf der Insel, eine größere Zahl als sonst irgendwo auf den Antillen. Fast ein Drittel war schon damals in Gefahr auszusterben. Blancas und meine Feststellungen wurden in unser beider Namen als Aufsatz unter dem Titel »Die verlorenen Reptilien Kubas« publiziert. Ich möchte behaupten, daß er unser Ansehen in Herpetologenkreisen ein für allemal gesichert hat.

Blancas besonderes Interesse galt dem kleinsten Frosch der Welt, einem reizenden Geschöpf, das nur auf Kuba vorkommt, malvenfarbig mit einem gelben Längsstreifen, sechs Millimeter lang vom Maul bis zum Ansatz der hinteren Gliedmaßen. Eines Tages kamen bei Hanabanilla zwei ältere campesinas dazu, wie wir im Wald die winzigen Frösche fingen. »¡Extraño ver personas tan grandes cazando animalitos tan chiquitos!« sagte die eine indigniert zu der anderen, ehe sie ihren Weg fortsetzten. Und es muß ihnen in der Tat seltsam vorgekommen sein, zwei erwachsene Menschen so winzigem Getier nachjagen zu sehen.

Blanca rührte die Tauben oder hutías nicht an, die ich schoß, um sie abends am Lagerfeuer zu braten. Während ich mit dem übermäßigen Hunger aß, den der Aufenthalt im Freien hervorruft, war Blanca damit zufrieden, aus ihrer Feldflasche frische Milch zu trinken. Hin und wieder gelang es mir, sie dazu zu bringen, daß sie eine Schüssel Bohnen oder eine gebackene Jamswurzel aß, um mir Gesellschaft zu leisten. Aber das Essen, das ich kochte, bekam ihr nicht. Sie brachte weiterhin eigene Vorräte für ihre vor Morgengrauen stattfindenden Mahlzeiten mit.

Unsere ständige Nähe ermöglichte es mir, bei Blanca einen Anflug von Morbidität zu entdecken. »Billionen von Insekten sterben in jeder Sekunde«, sagte sie zum Beispiel ruhig, während wir unser Lager aufschlugen. Oder beim Anblick eines weiten fruchtbaren Tals in Oriente: »Überall dieses unbekümmerte Schreiten in Richtung Tod!«

Während unserer Exkursionen bewahrte Blanca in einem zerschlissenen Stoffbeutel an ihrem Gürtel ein Stück Knochen auf. Es handelte sich, das bewies die deutliche Ausbuchtung am einen Ende, um ein menschliches Kahnbein. Gelegentlich sah es so aus, als würde Blanca den kleinen Handgelenksknochen konsultieren, als würde sie ihn um Rat fragen. Woher sie ihn hatte oder wozu er diente, wollte sie mir nicht sagen.

Ich erinnere mich an eine Expedition zu einer Höhle, die von der Bucht von Cienfuegos aus sechzehn Kilometer landeinwärts liegt. Blanca war in die Hocke gegangen, und der Stoffbeutel baumelte an ihrer Taille, als sie eine blinde Eidechse fing, die uns beiden völlig neu war. Dieses Geschöpf, weniger als zwei Zentimeter lang und durchsichtig wie Kokosnußmilch, wirkte irgendwie archaisch und fraß sich durchs Erdreich wie ein Regenwurm. Es stellte sich heraus, daß die Eidechse etwas Einmaliges war. Meines Wissens ist nie ein zweites Exemplar gefunden worden. Blanca freute sich, schien jedoch nicht im mindesten überrascht von diesem bemerkenswerten Fund.

Trotz der vielen gemeinsam verbrachten Stunden erfuhr ich nur wenige Einzelheiten aus Blancas Vergangenheit. Sie sprach selten von ihrer Familie, und wenn sie es tat, erzählte sie nur kuriose Anekdoten, aus denen sich kaum eine zusammenhängende Geschichte ergab. Sie teilte mir mit, daß sie auf einer Schweinezucht in Camagüey aufgewachsen sei, daß sie das jüngste von sieben Kindern und das einzige Mädchen gewesen sei und daß sie immer wieder Krähen als Haustiere gehalten habe. Krähen, sagte sie, seien ihre Lieblingstiere, weil sie monogam sind, sich länger als andere Vögel um ihre Brut kümmern und ihren Verwundeten zu Hilfe eilen. Wie ich las sie fließend lateinische Texte und wußte mit Pferden umzugehen.

Später erfuhr ich von Dámaso Mestre, dem jüngsten ihrer Brüder, daß ihre Mutter eine Mulattin gewesen war und unter anderem von französischen Siedlern abstammte, die nach dem Sklavenaufstand von 1791 aus Haiti geflohen waren. Sie hatten sich zusammen mit siebenundzwanzig-

tausend anderen vertriebenen französischen Pflanzern in Santiago de Cuba niedergelassen und mit ihrer Kultur, ihren Bräuchen und ihren Nachnamen den Charakter der Stadt geprägt. Blancas Mutter, die mit Mädchennamen Sejourné hieß, hatte eine Vorliebe für französische Aphorismen. Au pays des aveugles, les borgnes sont rois. *Im Lande der Blinden sind die Einäugigen Könige. So lautete ein Sprichwort, das Blanca häufig wiederholte.*

Dámaso zufolge war ihre Mutter bei einem ungewöhnlichen Unfall auf dem Bauernhof gestorben, als Blanca fünf Jahre alt war. Eugenia Mestres Pistole war im Halfter losgegangen, hatte das Pferd unter ihr verletzt und die Schweine in Panik versetzt, die sie daraufhin zu Tode trampelten. Die Knechte hatten nach Hause gebracht, was von ihr übrig war, weiche, gebrochene, in ein Satteltuch gehüllte Reste, die sie auf die Veranda gelegt hatten, wo Blanca spielte. Nur die Hände ihrer Mutter – braun mit dicken Fingernägeln und kräftig wie die eines Mannes – waren unversehrt geblieben.

Ihr Vater hatte überwältigt von Kummer und Sorge eigenhändig allen sechshundertneun Schweinen, die an dem wilden Ansturm beteiligt gewesen waren, die Kehle aufgeschlitzt. Alle Arbeiter und Dorfbewohner, die vom Fleisch der Schweine aßen, hatten sich drei Tage und Nächte lang heftig übergeben müssen. Mehrere Menschen waren gestorben, darunter auch ein zwölfjähriger Junge mit einem verkümmerten Arm, aber die übrigen waren am vierten Morgen wieder aufgewacht und waren von allen minderen Beschwerden kuriert gewesen.

Manche behaupteten, daß Eugenia Mestre als Märtyrerin oder als Hexe gestorben sei, und am Jahrestag ihres Todes wurden noch lange Zeit in ihrem Namen eine Gedenkmesse und zahllose primitivere Zeremonien abgehalten. Niemand weiß, wer das Wandgemälde auf der Rückseite des Rathauses geschaffen hat, aber nicht einmal Críspulo Navarrete, der furchtlose Polizeichef, wagte es seinerzeit, es übermalen zu lassen. Das Gemälde stellte Doña Eugenia dar, wie sie, prächtig anzusehen im fließenden Goldgewand, einer Qualen leidenden Sau den Fuß auf den Kopf setzt.

Ramón Mestre baute für seine Frau einen altmodischen Sarkophag. Er meißelte persönlich den Stein zurecht und versiegelte ihn gegen die Würmer. Blanca wuchs im Schatten des Sarges ihrer Mutter auf, der vor ihrem Schlafzimmerfenster aufgestellt war. Ihr Vater begann anstelle der Schweine Rinder und Pferde zu züchten, aber noch Jahre danach wurde sein Hof nur die Schweineranch genannt.

Auf der einzigen Fotografie, die Blanca von ihrer Mutter besitzt, hat Eugenia Mestre dunkelbraune Reithosen und polierte Stiefel an, die ihr bis an die Schenkel reichen. Sie ist eine hochgewachsene Frau mit schmalen Hüften und einem großen, hoch angesetzten Busen. Sie blickt auf dem Bild gespielt finster drein, als müsse man bei ihr mit einem Peitschenhieb über den Rücken rechnen, doch ihre Augen verraten den Humor dieser Vorspiegelung.

Blanca selbst behauptete, daß sie von ihrem Vater kein Bild besitze und sein elendes, lasterhaftes Gesicht lieber vergessen wolle.

Einmal spätnachts kroch ich, während Blanca Wasser für ihren Reis aufsetzte, aus meinem Zelt, um ihr bei der Zubereitung ihrer täglichen Mahlzeit zuzuschauen. Man sah keinen Mond und nur vereinzelte Sterne, aber das behinderte Blanca nicht in ihrem Tun. Sie rieb meine schwarzgebrannte Pfanne mit ein paar Tropfen Olivenöl ein, ehe sie ihr Steak und die Eier briet. Dann zog sie mit solcher Leichtigkeit die Haut von einer Mango ab, als würde sie nur eine lose Hülle entfernen.

Als der Reis gar war, lud Blanca ihren Teller mit Essen voll und ließ sich neben zwei abgeflachten Felsbrocken nieder. Sie breitete eine Serviette auf ihrem Schoß aus und aß manierlich mit Messer und Gabel. Neben ihr stand die mit Milch gefüllte Feldflasche. Die Nacht war unnatürlich still. Das ausgehende Feuer warf vielfältige Schatten auf ihr Gesicht.

Ich bin nicht sicher, warum ich von allen Nächten diese wählte, um meine Absichten kundzutun. Mag sein, daß mich der bedeckte Himmel und Blancas Tischmanieren ermutigten. Ich strich mir, so gut es ging, das Haar glatt und rutschte wie ein Büßer auf einer Wallfahrt auf den

Knien zu ihr hinüber. Ihre Hände waren blutgetränkt. Eine eigentümliche Erscheinung. Heute ist mir klar, daß ich genauer hätte hinsehen müssen, daß sie mir damals ihren Gram offenbart hat.

Ich aber forderte – ohne Vorreden oder Gitarrenserenaden, ohne Rosensträuße oder Liebeserklärungen, ja ganz ohne das unsinnige Drum und Dran der Brautwerbung – Blanca Mestre auf, mich zu heiraten. Und zu meiner völligen Überraschung reichte sie mir ihr blutiges Messer und sagte: »Ja.«

Knochen polieren

MIAMI
JULI 1991

Es ist Freitag, der beste Tag, um negative Einflüsse auszutreiben. Reina und Constancia folgen Oscar Piñango auf seinem Rundgang durch die Cuerpo-de-Cuba-Fabrik, und er rezitiert ein Bittgebet an La Virgen de la Caridad del Cobre. Er sprenkelt ein scharf riechendes Elixier auf die Bottiche mit dem Weichmacher, auf die Abfüllmaschine, die Hubkarren und die Schwestern Agüero selbst. Reina glaubt, mehrere der Ingredienzien herauszuriechen, die ihr langjähriger Liebhaber Pepín in der Wohnung ihres Vaters in Vedado auszustreuen pflegte – *paraíso, tártago* und zur Abwendung von Flüchen besonders gern *rompezaragüey*.

Mitten auf dem Zementboden facht der *santero* mit übriggebliebenem Lebensbaumholz aus der Bowlingballfabrikation ein Feuer an. Es ist dichtes Holz, das qualmt und schwer anzuzünden ist.

»Öffnen Sie diese Tür«, befiehlt Oscar Piñango und zeigt auf Constancias Büro im Zwischengeschoß, »und sämtliche Schränke und Lagerräume. Schnell.«

Die Schwestern eilen umher und tun, wie ihnen geheißen wird. Es hat in letzter Zeit zu viele Pannen gegeben, um Risiken einzugehen: eine Familie toter Fledermäuse in einem Faß mit Ellenbogenglätter und Salben und Cremes, die unerklärlicherweise über Nacht gerinnen. Zu allem Überfluß hat es während der ersten Personalversammlung blutige Hühnerfedern von der Decke geregnet, was die halbe Belegschaft veranlaßt hatte, sofort zu kündigen. Nur durch großzügige Erhöhung seines Gehalts konnte Constancia ihren neuen Geschäftsführer Félix Borrega, der jung und Absolvent einer Elitehochschule ist, zum Bleiben überreden.

Reina hat bemerkt, daß Constancia, die sich sonst kaum einmal einen Nagel abbricht, in letzter Zeit ebenfalls zu Mißgeschicken neigt. Messer rutschen ihr in der Hand aus. Flaschen zerschellen auf dem Boden der Fabrik. Ja, erst heute morgen hat sich ihre Schwester eine Brandwunde von der Größe eines Seeigels zugezogen, als sie sich zu lange auf einen elektrisch beheizten Bottich gestützt hatte. Heute hat sie ihre Angestellten (bei voller Bezahlung!) mittags nach Hause geschickt, damit der *santero* in Ruhe seiner reinigenden Tätigkeit nachgehen kann.

Ochún yeye mi ogá mi gbogbo ibu laiye nibo gbogbo omo oricha le owe
nitosi gba ma abukon ni omi didon nitosi ono alafia …

Oscar Piñango rezitiert monoton, während er einen *sahumerio* mischt, um das Böse auszuräuchern. Weihrauch, Styrax, Mastix, Knoblauchschalen, brauner Zucker, in einem Rauchfaß über dem Holzfeuer verbrannt. Der Geruch dringt Reina stechend in die Nase, läßt ihr die Lungen schmerzen. Der Rauch setzt sich in ihrem Haar fest. Sie fragt sich, ob ihre Haut den Gestank ebenso absorbieren wird, wie sie den Brand in El Cobre absorbiert hat, und ob er den alten störenden Geruch verdrängen wird.

Der *santero* zündet fünfzehn gelbe Votivkerzen in Gläsern an. Er stellt eine an den Fabrikeingang, zwei an Anfang und Ende des Fließbands, drei neben den Bottich mit Enthaarungscreme für die Achselhöhlen und fünf auf die Regale, wo die königsblauen Flaschen mit Blanca Agüeros Gesicht auf dem Etikett aufgereiht sind.

»Die müssen neun Tage ununterbrochen brennen.« Piñangos Gesicht funkelt im Licht, silbern und schuppig wie eine Regenbogenforelle. »Sie dürfen sie weder verrücken, noch berühren, noch ausblasen – sonst ist der Bann gebrochen.«

Dann nimmt er die letzten beiden flackernden Kerzen mit hinauf in Constancias Büro und verkündet, daß die *limpieza*, die Reinigung, damit abgeschlossen sei.

Reina beugt sich herab, um dem rundlichen *santero* zu danken, und er küßt sie auf die Stirn. Sie findet, daß Piñango ebenfalls nach Rauch riecht, wie ein Fisch, den man zu lange geräuchert hat.

»Kommen Sie noch vor Oshúns Festtag wieder bei mir vorbei«, redet er den Schwestern zu, als sie ihn zu seinem hellgelben Buick begleiten. »Ich kann Ihnen nur raten: Versäumen Sie nicht den Augenblick des Wiedererkennens. Sonst werden Sie leiden, beide zusammen und jede für sich, Ihrer jeweiligen Heimsuchung entsprechend.«

Das Feuer auf dem Fabrikboden schwelt weiter. Constancia will Wasser darüberschütten, aber Reina hält sie davon ab. »Gib ihm noch eine Stunde. Bis dahin erlischt es von selbst.«

»Das fehlt mir jetzt noch, daß gleich die ganze Fabrik abbrennt!« Constancia ist von den ständigen Krisen der letzten Zeit immer noch nervös. Der Zeitpunkt könnte kaum ungünstiger sein. Ihre erste Lieferung in einen anderen Bundesstaat ist in zwei Tagen fällig.

Reina geht zu den Regalen mit leeren königsblauen Flaschen hinüber. Das Gesicht ihrer Mutter zittert im Kerzenschein. Jahrelang hat Reina es nicht über sich gebracht, Mamis Grab zu besuchen, obwohl sie es sich immer wieder vorgestellt hat: die Muschel aus behauenem schwarzem Marmor, das Erdreich vom Regen aufgeweicht. An jedem Tag, der verging, hat Reina das Sterben ihrer Mutter neu empfunden.

»Warst du eigentlich je auf dem Friedhof?« fragt Reina, den

Blick nach wie vor starr auf die unzähligen bleichen Gesichter gerichtet.

»Seit der Beerdigung nicht mehr, das weißt du doch.« Constancia erregt sich, ist bereits in der Defensive. »Papi war aber oft da. Das hat er mir erzählt.«

Reina tritt unten an die Treppe zum Zwischengeschoß. Sie läßt die Metallverschlüsse an ihrem Werkzeugkasten aufschnappen und holt ihre Lieblingszange heraus. Dann sucht sie nach einem Karton Cuello de Cuba, Constancias Halsverschönerungsmittel (Reina stellt sich kurzhalsige reptilienhäutige Frauen als Hauptnutznießerinnen vor). Sie entnimmt ihm ein Glas, schraubt den Deckel ab und fängt an, ihre Zange mit der pfefferminzgrünen Creme einzureiben. Sie eignet sich fabelhaft als Schmiermittel, hat Reina festgestellt, viel besser als gewöhnliches Schmierfett.

»Ich hab dich doch gebeten, das sein zu lassen!« Constancia verliert die Geduld. »Was sollen denn die Leute denken!«

»*Cálmate, mi amor.* Außer uns ist ja niemand hier.« Reina weiß, wie sehr es ihre Schwester ärgert, aber sie hört nicht auf, das Scharnier mit der gehaltvollen Salbe einzureiben. »Hat Mami dir je ihren Knochen gezeigt?«

»Welchen Knochen?« fragt Constancia schroff. Am liebsten würde sie ihrer Schwester das Glas entreißen und ihre Zange aus dem Fabrikfenster werfen.

»Den sie in einem Beutel aufbewahrt hat. Ein kleiner Knochen, ganz ausgebleicht, mit einer Ausbuchtung an einem Ende. Wie bei einer Wurzel.« Reina wischt sich die eine Hand an der Hose ab. »Du hast ihn nie gesehen?«

»Nein, hab ich nicht«, antwortet Constancia schniefend. Sie füllt den Karton mit Halscreme wieder auf und verschließt ihn mit Klebeband.

»Mami hat gesagt, sie will ihn mir geben, wenn ich groß bin. Nachdem sie gestorben war, hab ich nach dem Knochen gesucht, aber er war verschwunden. Vielleicht ist er mit ihr begraben worden.«

Reina hat das Grab ihrer Mutter zum ersten Mal 1962 besucht, vierzehn Jahre nach ihrem Tod. Der Grabstein war vollkommen sauber, und an seinem Fuß schwelten in einem runden, irdenen Topf frische Kräuter. Die Grabstätte selbst war gemäht und gejätet. Nirgends regte sich ein Blatt.

Am nächsten Tag kam Reina mit einem Veilchenstrauß und einem weihnachtlichen Bild ihrer Tochter im Samtkleid wieder. Sie legte das Foto mit der Bildfläche nach unten auf das Grab. *Das ist Dulcita, Mami. Tu primera nieta. Sie ist fast schon vier Jahre alt.* Dann war Reina in die Knie gegangen und hatte etwas getan, was sie noch nie versucht hatte. Sie hatte gebetet.

»Ich hab am Grab einen Mann gesehen.« Reina sieht Constancia ins Gesicht, spielt unsicher mit ihrer Zange.

Sie erzählt von dem hochgewachsenen, korpulenten Fremden, dessen Haut eine makellose nachtschwarze Färbung hatte. Seine Hose aus feinem Leinen hatte scharfe Bügelfalten, und seine Krawatte war von einem dünnen rosa Längsstreifen in zwei Hälften geteilt worden. Er hatte einen altmodischen Strohhut getragen und eine silberne Uhr an einer langen Kette, die er herausgeholt hatte, um nach der Zeit zu sehen.

»Er ist neben mir in die Hocke gegangen und hat Dulcitas Bild betrachtet. ›Sie ist sehr schön. Und sehr wild. Wie du, *mi hija*.‹ Dann ist er aufgestanden, hat aus seiner Westentasche ein Taschentuch hervorgezogen und sich darangemacht, Mamis Grabstein zu polieren.«

Reina erinnert sich an den Grabspruch ihrer Mutter, daran, wie glatt sich die Rillen unter ihren Fingerspitzen angefühlt hatten.

Blanca Mestre de Agüero
1914 – 1948
Im Leben und im Tod das reine Licht

Jedesmal, wenn sie zum Grab zurückgekehrt war, hatte Reina Ausschau gehalten nach dem eleganten Mann. Aber sie hatte ihn nie wiedergesehen. Sie hatte andere Fotos von Dulcita mitgebracht, hatte für ihre Mutter im Schatten einen Paradiesvogelstrauch gepflanzt. Der Friedhofsgärtner konnte Reina wenig sagen, nur daß der bewußte Mann Mamis Grab früher jeden Tag zu besuchen pflegte.

Constancia nimmt einen Besen und beginnt die Asche auf dem Fabrikboden zusammenzukehren. Die Glut flackert ein letztes Mal auf, ehe sie ganz erstirbt. Während sie fegt, bewegt sich Constancias Kopf auf unerklärliche Art ruckartig vor und zurück, wie der einer energischen Taube.

»Papá hat zu gut ausgesehen, nachdem Mami tot war«, wirft Reina ihrer Schwester vor.

Constancia hört auf zu fegen. Sie wendet den Blick ab, gibt sich Mühe, nicht zu schlucken.

»Entschuldige, Constancia, aber echte Trauer läßt die Leute gewöhnlich grausig aussehen!«

Reina erinnert sich, daß sich das Aussehen ihres Vaters verdächtig gebessert hatte, nachdem Mami gestorben war, so als hätte er etwas von ihrem Leben geraubt, um damit sein eigenes zu erneuern. Sein schütteres Haar war dicht und schwarz nachgewachsen, so als habe jemand nachts seine Kopfhaut besät. Die Krümmung seines Rückens hatte sich langsam geradegerichtet, bis er jeden Zentimeter seiner Einsachtzig zurückgewonnen hatte. Wenn er über die breiten Boulevards und durch die gepflasterten Gassen Havannas gegangen war, hatten ihm Frauen jeder Altersklasse mit mehr als nur beiläufigem Interesse nachgeschaut. Selbst Margarita Vidal, die zierliche unverheiratete Frau von nebenan, hatte ihm stärkendes Konfekt gebacken und darauf bestanden, daß es ihre *Guayaba* -Schichttörtchen gewesen seien, die seine Manneskraft wiederherstellten.

An der südlichen Außenmauer der Fabrik sind Tausende weiterer königsblauer Fläschchen aufgereiht, wie ein Schwarm Zugvögel an einem Wasserloch.

»Heute ist mein letzter Tag hier«, sagt Reina. Ihre Augen brennen von der noch immer verqualmten Luft. »Es tut mir leid, *mi amor.* Aber ich kann dir nicht mehr helfen.«

Constancia tut so, als hätte sie nichts mitbekommen. »Ich hab heute morgen im Radio gehört, daß in einem entlegenen Bergdorf in Peru sämtliche Kronleuchter zwei Meter über dem Boden in der Luft schweben.«

Reina kann sich nicht vorstellen, wie viele Kronleuchter es in einer Ansammlung von Lehmhütten geben wird. Einen, höchstens zwei, und dann auch nur, wenn eine Kirche dabei ist. Nein, die Meldung ergibt keinen Sinn. Nichts ergibt mehr einen Sinn.

Reina legt die drei Kilometer vom Apartmenthaus ihrer Schwester zum Jachtklub an der Bucht zu Fuß zurück. Sie braucht dazu weniger als eine halbe Stunde. Es ist schon fast dunkel, und die schlimmste Hitze ist vorbei. Eine leichte Brise beschleunigt ihren Schritt. Männer in Autos hupen und halten am Straßenrand an, um sie zum Mitfahren einzuladen. Reina hat sich nichts Besonderes angezogen, nur weiße Shorts und ein ärmelloses Hemdchen, aber sie hätte genausogut nackt die Straße entlanggehen können. Jeder Zentimeter ihres Körpers, hat Pepín immer zu ihr gesagt, ist eine freimütige Aufforderung zur Lust.

Als sie ein junges Mädchen war, hatte Reina sich gefragt, wo sie ihre attraktiv dunkle Erscheinung herhaben mochte. Ihre Mutter war zart und durchsichtig blaß gewesen, und ihr Gesicht hatte einem Sommermond geglichen. Ihr Vater war großknochig wie Reina, aber ausgefüllt mit femininem Fleisch. Reinas Hände waren schon bei der Geburt riesengroß gewesen, wie die eines fünfjährigen Kindes. Dann war sie langsam hineingewachsen, doch nach dem Tod ihrer Mutter hatten sich Reinas Hände noch einmal zu luxuriöser Unverhältnismäßigkeit vergrößert und verdickt.

Was den Knochen angeboren, hat eigne Ziele sich erkoren. Ein Kollege ihres Vaters, Professor Arturo Romney, hat Reina diesen Reim immer dann vorgesagt, wenn er mit ihr Hoppereiter spielte. Sie war damals drei, vier, fünf Jahre alt gewesen, und er hatte es immer toller getrieben, bis ihr der Po weh tat. Nachdem ihre Eltern tot waren, hatte Professor Romney Reina adoptieren wollen. Er war mit einer Einkaufstüte voller winziger Karoröcke bei ihr im Internat aufgetaucht. Als sie ihn sah, hatte Reina nichts gesagt, sondern ihm nur auf die schwarzen Schnürstiefel gespuckt.

Reina hat ein Transistorradio in den elastischen Bund ihrer Shorts eingehakt. Sie hat auf Kuba Touristen mit diesen Miniaturradios beobachtet, die sich im Rhythmus der Musik in ihren Kopfhörern gewiegt haben. Daß sie selbst einmal eines besitzen würde, hat sich Reina damals nicht träumen lassen. Der Klang eines temperamentvollen Mambos verleiht ihrem Gang zusätzlichen Schwung. Am liebsten hört Reina die von Miami aus betriebenen reaktionären Exilsender. Die spielen die beste Musik und verbreiten die ungeheuerlichsten Lügen. Es amüsiert sie, daß sie sich mit ihrem Nationalismus brüsten und sich aufführen wie eine Schar junger Hähne. Wer war es noch, der gesagt hat, daß Patriotismus die unkritischste aller Leidenschaften ist?

Sobald die Leute erfahren, daß Reina vor kurzem aus Kuba eingetroffen ist, erwarten sie von ihr, daß sie die Revolution in Grund und Boden verdammt. Die Tatsache, daß sie in Miami ist, genügt ihnen nicht, schon gar nicht, daß sie den Mund hält. Diese vom Stolz verblendeten *cubanos* verlangen von ihr, daß sie El Comandante verdammt und nichts davon anerkennt, was er Gutes für das Land getan hat. Welchen Sinn hat es, fragen sie, lesen zu lernen, wenn man nichts anderes kriegt als diese *comemierda*-Propaganda? Natürlich ist die Gesundheitsfürsorge kostenlos! Könnte man sich von seinen Hungerlöhnen auch nur den miesesten kleinen Wattetupfer leisten? Neulich hatte Reina den Ausrutscher begangen, die Kassiererin bei Winn-Dixie versehentlich als *compañera* anzusprechen. Da war vielleicht etwas los gewesen in der Schlange, die sich hinter ihr an der Kasse gebildet hatte, und ein Dutzend Leute wären fast miteinander handgemein geworden!

El exilio, davon ist Reina überzeugt, ist das virulente Gegenstück zur kommunistischen Intoleranz.

Im Jachtklub ihrer Schwester an der Bucht ist Reina inzwischen eine bekannte Gestalt. Sie hat mehrere seiner lebenslustigeren Mitglieder verführt – das sind zwar die Männer anderer Frauen, aber mit solch unerfreulichen Kleinigkeiten hält sich Reina nicht gern auf. Es ist eine wohlbekannte Tatsache, daß siebenundneunzig Prozent aller Säugetiere polygam sind. Bei Vögeln sieht die Sache anders aus: Sie sind fast ausschließlich monogam. Aber Menschen sind durch und durch Säugetiere. Warum also gegen die Natur ankämpfen?

Jeden Tag treffen für sie Sträuße mit roten Rosen in Constancias Wohnung ein. Reina hat für derlei törichte Gesten ihrer Liebhaber kein Verständnis. Sie verachtet den Mangel an Einfallsreichtum, den übergroße Seligkeit hervorruft. Warum nicht einmal Kakteen oder fleischfressende Pflanzen? Das würde ihr schon eher gefallen. Die verheirateten Männer sind die schlimmsten. Sie verlangen, daß man sich auf jede nur mögliche Art festlegt, während sie selbst ihren Nasenring behalten. Ein *pobre infeliz* namens Walfredo Ferrín hat ihr sogar einen neuen BMW angeboten, falls sie bereit wäre, noch einmal mit ihm zu schlafen.

Besonders unangenehm daran ist, daß keine ihrer Eroberungen in Miami von Rechtschreibung eine Ahnung hat. Reina weiß, daß es kleinlich und voreingenommen ist, aber sie hält es nun einmal nicht aus, wenn auch nur ein Konsonant falsch gesetzt ist. Nun hinterlassen die Männer zuckersüße Botschaften für sie auf Constancias Anrufbeantworter (wie gut dressierte Hunde nach dem Pfeifton). So etwas würde ein *cubano*, der etwas auf sich hält, bei ihr daheim nicht tun, selbst wenn es die verdammten Maschinen dort gäbe. Alle diese Faktoren und die unter den Männern verbreitete konservative Haltung sind daran schuld, daß sie sich bestenfalls für eine heiße Nacht eignen, oder höchstens zwei.

Der begabteste unter ihren Liebhabern der letzten Zeit, ein Maler namens Nico Goizueta, den sie kennengelernt hat, als er das Klubhaus neu getüncht hat, hat sie geliebt wie ein wildes Tier. Er hat um ihre Kapitulation gekämpft, sich an ihrem Fleisch gütlich getan, bis sie im Taumel der Gefühle war. Leidenschaft, hat er zu ihr gesagt, sei ein schwaches Zwischenspiel zwischen den Konjunkturen des Verlustes. Aber Reinas höchste Lust war nicht eingetreten. Hinterher hatte Nico ihr ein Dutzend Aquarelle von ihrer gemeinsam verbrachten Nacht geschickt, Bilder, die so herrlich erotisch waren, daß sich Reina an die Schwelle des empfundenen Entzückens zurückversetzt fühlte. Doch ihr Körper ließ sie auch diesmal im Stich.

Ihre Schwester scheint die viele Aufmerksamkeit, mit der die Männer Reina überschütten, in Verlegenheit zu bringen. Constancia gräbt die Liebesbriefe wieder aus, die Reina in den Mülleimer wirft, beschneidet die Stengel ihrer Rosen, besprüht sie regelmäßig, um ihr Leben zu verlängern. Als Reina verkündet, daß sie beim Lotteriespiel fünfundsiebzig Dollar gewonnen hat, ist ihre Schwester unendlich empört. »Du mußtest noch nie für etwas kämpfen!« wirft Constancia ihr vor. »Du weißt ja noch nicht einmal, was es heißt, bitte sagen zu müssen!«

Constancia war in letzter Zeit nur einmal einigermaßen freundlich zu ihr gewesen: als Reina ihr erzählt hatte, daß sie sich ein kleines Stück ihres Gebärmutterhalses hatte entfernen lassen. Die Ärzte auf Kuba hatten es für möglich gehalten, daß sie für Gebärmutterhalskrebs prädisponiert war, höchstwahrscheinlich ausgelöst durch eine Geschlechtskrankheit. Constancia schien darüber seltsam erfreut zu sein, als habe Reina endlich bekommen, was sie verdiente.

Wann immer Reina im Jachtklub vorbeischaut, versammeln sich Handwerker und Kellner am Steg, um ihr zuzusehen. Ein drahtiger Serviergehilfe, der bis über beide Ohren in sie verliebt ist, wirft ihr gewöhnlich eine kostenlose Dose Bier zu. Auf Hochtouren laufende Bootsmotoren werden abgewürgt, andere Frauen mitten im Satz. Reina winkt den Zuschauern kurz zu, ist jedoch heute nicht zu Neckereien aufgelegt. Sie entfernt die Abdeckung aus Segeltuch von Hebertos Boot und läßt den Motor an, den sie repariert und zu schnurrender Perfektion umgebaut hat.

Der Oberkellner zeigt auf den schwarzen Horizont, auf das Wetterleuchten, das in regelmäßigen Abständen den Himmel erhellt, weiß aber genau, daß es ihm nicht gegeben ist, Reina vom Hinausfahren abzuhalten. Schon gleitet sie hüpfend durchs Hafenbecken, bemüht, auf dem grauen, unruhigen Wasser Kurs zu halten. Reina genießt das Gefühl der blinden Triebkraft des Ozeans unter der Hülle des Bootes. Sie folgt den glatten Rücken von Delphinen, die auf den Wellen reiten, dem artigen Schweben von Pelikanen.

Reina wünscht sich, daß ihre Tochter bei ihr sein und jede Unze dieses stärkenden Blaus einatmen könnte. Sie berührt ihren rechten Unterarm, wo zwischen Ellenbogen und Handgelenk der Hautstreifen von Dulcitas Oberschenkel eingepaßt ist. Er scheint im Licht des frühen Abends zu pulsieren. Reina wüßte zu gern, wie es ihrer Tochter in Madrid ergeht, ob sie das Kompromisse-Schließen inzwischen leid ist. Einen Augenblick packt Reina die Angst, aber dann spürt sie, daß Dulcita am Leben ist, unglücklich, aber lebendig. Sie nimmt sich vor, ihrer Tochter noch an diesem Abend zu schreiben. Einladen will sie sie, zu kommen und in diesem heilenden Blau zu schwimmen.

Auf Kuba ist der Zugang zum Meer für alle verboten, außer für Fischerei- und Touristenboote mit behördlicher Genehmigung. Die Leute dürfen in Ufernähe schwimmen gehen, wenn sie wollen, aber was darüber hinausgeht, ist strengstens verboten. Es kommt darauf an, hat El Comandante viele Male gesagt, daß alle für den Fall einer *Yanqui*-Invasion dem Land nahe bleiben. Hier in Amerika kann Reina sehen, wie lächerlich die Idee war, es könne zu einer Invasion kommen. Das ist so ungefähr das letzte, woran die Leute hier denken. Sie sind zu sehr damit beschäftigt, Geld zu verdienen, zu sehr damit beschäftigt, die Hysterie der jeweils nächsten Kaufentscheidung zu bewältigen.

Die Küstenstreifen ringsum sind alles andere als verlockend. Reina hat den Eindruck, daß an Land alles ein Ende nimmt und nur durch Anhäufung Bestand hat. Das Meer ist da viel nachsichtiger. Reina steuert das kleine Motorboot durch die Wellen. Es hebt und senkt sich, schlingert mit der Entschlossenheit erneuerter Jugend. In der vergangenen Woche hat Reina das Boot in blutigem Orange gestrichen, wie eine erste Liebe oder eine Verletzung.

Ihre Ausflüge aufs Meer tragen dazu bei, ihre Kümmernis zu lindern. Es ist nach Reinas Ansicht eine Form von visueller Grausamkeit, daß Constancia ihrer Mutter so ähnlich sieht. Daß sie so aussieht, aber keine von Mamis übrigen Merkmalen besitzt. Reina meint immer wieder, daß sie sich in Constancias Anwesenheit wohl fühlen müßte. Sie sehnt sich danach, einer vergessenen Tröstlichkeit zu erliegen. Statt dessen werden ihr wiederholt die Illusionen geraubt, wird ihr nur kühle Geschäftsmäßigkeit entgegengebracht.

Der Abend sammelt das letzte verirrte Licht des Meeres. Reina schaltet den Motor ab und schaukelt im violetten Dunst der

Bucht. In der Ferne liegt beiläufig glitzernd die Stadt. Die Zivilisation, denkt sie, vernichtet jeden urtümlichen Durst.

Es fängt an zu regnen, erst ganz leise. Warme, vereinzelte Tropfen, die über die langen Schrägen ihres Körpers rinnen. Reina spürt, wie etwas in ihr sich lockert, eins wird mit dem Wasser und dem Wind, mit den zarten Fasern der Nacht. Ihr Papá hat darauf bestanden, daß Reina an ihrem fünften Geburtstag entwöhnt wurde. Ob sie, wenn er es nicht getan hätte, wohl heute noch an der Brust ihrer Mutter saugen würde? Würde sie wohl je wieder in derart ruhiger Gewißheit einschlafen?

Naranja dulce
limón partido,
dame un abrazo
que yo te pido.

Si fuera falso
mi juramento
en poco tiempo
se olvidará.

Toca la marcha
mi pecho llora;
adiós, señora,
yo ya me voy.

Reina schwebt im Klang der verlorenen Stimme ihrer Mutter. Sie schließt die Augen, und das Licht ist wäßrig unter ihren Lidern. Alles verliert seine Form in dieser Melodie, wogt bedächtig in verblichener Schwebe, im spiraligen Chaos vollkommenen Friedens.

Als sie ein kleines Mädchen war, hatte ihre Mami mondlose Nächte wie diese bevorzugt. Dann waren sie aufs Dach ihres

Hauses gestiegen, wo Mami einen Kaktus stehen hatte, einen Säulenkaktus, dessen Blüten selten und dann auch nur nachts zum Vorschein kamen. Im vergangenen Jahr hatte Reina, zur Verzweiflung getrieben von ihrer Schlaflosigkeit, die nächtens blühende Flora zahlreicher kubanischer Städte studiert. Am besten hatten ihr die Leberwurstbäume gefallen, weil ihre hochroten hängenden Blüten immer um Mitternacht zu Boden fielen.

Wer wird sich in dreißig Jahren noch an Mami erinnern? Wer wird sich an ihren Vater erinnern? Wer, überlegt Reina, wird sich an *sie* erinnern? Wir wissen nur bruchstückhaft übereinander Bescheid, denkt sie. Wir müssen uns glücklich schätzen, wenn wir auch nur einen Fetzen des dunkel berstenden Ganzen erfassen.

Der Lichtkegel trifft Reinas Gesicht. Außerhalb seiner Grenzen ist alles schwarz. Reina ist in Hebertos Motorboot eingeschlafen und schaukelt darin seit Stunden auf dem Meer. Sie hat von Bäumen geträumt, einem Wald von Bäumen, knorrig und mit Ästen, die lange und gründlich Salz aufsaugen. Ihre Sprache war rauh und voller Klicklaute gewesen, mit unglaublichen Pausen.

Reinas Körper ist von der feuchten Kälte steif. Sie versucht die Finger zu spreizen, doch ihre Hände sind zu Fäusten geballt. Es sind noch andere auf dem Meer, weit entfernt, aber für sie deutlich zu erkennen. Sie weiß es. Eine kubanische Frau in ihrem Alter, mit Benzin übergossen und angezündet. Ein Jugendlicher, der einem Hai seinen Arm überlassen hat. Zwei Familien aus Camagüey treiben im Meer, nachdem ein Sturm ihre Flöße zum Kentern gebracht hat. Sie sind kurz vor dem Sterben, und ihre Leichen werden im Morgengrauen bei Key West angespült werden.

Als sich die große Jacht neben ihr Boot schiebt, rührt Reina sich nicht. Von jenseits des nebligen Lichts ruft eine Stimme nach ihr. Es ist eine vertraute Männerstimme, aber sie kann ihre

Worte nicht verstehen, die drängend und abgehackt sind vor Besorgnis.

»Das ist ja die Göttin!« ruft die Stimme. Es handelt sich um den Mann mit dem Laptop-Computer aus den Kanälen von Key Biscayne. Er wirft ihr eine Roßhaardecke zu, die ihre Gänsehaut verschlimmert.

»Si, soy yo«, flüstert Reina und nimmt die Decke um ihre Schultern. Sie legt die Hand an die Kehle. Sie brennt vor Durst. *»Soy yo.«*

Dulce Fuerte

MADRID

Manchmal denke ich, ich bin bestimmt das wildeste Gerücht, das in Madrid umgeht. Es ist Monate her, seit ich mit dem verfluchten Bengt zusammen war, und immer noch gehen bei mir die Anrufe ein, von jedem schwedischen Perversen, der in Spanien Urlaub macht. Es ist unglaublich, was die von mir verlangen. Auf Kuba war Sex nie so kompliziert.

Letzte Woche hat die Señora eines meiner Telefonate abgefangen, und ich hab ganz schön was zu hören gekriegt. So ein Kerl aus Malmö, der es mit Gänsen und Pingpongbällen und Gott weiß was hat. Ich hab es nicht richtig mitbekommen, so sehr hat sie geschrien. Und dann hat die Señora mich mit nur ein paar *pesetas* in den Taschen einfach rausgeschmissen. Was blieb mir anderes übrig? Der kleinen Mercedes Lebewohl zu sagen ist mir allerdings schwergefallen. Wir hatten uns so aneinander gewöhnt. Sie hat mir ohne Vorankündigung Küsse gegeben.

Ich bin mehrere Tage lang in einem Kino im Bezirk Salamanca untergekrochen, das amerikanische Filme aus den fünfziger Jahren zeigt. Nach der letzten Vorstellung bin ich auf die Damentoilette gegangen und habe das Fenster entriegelt, damit ich wieder hineinklettern konnte. Ich hab mich von altem Popcorn und Lakritzstangen ernährt und soviel Orangenlimonade getrunken, wie ich konnte. Die macht mich so zittrig wie das Kokain, das ich einmal mit einem DJ aus Toronto an einem der hinteren Tische im Tropicana ausprobiert habe.

Heute morgen hat mich der Geschäftsführer des Kinos schlafend in einer Toilettenkabine entdeckt. Ich hab wohl so laut geschnarcht, daß er dachte, es gäbe Probleme mit der Installation. Außerdem hatte ich einen höchst seltsamen Traum: Ich war in Havanna und bin den Malecón entlanggelaufen, als auf einmal Tausende großer Hunde mit schwarzen Lefzen angefangen haben, über die Mauer ins Meer zu springen. Im Traum sah die Stadt verjüngt aus, kristallklar, wie reingewaschen vom Regen.

Ich habe hier kein Zuhause, keine Arbeit, weder Freunde noch Verwandte. Nur stetig nagende Angst. Ich habe mich in letzter Zeit öfter gefragt, ob Angst zum Überleben nötig ist, ob sie die Sinne schärft, während die Stürme des Ungewissen toben. Oder ist sie, wie ich fast annehme, nur eine Variante von Schwäche? Daheim auf Kuba herrschte trostlose Gewißheit, aber immerhin Gewißheit. Es war nicht einfach, durch die Ritzen zu fallen und schlicht zu verhungern. Ich bin mir noch nicht im klaren darüber, wo ich ärmer dran war.

Heute treibe ich mich bis mittags im archäologischen Museum herum. Es ist friedlich hier drinnen, und kühl. Der Sommer in Madrid ist ein Alptraum, staubig und knochentrocken. In einem Schaukasten sind zwei mit Edelsteinen besetzte Kronen ausgestellt, die westgotischen Königen gehört haben. Es ist schon beängstigend, wie lange die Spanier nun schon der übrigen Welt die Hölle heiß machen.

Meine Mutter hat mir einmal erzählt, daß die ersten Entdekkungsreisenden mit ihrem verseuchten Getier nach Kuba gekommen sind und die auf der Insel heimischen Tierarten fast ganz ausgerottet haben. Sie hat erzählt, daß ihr Vater, mein *abuelo* Ignacio, König Ferdinand und Königin Isabella persönlich für die Dezimierung verantwortlich gemacht hat. Mein Urgroßvater war aus Galicien, irgendwo aus den Bergen. Meine Mutter sagt, daß er einer der bedeutendsten *lectores* in Pinar del Río war und den Zigarrenarbeitern die Klassiker vorgelesen hat. Außerdem hat er gewerkschaftliche Aktionen organisiert und erstklassige Muschelpasteten gebacken. Wie kommt es eigentlich, daß sich alles Interessante in meiner Familie lange vor meiner Geburt ereignet hat?

Manchmal wünsche ich mir, ich könnte durch Blut und Muskel an den Ursprung zurückkehren. In der Zeitung habe ich gelesen, daß Wissenschaftler genetische Spuren Millionen von Jahren bis zu den ersten Menschen in Afrika zurückverfolgt haben. Dabei ist mir aufgegangen, daß wir auf ihren Spuren und den Spuren aller anderen wandeln, die seither gelebt haben. Diebe und Zarinnen, Dorfälteste und Galeerensklaven, Opernsänger und Ochsenkarrenfahrer. Welcher von den Philosophen meiner Mutter war es noch, der gesagt hat: *Denn ich war vordem Knabe und Maid, Strauch, Vogel, stummer Fisch im Ozean?*

Ich habe in meiner Mitte eine wunde Stelle, die ich nicht fortwischen kann. Sie springt auf und verwelkt wie eine nächtens blühende Blume. *Carajo*, ich verhungere. Ich habe seit vorgestern abend, als ich ein halbes Pfund Gummibärchen in mich hineingestopft habe, nichts mehr gegessen. An der Avenida Infantas gibt es ein gutes kubanisches Restaurant voller beliebter Exilanten. Ich bin in Versuchung, dort vorbeizugehen, weiß aber, daß mich der Geruch von gebackenen Pisang verleiten könnte, etwas Unüberlegtes zu tun.

Es ist Donnerstag nachmittag, und die Restaurants sind brechend voll. Mein Geruchssinn ist vom Hunger geschärft. Ich kann im Umkreis von fünf Straßen sagen, was gekocht wird. Der Duft von paniertem Hühnerschnitzel weht von einem rußgeschwärzten Balkon herab. Flußkrebse und gefüllte grüne Paprikaschoten zieren in einem schicken Straßencafé die Teller. Wenn ich jetzt betteln würde, könnte ich vermutlich genug Geld für eine Portion *churros* und heiße Schokolade zusammenkratzen, aber die werden um diese Tageszeit nirgendwo serviert.

Ich schmuggle mich in die Untergrundbahn ein und weiß sofort, wo ich hin will. Abelardo, mein Ex-Ehemann, ißt um diese Zeit bei sich um die Ecke in einer deprimierenden Cafeteria zu Mittag. Er wird den ganzen Nachmittag dableiben und mit dem Kellner, einem Albino, Bridge spielen. Abelardos Schwester geht donnerstags zum Einkaufen auf den Markt. Sie braucht dazu eine halbe Ewigkeit, weil sie wie ein Fischweib um jede Zwiebel und jedes Stück Schinken feilscht.

Das Haus, in dem sie wohnen, ist eng und feucht, durchdrungen vom ätzenden Geruch des Alters. Eine sterbende Ulme steht am Eingang Wache. Hoch droben löst sich ein Amselschwarm am Himmel auf. Ein rostbrauner Wind wirbelt die Straße entlang, läßt Abfälle und totes Laub rascheln. Ich frage mich, wie ich wohl aussehe in meiner zerknitterten Kindermädchentracht. Was würde ich denken, wenn ich mich so sähe? Wenn ich mir überhaupt die Mühe machen würde, mich wahrzunehmen?

Das Schloß an der Wohnungstür von Abelardo und seiner Schwester ist leicht zu knacken. Meine Finger sind geschickt und funktionieren intuitiv wie die meiner Mutter. Ich bin ihr dafür dankbar, und für das eine oder andere mehr. Zum Beispiel für ihren Humor. Und dafür, daß sie die Wohnung meines Großvaters in Havanna behalten hat, so modrig sie auch sein mochte von all den Büchern und Hunderten von Vögeln, die er persönlich erlegt hatte.

In der untersten Schublade seines Mahagonischreibtischs bewahrt Mamá ein Bild von *abuelo* Ignacio auf. Die Schublade des Unmöglichen, hat sie sie genannt. Sie enthält das Perlenarmband, das mein Vater in der Sierra Maestra getragen hat. Einen cremefarbenen Büstenhalter, von dem Mamá behauptet, daß ihm nach wie vor *abuela* Blancas Duft anhaftet. *Was wir weiterge-*

ben, ist oft ebenso eine Last wie ein Geschenk, hat meine Mutter einmal zu mir gesagt. Ich habe damals überlegt, wie ich je den Unterschied erkennen, wie ich feststellen soll, verflucht nochmal, was meine Rettung ist.

Alles in Abelardos Wohnung ist noch so, wie ich es in Erinnerung habe. Die tristen vergilbten Vorhänge in der Küche, die trockenen Brotkrusten, die sich in der Majolikaschüssel ansammeln. Abelardos Schwester ist ganz versessen darauf, die Tauben zu füttern. Sie würde einer Nachbarin nicht einmal eine Tasse heißes Wasser abgeben, aber die Tauben ringsrum hält sie gut im Futter. Im Kühlschrank stehen zwei Dosen ranzige Vanillesoße. Im Schrank ein Karton Käsecracker. Ein Strang von vier *chorizos* und ein Knoblauchzopf sind an zwei krummen Nägeln aufgehängt.

Ich esse die Würste, ohne erst die Pelle abzuziehen, mache ein Glas eingelegte Oliven auf, trinke die Reste von einem Joghurtgetränk mit Erdbeergeschmack. Dann reiße ich den Knoblauchzopf auseinander und stopfe mir vier der Knollen in die Schürzentasche. Die werden mich beschützen, denke ich. Unbedingt. Ich nehme nur zur Sicherheit ein Schälmesser an mich, nachdem ich es an der Kante eines angestoßenen Schneidebretts geschärft habe.

Das Geld der beiden ist in einem Kunststoffetui mit Reißverschluß versteckt, das mit Klebeband an der Rückwand des Wäscheschranks im Schlafzimmer meiner Schwägerin befestigt ist. Dort habe ich es schon beim ersten Hinschauen gefunden. Die müssen geglaubt haben, daß ich bestimmt nicht wiederkomme. Über eintausend *pesetas* in kleinen Scheinen. Sonst ist nichts da, das sich zu stehlen lohnt, aber ich brauche dringend was anderes anzuziehen. Ich krame Abelardos Sonntagshemd hervor und seine ledernen Hosenträger. Mit seinen schwarzen Rippensokken, die mir bis zu den Schenkeln reichen, wirke ich fast schon hochmodisch.

Ich überlege, wo ich meinen Stempel hinterlassen soll. Ich möchte, daß sie zweifelsfrei erfahren, daß ich da war. Aber dann ist mir das plötzlich nicht mehr wichtig. Ich greife statt dessen Abelardos zerschlissene Uniformmütze und setze sie mir auf den Kopf. Meine Schmutzwäsche stopfe ich in einen Nylonsack, und dann laufe ich unverzüglich zur Tür.

Unterwegs fällt mein Blick auf den unaufgeräumten Tisch im Vestibül. Dort liegt ein geöffneter Brief, der an mich adressiert ist. Er ist von meiner Mutter, mit Poststempel Miami. *Mi queridísima hija* ... beginnt er, und ich spüre, wie etwas in mir zerbricht, endgültig und unwiederbringlich. Nun wünsche ich mir nichts sehnlicher, als daß die Nacht hereinbricht; ich will mich in ihrem Duft verstecken wie ein Waisenkind in einem Schloßgarten. Ich stecke den Brief meiner Mutter in den Gummizug meiner Unterwäsche und suche mir draußen auf der Straße einen sicheren Ort, um ihn zu lesen.

Ein Ansturm von Glocken stört den spätnachmittäglichen Frieden. Schuld daran ist eine häßliche kleine Kirche auf der Kuppe eines Hügels im Norden. In Havanna habe ich mich in die Kathedrale geflüchtet, wenn die Sonne zu brutal schien oder wieder einmal einer meiner Freunde gewalttätig wurde. Ich bin in dem Glauben aufgewachsen, daß jedes nur mögliche Übel von Bischöfen und Priestern kultiviert wird. Andererseits haftet Kirchen immer der Anschein der Sittsamkeit an. Vielleicht ist das der Hauptgrund, warum sie so tröstlich sind.

Drinnen modern die Steinmauern, durchsetzt mit einem Läuten, das nur ich hören kann. Ich tauche meine Hände in das Weihwasser und wasche mir Gesicht und Hals. Es riecht nach Kastanien und welken Veilchen. In der vordersten Reihe sitzt eine uralte Frau, vornübergebeugt im Gebet. Am Schrein der heiligen Elisabeth steht eine hochschwangere Frau. Sie hat eine Hand in die Hüfte gestemmt, als wolle sie gleich anfangen, den Himmel zu schelten.

Ich setze mich in eine wurmstichige Bank. Das Holz ist weich, und ich kratze mit den Fingernägeln daran entlang, forme zwischen Zeigefinger und Daumen eine Paste. Dann verreibe ich sie auf meinem Schenkel, auf dem lila Fleck, wo die Ärzte das Stück Haut entnommen haben, um die Brandwunden meiner Mutter zu heilen. Mamás Brief klebt mir beim Lesen an den Handflächen. Sie ist in Miami bei ihrer Schwester, meiner *tía* Constancia, und sie spielt jede Woche mit glückbringenden Zahlen aus meinem Leben Lotterie. Mamá schreibt, ich sei immer ein Glückskind gewesen. Ich verliere die Geduld mit ihrer Handschrift, die unglaublich rund ist und nach links geneigt. Was weiß sie, verflucht noch mal, von meinem Leben?

Es gibt noch mehr zu berichten. Ein Jachtklub an der Bucht, organisiert von Batistas Stellvertreter. Alte Autos, die sie neuerdings mit dem aus Havanna herausgeschmuggelten Werkzeug instandsetzt. Ein reifer Mann, nach Mamás Aussage teils Indianer, teils Deutscher, teils Franzose, der jeden Zentimeter ihres Fleisches verehrt. Und daß sie von ihm idiomatisches Englisch lernt, anhand der Texte zu seinen alten amerikanischen Musikaufnahmen.

Yes, sir, that's my baby,
No, sir, don't mean maybe,
Yes, sir, that's my baby now.

Meine Mutter erkundigt sich gar nicht erst nach Abelardo. Sie geht davon aus, daß ich unglücklich bin. Keine Frau, die etwas auf sich hält, kann lange verheiratet bleiben, hat sie, als ich älter wurde, mehr als nur einmal zu mir gesagt. Nun ja, ich denke, daß sie damit ausnahmsweise recht hatte. In den letzten paar Zeilen redet Mamá mir gut zu, nach Hause zu kommen. Zu Hause, meint sie, ist da, wo sie ist. Sie sagt, daß Meer und Himmel in Miami ganz ähnlich wie auf Kuba sind, nur frischer, blauer. *Alles hier ist so blau, Dulcita*, schreibt sie. Als wäre Blau in der Lage, alles wieder in Ordnung zu bringen.

MIAMI

Constancia fährt mit herabgelassenem Verdeck in ihrem rosa Cadillac-Kabrio zum Flughafen. In Miami herrscht an diesem Tag eine Hitze, die alle Rekorde bricht. Es regt sich kaum eine Brise, und der längst fällige Regen schlägt sich nur in unerträglich hoher Luftfeuchtigkeit nieder. Constancia empfindet immer größere Abneigung gegen künstlich herbeigeführte Temperaturschwankungen. Sie ist sogar überzeugt, daß Klimaanlagen die Muskulatur ihres Zwerchfells schwächen, so daß sie dauernd außer Atem ist.

Am Flughafen wabern die Gebäude und Omnibusse im hämmernden Licht. Constancia stellt den Wagen in der Nähe einer Baustelle ab. Der Schutt unter ihren hochhackigen Schuhen hört sich an wie ein mörderisches Mahlen, als würden ihre eigenen Knochen einem unsichtbaren Kiefer nachgeben. Sie bindet die Schleife ihres altmodischen Hutes unterm Kinn fest und bahnt sich behutsam wie ein Kind mit zarten Fußsohlen an einem Kieselstrand ihren Weg zur Ankunftshalle.

Im Flughafen ist es eiskalt. Constancia bläst in ihre hohlen Hände, um festzustellen, ob ihr Atem sichtbar ist, reibt dann energisch die Handflächen aneinander. Sie schaut auf die Uhr. Isabels Flug soll um zwei Uhr aus Hawaii eintreffen. Sie geht zur nächsten Telefonzelle und ruft den Geschäftsführer der Fabrik an. Am Nachmittag wird eine ungeheuer wichtige Sendung grüne Minze erwartet. »Machen Sie Druck beim Lieferanten!« beharrt Constancia. »Vergewissern Sie sich, daß die Zustellung erfolgt, sonst verdirbt uns der ganze Posten Rodillas de Cuba!«

Constancia hängt ein und fragt sich plötzlich, wie nahe sie und ihre Tochter sich je gestanden haben. Sie denkt an die kühlen Wintermorgen im Bett, an denen sie zusammen Märchenbücher gelesen haben. An die Mußestunden, in denen sie so getan hatten, als würden sie in der Badewanne Nudelsuppe kochen. Zählte das alles? Oder hatten sie sich nur einfach liebgehabt?

Draußen knistern Sommerblitze, lösen im Flughafen gelinde Panik aus. Isabels Flug hat eine halbe Stunde Verspätung. Die ersten Passagiere strömen vom Flugsteig herein. Sie tragen Strohhüte und verwelkte Blumenkränze. Wenn man gebiert, denkt Constancia, tritt man seinen Platz an einen anderen ab. Man sagt buchstäblich: Wenn ich fort bin, wirst du weiterleben, wirst du dich erinnern. Aber woran genau soll sich derjenige erinnern?

Isabel ist fast schon im neunten Monat. Als Constancia im neunten Monat war, hat sie alle Fotografien ihres geschiedenen Mannes Gonzalo zerrissen. Dann ist sie an den Strand gegangen und hat die tausend Fetzen den Gezeiten überlassen. Sommerliche Enten waren in der Erwartung herbeigeeilt, gefüttert zu werden. Constancia hatte sich mit Vergnügen vorgestellt, wie Stücke von Gonzalos Gesicht in den Muskelmägen der Enten zermahlen wurden und ihren Gleichgewichtssinn durcheinanderbrachten. Sie hatte sich ausgemalt, daß diese Enten vom Kurs abkommen, daß sie ganze Kontinente verfehlten und alle wegweisenden Gestirne übersahen.

Ihre Tochter kommt durch die Schranke, ein prachtvoller Anblick geschwollenen Fleisches. Sie hat die größte Latzhose an, die Constancia je gesehen hat. Isabels Haut ist fleckig rosa und strahlt wie die Darstellungen von Heiligen, die gerade eine himmlische Vision haben. Man traut ihr zu, daß sie Wasseradern aufspüren, Mohnblumen zum Erblühen bringen und feiste Sterne vom Himmel pflücken könnte.

»Hallo, Mom.« Isabel überreicht Constancia ein Netz mit schweren, unregelmäßigen Formen, die in Zeitungspapier eingewickelt sind – die letzten Töpfe, an denen sie gearbeitet hat, ehe sich herausstellte, daß sie schwanger war. Ihre Tochter hat keine gewöhnlichen Teekannen oder Becher hergestellt, die sie zu Weihnachten hätte verschenken können. Sie hat noch nie eine Vase getöpfert. Isabel hat sich von jeher zu freierer Formgebung berufen gefühlt, dazu, unregelmäßige Tonscherben und andere Materialien zusammenzufügen, so daß man sich an etwas Wiederverwertetes erinnert fühlte, etwas Verpfuschtes oder Unvollständiges.

Constancia nimmt ihr das Netz ab. Sie hat ihrer Tochter einmal bei der Arbeit zugesehen. Damals hatte Isabel einen Tonklumpen glasiert und ihn dann in einem rotglühenden Ofen gebrannt, bis die Farbe haltbar geworden war. Später hatte sie ihn mit einer Grillzange herausgeholt und in einen Mülleimer mit getrockneten Eukalyptusblättern gelegt. Als die Blätter Feuer fingen, hatte sie schnell den Deckel zugemacht und abgewartet. Was herauskommt, hatte Isabel gesagt, ist zu gleichen Teilen Inspiration und Schicksal.

»Du siehst gut aus, Mom.« Isabel nimmt Constancia genau in Augenschein. »Wie eine frühere Version deiner selbst.«

Constancia stützt ihre Tochter im Gehen. Isabels Knöchel und ihre Füße, die in zu großen Hippiesandalen stecken, sind übermäßig geschwollen. Sie kann sich nur langsam und schlurfend durch die Flughafenkorridore bewegen. Constancia winkt einen freien Elektrokarren für Behinderte herbei und setzt ihre Tochter hinein. Isabel hat bis auf die paar Stücke Töpferware im Netz kein Gepäck dabei.

»Keine Kleidung?« fragt Constancia ungläubig.

»Nee.«

»Kein Deodorant? Keine Windeln?«

»Nichts. Ich hab alles verkauft.«

Constancia sieht ihre Tochter eindringlich an, entdeckt den stummen Trotz, den sie so gut kennt. Sie ist überzeugt, daß Kinder, bis sie zwei Jahre alt sind, alles zum Ausdruck gebracht haben, was sie zeit ihres Lebens empfinden werden.

Constancia sagt zu Isabel, sie solle am Straßenrand warten, während sie den rosa Cadillac holt. Die Hitze ist erdrückend und wird durch die Autoabgase noch verschlimmert. Constancia bemerkt, daß ihre Hände feucht sind und zittern. Kann es wirklich sein, daß sie demnächst Großmutter wird?

Als sie neben Isabel anhält, ist sie vom Anblick ihrer hochschwangeren Tochter gerührt. Wie soll sich jemand, der so etwas durchgemacht hat, je wieder erholen? Constancia hilft Isabel ins Auto. Sie holt ein rosa Chiffontuch aus dem Handschuhfach, um das widerspenstige Haar ihrer Tochter im Zaum zu halten.

»Nicht unbedingt mein Stil, aber trotzdem vielen Dank.«

»Keine Sorge, *mi cielo.* Ich habe ein neues Produkt – Cabello de Cuba Plus –, das wird dein Haar im Handumdrehen zähmen und in Seide verwandeln!«

Isabel zuckt zusammen. Das Baby tritt einmal fest zu, dann noch zweimal. Constancia möchte den Verkehr aufhalten, das Ohr an den Bauch ihrer Tochter legen, den winzigen störrischen Fuß spüren. Isabel erzählt, daß sie einen Kurs zum Thema natürliche Geburt besucht hat. Ihr Kursleiter hat erklärt, daß Kinderkriegen so ist, als würde man eine große Grapefruit herausdrükken.

»¿Una toronja?« Selbst nach so vielen Jahren ist Constancia noch verblüfft über die Art einiger Amerikaner, bestimmte Gegebenheiten zu untertreiben.

Wieso ist nie die Rede von den Schmerzen? Von dem erbarmungslosen roten Druck, der sich fest um die Leibesmitte schließt? Was soll diese stoische Verschwörung der Frauen im

Hinblick auf die Geburt? Warum teilt sie selbst Isabel nicht auf der Stelle mit, daß es so ist, als würde man das größte Säugetier auf Erden herausdrücken? Warum teilt sie ihr nicht mit, daß man das nie, nie wieder vergessen kann?

Constancia steuert den Cadillac auf die I-95. Reina hat den Fahrkomfort dieses Wagens mit einem Panzer verglichen, den sie einmal bei einem Manöver außerhalb von Cienfuegos befehligt hat. Sie bastelt gern an dem Cadillac herum, sorgt für die Feinabstimmung von Motor und Getriebe. Neuerdings hat Reina eine Stelle als Mechanikerin für die Reparatur alter Autos. Und einen *novio* hat sie auch gefunden, einen reichen Amerikaner, der auf einem Boot lebt, das bei Key Biscayne vor Anker liegt. Und das, nachdem sie mit dem halben Jachtklub im Bett gewesen war und wer weiß wie viele Scheidungen angestiftet hatte!

Vor Constancia blinkt eine braune Limousine nach rechts. Sie weiß, daß der Fahrer, ein ältlicher Mann im frisch gestärkten Buschhemd, überhaupt nicht vorhat, die Spur zu wechseln. Das ist eine Besonderheit des Autoverkehrs in Miami. Alle Kubaner lassen ihre Blinker stundenlang eingeschaltet, ohne die Ängste zu bemerken, die sie hinter sich auslösen.

»Deine Tante ist zu Hause, das Kinderzimmer fertigstellen«, sagt Constancia. »Sie möchte dich überraschen.« Reina baut aus Seetang und drei von Papis ausgestopften Fledermäusen ein Mobile für das Baby. Constancia kann nur hoffen, daß das Ding ihr Enkelkind nicht halb zu Tode ängstigt.

Constancia hatte ihre Tochter im vergangenen Frühjahr in Hawaii besucht. Sie und ihr Freund hatten in einer Hütte auf der dem Wind zugewandten Seite von Oahu gewohnt. Dort war es so eng gewesen, daß man im Schlafzimmer nicht die Arme ausbreiten konnte. Es gab eine Kochplatte und eine Mikrowelle, aber keinen richtigen Herd, und die Toilette funktionierte nur gelegentlich. Eine hölzerne Veranda ragte direkt in den Sumpf hinein. Dahinter lag das endlose Blau des Pazifik.

Constancia erkundigt sich bei Isabel nicht nach Austin und auch nicht nach der chinesisch-philippinischen Tänzerin. Hinter der strahlenden Gesundheit ihrer Tochter entdeckt Constancia den kalten, unaufhaltsamen Ruin. Isabels Existenz hat sich in bloße Szenerie verwandelt. Constancia fällt etwas ein, was ihr Vater gesagt hat. *Jede Kraft strebt dem Tode zu. Nur ständige Gewalt erhält sie aufrecht.* Noch eines von seinen physikalischen Gesetzen.

In Sichtweite der Mautstation auf dem Weg nach Key Biscayne erspäht Isabel das lebensgroße Modell eines Hais, der für das Meeresaquarium wirbt.

»Laß uns hinfahren.«

»Jetzt?« Constancia will es ihrer Tochter recht machen, aber ausgerechnet ins Aquarium? In ihrem Zustand? Logisch denken, überlegt sie, heißt ununterbrochen erstaunt sein.

»Wieso nicht?« Isabel verrenkt sich den Hals, um den künstlichen Hai besser sehen zu können. »Ich war noch nie dort.«

»Wie du willst, *mi cielo.*«

Constancia fährt über den Rickenbacker Causeway, vorbei an dem schmalen, mit Kokospalmen gesäumten Strand, vorbei am riesengroßen Wasserstadion, wo man des öfteren Wasserski fahrende Frauen in pailettenbesetzten Bikinis zu sehen bekommt. Sie selbst war in der zweiten Woche von Reinas Aufenthalt in Miami schon einmal im Meeresaquarium. Der reine Alptraum: Ihre Schwester hatte sich zu jeder nur erdenklichen Demonstration gemeldet: mit den Robben Cha-Cha-Cha tanzen, Sardinen an die Seelöwen verfüttern, mit einem vier Tonnen schweren Schwertwal Basketball spielen. Reina hatte gleichermaßen schamlos mit den Wärtern (hageren Männern mit Überbiß und sonnengebleichtem Haar) und dem ihnen anvertrauten Meeresgetier geschäkert.

Isabel möchte als erstes die Seekühe sehen, darum schiebt

Constancia ihre Tochter in einem gemieteten, mit Delphinen bemalten Rollstuhl zu deren Tank. Es riecht intensiv nach Chlor und Algen und dem Kot von tausend tropischen Tierarten.

»Sehe ich etwa aus wie die?« Isabel starrt die plumpe Seekuhmutter an, die an einem Salatblatt mümmelt. Ihr Kalb schwimmt mit trägen Bewegungen seiner Ruderfüße in der Nähe umher, rollt sich wie ein formloser Akrobat auf den Rücken.

»Wo du mich schon darauf ansprichst, *mi cielo*. Aber ich glaube, das geht vorbei. Auf jeden Fall besteht *keine* Familienähnlichkeit.«

Isabel lacht. Ihre Stimme verstiebt in der Luft wie ein aufgeschreckter Vogelschwarm. Es macht Constancia Spaß, ihre Tochter in dem Rollstuhl mit den Delphinen herumzuschieben. Es ist, als wäre Isabel wieder ein kleines Baby, das artig in seinem Kinderwagen sitzt. Wenn nur alles so eindeutig definiert bleiben könnte.

Draußen im Schildkrötentank paaren sich unbeholfen zwei Karettschildkröten. Das Männchen balanciert prekär hinten auf dem Rückenschild des Weibchens. Er purzelt zurück ins Wasser, läßt sich dadurch aber nicht von dem Versuch abbringen, sie erneut zu besteigen. Constancia respektiert seine Bemühungen, wagt aber kaum auf eine neue Generation zu hoffen.

Damals auf dem Hof ihres Großvaters in Camagüey hat Constancia oft die mächtigen, ungezähmten Laute brünstiger Tiere gehört. Vor allem im Frühjahr, wenn alles nach dem Winterschlaf zu promiskuitivem Leben erwachte. Hengste und Stiere, Hähne und Schafböcke, Vögel jeder Größe und Färbung, die ganze Nacht und den weißglühenden Tag erschütternd. Constancia hatte eine Heidenangst gehabt, sie könne gezwungen sein, sich einer ähnlichen Gewalt zu unterwerfen.

Sex grassierte auf Kuba, und zwar nicht nur unter den Tieren. Eines Tages hatte Constancia einen ihrer Onkel (Ernesto, den zweitältesten) von hinten in eine kleine gescheckte Stute eindringen gesehen. Dazu hatte er sich auf den Stumpf einer gefällten Palme stellen und seinen Penis zweimal mit Spucke befeuchten müssen. Später hatte sie aus ihren Verstecken im unruhigen Schatten von Büschen noch viele andere dabei beobachtet. Ihre übrigen Onkel, Knechte und vor allem *guajiros*, mit Pferden und miteinander. Die Stuten liefen hinterher noch eine Stunde oder länger schnaubend und mit leicht erhobenem Schwanz umher. Den Männern war dagegen keine Veränderung anzumerken.

Eine Zeitlang forderte ihr Großvater Constancia regelmäßig auf, ihm Gesellschaft zu leisten, wenn er in einer Zinkwanne draußen im Freien sein wöchentliches Bad nahm. Dann saß Constancia unter dem Feigenbaum und sah genau zu, wie *abuelo* Ramón seinen Penis wusch, wie er die rötliche Vorhaut zurückzog und ihn sorgfältig abspülte. Anschließend hing er runzlig und glänzend herab wie ein unbenutztes Glied, woraufhin ihr Opa die Augen schloß, den Kopf in den Nacken legte und von einer augenscheinlich alten Sehnsucht erfüllt tief durchatmete.

Nach einem heftigen Gewitter war der Boden rund um die Wanne häufig mit Feigen übersät.

In wenigen Minuten heißt es für Lolita, den Schwertwal des Meeresaquariums, seine Künste zu zeigen. Isabel will unbedingt in der ersten Reihe des Amphitheaters sitzen, obwohl überall Schilder davor warnen, daß man naßgespritzt werden könnte. Constancia überlegt, wie wenig sich bei allem Kummer das Naturell ihrer Tochter geändert hat. Im Grunde gut gelaunt. Eigensinnig. Ohne Angst vor Konsequenzen.

Constancia schiebt den Rollstuhl eine Rampe hinab in die erste Reihe und läßt sich neben ihrer Tochter auf einer Bank nieder. Kinder rennen in den Gängen auf und ab, stoßen vor lauter Vorfreude helle Schreie aus.

»Hast du dir außer Raku noch andere Namen ausgedacht?« fragt Constancia vorsichtig. Sie ist nicht sicher, ob sie es über sich bringen wird, ihr Enkelkind mit so einem Namen zu rufen, der wie der Lockruf eines Vogels aus dem Amazonasdschungel klingt.

Isabel schüttelt den Kopf, die Augen nach vorn gerichtet, um nach den ersten Anzeichen des berühmten Wals Ausschau zu halten. Einen Augenblick später löst sich die Spannung, als Lolita in die Unterwasserarena kommt und sie einmal, dann noch einmal und wie manisch immer wieder neu umkreist, bis sie sich mit einem Sprung, der für ein Tier ihrer Größe unvorstellbar erscheint, in die Luft wirft.

Spritzen ist nicht das richtige Wort, um Lolitas Landung zu beschreiben. Woge vielleicht. Sturmflut. Von Naßspritzen keine Rede. Isabel kreischt vor Vergnügen und vor Entsetzen. Der Wal hätte bäuchlings bei ihnen auf dem Schoß landen können! Constancia seufzt grimmig. Ihr kostbares altes Leinenkostüm ist in Wasser und Walabsonderungen getränkt. Lolita dagegen wird für ihre Mätzchen erst einmal mit einem Eimer Makrelen belohnt.

Constancia fällt auf, daß mehr Wasser als notwendig von Isabels Rollstuhl herabtropft. Zunächst hält sie es für Wasser, das der Wal hinterlassen hat, doch dann stellt sie fest, daß es sich warm anfühlt.

»Steh auf, *mi hija*! Ich glaube, deine Fruchtblase ist geplatzt!«

Isabel versucht sich hochzustemmen. Dabei rinnt immer mehr Flüssigkeit an ihren Beinen herab. Sie kommt tatsächlich warm und ein wenig säuerlich riechend direkt aus der Gebärmutter ihrer Tochter. Constancia hilft Isabel, sich wieder hinzusetzen. Sie legt das Ohr an den Bauch ihrer Tochter. Die Zuschauer jubeln, als die nächste Woge der springwütigen Lolita sie beide durchnäßt. Constancia achtet nicht darauf, sondern horcht eindringlich auf ein Lebenszeichen von ihrem neuen Enkelkind.

Als Raku am nächsten Morgen zur Welt kommt, stößt er einen solchen Empörungsschrei aus, daß Constancia das Herz bricht. Ihr Enkel, so klein und runzlig mit umherirrenden, verquollenen Augen. Er hängt sich an Isabels Brust, saugt eifrig und beruhigt sich rasch. Dann schläft er an sie geschmiegt ein, so zerbrechlich und klebrig und unglaublich makellos, daß Constancia Tränen in die Augen treten.

Reina kommt nachmittags zu Besuch. Sie bringt eine Plastiktüte voller seltsamer Geschenke mit: einen Kopfschmuck aus Pfauenfedern, ein antikes Chronometer, das auf die Minute genau geht, eine Tüte Zitronen zum Auspressen (»Zur Vorbeugung gegen Gelbsucht«, sagt sie). Für Raku hat sie einen kleinen Hammer »für Anfänger« mitgebracht, und ein winziges Armband aus Gold und Onyx.

»Das hab ich vor Jahren auf Kuba bekommen«, erläutert Reina und befestigt das Armband am Handgelenk des schlafenden Raku. »Als Bezahlung dafür, daß ich eine auf dem Schwarzmarkt erstandene Satellitenschüssel verkabelt habe. Die Frau, von der ich es habe, hat gesagt, daß es den bösen Blick abwendet. Ich hab immer geschworen, daß ich es meinem ersten Enkelkind vermache.«

Isabel scheint sich über die Geschenke zu freuen und drückt ihre Tante begeistert an sich. Constancia findet, daß sie Seite an Seite riesengroß und erhitzt aussehen, wie zwei gigantische heiße Rubine. Sie widersteht dem Drang, ihre Schwester aus dem Zimmer zu zerren.

Constancia ruft vom Krankenhaus aus in der Fabrik an. Es gibt ausnahmsweise gute Nachrichten. Das volle Sortiment für Kopf bis Fuß ist per Eilpost an einen amerikanischen Filmstar in Malibu versandt worden.

Raku wacht auf und macht einen desorientierten Eindruck, so als sei, während er geschlafen hat, alles anders geworden. Isabel legt den Arm um das Baby und zieht es an ihre Brust. »Ich kann sein kleines Herz spüren«, verkündet sie, und ihr Gesicht wird ganz weich.

Die Krankenschwester steckt den Kopf zur Tür herein. Sie erbietet sich, Milchpulver anzurühren, und rät Isabel, sich erst einmal auszuruhen. Reina winkt ab und schickt die Schwester hinaus.

»Meine Mutter hat mich gestillt, bis ich fünf war«, erzählt sie Isabel wehmütig. »Ich wünschte, sie hätte nie aufgehört.«

»Ich werde etwas von dem Milchpulver mit nach Hause nehmen, falls Isabel es sich anders überlegt.« Constancia weiß, daß sich das unlogisch anhört, als habe sie es nötig, Reina den Rang streitig zu machen, beschließt aber, dennoch nicht nachzugeben.

»Die überlegt es sich bestimmt nicht anders«, kontert Reina seelenruhig.

In dieser Nacht bleibt Constancia bei ihrer Tochter und ihrem Enkel im Samariterkrankenhaus. Die Entbindungsstation liegt nur ein Stockwerk tiefer als die für die Todkranken, wo Gonzalo nach wie vor in verwesendem Glanz dahinsiecht.

Constancia muß an die ersten Tage mit ihrem eigenen Sohn denken, an das Zittern seiner Fäuste, wenn er schrie, an den verkniffenen kleinen Mund, der nach Milch verlangte. Jedesmal, wenn er an ihrer Brust lag, hatte Constancia ein Regen zwischen ihren Beinen gespürt. Sie hatte versucht, sich zu zwingen, nur an Neutrales zu denken, an Tauben und Erdnußverkäufer, an die Ruhe des Ozeans in einer windstillen Nacht, aber es half nichts. In dem Augenblick, in dem sie spürte, daß sich die Lust in ihrem ganzen Körper ausbreitete, hatte sie einem verblüfften Silvestre die Brustwarze entrissen und ihm statt dessen Kuhmilch gegeben.

Nachdem ihr Sohn zu Hause ausgezogen war, war ihm Constancia überall in New York begegnet: beim Kürbiseinkauf in Begleitung eines Blinden auf der Columbus Avenue, beim winterlichen Rollschuhlaufen in Begleitung eines dickschenkligen *chinito* im Central Park. Silvestre hatte bei dieser Gelegenheit eher verärgert als verlegen gewirkt. Als Constancia ihn und den Chinesen zum Abendessen einlud, hatte er ihr einen Blick zugeworfen, der besagte: *Halt dich da raus.* Zu jener Zeit hatte er sich Jack genannt. Jack Cross. Heute hat Constancia ihm die Neuigkeit von der Geburt seines Neffen auf dem Anrufbeantworter hinterlassen. *Isabel hat das Baby nach dir benannt. Raku Silvestre Cruz.*

Es ist lange nach Mitternacht. Constancia küßt ihre schlafende Tochter und ihren Enkel und schleicht die Hintertreppe hinauf zu Gonzalos Zimmer. Er schläft ebenfalls, mit offenem Mund, aber geräuschlos, und seine Brust hebt sich ruhig unter der Krankenhausdecke. Constancia tritt ans Bett. Die Faxmaschine auf dem Nachttisch fängt an, eine Nachricht herunterzurattern, und weckt ihn auf.

»Vente, mi vida«, sagt Gonzalo mit seiner dunkel fließenden Stimme und greift nach Constancias Hüften. Er zieht sie an sich. Seine Hand gleitet über ihr Fleisch wie ein Hitzestrahl über Schnee.

»Ich bin Großmutter, Gonzalo«, flüstert Constancia. Einen Augenblick lang ist sie versucht, sich vor ihn hinzustellen, ein wenig die Beine breit zu machen und das feuchte Fieber seiner Zunge willkommen zu heißen. Statt dessen entwindet sie sich seinem Zugriff, erschöpft von Widerstand und erotischer Illusion. *»Soy una abuela«,* wiederholt sie, und ihre Stimme wird kräftiger.

Dann streicht sie ihr Leinenkleid glatt und verläßt kühl das Zimmer.

Constancia kehrt auf die Entbindungsstation zurück und kuschelt sich neben Isabel und Raku ins Bett. Was ist Liebe, wenn sie sie nicht am eigenen Leibe spüren kann? Sie liegen beieinander, Mutter und Sohn und Großmutter, wie mit unsichtbaren

Ranken gebunden. Raku schläft in ein Frotteetuch gewickelt, die Babyhände wie zum Gebet erhoben. Ein kleiner buddhistischer Mönch, wächsern und schimmernd wie eine Mondsichel.

Wenn nur Heberto da wäre, denkt Constancia. Er würde sich nicht solche Sorgen um eine andere Zukunft machen. Seine Vision würde sich bis an die Ränder mit dem Gesicht ihres Enkelsohns füllen.

Nach einer Stunde der Rastlosigkeit wacht Raku auf. Seine Augen huschen im ungewohnten Licht der Dunkelheit umher. Constancia singt ihm leise etwas vor, und beim Singen geht ihr auf, wie vollständig die Welt mit Heimsuchungen besetzt ist. An der Ferse ihres Enkels befindet sich ein rotes Muttermal. Es ist geformt wie der klaffende Spalt an Isabels linkem Fuß, dort wo Constancia ein Stück Fleisch herausgebissen hat.

Auf einmal verlagert sich die Achse. Wild fauchend, nicht länger vergraben tut sich vor Constancia die ganze Erkenntnis auf. Sie wäre imstande zu töten, um ihn zu retten, zu töten, um sie alle zu retten.

Der Andaraz

Blanca und ich wurden am Tag nach ihrem Examen im Rathaus getraut. Außer uns, dem einarmigen Standesbeamten und einem lustlosen vom Staat bestellten Trauzeugen war niemand dabei. Blanca trug ein karminrotes Schneiderkostüm und einen breitkrempigen Hut mit einem Gesteck frischer Veilchen. Ich fand sie hinreißend.

Unsere Flitterwochen verbrachten wir auf der Pinieninsel, wo ich viele Jahre zuvor die große Lederschildkröte gesehen hatte. Blanca wollte sich an denselben Strand setzen und auf das Weibchen warten. Sie war überzeugt, daß es zurückkehren würde. Wir harrten eine Nacht nach der anderen unter einem abnehmenden Mond dort aus, doch die Lederschildkröte kam nicht.

Diese Nächte am Strand sind mir in lebhafter Erinnerung geblieben, allerdings fern wie ein Diorama. Unsere Liebe fand Schutz unter den Kokospalmen, und das leise Summen von Insekten war unsere Nachtmusik. Wie zart Blanca doch war, mit vorstehenden Rippen wie eine unterernährte Katze, aber auch weich an unerwarteter Stelle. Ihr Duft war damals scharf und grün wie knospendes Laub, untrennbar verbunden mit unserer Leidenschaft. Ich lag neben ihr und flüsterte: Estoy contento, querida. *Und einen Augenblick lang schien die Zeit in unserem kleinen Paradies in ihrem unaufhörlichen Vormarsch innezuhalten.*

Die Pinieninsel ist gestrüppreich, insgesamt fünftausend Quadratkilometer groß und mit einem einzigen langsamen Fluß versehen, der Las Casas heißt und durch die Hauptstadt Nueva Gerona fließt. Tagsüber watete Blanca mit Vorliebe im Fluß und trank daraus, obwohl er schon damals von zweifelhafter Reinheit war. Ich saß derweil im Schatten der Bäume am Flußufer, überwältigt von dem Wunder, daß sie mir gehören sollte, und sah zu, wie das Wasser von ihrem Körper abprallte.

Eines Tages lockte mich Blanca zum Scherz vollständig angezogen in den Fluß. Als ich bis an die Brust im trägen Gewässer stand, tauchte sie neben mir unter und zog mir den Gürtel aus. Ihre Tollkühnheit überraschte mich, und ich verlor das Gleichgewicht. Eine Gewalt, die ich nicht ermessen konnte, zog mich herab und hielt mich unter Wasser. Als ich bereits sicher war, ertrinken zu müssen, hörte ich eine flehentliche Kinderstimme: Ergib dich dem Strom! Ergib dich dem Strom! Aber ich riß mich los, zurück in die morgendliche Luft.

Blanca tauchte gleichzeitig aus dem Wasser auf, geschmeidig wie eine Flußgöttin. Sie küßte mich mit unbarmherziger Inbrunst und ließ nicht ab von ihren Zärtlichkeiten, bis ich mich einer gewaltsamen Lust hingab. Ich bin der Fluß, hauchte mir Blanca ins Ohr. Ich bin der Fluß ... Und um uns herum raunte zustimmend das Wasser.

An jenem Abend zeigte mir Blanca eine Wunde an der linken Ferse. Sie behauptete, gebissen worden zu sein, während wir uns liebten, von einer Flußratte oder einer Schlange – die Größe der beiden Löcher sagte ihr auch nicht, was es gewesen sein könnte. Innerhalb weniger Stunden schwoll ihr Fuß mächtig an, und das Gewebe um die Wunde herum verfärbte sich eitrig gelb. Der Arzt, der kam, um sie zu untersuchen, wurde nervös und riet zur Amputation.

Gegen Morgen ließ die Schwellung nach, aber da hatte schon das Fieber von ihr Besitz ergriffen. Blanca war fast eine Woche lang nur vorübergehend bei Bewußtsein. Ich rief Dr. Eduardo Iriarte, einen Medizinerkollegen aus Havanna und Spezialisten für Tropenkrankheiten, zu Hilfe, und er nahm die Fähre nach Nueva Gerona, um meine Frau zu behandeln. Als er mit seiner Therapie begann – einem Arsenal übelriechender Arzneien und Salzwasserspülungen –, hatte Blanca die schlimmste Krise hinter sich.

Wir kamen nie dahinter, was Blanca im Fluß angegriffen hatte. Die Form und Tiefe der Wunde ähnelt keiner anderen, die mir je zu Gesicht gekommen ist. Ich konsultierte unzählige Nachschlagewerke, befragte Experten für gefährliche Wassertiere. Aber nichts entsprach der Wunde meiner Frau oder ihren nachfolgenden Symptomen.

Nach Havanna zurückgekehrt, zogen Blanca und ich in eine möblierte Wohnung, die ich von einem Astronomieprofessor gemietet hatte, als dieser aufgebrochen war, um im Spanischen Bürgerkrieg zu kämpfen. Diese Wohnung war mit dicken Büchern über den Ursprung des Universums und alle möglichen Himmelserscheinungen angefüllt. Ich erinnere mich, ein Buch über die Asteroiden gelesen zu haben, die zwischen Mars und Jupiter im Weltraum ausharren, und ein zweites über die verschiedenen Flugbahnen von Kometen. Außerdem waren viele Geschichtsbücher da, darunter eine Schilderung, wie die erste Kiste mit Pfirsichen aus der Neuen Welt in Venedig eingetroffen war und die reichsten Bewohner der Stadt begeistert hatte. Raube dem Menschen seine Neugier, so hat Dr. Forrest immer gesagt, und du raubst ihm den Appetit aufs Leben.

Nach unserem Aufenthalt auf der Pinieninsel verlor Blanca das Interesse an jeglicher körperlicher Lust. Sie unterwarf sich in unregelmäßigen Abständen meinem Verlangen, aber nur in frischem, fließendem Wasser. Das stellte in Havanna ein ernsthaftes Problem dar, denn der einzige Fluß der Stadt war stark verschmutzt, und man hatte dort außer in den frühen Morgenstunden keine Ruhe. Vielleicht hätte ich aufbegehren, mich gegen die Launen meiner Frau durchsetzen müssen, aber damals hätte ich Blanca alles nachgesehen. Selbst heute noch stört mich der Gedanke, daß mich die Leidenschaft beherrscht hat wie jeden gewöhnlichen Mann.

Noch im selben Jahr erhielt ich ein Forschungsstipendium, um eine ausführliche Studie des Andaraz durchzuführen, eines großen einheimischen Nagers, der in den entlegensten Waldgebieten von Oriente haust. Dieses Tier war einst auf Kuba in großer Zahl vertreten, wurde aber immer seltener. Außerdem war es immer schwieriger zu finden, weil es sich nur noch in den Wipfeln der allerhöchsten, dichtesten Bäume aufhielt.

Eine internationale Tierschutzkommission beschloß, mich mit der Untersuchung der Gegebenheiten zu beauftragen.

Blanca und ich reisten in die Sierra Maestra, in die Stadt Jiguaní, wo wir auf bloßen Pritschen in der Kaserne der örtlichen Miliz übernachteten. Meine Frau hatte den Nager noch nie gesehen, darum hatte ich eine Illustration dabei, die ich in den Forschungsergebnissen der Zoologischen Gesellschaft Londons entdeckt hatte. Am nächsten Morgen brachen wir mit ausgezeichneten, von der Miliz zur Verfügung gestellten Pferden auf und drangen weit ins Bergland vor, bis zu dem Dorf Los Negros, das uns als Basislager dienen sollte.

Natürlich war es Blanca, die den ersten Andaraz entdeckte und mit einem einzigen Schuß aus der eigens für sie hergerichteten Flinte erlegte. Binnen einer Woche hatten wir genug Tiere beisammen, um eine Reihe von Häuten zu gerben, mehrere Skelette zu bearbeiten und den genauen Punkt zu bestimmen, an dem ihr Greifschwanz am Körper ansetzt.

Am letzten Abend unserer Expedition, wir ruhten in Hängematten in einem Lagerschuppen für Kaffeebohnen, den unser Gastgeber vor Ort bereitgestellt hatte, klagte Blanca über schwere Übelkeit. Sie verzichtete auf ihre nächtliche Mahlzeit aus Steak und Eiern und sagte, allein schon der Anblick ihrer täglichen Mangofrucht mache sie krank. Auf das Naheliegende kamen wir nicht. Erst als wir wieder in Havanna waren und erneut Dr. Iriarte konsultierten, erfuhren wir, daß sie schwanger war.

An dem Tag, an dem wir von der ärztlichen Untersuchung zurückkamen, verlangte Blanca von mir, daß ich ihr ein Gehalt zahlte. Ich hatte nach unserer Hochzeit aufgehört, sie finanziell zu entschädigen, weil ich offen gestanden nicht einsah, warum. Ich gebe zu, ich bin nicht das, was man einen emanzipierten Mann nennen könnte. Obwohl mich meine Eltern mit fortschrittlichen Ideen großgezogen haben und meine Mutter ihr Leben lang Musikunterricht gegeben hat, hatte ich in bezug auf meine Frau gewisse Erwartungen. Nicht nur weigerte ich mich, Blanca zu bezahlen: Ich verbot ihr auch, sich anderswo eine Stelle zu suchen.

Blanca weigerte sich rundheraus, meiner Anordnung zu folgen. Trotz ihrer Schwangerschaft oder vielleicht gerade deswegen bewarb sie sich unter dem Namen B. Mestre Sejourné bei verschiedenen wissenschaftlichen Institutionen in Havanna. Ich machte mich darauf gefaßt, ihre Bemühungen zu hintertreiben, stellte jedoch fest, daß das nicht nötig war. Niemand war bereit, Blanca einzustellen, trotz ihrer phantastisch hohen Qualifikationen. Jedesmal, wenn sie zu einem Vorstellungsgespräch erschien, mit fest zusammengeschnürtem Leib, um ihren Zustand zu verbergen, hieß es: Also, wenn Sie ein Mann wären ... Unsere Ehefrauen lassen das nicht zu ... Kuba, meine Liebe, ist nicht Amerika.

Als ich schließlich nachgab und mich bereit erklärte, ihre bescheidene Zuwendung weiterzuzahlen, warf mir Blanca unlautere Motive vor. Wie hätte ich es abstreiten können? Unsere Forschungstätigkeit erregte internationale Aufmerksamkeit, und ich hatte nicht die Absicht, unseren Bemühungen den Schwung zu nehmen.

Blanca brachte die Rede darauf, daß sie in die Vereinigten Staaten gehen wolle, wo Akademikerinnen ein wenig besser behandelt würden als auf Kuba. Sie interessierte sich plötzlich sehr für Wüstenherpetologie, wollte den amerikanischen Südwesten, den Norden von Mexiko, die trokkensten Regionen Afrikas besuchen. Kuba hat selbstverständlich auch seine Savannen und Steppen, nicht jedoch die extreme Trockenheit, die ebenso extreme Veränderungen auf seiten der Wüstenfauna bedingt. Ich erinnere mich, wie sehr Blanca von einer gewissen gehörnten Eidechse aus Texas geschwärmt hat, einem vorsintflutlich aussehenden Geschöpf, das Blut aus den Augenwinkeln spritzte, wenn es erschrak.

Trotz dieser Ablenkungen gingen Blanca und ich verstärkt unserer Feldforschung auf Kuba nach. Ihr Zustand behinderte ihr Vorankommen kaum. Immer war sie die erste, die zu Pferd oder zu Fuß unwegsames Gelände betrat, auf Berge stieg, durch hüfttiefes Wasser watete und in unterirdische Höhlen eindrang, in denen der Gestank von Fledermauskot die Luft beschwerte. Je länger ihre Schwangerschaft andauerte, desto größer wurden die Risiken, die Blanca einging, so als wolle sie die zunehmend deutliche Existenz ihres Babys leugnen. Sie schien nur glücklich zu sein, wenn sie unterwegs war und unter den Sternen schlafen konnte, in der Nähe der beruhigenden Beharrlichkeit eines Bachs.

In unserer neuen Wohnung in Vedado wurde Blanca rastlos, mürrisch und auf bedrückende Weise unberechenbar. Sie schlief unruhig, wickelte die Laken um ihren schwellenden, widerspenstigen Leib. Wenn sie wieder einmal mitten in der Nacht aufwachte, fröstelnd von einem eingebildeten Fieber, rieb ich sie mit einem angefeuchteten Schwamm von Kopf bis Fuß ab, um ihre Nerven zu beruhigen.

Es war klar, daß sie das ungeborene Leben in ihrem Innern ablehnte, das Elend, von dem sie annahm, daß es sich in ihrer Mitte ansammelte. »Ach, wäre ich doch bloß ovipar«, sagte sie ein ums andere Mal. Blanca meinte, daß es ihr unendlich viel lieber wäre, Eier zu legen wie ihre geliebten Eidechsen und Schlangen und damit alle Mutterschaftsqualen hinter sich zu haben. Nicht einmal ihr kleiner Handgelenksknochen, der nach wie vor in seinem Beutel an ihrer Taille baumelte, schien mehr zu helfen.

Im sechsten Monat beschloß Blanca, alle ihre Habseligkeiten in das unbenutzte Gästezimmer zu räumen. Ich versuchte sie davon abzubringen, aber sie ignorierte meine Wünsche. Sie richtete das Zimmer mit ausgedienten Stühlen ein, die sie vom Sperrmüll holte, neunzehn an der Zahl. Eine muffige Daunenmatratze vervollständigte die Einrichtung. Es gab Tage, an denen Blanca das Zimmer überhaupt nicht verließ. Dann saß sie erst auf einem, dann auf einem anderen Stuhl und sah immer wieder gereizt auf ihre Armbanduhr, auf der Spur von Minuten, deren genaue Anzahl nur sie ermessen konnte.

»Es regnet in meinem Zimmer«, sagte sie jedesmal ruhig, wenn ich an ihre Tür klopfte. Dann bat sie mich, ihr noch einen Regenschirm zu bringen. Sie beklagte sich, daß sie die Schirme, die ihr zu Dutzenden zu Gebot standen, nicht vor dem Regen schützten.

Gegen Ende ihrer Schwangerschaft überredete ich Blanca zu einem Besuch bei ihrer Familie in Camagüey. Ich hatte ihren Vater und ihre Brüder nie kennengelernt und war nicht einmal sicher, ob sie von meiner Existenz wußten. Jedesmal, wenn ich ihr vorgeschlagen hatte, sie solle uns miteinander bekannt machen, hatte Blanca mit der Zunge geschnalzt und den Blick abgewandt. Diesmal dagegen schien die Aussicht, auf den Hof zurückzukehren, ihre Laune zu verbessern.

Das war im Dezember, und es regnete während der gesamten Fahrt. Blancas verletztes Bein schwoll von der Feuchtigkeit an, und sie versuchte mir weiszumachen, daß ihre Zähne dabei seien, sich in ihren Rachen zurückzuziehen. Ich las ihr aus der Zeitung vor, informierte sie über den Krieg in Spanien. Aber nichts, was ich sagte oder tat, schien sie zu zerstreuen.

Wir waren kaum auf dem Hof der Familie Mestre angelangt, da wollte Blanca schon wieder fort. Sie gab keine Erklärung dafür, war auch nicht aufgebracht, nur ganz nachdrücklich und sachlich. Ihre Verwandten, deren schroffe Art mich an die von Papageien erinnerte, nahmen ihre Entscheidung hin. Der Reihe nach traten ihre Brüder Arístides, Ernesto, Virgílio, Fausto, Cirilio und Dámaso vor, umarmten sie und nickten einander in stummem Einverständnis zu.

Blanca nahm kaum Notiz von ihnen, Dámaso ausgenommen, dem sie einige Worte zuflüsterte. Ihr Vater Ramón hielt unnatürlich große Distanz zu Blanca, als befürchte er, sich einen elektrischen Schlag zu holen. Ihr Zustand wurde mit keinem Wort erwähnt. Ich spürte, daß etwas zwischen ihnen vorgefallen sein mußte, kam aber nicht dahinter, was es war.

Erst dreieinhalb Jahre später bekam ich die Männer der Familie Mestre wieder zu sehen, als ich Constancia, unsere Erstgeborene, bei ihnen in Camagüey ablieferte. Ich erinnere mich, daß Ramón Mestre und seine Söhne am Bahnhof auf uns warteten. Sie waren mit ihrem klapprigen Lieferwagen gekommen und trugen unbequeme neue Anzüge aus einer vergangenen Ära. Ich nahm an, daß sie diese Anzüge höchstwahrscheinlich erst ein einziges Mal getragen hatten – bei Eugenia Mestres Begräbnis im Jahre 1919.

Unsere Tochter Constancia sah vom ersten Atemzug an unnatürlich alt aus. Während Blanca fast zwei Tage lang in den Wehen lag, fragte sie hin und wieder mit erhobener Stimme: Könnte mir bitte jemand sagen…?

Könnte mir bitte jemand sagen...? Doch sie kam nie dazu, die Frage ganz auszusprechen. Wenn ich meiner Frau in die Augen schaute, sah ich ein Weib, das tausend Jahre zuvor ertrunken war.

Nachdem das Baby geboren war, schaukelte Blanca Constancia stundenlang im Kinderzimmer, einem trügerisch fröhlichen Raum mit einer Bordürentapete, auf der hüpfende Frösche abgebildet waren. Rund um die Uhr schaukelte Blanca sie, ohne auf die Stunde, den Tag oder meine Gegenwart zu achten.

Morgens schien ihr die Sonne direkt ins Gesicht, aber sie schien es nicht zu bemerken. Bis auf das Baby war alles um sie herum tot, erfaßt von trauriger Ansteckung. Gelegentlich knöpfte Blanca ihr Nachthemd auf, um Constancia zu stillen. Sonst rührte sie sich nicht vom Fleck, sonst gab sie keinen Laut von sich. Ihr Mund war ein bleicher unbeweglicher Spalt.

Dr. Eduardo Iriarte sagte, er allein könne Blanca nicht retten, und versicherte sich der Hilfe anderer Ärzte, denen ich nicht vollkommen vertraute. Sie verschrieben meiner Frau Vitaminspritzen, metallhaltige Arzneien, um ihr Blut in Wallung zu bringen. Ein Psychiater, erst kürzlich von seiner Ausbildung im Ausland zurückgekehrt, befestigte Elektroden an Blancas Schläfen und verabreichte ihr in regelmäßigen Abständen Elektroschocks. Aber nichts brach den entsetzlichen Bann. Nachdem der letzte Arzt mit einem hilflosen Achselzucken gegangen war, gab es niemanden mehr, dem ich mich hätte anvertrauen, niemanden, den ich um Hilfe hätte bitten können.

Fünf Monate nach Constancias Geburt war Blanca auf einmal verschwunden. Sie hinterließ keinen Brief, keinen Hinweis, wohin sie sich wenden wollte, nur unsere Tochter, die in ihrer Wiege lag und vom Schreien blau angelaufen war.

Eine Naturgeschichte

KEY BISCAYNE
AUGUST 1991

Die Türen der Reparaturwerkstatt stehen offen, um die Nacht hereinzulassen, ein laues Gemisch aus Eukalyptus, Akazie und warmer Wagenschmiere. Im Wind ist eine Spur vom Meer auszumachen, die Andeutung eines heraufziehenden Gewitters. Reina überlegt, ob die Anziehungskraft des Todes nachts, wenn das Leben soviel weniger ablenkend ist, nicht stärker wird.

Der Blitz schlägt in der Nähe in eine Palmengruppe ein. Der höchste der Bäume geht inmitten einer Rauchwolke in Flammen auf. Ein dunkler Spalt teilt ihn in zwei Hälften. Dann gerät langsam das Blätterdach in Brand. Vögel flattern kreischend auf, lassen den Ruß wie Pollen fliegen. Reina gelangt zu dem Schluß, daß dies kein Zufall ist, sondern ein Übersetzungsakt. Nur daß sie die Sprache noch nicht kennt.

Reina rollt mit einem Apfel im Mund unter einen 1959er Cadillac. Der süße Saft rinnt ihr über die Zunge. Das Auto ist ein finnenbewehrtes Prachtstück mit weißer Karosserie und kirschroten Sitzen. Die Eigentümer haben Reina erzählt, daß der Wagen von einem an Platzangst leidenden Armenier, der nicht Auto fahren konnte, jahrelang in einer Garage in Tampa verwahrt wurde.

Dieser Cadillac, denkt Reina und ißt den zwölften Apfel an diesem Tage, könnte auf Kuba jemanden reich machen. Hochzeiten, Ausflugsfahrten, *quinceañeros*, Kurzauftritte in ausländischen Filmen. Reina kennt in Havanna einen bestenfalls durchschnittlich begabten Elektriker, der sich ein Haus am Strand von Santa Teresa del Mar gebaut hat. Das Geld hat er sich als Fahrer des Chevrolets seines verstorbenen Vaters verdient.

Reina stellt ein letztes Mal den Vergaser nach. Er ist gewöhnlich die schwächste Stelle dieser alten Autos. Reina nimmt Vergaser gern auseinander und weicht die Einzelteile über Nacht in einer selbst angerührten Lösung ein. Dann legt sie sie, damit die Lösung einwirken kann, unter einem weichen Abendhimmel aus. Am Morgen reibt sie dann jedes Teil mit ihrem Polierleder ab und baut den Vergaser neu zusammen. Sie hat noch nicht einen unzufriedenen Kunden gehabt.

Nachdem sie aufgehört hat, bei ihrer Schwester in der Fabrik zu arbeiten, wollte sich Reina eigentlich nicht gleich Arbeit suchen. Andererseits hat sie ihr gutgetan. Im Gegensatz zu ihrer Tätigkeit als Elektrikerin ist das Reparieren hochwertiger Autos angenehm unkompliziert. Es besteht keine Gefahr, sich einen Schlag zu holen oder sich beim Sturz aus der Kurve einer prachtvollen Finne den Hals zu brechen. Und dankenswerterweise keine Gefahr, umherirrende Blitze anzuziehen. Reina arbeitet so viele Stunden, wie sie will, ohne jeden Druck. Wenn man bedenkt, wie sehr sie sich in letzter Zeit hat umgewöhnen müssen, ist dieser neue Job genau das richtige für sie.

Auf jeden Fall bastelt Reina lieber an diesen alternden Automobilen herum, als in der Cuerpo-de-Cuba-Fabrik zu arbeiten. Constancias Kosmetikunternehmen expandiert so rasch (im zweiten Betriebsmonat hat sie die Produktion vervierfacht und landesweit vierundfünfzig Großkunden gewonnen), daß sie kaum noch einen freien Augenblick für sich hat, von der armen Isabel und Raku ganz zu schweigen. Wenn *ihre* Tochter mit einem neugeborenen Enkelsohn zu Besuch käme, würde Reina gewiß keine Zeit darauf verschwenden, sich über nutzlose Lotionen und Cremes den Kopf zu zerbrechen.

Ihre Schwester ist damit beschäftigt, ein weiteres Produkt – Décolletage de Cuba – aus der Taufe zu heben, und das macht sie noch launischer als sonst. Letzte Woche war Constancia in Miami in einer Kabel-TV-Sendung mit dem Titel *Mi Fortuna* zu Gast, die von Erfolgen wie dem ihren unter den Latinos berichtet. Sie hat im Rampenlicht gestanden neben Fredi Torriente Díaz, einem Hersteller von Fettabsauggeräten für die Do-it-yourself-Operation, und Rosita Luz Roja, einer munteren Wasserstoffblondine, deren Eheanbahnung für Vorbestrafte (Rosita hat selbst wegen Erpressung und Kreditkartenbetrug gesessen) die populärste in Dade County ist.

Auch auf dem Titelblatt eines in Florida erscheinenden Finanzmagazins war vor kurzem Constancias Gesicht abgebildet gewesen. Im Heft hatte man ihre Schwester in Aktion gesehen: wie sie die Temperatur in einem zu heißen Bottich mit Pies de Cuba überwacht; wie sie in der Fabrikhalle einen Streit zwischen den ewig verfeindeten Vettern Odio schlichtet; wie sie die Frische angelieferter Lavendel-, Narzissen- und Pfefferminzbüschel prüft. Währenddessen rattern und klirren immer mehr von den typisch königsblauen Flaschen Constancias (wie immer beklebt mit Mamis Gesicht) vom Fließband.

Reina hat den Artikel überflogen und sich herausgepickt, was sie an englischen Wörtern kennt. Wenn sie es richtig verstanden hat, war darin keinerlei Information über Verkaufszahlen oder Pläne für den Export enthalten, nicht ein einziger herkömmlicher Erfolgsindikator. Constancia, so schien es, wollte nur darüber sprechen, warum die Kunden ihre Produkte liebten. Soviel Geschwätz über Nostalgie und Weiblichkeit, daß Reina davon fast schlecht wurde.

Ein Auto, denkt Reina, kann man wenigstens reparieren. Man

kann es neu lackieren oder seine Motorleistung verbessern. *Por favor*, Cremes und Lotionen allein können eine Frau nicht begehrenswert machen. Das Selbstvertrauen in ihrem Gang ist es, was Lust gebiert. Humor. Ein Blick, der sagt: *Acércate, Papi*, rück ein wenig näher. Reina benutzt kein Deodorant und rasiert sich nie die Achselhöhlen. Und sie fühlt sich ohne ihre alte Duftnote aus der Zeit vor dem Blitz immer noch desorientiert. Aber warum soll eine Frau den Wunsch haben, ihren natürlichen Geruch absichtlich zu überdecken? Warum soll eine Frau den Wunsch haben, nach etwas anderem zu riechen als nach sich selbst?

Beim Frühstück heute morgen hat Constancia sie wegen der vielen Männer im Jachtklub getadelt, die Reina bereits »abgefertigt« habe.

»›Abgefertigt‹? So nennst du das, Constancia?« Reina hatte so sehr lachen müssen, daß sie ihre Schwester damit noch wütender gemacht hatte.

Isabel hatte zwischen ihnen gesessen, eine Schüssel Vollkornflocken gegessen und Raku gestillt. »Die Tante hat recht, Mom. Du könntest ruhig ›ficken‹ dazu sagen.« Es war seit Tagen das erste Mal, daß Isabel jemanden ansprach.

»So etwas sagt eine junge Mutter nicht, *mi cielo*.« Constancias Stimme hatte leise und getragen geklungen.

Dann hatte sie sich Reina zugewandt.

»Und du! Du hast längst einen *üblen* Ruf!« Constancia hatte die Silben betont, als wären es getrennte Worte.

Schließlich hatte Constancia auf ihren Krokodillederabsätzen aus den vierziger Jahren kehrtgemacht und war von dannen geschritten zur Arbeit.

Coño, hatte Reina gedacht. Ihre Schwester hatte dreißig Jahre lang mit ein und demselben Mann geschlafen. Was konnte sie noch von Sinnlichkeit wissen? Und warum waren verheiratete Frauen überhaupt so kleinlich, wenn es um das Sexualleben anderer Leute ging?

»Ich glaube nicht, daß es mir recht wäre, wenn derzeit jemand mit mir schlafen wollte«, hatte Isabel gesagt und auf ihren dreißig Tage alten Sohn herabgeblickt.

Reina hatte ihre Nichte über den Küchentisch hinweg liebevoll ins Auge gefaßt. »Keine Sorge, *mi amor*, das soll es auch nicht. Nun ist die Zeit, in der die meisten Männer von neuem feststellen, daß sie polygam sind.«

Reina hatte die ganze Geschichte von Austin und der Hulatänzerin zu hören bekommen. Was sie daran überraschte, war nur, daß jemand darüber schockiert sein konnte. Die Frauen erwarteten zuviel von den Männern, zu wenig für sich. Sexuelle Treue – was für eine absurde Vorstellung! Die jüngere Generation war im Hinblick auf dieses Thema womöglich noch unnachgiebiger als ihre eigene.

Am späteren Morgen hat Reina ihre Nichte und ihren Großneffen zu einem weiteren Ausflug in Hebertos Motorboot mitgenommen. Sie haben einmal die Bucht umrundet, wie sie es vormittags oft tun. Isabel hat das Baby mit dem Gesicht nach vorn in eine Trageschlinge gesetzt, damit es alles richtig zu sehen bekommt. So sind sie ein, zwei Stunden umhergeglitten, vorbei an Mangroveninseln und am glitzernden Hafenviertel der Stadt.

Manchmal hat Isabel das Boot gesteuert, und Reina hatte Gelegenheit, Raku zu halten. Dabei erfüllt sie jedesmal ein Summen, dauerhaft und rein. Reina hat Seetang vor Rakus Gesicht baumeln lassen, hat Wasser auf seine Handgelenke geträufelt, hat Sand zwischen den Fingern gerieben und ihn daran riechen lassen. Er schien längst zu wissen, wer sie war, beobachtete genauestens ihr Mienenspiel. Wenn sein Gesicht dem ihren zugewandt war, spürte Reina die Wärme seines milchigen Atems wie ein Spitzentuch auf ihren Lippen.

Reina legt letzte Hand an den weißen Cadillac und macht sich anschließend daran, einen 1955er Thunderbird zu restaurieren.

Fünfunddreißig Jahre, hat ihr Kunde gesagt, habe er diese himmelblaue Schönheit als Tribut an seine verlorene erste Liebe in einer Garage mit Klimakontrolle stehen gehabt. Nun jedoch gelte seine Liebe einer Witwe in Pensacola, die sehnsüchtig seine Rückkehr erwarte.

Im Radio wird von einem aufkommenden Hurrikan berichtet, der sich in Höhe der Bahamas zusammenbraut. Man erwägt die Evakuierung von Key Biscayne. Reina hat auf Kuba so viele Hurrikane erlebt, daß sie ihr keine Angst mehr machen. Die eigentliche Gefahr, das weiß sie, geht weder von der Sturmflut noch vom kreischenden Wind aus, sondern von dem verflixten herumfliegenden Obst – Mangos und Bananen, aus denen bei hundertfünfzig Stundenkilometern tödliche Waffen werden. Hermán Duyós, ein lieber Freund von ihr aus Santa Cruz del Sur, wurde 1986 durch eine Avocado getötet, die ihn mit hoher Geschwindigkeit am Hinterkopf traf. Der arme Hermán. Reina kann sich keine würdelosere Todesart vorstellen.

Daß ihr derzeitiger Liebhaber von einer Avocado oder sonst einem Gemüse getötet werden könnte, kann sie sich irgendwie nicht vorstellen. Russ Hicks ist einem Helden ähnlicher als jeder andere, der ihr begegnet ist, obwohl Reina den Begriff im Prinzip ablehnt. In der Nacht, in der er sie aus Hebertos Boot gerettet hat, hat Russ sie geradewegs in seine Kabine gebracht (er brauchte nicht zu fragen). Sein Körper war erstaunlich leicht und silbrig behaart. Er bestrich wieder und wieder ihren Körper und hielt sie dann mit seiner Zunge fest, bis er ihre wahre Mitte gefunden hatte.

Sie sagten nach den ersten Begrüßungsworten kaum etwas zueinander, florierten üppig auch ohne Sprache. Russ schürte ihre Liebeskraft mit griechischen Feigen und Datteln, honiggesüßtem Tee und diversen Sahnetorten. Sie zählten ihre Tage mit Hilfe der Schatten, der Hitze und deren Abwesenheit, des Mangels an glatten, brennenden Kerzen. Reina sehnte sich danach, daß sie die Welt wieder in sich festhalten durfte, daß der Himmel alle seine Gaben in ihren Schoß entleerte. Was war es dann, das ihre Lust zurückhielt?

»Wo ist mein Werkzeugkasten?« fragte sie an ihrem dritten gemeinsam verbrachten Tag. Sie suchte Russ' luxuriöse Kabine danach ab. Er hatte die Luken weit geöffnet, und das Meer war ringsum sichtbar. Wenige Meter entfernt lag Hebertos Boot bescheiden im Wind schaukelnd vor Anker. Russ hielt ihre Hände, die zweimal so groß waren wie die seinen, und sah Reina eine weitere Stunde lang unentwegt an. Dann erstattete er widerstrebend ihren Werkzeugkasten zurück und brachte sie in seine Reparaturwerkstatt.

»Ich zahle dir, was du willst«, hat er gesagt und Reina eine orangefarbene Montur und Arbeitsstiefel gereicht. »Ich muß dich in meiner Nähe haben.«

Reina lernt Englisch. Bedächtiges Englisch mit dem Aroma des Südwestens. Sie ist nicht sicher, ob es ihr gefällt, wie sich das Englische in ihrem Mund anfühlt, der Druck ihrer Zunge gegen den Gaumen, das glanzlose R. Russ stammt aus Omaha – er ist teils Chippewa, teils Deutscher, teils Franzose. Er schreibt ein Buch, das drei Teile haben soll wie er selbst. Eine Autobiographie, die mit seiner Geburt endet. Er liest Reina einzelne Passagen laut vor, aber sie gibt zu, daß sie kaum ein Wort versteht.

Russ hat ihr erzählt, daß er Nebraska 1959 in der Absicht verlassen hat, sich den Rebellen anzuschließen, nachdem er in der Illustrierten *Life* einen glorifizierenden Bericht über El Comandante gelesen hatte. Doch er hat es nur bis Fort Lauderdale geschafft. Er hat dort schnell sein Glück gemacht, mit Aktien und Grundstücken und alten Autos, und darum zu bleiben beschlossen.

Reina lernt Russ' amerikanische Songs, überdimensionale Musik aus diesem weiten Land. Reina singt sie, während sie durch die küstennahen Gewässer brausen, während sie an ihren wertvollen Autos arbeitet oder die gegrillten Steaks ihres Liebhabers ißt.

Blue skies smiling at me,
Nothing but blue skies do I see.

Reina nimmt den Vergaser des Thunderbird auseinander und läßt die Teile in einen Eimer mit ihrer Speziallösung fallen. Sie wischt sich an einem Lumpen die Hände ab, holt eine Packung losen Tabak aus der Brusttasche ihrer Montur. Sorgfältig dreht sie sich eine Zigarette und zieht den Rauch tief in ihre Lungen ein. Reina hat früher nicht viel geraucht. Auf Kuba hat sie sich hin und wieder eine Zigarre gegönnt, und dazu ein Wasserglas Rum. Sie passen so hervorragend zusammen, wie eine Art *congrí*, ein Eintopf mit roten Bohnen und Reis. Autos Reparieren und Rauchen hat für Reina einen ähnlichen doppelten Reiz.

Reina fragt sich, ob ihr Englisch ihr bessere Dienste leisten wird als ihr Alltagsspanisch. In Miami klingt das kubanische Spanisch so anders, angereichert mit Selbstmitleid und Sehnsucht und eigensinniger Rachsucht. Reina spricht eine ganz andere Sprache, ein explosives Vokabular der Not und der bitteren Scherze auf Kosten des Regimes. Und ihre Schwester hört sich wie die leibhaftige Vergangenheit an. Sie spricht eine gefriergetrocknete Sprache voller altmodischer Wörter und Ausdrücke aus den fünfziger Jahren. Für Constancia ist die Zeit linguistisch stehengeblieben. Es ist ein Wunder, daß man sich überhaupt verständigen kann!

Constancia spricht selten von ihrer Mutter, trotz der vielen tausend königsblauen Fläschchen, die sie jeden Tag verarbeitet, trotz Mamis Gesicht, das so unverrückbar dem ihren aufgeprägt ist. Für ihre Schwester heißt es immer Papi hier, Papi da, als hätte ihre Mutter nie existiert. Constancia und ihre partielle Amnesie. Constancia und ihre abgedroschenen, eklatanten Lügen. Papá hat auch gelogen. Er hat Constancia angelogen, und dann hat sie vierzig Jahre lang seine Lüge gehütet, ein häßliches

Juwel. Warum sollte Reina auch nur ein Wort von dem glauben, was ihre Schwester heute sagt?

Bis Mami gestorben ist, hat Reina alles fraglos hingenommen, was Papá sagte. Ihre Erinnerungen sind von seinen Erklärungen erfüllt, bedrohlich und starr wie die Gesichter auf muffigen Ölgemälden. Reina hat seine Worte eingeatmet, und sie sind an ihr haftengeblieben, sind Muskelgewebe und Sehnen geworden, lebendige, nachgiebige Zellen. Einmal hat Papá auf einen mit Föhren und leerem Himmel geränderten Gebirgsgrat gezeigt. »Wehe den armen Seelen, die zur Deutung statt zum Genuß verurteilt sind«, hat er gesagt und die Landschaft begutachtet, als habe er sie höchstpersönlich geschaffen. »Traue nie einem Menschen, der sich nicht der Natur hinzugeben vermag.«

Reina hat früher ihrem Vater geholfen, auf dem Balkon ihrer Wohnung in Havanna Vögel zu füttern. In der kühlen Linderung des Abends haben sie Brotkrumen und Samen ausgestreut, während zu ihren Füßen die Kolonialarchitektur der Stadt erblühte. Währenddessen hat er sie mit Ammenmärchen darüber unterhalten, wie es Vögeln in Gegenden mit kaltem Klima ergeht, und über Winterschlaf und angebliche Flüge zum Mond theoretisiert. Kein Geringerer als Aristoteles, hatte er Reina erzählt, war der Ansicht, daß sich Rotschwänzchen in Rotkehlchen verwandeln, um die Kälte zu überstehen, und daß Schwalben sich im Schlamm eingraben.

Die ganze Zeit hat Papá sie nie in den Arm genommen oder ihr übers Haar gestrichen. Jedenfalls wurde sie den Verdacht nicht los, daß er sie nicht liebhatte.

Eines Tages hat Reina ihren Papá gefragt, ob er ihr wirklicher Vater sei. Er saß in seinem Arbeitszimmer, hinter einem Buch verschanzt. Sie zupfte ihn am Ellenbogen und wartete. Papá achtete nicht auf sie. Reina wartete, weil ihr die Sache wichtig war, weil sie etwas wissen wollte, das über den beruhigenden Umkreis des Gesichts ihrer Mutter hinausging. Sie wartete den ganzen Nachmittag, bis die kaum erkennbare Sichel eines neuen Mondes durchs Fenster zu sehen war. Dann ging sie zu Bett, ausgelaugt von der großen Anspannung.

Reina hat den Tod ihres Vaters nicht beweinen können. Als er die Schrotflinte auf sein Herz richtete, war Reina bereits vor Schmerz über den verfrühten Tod ihrer Mutter in die Höhe geschossen. In zwei Jahren war sie fast dreißig Zentimeter gewachsen. Reina erinnert sich an den Baumwollgeruch der Sonntage, an die stagnierende Verengung des allwöchentlich gleichbleibenden Ablaufs. Sie wünscht sich, daß ihre Schwester ihr damals etwas Wesentliches hätte geben können, etwas, um ihren Gram zu lindern. Statt dessen ist in jenen Jahren alles Wesentliche zwischen ihnen zusammengebrochen, zusammengebrochen, aber nicht abgestorben.

Es ist zehn Uhr abends. Reina schaltet von dem hektischen Wetterbericht auf die Spätausgabe von Constancias liebster Rundfunksendung um. *La Hora de los Milagros*. In den letzten Wochen ist auch Reina süchtig nach dieser Sendung geworden. Obwohl sie sich nicht im konventionellen Sinne für religiös hält, interessiert sie sich brennend für mystische Phänomene, für Ereignisse, die ihre Schwester dem oder jenem obskuren Heiligen zuschreibt. Reina greift nach dem nächsten Apfel in der Papiertüte und hört zu.

Heute abend ruft ein Schreiner aus Elizabeth in New Jersey an und behauptet, daß ihm beim Abschmirgeln eines Nachtschränkchens der heilige Joseph erschienen sei und wertvolle Tips für die Tischlerei gegeben habe. Eine Anruferin, von Beruf Maniküre und aus Hackensack, beklagt das Verschwinden ihres Mannes drei Tage nach ihrer Hochzeit in der Hilariuskirche. Nun habe sie in der vergangenen Nacht geträumt, daß er im Versailles-Restaurant in Little Havana *carne asada* aß. Daraufhin verkündet die schrille Aurora Galán, ihres Zeichens Moderatorin der Sendung, Träume über *carne asada* könnten nur eines bedeuten: daß die Anruferin ihr Leben Gott widmen solle.

Eine aktuelle Meldung unterbricht die Sendung. Wie es scheint, ist eine drittklassige Invasion Kubas im Gange: Rund einhundert Exilanten in Dschungelausrüstung stürmen den Strand von Varadero. Reina lacht über ihre Anmaßung. Was denken die sich eigentlich? Daß sie das kubanische Volk mit offenen Armen willkommen heißt? Ihnen zu Ehren Spanferkel brät? Zu einem improvisierten Karneval auf die Straße eilt? Egal, wie unzufrieden die armen *compañeros* auf Kuba sein mögen: Diese Exilanten sind die letzten auf Erden, von denen sie sich wünschen, daß sie an die Macht kommen.

In den letzten Jahren sind kleine Propellermaschinen wie lästige Insekten über Havanna weggebraust und haben Flugblätter abgeworfen, die zum Massenaufstand aufrufen. Wären diese Piloten ernsthaft daran interessiert gewesen, sich mit ihren *hermanos* auf Kuba zu solidarisieren (die übrigens auch so schon genug Propaganda abbekamen, um daran zu ersticken), hätten sie nützlichere Gegenstände abgeworfen: zum Beispiel Nähetuis, Seife oder auch nur anständige Romane. Die Flugblätter, erinnert sich Reina, waren nicht einmal als Klopapier richtig zu gebrauchen gewesen. Sie hatten auf ihrem Po haltbare Ausrufezeichen hinterlassen, die trotz gründlichem Schrubben erst nach Tagen verblaßten.

Es ist nahezu Mitternacht, als Reina in Constancias Wohnung in Key Biscayne zurückkehrt. Ihre Nichte ist wach. Sie stillt im Wohnzimmer ihr Baby. Rakus Mund arbeitet schnell, tut sich gütlich an der dünnflüssigeren Vormilch, schlägt dann für den Rest seiner Mahlzeit ein langsameres Tempo an. Der Fernseher läuft, ohne Ton. Zwei dicke Männer – einer glatzköpfig, der andere mit kerzengerade abgeschnittenem Haar – bohren sich ge-

genseitig die Finger in die Augen. Draußen heult der Wind und läßt die Balkonverschalung rattern. Aus den ersten Regentropfen wird schnell ein Wolkenbruch.

Reina läßt sich gegenüber ihrer Nichte nieder und sieht zu, wie sie ihren Sohn stillt. 1971 hat Reina, als sie in Puerto Manatí elektrische Leitungen reparieren mußte, im Gebüsch eine merkwürdige Ansammlung von Katzen ausgemacht. Bei näherer Betrachtung hatte sie eine buntgescheckte Katze gesehen, die einen Wurf kleiner Katzen stillte und dabei selbst an den Zitzen ihrer Mutter saugte. Reinas Kehle war bei dem Anblick damals wie jetzt völlig ausgetrocknet.

Als Reina Dulcita geboren hatte, beharrten die Krankenschwestern darauf, daß sie zu wenig Muttermilch habe. Reina hatte auf eigene Verantwortung das Krankenhaus verlassen und angefangen, Dulcita rund um die Uhr zu stillen. Sie hatte den Luxus ihrer geschwollenen Brüste geliebt, die unverhohlene Erleichterung, wenn Dulcita sie ihrer Milch entledigte. Reinas Körper war vor Wonne erschlafft, und ihre Gedanken waren in die Vergangenheit geschweift, zu den endlosen Stunden in den Armen ihrer eigenen Mutter.

Mit den Jahren war es zu einer Lieblingsbeschäftigung Reinas geworden, die Stillgewohnheiten von Säugetieren zu studieren. Nur das Meerschweinchen, erfuhr sie, ist bei der Geburt schon weit genug entwickelt, um ohne Milch zu überleben. Das andere Extrem ist das Kalb des Grindwals, das bis zu siebzehn Jahren am Muttertier saugt. Zu ihrem Entsetzen entdeckte sie, daß Opossumweibchen immer zu wenig Zitzen für ihre Jungen haben und dadurch einen brutalen Überlebenskampf unter ihren Nachkommen entfachen.

Ein seltsamer Anhänger aus Ton hängt an einer Kette um Isabels Hals. Sie hat Reina erzählt, daß ihr Brennofen an dem Tag, an dem sie ihn abgeschaltet hat, dieses letzte Unterpfand erlesenen Rots für sie hervorgebracht hat. Nach Aussage ihrer Nichte hatte sie seit vielen Monaten versucht, genau diesen Farbton zu erzeugen. Farben, erläuterte sie, seien bei der Töpferei das, was sie am wenigsten unter Kontrolle habe. Die Hitze im Ofen, die Luftfeuchtigkeit, eine Minute mehr oder weniger könnten darüber entscheiden, wie ein Farbton ausfalle.

Isabel hat gesagt, daß im Lauf ihres letzten Monats in Hawaii ihr Atelier eine Atmosphäre der Vernachlässigung angenommen habe, des allmählichen Aussterbens. In einem Jahr, sagte sie voraus, würden sich durch die Risse und Spalten Lianenstränge schieben. In zwei Jahren würden auf dem Blechdach Vögel ihre Nester auskleiden und cremefarbene getüpfelte Eier legen. Nichts würde übrigbleiben, aus dem hervorging, daß sie einst dort gearbeitet, daß sie je etwas Sinnvolles getan hatte.

Raku schläft, immer noch ab und an nuckelnd, an der Brust seiner Mutter ein. Isabel fährt sacht mit dem kleinen Finger in seinen Mundwinkel, um die Saugwirkung aufzuheben.

»¿Puedo probar un poquito?« Reinas Stimme ist vor lauter Verlangen belegt.

Isabel scheint das Ansinnen nicht zu überraschen. Sie winkt Reina zu sich.

Reina geht in die Knie und betrachtet die stille Landschaft der Brüste ihrer Nichte. Die Brustwarzen sind groß und dunkelbraun. An ihrem Rand sprießen wie ein schwacher Heiligenschein einige helle Haare. Isabel hebt eine Brust an und streckt sie ihrer Tante hin. Reina schließt die Augen und atmet den fernen Duft ihrer Mutter ein, schließt die Augen und legt die Lippen an ihre Vergangenheit.

Silvestre Cruz

MIAMI

Silvestre Cruz kündigt seine Ankunft in Miami nicht vorher an. Er begibt sich einfach zum Flughafen La Guardia und kauft mit dem Geld, das ihm seine Mutter seit Jahren als Sündenablaß schickt, ein Ticket. Er hat nichts eingepackt, hat nur ein Buch mit Gedichten aus dem Spanischen Bürgerkrieg in der Tasche.

Die falsche Abzweigung nehmen
heißt im Schnee ankommen …

Nun nimmt er selbst den Weg zurück, zu den Palmen und der Hitze und dem Vater, den er so lange gemieden hat.

Gonzalo Cruz liegt im Krankenhaus. Er leidet an einer degenerativen Erkrankung der Leber, hat seine Mutter geschrieben, wie sie Alkoholiker bekommen, nur daß sie nicht vom Alkohol ausgelöst wurde. Silvestre hat seinen Vater nie kennengelernt. Mamá hat ihn vor Gonzalo abgeschirmt. Sie hat behauptet, daß er kein Interesse an seinem einzigen Sohn habe. Und das stimmte auch. Gonzalo hatte sich die ganze Zeit so verhalten, wie sie gesagt hatte.

Manchmal spürt Silvestre, wie er im Innern einen Fehler ausbrütet, der jede lebendige Zelle prägt, und er fragt sich, ob er das von seinem Vater geerbt hat. Nicht, daß es darauf ankäme. Seiner Mutter zufolge ist Gonzalo Schuldgefühlen gegenüber völlig immun und empfindet keine Reue darüber, daß er ihren Sohn im Stich gelassen hat. Silvestre findet diese Charaktermerkmale seltsam vertraut und hat zuletzt den Entschluß gefaßt, sich persönlich davon zu überzeugen.

Auf dem morgendlichen Flug nach Miami stellt sich Silvestre eine altbekannte Frage: Was hätte anders werden können, wenn er je die Stimme seines Vaters gehört hätte? Ein sinnloses Spiel. Silvestre weiß, wenn er überhaupt etwas weiß, daß Mutmaßungen weniger zu bedeuten haben als die alltäglichsten Antworten. Hat man erst einen gewissen Punkt im Leben erreicht, kann nichts Zielloses, rein Glückhaftes mehr passieren. Vielleicht nur noch der Tod. Schließlich haben die Toten gegenüber den Lebenden viele Vorteile. So wird ihnen beispielsweise unendlich viel mehr Verehrung zuteil.

Der Schwall tropischer Hitze erinnert Silvestre an seinen ersten Winter im Waisenhaus in Colorado, erinnert ihn deshalb daran, weil er in Denver – einer Stadt der trügerischen Eisflächen, der Gebirge und des seltsamen anämischen Lichts – an nichts anderes denken konnte als an Hitze. Hitze und das wohlriechende Meer rings um Kuba. Vielleicht ist das der Grund, warum er das Fieber hochgetrieben hat in seinem Innern, jenes Fieber, das alles wiederbelebt hatte, was die Kälte von Denver auszulöschen gedroht hatte. Bis auf den heutigen Tag ist Silvestre dieses Fieber in Erinnerung geblieben, das Glühen der Erinnerung an Kuba auf seiner Haut.

Zwar hatte das Fieber die betäubende Kälte gelindert, doch es hatte ihn auch völlig taub gemacht. Trost, mußte er feststellen, hat seinen Preis. Silvestre hatte verzweifelt versucht, mit dem Schaden fertig zu werden und seine anderen Sinne zum Gehorsam zu zwingen, damit sie das unbarmherzige Schweigen wettmachten. Er hatte sein Augenlicht, seinen Geruchs-, Tast- und Geschmackssinn bis zur Erschöpfung geschärft.

Es ist nicht schwer, seinen Vater ausfindig zu machen. Das

Samariterkrankenhaus. Wo das Baby seiner Schwester geboren worden ist. Raku Silvestre Cruz. An Ironie mangelte es nie in Silvestres Leben. Er hat gelernt, sich darauf zu verlassen.

Silvestre ist in seinem Leben erst ein paarmal Auto gefahren, mietet aber dennoch einen Wagen. Wer käme schon darauf, daß ein dreiunddreißig Jahre alter Mann, ob taub oder nicht, kaum Auto fahren gelernt hat? Silvestre zeigt dem Schalterbeamten, einem jungen Kubaner mit erschreckend patriotischem Jackett und entsprechender Krawatte, seinen Führerschein. Er zahlt bar im voraus, wieder mit dem Ablaßgeld seiner Mutter. Er hat nicht vor, sehr lange in Miami zu bleiben.

Eine Stunde muß er üben, ehe er sich sicher genug fühlt, um mit dem Wagen den Parkplatz am Flughafen zu verlassen. Fürs erste, denkt Silvestre, wird er die Fernstraßen meiden. Er fährt mehrere Meilen auf der Le Jeune Road nach Norden, merkt erst dann, daß er in die entgegengesetzte Richtung muß. Die Zementhäuser von Hialeah mit ihrer ausgeblichenen Verschalung sind ihm auf unbestimmte Art angenehm. Hier und da erspäht er davor einen Schrein der Virgen de la Caridad del Cobre.

Seine Mutter hat Silvestre erzählt, daß die Jungfrau seine Schutzheilige sei, weil sein Geburtstag mit ihrem Namenstag zusammenfällt. Einmal hat sie ihn am 8. September mit in die Abendmesse in der St. Patrick's Cathedral mitgenommen. In den Bankreihen drängten sich Hunderte von Menschen, hauptsächlich kubanische und puertorikanische Schwarze und Mulatten, die Bernsteinketten trugen und gelbe Taschentücher und Wimpel schwenkten. Die Altäre waren beladen mit Orangen und Honig und kunstvoll gefertigten Fächern.

Silvestre wendet in einer Nebenstraße, kratzt mit dem Seitenspiegel einen blechernen Briefkasten an. Dann fährt er nach Süden, vorbei an weiten unbebauten Flächen und weißgetünchter Verkommenheit, vorbei an einzelnen Palmen und der vielschichtigen Verlockung mediterraner Dächer. In der Ferne erzittert in weichem Blaugrau die Bucht. Einige Regentropfen fallen auf die Windschutzscheibe, und Silvestre reagiert allzu heftig mit Warnblinkleuchte und Scheibenwischern in Spitzengeschwindigkeit. Er befürchtet, der Regen könnte ihm einen lebenswichtigen Hinweis unleserlich machen.

Das Krankenhaus ist eine Monstrosität, ein Alptraum der Perspektiven und wie zufällig angeordneter Seitenflügel. Silvestre graut vor dieser Distanzlosigkeit gegenüber dem Tod. In New York ist sie allzu verbreitet, beinahe alltäglich, eine erzwungene Bekanntschaft. Er lebt seit Weihnachten des vorletzten Jahres zölibatär. Das ist leichter, als mit der Gewißheit des Verderbens zu leben.

Gonzalo Cruz liegt im zwölften Stock auf der Station für die Todkranken. Silvestres Mutter hat geschrieben, daß Gonzalo sein Bett länger als jeder andere im Krankenhaus belegt hat. *Dein Vater ist ein Strom, der sich weigert zu versiegen.* Aus dem Nirgendwo flattert eine dicke Taube den Korridor entlang und streift mit einem Hauch ihres Gefieders Silvestres Wange. Zwei Frauen hetzen hinterher, doch der Vogel verschwindet in einem Speiseaufzug. Silvestre ist verblüfft. Er fragt sich, ob dies ein gutes oder schlechtes Omen ist. Neutralität kann er sich nicht leisten.

Sein Vater schläft heiser atmend, mit mürrischem, verschlossenem Gesicht. Er sieht verlassen aus, wie eine staubige, unbewohnte Stadt. Es stehen Maschinen in seinem Zimmer, bunte Drähte, mit Flüssigkeit gefüllte Flaschen, die an runden Gerüsten aufgehängt sind. Neben einem Zeitungsstapel rattert eine Faxmaschine auf dem Nachttisch leise flatternde Verlautbarungen herunter.

Silvestre schließt die Tür. Er zieht das Laken weg, das Gonzalo bis unter die Achseln hochgezogen hat, und betrachtet den Knochenhaufen, der seines Vaters Körper ist. Der Bauch fühlt sich hart an und ist grotesk aufgedunsen, die Beine sind verkümmert und von Adern durchzogen. Ein Bein ist deutlich kürzer als das andere, das Knie ein Narbengewirr.

Das Krankenhaushemd reicht Gonzalo bis zu den spindeldürren Schenkeln. Silvestre hebt den Saum am Gewand seines Vaters an, bis alles sichtbar ist. Dies also ist sein Ursprung, sein Erbteil. Sein erstes Erwachen. Diese haarigen Kugeln, riesengroß und tiefhängend. Dieser schlaffe kleine Rüssel, immer noch rosa wie der eines Knaben. Dies also ist seine Zukunft.

Silvestre rückt näher. Sein Atem trifft das feuchte Dreieck grauer wirrer Haare. Gonzalo regt sich im Schlaf, setzt aus jeder Spalte Verwesungsgeruch frei. Seine Hände bewegen sich, als wollten sie seine Leistengegend schützen, streicheln jedoch nur mit steifen, intimen Fingern darüber.

Gleich darauf erwacht Gonzalo. Er blickt auf und schaut seinem jüngeren Ich ins Gesicht, achtlos und übereilt, blickt auf und schaut seinem einzigen Sohn ins Gesicht.

Coral Gables

Constancia sitzt in der wächsernen Atmosphäre der Kirche. Das Klicken der qualmenden, mit der Hand geschwungenen Weihrauchgefäße schlägt leise den Takt ihres Grams. Männer in Baskenmützen und Guerillamontur, Funktelefone in die Gürtel gehakt, haben reihenweise im Kirchengestühl Platz genommen. Überall finden sich Hinweise auf das ausschweifende Leben von Gonzalo Cruz. Frauen jeder Größe und Hautfarbe, hauptsächlich verflossene Geliebte und ehemalige Gattinnen, schluchzen hinter schwarzen Schleiern der Trauer. Constancia beobachtet seine dutzendweise anwesenden verheulten Eroberungen, die sich in unterschiedlichem Maß untröstlich geben. Eine Frau, ein derber, breithüftiger Rotschopf aus dem Süden Floridas, weint am lautesten von allen.

Soeben wird die neunte Lobrede von Gonzalos Totenmesse gehalten. Der Sprecher ist ein selbsterklärter Mann der Tat – ein antikommunistischer Freiheitskämpfer –, ein gebrechlich aussehender *viejito* mit kranken Knochen. Während er liebevoll der Erinnerung an Gonzalo »El Gallo« Cruz nachhängt (*er hatte vor nichts Angst… er hat im ganzen Trainingscamp die besten Brote mit Schweinebraten geschmiert …*), steigt sein Kummer über die Versammlung auf, kreisend und leuchtend wie ein tieftrauriger Planet.

Wie ein längst erloschener Stern uns weiter mit Licht beehrt, so hat uns El Gallo sein Feuer hinterlassen. Es ist unsere

Pflicht, dieses Feuer gemeinsam zu hegen, es von einer Fackel zur nächsten weiterzugeben, bis die Welt von seiner Weisheit erhellt wird, bis die Welt weiß, aus welchem Holz sein Mut geschnitzt war...

Constancia sitzt auf einer Bank direkt neben Gonzalos zweiter Frau Nena Prendes, einer dickbäuchigen *dominicana* mit einem bodenlangen Umhang aus glänzenden Krähenfedern. Gonzalos vierte Frau, eine exotische Tänzerin aus Venezuela mit Namen Vilma Alabarán, steckt Constancia eine Geschäftskarte zu, auf der sie für ihren neuen Wahrsagestand wirbt. Chachi Osorio, eine Halbwüchsige aus El Salvador, die Gonzalo erst im vergangenen Jahr geheiratet hat, kniet in einer der hinteren Bänke und wischt sich die Augen mit Papierservietten aus der Hähnchenbraterei, in der sie nach wie vor arbeitet.

Keine dieser Frauen hat Gonzalo je ein Kind geboren. Im Lauf der Jahre sind Constancia Gerüchte zu Ohren gekommen. Daß sein Samen sauer geworden sei. Daß er seinen Liebhaberinnen die Gebärmutter versengt habe, so daß sie steril wurden. Daß nach ihm keine Frau mehr Lust empfinden könne. Aber aus irgendeinem Grund waren die Frauen Gonzalo trotz seines Rufs weiter zugeströmt und hatten in der Üppigkeit seiner leider vergänglichen Aufmerksamkeit geschwelgt.

Als Constancia hörte, daß Gonzalo gestorben war, hatte sie Silvestre ein Telegramm geschickt: *Dein Vater ist tot. Komm sofort nach Miami. Nun ist es endlich nicht mehr gefährlich, ihn zu sehen.* Wie üblich hatte ihr Sohn darauf nicht geantwortet.

Gonzalo Cruz, Held, Heiliger auf Erden, Pate der Freiheit, wurde im Schlaf ermordet. Man hat Anzeichen tapferen Widerstands gefunden. Wir können uns El Gallos Empörung beim Anblick des Kissens vorstellen, das man ihm ins Gesicht preßte. Welch eine Feigheit seines Feindes, kommunistische Geißel dieser Erde! Wir jedoch, die wir davongekommen sind, lassen uns von den Irrtümern der Geschichte nicht besiegen!

Constancia überlegt, ob wohl die Meldungen über Gonzalos Ableben der Wahrheit entsprechen. Die Exilsender berichten, daß der Tod ihres geschiedenen Gatten das Werk der Geheimagenten von El Comandante war. Es sei kein Zufall gewesen, verkündete Radio Así, daß Gonzalo am Tag nach dem Beginn seiner lange geplanten Invasion Kubas gestorben sei. Sabotage war es, schloß Radio Pa'llá, der Versuch, den Kopf des Falken im Flug abzuhacken. Wie damals in der Schweinebucht hätten Gonzalos Soldaten mitten im Angriff verwaist dagestanden.

Die Berichte widerspechen sich, aber eines weiß Constancia genau: Daß am Strand von Varadero vierundvierzig Männer in Tarnanzügen beim Sturm auf das Hotel Bellamar gefallen sind. Daß zwei frankokanadische Touristen und ein italienischer Popstar, die zum Stelldichein unter einem Sonnendach zusammengekommen waren, ins Kreuzfeuer geraten und ebenfalls gestorben sind. Daß siebzehn andere Freiheitskämpfer in einem Lokal namens Siboney Lounge von der kubanischen Miliz gefangengenommen wurden – unterstützt durch den Barkeeper, einen ehemaligen Boxchampion im Mittelgewicht namens Enrique Capote. Daß sich Heberto unter den neunundzwanzig Vermißten befindet, die sich entweder versteckt halten oder tot sind.

Reina hat Constancia erzählt, daß sie diesen Abschnitt des Strandes von Varadero kennt, daß sie dort in den ersten Jahren nach der Revolution Kabel gelegt und den neuen Touristenhotels Licht geschenkt hat. Damals, hat sie hinzugefügt, seien die Strände von Russen überlaufen gewesen, bulligen sonnenverbrannten Männern ohne Talent für die Liebe.

Constancia hat Reina aufgefordert, sie zu Gonzalos Beerdigung zu begleiten, doch ihre Schwester hat sich geweigert. Sie müsse, sagte sie, an dem Tag mit der Restaurierung eines 57er Bel-Air-Kabrios fertig werden. »*Mira*, Constancia, wenn ich jedesmal alles stehen- und liegenlassen wollte, bloß weil ein Mann, mit dem ich geschlafen habe, beerdigt wird, würde ich nie etwas fertigbekommen.« Constancia hat ihre Schwester an der Reparaturwerkstatt abgesetzt, in der sie arbeitet. Reina hatte ihre Uniform an: eine weite orangefarbene Montur mit einer Model-T-Applikation auf dem Rücken. Ihre Hände waren wie neuerdings immer von Wagenschmiere geschwärzt.

Constancia möchte Reinas Selbstvertrauen zerstören, möchte ihr mitteilen, daß ihrer beider Mutter im achten Monat schwanger nach Havanna zurückgekehrt ist, schweren Leibes vom Kind eines anderen Mannes. Daß es damals in der Wohnung in Vedado unruhig zugegangen ist, als wäre die Welt besinnungslos geleckt worden von einer bösartigen Kuh.

Constancia möchte Reina mitteilen, daß *sie* das ungeborene Kind war, daß ihr Nachname nicht Agüero, sondern wer weiß wie lauten müßte.

Ein Lichtfächer bricht durch die Bleiglasfenster der Kirche und sprengt die festgefügten Schatten. Wie einfach es doch ist, hier drinnen die Sonne zu vergessen, zu vergessen, daß die Welt nicht nur Refugium und bebende Flamme ist. Wie leicht gewöhnt sich der Körper an die Dunkelheit, wie glatt paßt er sich letztlich an. Constancia überlegt, ob Heberto noch am Leben ist. Hätte er ihr, wenn er tot wäre, nicht ein Zeichen gegeben? Es fällt ihr schwer, zu glauben, daß ihr Mann sich einfach davonmachen und sterben würde.

Wenn nur Heberto ihrer beider Enkelsohn sehen könnte, seine winzige vollkommene Pracht. Wenn er nur das rosige Ungestüm von Rakus Mund beobachten könnte. Wenn ihn Heberto nur im Arm halten könnte, denkt Constancia, wüßte er, daß seine Unsterblichkeit gesichert ist.

Constancia macht sich Sorgen um Isabel. Ihre Tochter läßt sich treiben in einem Dämmerlicht der Tage, ausgelaugt vom Entzücken des Verlustes. Isabel riecht feucht und widerlich süß wie ein Arm voller zerdrückter Blumen, wie Reinas verblassende Rosen. Damit sie genug Milch produziert, trinkt Isabel jeden Tag kübelweise Ananassaft. Constancia entsinnt sich, wie ihre eigene Brust bei der Überquerung der Florida-Straße vor Angst ausgetrocknet war, wie sie das Weinen ihrer Tochter nur dadurch hat dämpfen können, daß sie ihr Grapefruitschalen zum Ablutschen gab.

Gestern sind für Isabel zwei Briefe gekommen. Einer war von Austin mit Poststempel Honolulu, aber ohne Absender. Er enthielt einen Scheck über zweihundert Dollar und die Bitte um ein Foto ihres Sohnes. Isabel hatte den Scheck wortlos zerrissen. Die Entschlossenheit ihrer Tochter macht Constancia angst, erinnert sie sie doch an ihre eigene Dickköpfigkeit. *Por Dios*, was hat sie ihr in all diesen Jahren genützt?

Der andere Brief, den der Poststempel Oaxaca und viele bunte Briefmarken schmückten, war von Silvestre. Constancia war versucht, ihn mit Wasserdampf zu öffnen, hat jedoch – ganz untypisch für sie – davon abgesehen. Und was hatte ihr Sohn überhaupt in Mexiko zu suchen? Warum hatte er sich nicht einmal die Mühe gemacht, ihr eine Ansichtskarte zu schicken? Constancia hat den Verdacht, daß ein anderer Mann damit zu tun hat, eine schreckliche Sünde des Fleisches.

Constancia hat zugesehen, als Isabel den Brief las, vier Blätter Luftpostpapier, eng bekritzelt mit der kindlichen Schrift ihres Halbbruders. Anschließend hat sie Constancia um einen Aschenbecher und Streichhölzer gebeten, hat die Flamme an eine Ecke des Papiers gehalten und starren Blicks ihre vorrückende Front beobachtet. Dann hatte sie sich auf dem Balkon niedergelassen, um Raku zu stillen und einen weiteren gewöhnlichen Tag wie im Flug vorübergehen zu sehen.

Das Gemurmel in der Kirche wird lauter, als die Trauergäste bei Gonzalos Beerdigung das Vaterunser beten. Es ist eine stetige chorische Dissonanz. Tío Dámaso hat immer zu Constancia gesagt, daß das Bedürfnis zu beten nur eine andere Form der Lust sei, ein Rumoren im Fleisch, das unmöglich zu stillen sei. Ihr fällt eine Geschichte ein, die er ihr einmal erzählt hat: von dem Befehl des Papstes Urban VIII., alle Singvögel in den Gärten des Vatikan zu töten, weil sie seine Konzentration behinderten.

Constancia nimmt eine abgenutzte Bibel von der Stütze, die an der Rückwand einer Bank angebracht ist. Die als Lesezeichen vorgesehenen Bänder sind ausgefranst, die Ecken abgeschabt. Sie schlägt das Buch an einer beliebigen Stelle auf, um die für sie bestimmte Zufallsbotschaft zu finden.

> *Und es erschien ein großes Zeichen am Himmel; ein Weib, mit der Sonne bekleidet, und der Mond unter ihren Füßen und auf ihrem Haupt eine Krone von zwölf Sternen; und sie war schwanger und schrie in Kindesnöten und hatte große Qual bei der Geburt. Und es erschien ein anderes Zeichen am Himmel; und siehe, ein großer, roter Drache, der hatte sieben Häupter und zehn Hörner und auf seinen Häuptern sieben Kronen. Und sein Schwanz fegte den dritten Teil der Sterne des Himmels hinweg und warf sie auf die Erde. Und der Drache trat vor das Weib, das gebären sollte, auf daß er, wenn es geboren hätte, sein Kind fräße.*

Die Prozession, die sich an Gonzalos Sarg vorbeibewegt, ist qualvoll langsam und stockend. Eine Schwadron heimlichtuerischer Heiliger umdrängt den Altar. Die Orgelmusik gleicht eher einem Militär- als einem Trauermarsch, aber das scheint niemandem aufzufallen. Ein Raunen erhebt sich an der Spitze, und Constancia kann bald erkennen, warum. Es ist nicht zu übersehen, daß Gonzalo Cruz im Augenblick seines Todes – ob aus großer Angst oder großem Verlangen, wird ihres Wissens nie jemand erfahren – ganz zur Liebe bereit war.

Constancia bleibt kurze Zeit vor dem Leichnam ihres geschiedenen Mannes stehen. Seine mit Rouge behandelten Wangen täuschen falsche Gesundheit vor. Stoppeliges graues Haar bedeckt seinen Schädel. Gonzalo verströmt einen kranken, alkalischen Geruch, als sei er aus vielen Meilen Tiefe vom Meeresgrund gerettet worden. In seiner Armbeuge liegt das Krankenhauskissen, das die Schwestern an sein Gesicht gepreßt vorgefunden haben. Constancia findet die Idee makaber, aber Gonzalos Landsleute haben darauf bestanden, daß die Mordwaffe vorgezeigt wird.

Constancia lehnt am Sarg und beugt sich vor, um Gonzalo besser sehen zu können, als auf einmal die Welt zu splittern und durcheinanderzuwirbeln beginnt. Sie bricht zusammen. Gonzalos einstige Ehefrauen umringen sie, legen ihr stützend die Arme um die Taille. Sie tragen sie in einer Wolke konkurrierender Parfümdüfte hinaus in die Hitzeflut auf den Vorhof der Kirche. Nacheinander besprengen sie sie mit Weihwasser, das sie aus dem Taufbecken geholt haben.

»Du also warst seine erste«, raunt Nena Prendes in einem Gewirr aus Krähenfedern Constancia zu. »Er hat mir gesagt, daß er dich nie vergessen hat.«

Es ist ein Uhr dreißig. Constancia hört die Glocke im Kirchturm unerklärliche neun Mal schlagen, hört das Echo des Läutens unaufhörlich vom bleiernen Himmel abprallen.

Mehrere Tage später steht ein gebeugter *guajiro* mit schwerfälligem Camagüey-Akzent vor Constancias Tür. Er heißt Evaristo Leal und behauptet, vor der Revolution von 1933 in der Schweinezucht der Familie Mestre gearbeitet zu haben. Mit unterwürfiger Höflichkeit überreicht er Constancia einen Briefumschlag, der mit verwaschener schwarzer Tinte beschriftet ist. Darin befindet sich ein Brief von Tío Dámaso, den er 1984 geschrieben hat.

»An dem Tag, an dem er gestorben ist, hat sich Ihr Onkel im Bett aufgerichtet und etwas Süßes zu essen verlangt«, erzählt Evaristo Leal, der Dámaso vier Jahre lang gepflegt hat. »Ich habe ihm meine Monatsration Zucker gebracht und zugesehen, wie er zweiundsechzig Löffel voll verspeist hat. Dann hat er mir diesen Brief gegeben, damit ich ihn persönlich bei Ihnen abliefere. Er hat mir gesagt, daß er keinem andern Menschen traut.«

Evaristo Lean erläutert, daß er vorgehabt hat, noch im selben Winter das Land zu verlassen, daß sich jedoch die Aushändigung seiner Ausreisepapiere um unerklärliche sechs Jahre verzögert habe.

Constancia würde den Brief ihres Onkels am liebsten gleich lesen, doch es stürmen auf einmal zu viele verschiedene Bilder auf sie ein: Tío Dámaso am Herd, in seiner Bananensuppe rührend; an ihrer Seite über leuchtende grasbewachsene Felder galoppierend; unter einem Ceiba-Baum, süße Guavenpaste schlekkend (ihr an Diabetes erkrankter Onkel hatte sich immer eingeredet, daß sein Blut unter dem geweihten Blätterdach sicher sei); 1948 als Constancias Begleiter beim Begräbnis ihrer Mutter. Tío Dámaso war im Anschluß an die Zeremonie noch stundenlang dageblieben und hatte auf den Abendstern gewartet. Als er endlich erschien, ein violetter Kreis vor dem sich verdunkelnden Blau, hatte er ihn Constancia gezeigt und zu ihr gesagt: *Keine Sorge,* lindita, *ich werde immer über dich wachen.*

In den nächsten zwei Jahren hat Tío Dámaso jede Woche an Constancia im Internat geschrieben. Er hat ihr Wildblumen zum Trocknen und Sammeln geschickt und Tüten mit frisch gebakkenen Meringen. Constancia hat sich über seine Pakete gefreut, hat die Tröstlichkeit seines schalen Geruchs genossen, der allen seinen Geschenken anhaftete. Doch nachdem sich ihr Vater erschossen hatte, sind von ihrem Onkel von einem Tag auf den anderen keine Briefe mehr gekommen. Sie hat ihm noch ein Jahr lang geschrieben und dann traurig angenommen, daß er auch gestorben sein müsse.

Constancia bittet Evaristo Leal zu einem *cafesito* herein, doch er lehnt ab und macht einen tieferen Diener, als es sein müßte.

Es sei fast schon zehn Uhr. Seine Tochter warte unten auf der Straße im Auto auf ihn.

»Kannten Sie meine Großmutter?« fragt Constancia ihn hastig.

»Doña Eugenia war eine prächtige Frau.«

»Ist sie tatsächlich so gestorben, wie man sich erzählt?«

»Ich war damals selbst noch ein kleiner Junge.« Evaristo Leal blickt zur Decke, wie um den Himmel um Rat zu fragen. Dann wiegt er den Kopf bedächtig von einer Seite zur anderen. »Verzeihen Sie, *señora*, aber mein Vater hat gern behauptet, die Juden hätten in einem Punkt recht gehabt: Schweine bringen Unglück.«

Dann dienert er wieder und wünscht Constancia gute Nacht.

Constancia begibt sich mit dem Brief ihres Onkels ins Gästezimmer und nimmt vor dem Foto ihrer Mutter Platz. Tío Dámaso hat Constancia gegenüber mehrmals davon gesprochen, daß sie ihn an seine Schwester Blanca erinnere. Damals hatte Constancia Dámaso nicht verletzen wollen, darum hatte sie ihm nie anvertraut, wie sehr sie Mamá gehaßt hatte.

> Mi querida Constancia,
> die Neuigkeiten sind alt und traurig…

Ihr Onkel schrieb, daß er weiter auf dem Hof gelebt habe, nachdem ihn 1950 sein sonst gehorsames Pferd gegen einen Affenbrotbaum geschleudert und damit verursacht hatte, daß er von der Taille abwärts gelähmt war. Nachdem sein Vater und seine Brüder gestorben waren, hatte er das Anwesen der Familie der Revolution vermacht, unter der Bedingung, daß es für ihn immer ein Dach über dem Kopf geben müsse.

Tío Dámaso hatte Papis letzte Briefe dort auf dem Hof vergraben, in der Nähe des Sarkophags, in dem man Eugenia Mestres sterbliche Überreste zur Ruhe gebetet hatte. *»Ich traute mir* *selbst nicht zu, stumm zu bleiben, wie es dein Vater verlangt hat, darum habe ich dir lieber gar nicht mehr geschrieben... Verzeih mir, Constancita...«* Ihr Onkel hatte die ihm verbliebenen Jahre in dem verfallenden Bauernhaus verbracht und so lange Latein gelernt, bis er imstande war, Plinius' *Historia naturalis* zu enträtseln, die Ignacio Agüero ihm mit seinem vorletzten Schreiben vermacht hatte.

Ihr Vater, das weiß Constancia noch, pflegte sich lobend über die von Plinius erbrachte ungeheure Gedächtnisleistung zu äußern. Die von Kyros, dem König der Perser, der den Namen jedes einzelnen seiner vielen tausend Soldaten kannte. Oder von Mithridates Eupator, der in allen zweiundzwanzig Sprachen seiner Untertanen über sein Königreich herrschte. *Ut nihil non lisdem verbis redderetur auditum.*

Constancia knipst in ihrer Wohnung sämtliche Lichter an und harrt der Rückkehr ihrer Schwester. Die Bodenlampen im Wohnzimmer werfen riesige Schatten auf die Wände. Constancia spürt, wie sich in ihrem Innern etwas aufbäumt, genau wie damals, als sie Silvestre erwartet hat. Damals hat sie nachmittags vier Stunden geschlafen und dann die Nacht durch, war sie selbst zum Baby geworden. Nun dagegen ist Constancia nicht im geringsten müde.

Um genau vier Uhr zweiundzwanzig morgens flackern die Lichter auf und erlöschen. Der Kühlschrank stöhnt in der Küche, fängt mit dem nächsten Hustenanfall an. Im Schloß der Eingangstür dreht sich klickend ein Schlüssel. Reina ist endlich zu Hause.

»Was sitzt du denn hier im Dunkeln herum?« Reina stellt ihren Werkzeugkasten im Flur ab.

»Ich hab gewartet, weil ich dir was zu sagen habe.« Constancia beäugt ihre Schwester, das unheimlich glühende Dreieck geröteter Haut an ihrer Kehle.

»Was ist denn?« Reina kommt neugierig näher.

»Er war nicht dein Vater.«

»Wer?«

»Papi. Papi war nicht dein Vater.« Constancia hebt den Blick, weg von Reinas Kehle. Die Augen ihrer Schwester sind sanft und traurig. Damit hat sie nicht gerechnet.

»Hast du etwa gedacht, ich wüßte das nicht?« Reina sieht Constancia lange Zeit an. Dann schüttelt sie den Kopf und geht fort ins Bett.

Am nächsten Tag zieht Constancia ihr gelbes Brokatkostüm an und trifft sich mit Oscar Piñango in South Beach zum Lunch. Er wollte schon immer das Essen im La Conga ausprobieren, einem modischen Restaurant, das von einem kubanischen Popsänger finanziert wird. »Die Bohnen sind zu wässrig«, verkündet er, als er sie über seinen Reis löffelt. »Und die Portionen sind lächerlich klein. Amerikanische Portionen!«

Constancia bestellt die Gemüseplatte: *yuca* in Knoblauchsoße, süße Pisang und die unverzichtbaren schwarzen Bohnen mit Reis. Alles ist lauwarm, als wolle die Geschäftsleitung die Neubelegung der Tische nicht dadurch aufhalten, daß das Essen dampfend heiß serviert wurde.

»Ich spüre, daß hier der Neid regiert«, fährt Oscar Piñango zwischen zwei Bissen vom gebratenen Schweinefleisch fort. »Neid und Habgier.« Er späht über den Rand seiner Sonnenbrille, als eine Meute Schulmädchen in neonfarbenen Miniröcken vorbeischlendert.

Constancia blickt an den flanierenden Touristen und kreuzenden Kabrioletts vorbei auf die glitzernde Sandfläche. Ein frischer Wind läßt die Palmwedel flattern und bescheidene Wellen aufkommen. Constancia zieht den Brief ihres Onkels aus der Tasche und schiebt ihn über die Glasfläche des Tisches.

Der *santero* tauscht seine Sonnen- gegen eine Lesebrille aus, die er aus einer Falte seines Buschhemdes hervorzieht. Er liest den Brief einmal, dann noch einmal bis zum Ende durch.

»Wieviel Zeit haben Sie?«

»Nicht viel«, sagt Constancia. »Ich starte morgen im Einkaufszentrum Coconut Promenade das neue Caderas de Cuba. Ich habe zweitausend Fläschchen davon, glaube aber nicht, daß das auch nur annähernd reichen wird. Sie wissen ja, wie sehr den Frauen ihre Hüften zuwider sind.«

»Geben Sie mir eine Stunde«, beharrt Oscar Piñango. »Folgen Sie mir nach Hause. Meinen Sie, wir könnten eine Portion Reispudding mitnehmen?«

Constancia fährt hinter dem gelben Buick des *santero* her, am Hafen von Miami vorbei und dann auf die Schnellstraße in Richtung Hialeah. Sie ruft mit ihrem neuen Mobiltelefon in der Fabrik an, meldet sich bei ihrem Geschäftsführer Félix Borrega und läßt sich von den Fortschritten in Sachen Caderas berichten. »Verdoppeln Sie die Produktion!« ruft sie, um den Verkehrslärm zu übertönen. »Zahlen Sie Überstunden, wenn es sein muß! Ich habe diesbezüglich ein richtig gutes Gefühl!«

Es ist der letzte Augusttag, eine Woche vor dem katholischen Feiertag der Virgen de la Caridad del Cobre, zwölf Tage vor Oshúns Yorubafest. Oscar Piñango hat bereits Hunderte von Kürbissen gesammelt, süß duftende Kerzen und einen Zuber Orangenblütenhonig für seine geliebte Heilige. In ein paar Tagen werden ihm seine Patenkinder so viele Geschenke bringen, daß der ganze Raum ein Schrein zu Ehren Oshúns sein wird.

»Ich glaube, ich habe zu schnell gegessen«, sagt der *santero*, nachdem er mehrere Male laut gerülpst hat.

Er nimmt Constancias improvisierte Gaben entgegen – ihr geflochtenes Goldarmband und eine Auswahl der Cremes von Cuerpo de Cuba, die sie zufällig im Kofferraum hatte. Er schmiert ein wenig Honig auf Constancias Lippen und Ohren, auf ihre Nasenflügel und Lider, damit sie die Intentionen der *orisha* auch ja richtig mitbekommt.

»Es wird Zeit, daß wir Ernst machen«, sagt Oscar Piñango, verschwindet im Nebenzimmer und kommt mit einem Krug frischen Wassers und einem fetten Perlhuhn wieder. Er wäscht ihm den Schnabel und die Beine und reicht den Vogel an Constancia weiter, die sich langsam im Kreis dreht.

»Ñaquiña, ñaquiña loro«, singt er und rupft dem Perlhuhn einzelne Federn aus. Er befiehlt Constancia, den Vogel am Hals zu zupfen, um sich für das Opfer seines Lebens erkenntlich zu zeigen.

Constancia spürt den Pulsschlag des Perlhuhns an ihrem Daumen, das letzte krampfhafte Zucken, ehe Oscar Piñango ihm den Kopf abreißt. Er läßt das Blut in immer größeren Kreisen auf die heiligen Steine der *orisha* tropfen. Dann zeichnet er das Muster mit einem dünnen Strahl Honig nach und besprüht alles mit einem Mundvoll Rum. Nachdem die letzten Kerzen angezündet sind, stopft er den Kadaver des Perlhuhns bis an den Rand mit Bonbons, Kokosnußfleisch und geröstetem Mais voll und baut ihm ein kleines Todesnest.

»Du wirst heimkehren im Gewande der Nacht.« Oscar Piñango wickelt das tote Huhn in braunes Papier und legt es Constancia zu Füßen. »Wie der Fluß dem Meere zustrebt, so strebt Oshún ihrer Schwester Yemayá zu.«

Dann reibt er Constancia die Schläfen mit Wasserfarn ein und erzählt im Flüsterton eine Geschichte von den Göttern:

> *Lang ist es her, da vermählte sich die Sonne dem Mond, und sie bekamen viele Kinder. Die Töchter waren Sterne und standen ihrer Mutter dicht zur Seite. Die Söhne aber folgten dem Vater über den Morgenhimmel. Alsbald ward der Vater zornig und befahl seinen Kindern die Heimkehr, aber die Söhne, selbst kleine Sonnen, stürzten in den Ozean und ertranken. Darum brennt einsam die Sonne, der Mond aber teilt sich mit anderen den Himmel.*

Oscar Piñango klaubt für den letzten Teil des Rituals seine Kaurimuscheln zusammen. Constancia bemerkt, daß die Adern in seinen Zeigefingern gerade und leicht erhoben sind, wie perfekt genähte Säume. Die Finger ihres Vaters waren auch so. Warum hat sie das nicht schon früher erkannt?

»Über was für Kräfte verfügen die Toten?« Constancia ist empört über die Zähigkeit, mit der die Toten an den Lebenden festhalten, ihren verwandtschaftlichen Drang, sich mit ihnen neu zu vereinen.

»Tod ist nicht Tod. Er ist bloß ein Übergang. Niemand ist je wahrhaftig tot.«

Oscar Piñango segnet die sechzehn Kauris und schüttelt sie in der hohlen Hand, ehe er sie auf die Matte wirft. Die Muscheln scheinen mitten in der Luft innezuhalten und dann erst mit der Oberseite nach unten zu fallen. *»Se me fué el caracol de la mano.«* Ein böses Omen.

Constancia ist nicht sicher, was daraus folgt. Oscar Piñango faltet die Hände, beugt sich vor zum Gebet. Constancia bemüht sich, mit ihm zu atmen, im zwanghaften Rhythmus seines Rükkens Trost zu finden. Sie berührt den Brief von Tío Dámaso in ihrer Jackentasche, starrt unverwandt die Spitze der gestärkten Kopfbedeckung des *santero* an. Ihre Weiße scheint ins Leere auszulaufen wie Gift.

Durch den Raum mit der niedrigen Decke weht ein Luftzug. Der Wald aus brennenden Kerzen wabert. Constancia steht auf und beginnt sich auf der Stelle zu drehen. Der Luftzug verwandelt sich in einen starken Wind, trocken und zersetzend und mit Tod durchzogen. Er reißt Constancias Mund auf, versengt jeden Durchlaß, greift heiß ihre trockenen Lungen an. Ihre Zunge schrumpft ein, löst sich von ihrem Leben wie eine tote Wüsteneidechse. In ihren Ohren dröhnt ein rauher innerer Sturm.

Constancia fällt zu Boden, packt den nächstbesten Kürbis und zerschmettert ihn vor den Füßen des *santero*. Mit einem zweiten zielt sie auf die unheilverkündenden Muscheln, mit einem dritten auf den Fetisch, den das tote Perlhuhn darstellt. Fruchtfleisch und Samen spritzen durch den Raum, beflecken den Saum von Oshúns Gewand aus Goldlamé. Oscar Piñango rührt sich nicht. Er sieht zu, wie Constancia einen Brocken Kürbis aufhebt und ihn sich ins Gesicht schmiert. Erst als sie das Undenkbare wagt – ein Stück von Oshúns geweihtem Flaschenkürbis zu essen –, ringt er sie nieder und fesselt sie mit einem Stück Elektrokabel.

Hastig wirft er noch einmal die Kaurimuscheln aus, um herauszufinden, was zu tun ist. Das Muster, das sie bilden, ist *ofún*, die Geburtsstätte des Fluchs. Noch zweimal wirft er die Muscheln aus, um die Aussage zu verdeutlichen. Sie ändert sich nicht: *oddi*, wo das Grab ursprünglich ausgehoben wurde, wo das Grab ursprünglich ausgehoben wurde.

Der *santero* teilt Constancia mit, daß sie mit ihrer Schwester zu den heiligen Bäumen am Fluß gehen muß, bevor sie nach Kuba zurückkehrt. Daß auf Kuba die Geheimnisse in ihrem ursprünglichen Grab liegen werden. Daß vor langer Zeit ein Feuerstrahl, so geschmeidig wie das Böse, ihrer beider Leben verändert habe. Dann gibt er ihr genaue Anweisungen, gegen die sie nicht verstoßen darf. »Wir sterben viele Male«, ermahnt er sie, »aber niemals endgültig.«

Und nachdem er sich vergewissert hat, daß Constancia zuhört und sich gebührend beruhigt hat, bindet Oscar Piñango sie endlich los und schickt sie hinaus aus dem Zimmer.

Eulen aus Oriente

In den zweieinhalb Jahren, in denen Blanca verschwunden war, unternahm ich jeden nur möglichen Versuch, sie zu finden. Ich heftete auf Marktplätzen ihr Bild an die Mauern, nahm die Hilfe der Landpolizei in Anspruch, überredete von Havanna bis Guantánamo jede Zeitung, ihr Foto abzudrucken. In meinem Kummer heuerte ich sogar einen amerikanischen Detektiv an, einen Mr. Frederick Noose aus Tallahassee in Florida, der sich auf das Wiederfinden flüchtiger Ehepartner spezialisiert hatte.

Nachdem alle meine Bemühungen fehlgeschlagen waren, konsultierte ich eine berühmte santera *im Osten von Havanna, eine dünne, störrische, leicht skrofulöse Frau. Sie nannte sich Estér Salvet Llagunto, und ihre blauschwarze Haut hing in Falten von ihrem dürren Skelett. Die* santera *beschied mich, es gebe nichts, was ich tun könne, um meine Frau wiederzugewinnen. Blanca werde irgendwann von selbst zurückkommen und dem Gott Changó ein Kind gebären.*

Für einen Mann der Wissenschaft wurde ich schamlos abergläubisch. Ich zündete nach Estérs Anweisung Kerzen an, brachte ihr junge Hennen und einen kastrierten Ziegenbock zum Köpfen. Estér gab mir eine Perlenkette, die ich unauffällig unter meinen gestärkten Hemden tragen sollte. Wie soll ich meine Schwäche erklären? Wenn die Logik versagt, wenn die Vernunft einen im Stich läßt, bleibt nur der flüchtige Trost der Zauberei, des Rituals und des Beweinens.

Ich gab wie gewohnt meine Vorlesungen, besuchte die erforderlichen Fakultätssitzungen, hielt Vorträge auf Tagungen, die zum überwiegen-

den Teil dank meiner Anwesenheit gut besucht waren. Aber ich war nicht ich selbst. Blanca lebte in meinem Innern weiter wie ein rastloser Fluß. Ich wäre mit Freuden erblindet, wenn dies bedeutet hätte, nicht mehr derart zu leiden.

Nach Blancas Fortgang kümmerte ich mich liebevoll um unsere Kleine und brachte viele Stunden damit zu, ihr beim Schlafen zuzusehen. Ich stellte ein Kindermädchen namens Beatriz Ureña ein, eine Base von Estér, die für die alltäglichen Bedürfnisse meiner Tochter sorgen sollte. Ich hatte insgesamt den Eindruck, daß Constancia gesund und einigermaßen glücklich heranwuchs, obwohl sie mit dem Sprechen ein wenig spät dran war. Meine Tochter war mager und hatte dichtes schwarzes Haar wie ihre Mutter. Ihre Stimme klang irgendwie wehmütig, so als würde ihr ständig etwas fehlen.

Im zweiten Jahr von Blancas Abwesenheit kam eine Meeresbiologin aus Kalifornien, um einen Lehrauftrag unserer Fakultät zu erfüllen. Sie hieß Leticia Greene und sprach Spanisch mit mexikanischem Einschlag. Ich erlag dieser gringa *mit dem kurzen, flammend roten Haar. Schuldbewußt. Unersättlich. Mit dem deutlichen Gefühl, Verrat zu begehen. Ich kann nicht behaupten, daß ich Leticia geliebt hätte, aber dankbar bin ich ihr wohl. Ich bin überzeugt, daß sie mir das Leben gerettet hat, vielleicht auf längere Zeit hinaus gerettet, als es nötig gewesen wäre.*

Am 10. Mai 1942 kehrte Blanca, während draußen ein schreckliches Gewitter tobte, in unsere Wohnung im Stadtteil Vedado zurück. Sie war (wie es die santera *prophezeit hatte) im achten Monat schwanger. Ein Auge war von einem Bluterguß geschlossen, und an ihrer zerrissenen, schmutzigen Kleidung fehlten Knöpfe. Sie hatte einen einzelnen hochhackigen Schuh an und eine Onyxkette, die bis über ihren dicken Bauch herabbaumelte.*

Ich trug Blanquita, die nieste und zitterte und bis auf die Knochen durchnäßt war, ins Badezimmer. In einer Wanne mit warmem Wasser wusch ich sie behutsam, parfümierte ich jede liebliche Rundung ihres Leibes, auch die rätselhafte Narbe an ihrer Ferse, die während unserer

Flitterwochen entstanden war. Ich zog ihr einen meiner Morgenmäntel an und steckte sie dann in meinem Zimmer ins Bett.

Blanca blieb den ganzen nächsten Monat dort, aß rote Weintrauben und Cashewnüsse und strickte eine Decke mit einem Muster, das Stockenten darstellte. Im Juni gebar sie das Baby eines anderen, zwölf Pfund schwer, muskatnußbraun, mit riesengroßen Händen und Augen, die die Welt verschlangen.

Obwohl Blancas Anfälle von Melancholie aufhörten, wurde sie nie wieder meine Frau. Das war schwer für mich, da alles an Blanca mich nach wir vor bezauberte: die beunruhigende Kurvung ihrer nackten Beine; die Fülle ihres offenen schwarzen Haars; die Art, wie ihre Haut das Morgenlicht einfing; und ihre Stimme. Blancas Stimme ließ mich nach mehr hungern, als ich auszusprechen vermochte.

Es ist meine Überzeugung, daß wir bis zum letzten Atemzug einen Willen haben, auch wenn unsere Möglichkeiten noch so beschränkt sind. Selbst ein zum Tode Verurteilter kann eine letzte Obszönität ausstoßen. Das ist es, was unsere Erhabenheit ausmacht, was uns von den geringen Lebewesen auf Erden unterscheidet. Was kann daher elender sein als seine freiwillige Aufgabe?

Ich gebe zu, daß es viele gottverlassene Nächte gegeben hat, in denen ich mich fragte, warum ich mein Herz auf Blanca verschwendet hatte, warum ich ihr erlaubt hatte, es zu plündern wie ein gewöhnlicher Korsar. Dann aber hörte ich einfach auf, Fragen zu stellen. Selbst heute noch, zwei Jahre nach ihrem Tod, liebe ich Blanca. Eine üppige, blinde, verwaiste Liebe.

Nachdem das Baby geboren war, nahm Blanca erneut das Gästezimmer in Beschlag und richtete es nach ihrem Geschmack ein. Sie ließ die Wände in einem tiefen flachsfarbenen Gelbton streichen und drapierte eine wechselnde Auswahl gemusterter Stoffe über die neunzehn Stühle unterschiedlicher Herkunft. Anschließend setzte sie einen Papagei namens Pío auf ein Gestell und befahl Constancia und ihr Kindermädchen aus dem Haus.

Beatriz Ureña verließ uns am folgenden Tag, aber ich bestand darauf, daß Constancia dablieb. Blanca war es nicht zufrieden. Sie nahm unsere Tochter kaum wahr, weigerte sich, sie direkt anzusprechen. Constancia bekam Wutausbrüche, zerriß die Stoffe auf den Stühlen ihrer Mutter, bedachte sie mit Schimpfnamen, die sie bei dem entlassenen Kindermädchen gelernt hatte. Eines Tages ertappte Blanca Constancia dabei, wie sie versuchte, dem Baby Schlamm aus einer Blechtasse zu füttern. Außerdem warf sie ihm Spinnen in die Wiege, giftige Spinnen, die Reinita ins Gesicht stachen.

Am folgenden Samstag bestiegen meine Tochter und ich einen Zug nach Camagüey. Ich versuchte Constancia zu trösten, weil sie den Sommer auf dem Hof ihres Großvaters verbringen sollte, doch sie wollte nicht auf mich hören. Sie sagte während der ganzen Fahrt kein Wort, und ich entnahm dem Rhythmus ihres Schweigens, wie groß das Leid war, das ich ihr antat.

Constancia hielt sich abseits auf dem Hof. Sie versteckte sich im Gestrüpp und betrachtete die Bilderbücher, die ich ihr mitgegeben hatte. Aus jenem ersten Sommer wurde Herbst, dann Winter und dann wieder Frühling. Ich sprach mich gegenüber Blanca häufig für die Rückkehr unserer Tochter aus, aber sie weigerte sich, sie wieder bei uns aufzunehmen. Ich bat Dámaso, den Lieblingsbruder meiner Frau, auf Constancia aufzupassen. Und ich glaube, daß sie sich im Laufe der Jahre nähergekommen sind. Wenn ich sie besuchte (immer ohne Blancas Wissen), flehte Constancia mich an, sie mit nach Hause zu nehmen. Sie versprach, brav zu sein und Reinita nicht mehr weh zu tun. Bald, pflegte ich zu ihr zu sagen. Bald. Aber das Bald trat niemals ein.

Als sie älter wurde, begann ich Constancia auf meine Expeditionen mitzunehmen. Sie erwies sich als ausgezeichnete Gefährtin, aufmerksam und so geschickt, wie es ihre Mutter gewesen war, wenn es darum ging, etwas mit den bloßen Händen zu fangen.

In Havanna kümmerte sich Blanca nur um Reinas Wohlergehen. Sie stillte das Kind, bis es reif für die Schule war. Ich hörte die Nachbarn flüstern, bemerkte die Blicke, mit denen sie ihre muskatnußbraune Haut bedachten. Reina kletterte oft auf den Tulpenbaum hinterm Haus, um ihren wachsamen Augen zu entgehen. Dort war sie glücklich, umgeben vom Schimmern des Laubes und dem Lärm der Singvögel. Ich hatte das Mädchen auf meine Art gern, betrachtete es aber nie als mein Kind.

Eines Sommers, als Blanca mit ihrer Tochter in einem gemieteten Strandhaus in Guanabo Ferien machte, tauchte ein hünenhafter Mulatte, hochgewachsen wie ein Laternenpfahl und von unberechenbarer Kraft, am Ende unserer Straße auf und lungerte dort herum. Er hatte ein breites, glattes Gesicht und Augen, die auf einen Hauch orientalischen Bluts hindeuteten. Er war makellos gekleidet, Zoll um Zoll maßgeschneidert, und trug einen Panamahut mit breitem rotem Band. Die Ähnlichkeit mit Reina war unverkennbar.

Einen Tag nach dem anderen wartete der Hüne, ohne Eile, als sei Zeit für ihn ohne Bedeutung. An einem sengend heißen Augusttag sprach ich ihn endlich an. Die Straße waberte in der Hitze. Ich bot ihm einen Umschlag an, in dem meine letzten Ersparnisse steckten, nahezu achthundert Dollar. Er griff nach dem Geld, zählte es sorgfältig, reichte es mir wieder zurück. In dem Augenblick fiel mir das Perlenarmband an seinem Handgelenk auf, das unverwechselbare rotweiße Muster. *Por favor, no vuelves más,* flehte ich ihn an. Kommen Sie nie wieder zurück. Ich bemühte mich verzweifelt, zu glauben, daß er meiner Aufforderung Folge leisten würde.

Irgendwie schaffte ich es, in diesen einsamen, beschränkten Jahren produktiv tätig zu sein. Ich veröffentlichte zahlreiche Bücher. Eines, das die Brutgewohnheiten tropischer Fledermäuse behandelt, gilt als definitive Untersuchung dieser vielfach verleumdeten Tiere. Ein anderes, das den Titel *Eulen aus Oriente* trägt, analysiert die immer geringere Verbreitung der in unserer östlichsten Provinz heimischen Eulen. Zu meiner Verblüffung wurde der letztgenannte Band eine Art akademischer Bestseller. Er wurde ins Englische, Deutsche und Französische übersetzt und von prominenten Ornithologen auf Kuba und im Ausland mit Lob bedacht.

Trotz des Zweiten Weltkriegs und der materiellen und moralischen Entbehrungen, die er unserer Insel auferlegte, empfing ich in Havanna eine große Zahl von Besuchern, Naturkundler aus Europa und den Vereinigten Staaten, die kamen, um Kubas einzigartige Tierwelt zu erforschen. Mehrere Herpetologen behaupteten, daß ihre Forschung durch die zukunftsweisenden Untersuchungen, die Blanca und ich an den seltenen Eidechsen und Schlangen unserer Insel vorgenommen hatten, beeinflußt worden sei. Doch meine Frau tat die von ihr geleistete Arbeit ab, als sei sie ein nicht ernstzunehmendes Steckenpferd eines heranwachsenden Mädchens gewesen.

Damals interessierte sich Blanca nur ganz am Rande für die natürliche Welt. Manchmal kletterten sie und Reina bei Einbruch der Dunkelheit auf einen Glockenturm, um zuzusehen, wie die Fledermäuse der Stadt ausflogen, oder sie gingen am Fluß spazieren, um Tausendfüßler zu zählen. Ich redete meiner Frau gut zu, mich auf meinen Sammelexpeditionen zu begleiten, doch sie lehnte immer ab. Wie sehnte ich mich danach, mich ihr anzubieten: Nimm mein Gehirn, meine ruhige Hand. Sieh mit meinen Augen das Schema deines Lebens. Aber ich wußte, daß ich bloß anmaßend war – ein selbstgerechter Mann, der nichts weiter geleistet hatte, als mit der betörenden Unbelebtheit der Natur zu tändeln –, während in meiner Nähe Blanquita im Sterben lag wie ein seltener Vogel.

Hin und wieder erklärte sich meine Frau zu einem Ausflug in unserem 1934er Packard bereit, einem Automobil, das so launisch war, daß ich es schließlich gegen ein Paar verläßlicher Pferde einzutauschen beschloß. Eines Sonntags besuchten wir die Schwammbörse in Batabanó, wo ich vor langer Zeit den Dampfer zur Pinieninsel bestiegen hatte und Blanca und ich uns viele Jahre später zu unseren verhängnisvollen Flitterwochen eingeschifft hatten. Meine Frau kaufte dort auf der Werft mehrere Armvoll Schwämme und fügte dem unbegreiflichen Dekor unserer Wohnung eine neue Nuance hinzu, indem sie sie an Drähten (»Schwammwolken« nannte sie sie) an der Decke unseres Wohnzimmers aufhängte.

Oft fuhr ich allein nach Pinar del Río. Die Landschaft meiner Kind-

heit versäumte es nie, mich zu rühren: die blauen Gebirgszüge, an denen der Nebel haftet. Der fruchtbare, dunkel vegetationsreiche Erdboden. Die aufgespannte Gaze, die den geliebten Tabak meines Vaters schützte. Ich unternahm eine Führung durch Papás alte Zigarrenfabrik, doch das Unternehmen hatte seinen Glanz eingebüßt. Das ohrenbetäubende Plärren des Radios und die lärmenden Zigarrenmaschinen hatten die andächtige, papierne Stille ersetzt, die entstand, wenn einhundert Zigarrendreher meinem Vater beim Lesen eines Gedichts zuhörten.

1948 beschloß Blanca überraschend, ein Karnevalsfest zu veranstalten. Sie lud unsere Nachbarn im Umkreis mehrerer Häuserblocks ein. Meine Frau, die nur selten kochte, bereitete nun genug arroz con mariscos *zu, um hundert Gäste zu bewirten. Sie schmückte unsere Wohnung in festlicher Anarchie mit Jasmingirlanden, japanischen Kranichen und zarten Ornamenten, die sie selbst aus Buntpapier und Folie anfertigte.*

Am Abend des Festes verwandelte sich Blanca in einen prächtigen Vogel. Sie trug ein dünnes rosa Trikot, einen langen wirbelnden Rock und ein Diadem mit künstlichen Edelsteinen. Reinita wurde in ein Libellenkostüm gesteckt, das Blanca aus Crêpe-de-Chine-Tüchern genäht hatte. Und ich staffierte mich wohl allzu vernünftig wie für eine meiner Höhlenexpeditionen aus, mit Gummistiefeln, einer Taschenlampe und meinem feinmaschigen Netz.

Der Abend fing gleich ausgelassen an, als der Barkeeper, den Blanca bei einer Firma namens Happy Pete's *gemietet hatte, seine Drinks – Presidentes, Daiquiris, Cuba libres und die tödlichen Sazarac-Cocktails – dreimal so stark wie üblich servierte. Ich staubte unseren prähistorischen Plattenspieler ab und spielte meine bescheidene Sammlung Bigbandmusik und kubanische Tanzweisen einer vergangenen Ära. Aber die starken Getränke brachten das rhythmische Empfinden der Anwesenden durcheinander: Man tanzte Rumbas und Guarachas zu Tommy Dorseys »Boogie-Woogie« und unmögliche Jitterbugs zu den Klängen eines hochromantischen* danzón.

Blanca verschwand gegen elf Uhr aus unserer Wohnung, kam jedoch um Mitternacht mit einer Schar lauter Zecher zurück, die sie auf der Straße aufgelesen hatte. Das Fest kam vorübergehend zum Stillstand, und die Neuankömmlinge wurden mißtrauisch beäugt. Sie waren, ihrer dunklen Haut nach zu urteilen, möglicherweise aus Regla.

Blanca lockte einen hünenhaften, fast nackten Mann auf die Tanzfläche. Er trug einen mit Pailletten besetzten Lendenschurz, ein rotes Samtcape und einen hohen Kopfschmuck, an dessen Spitze ein roter Stein befestigt war. Er und Blanca tanzten eng umschlungen, ohne einen Zentimeter Abstand zwischen sich zu lassen, so eng, daß es wie ein gegenseitiges Verzehren erschien, und noch ehe das Stück vorbei war, zerrte er Blanca ohne ein Wort den Flur entlang.

Mitten in der Nacht, nachdem die letzten Gäste gegangen waren, brach ich Blancas Schlafzimmertür auf. Die Fensterläden in ihrem Zimmer waren weit aufgerissen. Ihr Papagei war von seinem Gestell verschwunden. Blanca saß allein auf dem Fensterbrett, wie in eine private Unterredung mit dem Mond vertieft. Sie war in nichts anderes gehüllt als in eine zerfetzte Mantilla.

Ich schloß die Tür hinter mir, stieg aus meinen Kleidern. Dann führte ich sie zum Bett. Blanca leistete keinen Widerstand. Ich spürte das Anschlagen meines Verlangens wie eine langsam läutende Glocke. »Au pays des aveugles, les borgnes sont rois«, flüsterte Blanca. Dann nahm sie mich schlicht in sich auf, einsam und verlassen in ihrem verdüsternden Fleisch, hinter tausend unsichtbaren Schleiern verborgen.

Unsere letzten gemeinsamen Monate waren relativ friedfertig. Es war, als habe die grauenhafte Durchsetzung meines Anspruchs in der Nacht nach dem Kostümfest Blancas Einstellung zu mir geändert. Meine Frau sprach wieder freundlich mit mir, erkundigte sich nach meiner Arbeit, unterzog mich, so schien es, mit ihren starren grünen Augen einer Neubeurteilung. Wir sprachen von einer Rundreise durch die Wüsten Amerikas, davon, die Blut spritzende Eidechse ausfindig zu machen. Wir gingen so weit, Reisepässe zu besorgen und uns Visa für die Vereinigten Staaten ausstellen zu lassen.

Als ich im Spätsommer des Jahres Blanca von meinem Auftrag erzählte, für das Naturkundemuseum in Boston Ruderenten zu jagen, überraschte sie mich mit der Bitte, mitkommen zu dürfen.

Blumen des Exils

MIAMI
SEPTEMBER 1991

Der Fluß ist kaum noch ein Fluß, so still und schwarz, die Ufer meist betoniert. Dennoch gibt es an seiner südlichsten Biegung einen geweihten Ort, ein Zusammentreffen von Bäumen, einem Ceiba-Baum und einer Palme, deren Blätter und Wurzeln mitsamt dem umgebenden Erdboden voller Prophezeiungen sind. Reina folgt Constancia, die am Fluß entlanggeht. Sie sind beide weiß gekleidet, um Störungen abzuwehren. Reina trägt einen Holzeimer für ihre Schwester, die ein Tablett mit aufgebrochenen Kokosnüssen vor sich her trägt. Eine weiße Paste, steif und irgendwie süß, bedeckt Constancias Haar. Sie hat als zusätzlichen Schutz ein verknotetes Tuch darübergezogen.

Auf ihrem Pfad wachsen Unkraut und halb verdorrtes Gestrüpp, übelriechend von allem, was sie aufgenommen haben. Fabriken wühlen stromabwärts den Fluß auf, scheinen auf der Stelle zu treten. Die Luft um sie herum ist träge und dicht, so daß jede Bewegung schwerfällig wird. Insekten, die Reina nicht identifizieren kann, verharren vor ihrem Gesicht, aufgedunsen vom Blut. Der Fluß selbst hat keine Wasserstandsgrenzen, keine Gezeiten, kein Leben unter Wasser. Selbst die Angler sind ausgestorben.

Die Schwestern bleiben vor der geheiligten Baumzone stehen. Constancia geht neben Reina in die Knie, streicht über die herabgefallenen Palmwedel und fünfzackigen Blätter. Es gibt warme Stellen und kalte, andere, die zu heiß sind, um sie zu berühren, widersinnig gebleichte Steine. Vielleicht ist der Boden der wahre Fluß, denkt Constancia, lebendig, von Strömen und Zielsetzungen pulsierend. Es verlangt sie danach, mit den Fingerspitzen im Erdreich zu kratzen, etwas Bestimmtes zu ernten.

»Richten wir uns nach dem Fluß, Reina.« Constancia erscheint im Mondlicht größer, als perspektivisch verlängerte Priesterin. Ihr Gesicht, das Gesicht ihrer Mutter, ist ein von Licht überfluteter Balkon. Constancia beginnt die Gebete aufzusagen, die sie im Internat gelernt hat. Jede Note ihrer Intonation gibt sie wieder, bis sie davon ganz ausgefüllt ist.

Der Herr ist mein Hirte; mir wird nichts mangeln.
Er weidet mich auf einer grünen Aue;
er führet mich zum stillen Wasser…

Reina hat diese Gebete immer gehaßt, die Lobgesänge, die sie bei der sonntäglichen Messe anstimmen mußten. Sie spürt in sich Elektrizität aufwallen, wahllose Funken sprühen. Ein beißender Geruch, als wäre soeben etwas angebrannt, entströmt ihrer Haut. Reina überlegt, warum sie sich einverstanden erklärt hat, Constancia zu helfen, warum sie nicht mit ihrem Freund zu Hause geblieben ist. Sie hat sich an Russ' Hände gewöhnt, an die Steaks, die er für sie grillt, blutig roh. Noch lieber wäre sie mit ihrer Nichte und ihrem Enkel zusammengewesen, unterwegs in der Bucht mit Hebertos Motorboot.

Hier am Fluß, findet Reina, hat sie keinen Namen. Und empfindet nichts als diese beständige, samtweiche Angst.

Das Wasser ist erstaunlich sauber. Reina versenkt den Eimer an einem langen Stück Seil im Fluß. Dann knotet sie Constancias weißes Kopftuch auf, und sie knien gemeinsam am Flußufer nieder.

»Wir reisen in der Familie«, sagt Constancia.

»Wir reisen in der Familie«, wiederholt Reina, den Anweisungen des *santero* entsprechend. Dann schwingt sie den Eimer in hohem Bogen durch die Luft und gießt das träge Flußwasser ihnen beiden über den Kopf.

Es ist vier Uhr morgens, als Reina und Constancia in Hebertos Motorboot Key Biscayne verlassen. Ihr Ziel ist Key West. Dort will Constancia ein Fischerboot chartern, das sie nach Kuba bringen soll.

Ein Schwarm Pelikane ist dabei, Fische in seichtere Gewässer zu treiben, um leichter an die Beute heranzukommen. Die Vögel gleiten dahin und ziehen immer engere Kreise, stürzen sich dann ins Wasser wie Geschosse. Im Westen ist die Stadt als rauchig gelbes Ausatmen erkennbar, hat sich die Luft immer noch nicht beruhigt nach dem Hurrikan, der vor einer Woche fast das Land erreicht hätte.

Reina steuert das Boot an der Küste entlang. Sie findet das stetige Mahlen des Motors seltsam beruhigend, wie ein Radio, das man nach dem ungewissen Fortgang des Liebsten nebenbei einschaltet. Die Windrichtung ändert sich ständig, wühlt das schlafende Meer auf. Die Abgase aus dem Auspuff des Motorboots ziehen hinter den Schwestern her wie ein waberndes Gespenst.

Reina ist immer noch wütend auf ihre Schwester, weil sie Hebertos Motorboot mit einem schrillen Blumenmotiv bemalt hat, um für ihr neues Parfüm zu werben: Blume des Exils. Der Name wird auf beiden Seiten des kleinen Bootes unbescheiden herausposaunt; links auf englisch – *Flower of Exile* – und rechts auf spanisch – *Flor del Destierro.* Constancia hat ihrem Duftwasser Zitrusaroma hinzugefügt, damit es zu dem Gedicht von José Martí paßt:

Que en blanca fuente una niñuela cara,
Flor del destierro, cándida me brinda,
Naranja es, y vino de naranjo.

Reina kommt sich lächerlich vor in diesem schwimmenden Reklamesandwich ihrer Schwester. Sie hat gegen die Malaktion *und* gegen die historische Verfälschung protestiert, aber Constancia hat sich nicht beirren lassen. »Ein wenig zusätzliche Publicity kann nicht schaden«, hat sie erwidert. Reina hat in Betracht gezogen, das Boot gleich noch einmal zu streichen und seine vormals blutorangene Herrlichkeit wiederherzustellen, aber dann hätte Constancia ihr nur vorgeworfen, sie wolle ihre Geschäftspläne durchkreuzen.

Trotz ihrer Bedenken hat sich Constancia bereit erklärt, den Anweisungen des *santero* Folge zu leisten und ihre Schwester die erste Etappe ihrer Reise mitmachen zu lassen. Reina hat eine ihrer Dienstmonturen gespendet, damit Constancia sich auf Kuba unerkannt bewegen kann. Sie hat von einem Taucher, den sie kennt, einen Kälteschutzanzug der Spitzenklasse geliehen und dann auch noch dabei geholfen, vorzubereiten und zu verpakken, was Constancia auf Befehl Oscar Piñangos mitzunehmen hat: ein großes frisches Omelett mit Krabben und Brunnenkresse, um Oshún gnädig zu stimmen, fünf Sechserpacks Orangenlimonade und einen spanischen Seidenfächer mit kupfernem Griff, der in ständiger Bewegung bleiben mußte, bis sie Key West erreicht hatten.

Am ersten Morgen ihrer Reise, hat der *santero* außerdem geraten, müsse Constancia eine Stunde lang nackt im Meer schwimmen und dabei geradewegs auf den Horizont zuhalten. Sie müsse schwimmend ihr Bewußtsein entleeren, müsse sich namenlos fühlen wie die See ringsum, organisch und anonym. Nur ihre Arme und Beine dürften vor Anstrengung zucken und die Gegenwart verzehren wie ein Flüchtling. Die Sonne, hatte

Piñango gewarnt, werde möglicherweise Constancias Haut verbrennen und auf ihrem Rücken Blasen hervorrufen. Sie aber solle dennoch weiterschwimmen, fixiert auf die Strecke, die vor ihr lag.

Das Boot ist kaum einen Kilometer von der Küste Floridas entfernt, aber Reina hat den Eindruck, daß ihm jeglicher Kontakt mit dem Land verlorengegangen ist. Die Strömung unter ihnen ist stark, treibt sie finster durch die Wogen. Unter ihrer Schwimmweste klebt Constancias weiße Robe an ihren dünngefältelten Rippen. Trotz der dick aufgeblasenen Weste kann Reina erkennen, daß der Rücken ihrer Schwester weich und rund ist wie der eines wirbellosen Tiers.

»Woran, meinst du, sollen wir uns erinnern?« Der Wind droht Constancias Worte zu verschlucken.

Reina bemerkt das winzige Grübchen am mutlosen Kinn ihrer Mutter, den traulich gezeichneten Ausdruck ihres Gesichts. Wie sehr fühlt sie sich zu ihm hingezogen, angelockt von seiner versprochenen Zärtlichkeit. Wie leicht fällt es, zu glauben, daß ihre Mutter noch existieren könnte.

»Wir sollen uns an das erinnern, was passiert ist«, sagt sie gereizt. Es geht Reina auf, daß selbst die übelsten Lügen, wenn sie durchgehalten werden, in harte, klare Tatsachen übergehen.

Am Bug des Motorboots schwenkt Constancia matt den spanischen Fächer. Der Wind fährt in ihr Haar, bis es aussieht wie ein vibrierender Heiligenschein rund um ihren Kopf. Sie spürt in der Brise eine Abwesenheit, den metallischen Geschmack einer alten Leere.

Sie ruft sich das Gesicht ihres Vaters ins Gedächtnis, als er ihr von Mamá erzählt hat, seinen in sich gekehrten Blick. Ein Jahr später hat er ihr gestanden, wie sie wirklich gestorben ist. Da wußte Constancia mit letzter Sicherheit, daß sie Papi nicht retten konnte. Jetzt fragt sie sich gar, ob sie sich selbst zu retten vermag.

»Würdest du es fertigbringen, dir das Leben zu nehmen?« fragt Constancia laut, um das Rauschen des Windes zu übertönen.

Reina reißt eine Dose Orangenlimonade auf, überflutet ihre Mundhöhle mit dem süßsauren Geschmack. Selbst der eintönigste Tag hält kleine Überraschungen bereit, einen Anflug dessen, was möglich ist. Das würde Reina fehlen, wenn sie sterben müßte. »Ich würde wohl eher einen anderen als mich selbst umbringen.«

»Hast du schon mal…?« Constancia will wissen, wozu ihre Schwester fähig ist, wie weit ihr Einfühlungsvermögen geht.

»Was denn?« Reina läßt sich von einem Schwarm fliegender Fische ablenken, vom ungezügelten Optimismus ihrer Sprünge. Sie fragt sich, ob diese Sprünge einem biologischen Zweck dienen.

»Jemanden umgebracht. Hast du schon mal jemanden umgebracht?« beharrt Constancia.

»Casi, casi.« Reina berichtet, wie sie einmal fast den Bürgermeister von San Germán umgebracht hat, einen struppigen Burschen mit einem Maul voller Milchzähne. Das war 1964. Reina war nicht der Ansicht, daß sie von Natur aus spröde war, aber wenn sie doch einmal nein sagte, meinte sie es wirklich ernst mit dem Nein. Der Bürgermeister hatte ausgesprochenes Glück gehabt, daß sie ihm nur die Nase gebrochen hatte.

Das Boot schlingert nach links, unterbricht den Trott des Meeres. Constancia bemerkt, daß sich Dulcitas Hautstreifen an Reinas Unterarm zu stumpfem Buttergelb verfärbt hat. Das Licht des Halbmonds reicht ihr, um einen Blick auf ihr Spiegelbild zu erhaschen. Nichts deutlich Erkennbares, nur eine verschwommene Meeresverheißung ihrer Gegenwart.

Constancia lehnt sich über den Bootsrand, um sich besser sehen zu können. Sie sehnt sich nach ihrem eigenen Gesicht, nach dem klaren Rosa ihrer Haut. Was trennt sie vom Abbild ihrer

Mutter? Was scheidet letztlich ihrer beider Blut? Und wem ist sie Gefolgschaft schuldig? Jahrelang hat Constancia geglaubt, es sei ihr Vater. Nun ist sie nicht mehr so sicher.

»Tiere sind gegenüber der Sünde blind«, sagt Reina. »Das hat mir Mami einmal gesagt.« Es war mitten im Frühling gewesen, und sie und ihre Mutter hatten im Wald um Havanna zwei runzlige Eidechsen bei der Paarung beobachtet. Das Männchen ging von Grün zu Dunkellila über, ehe es ins Laubwerk davonhuschte. Wie kommt es, daß die unterschwellige Gewalt in der Natur kaum jemals wahrgenommen wird? Ihre stillschweigenden, sensationellen Dramen? Wann, überlegt Reina, hat es jemals zutrauliche Tierarten gegeben?

»Mamá ist nicht ertrunken«, sagt Constancia mit tonloser Stimme. Sie hüpft jedesmal heftig auf und ab, wenn das Boot gegen den stärker werdenden Seegang anstampft.

»¡Claro que no!« knurrt Reina. »Ich hab dir doch gesagt, was ich im Beerdigungsinstitut gesehen habe! Und du hast mir nicht geglaubt!« Reina erinnert sich an jenen Morgen, an das blutige Chaos von Mamis Kehle. Das Entsetzliche daran war, daß ihr Vater keine Entschuldigung, keine Reue anzubieten hatte, nur sein klägliches, aus Selbstmitleid geborenes Ende. Das war das finsterere Verbrechen: seine Schuld mit dem Fleisch zu begleichen, mit sonst nichts.

»Mamá hat sich selbst erschossen. Papa hat mir eingeschärft, dir nichts davon zu sagen, Reina. Er hat gemeint, daß dadurch alles noch schlimmer wird.« Constancia wird in dem schlingernden Boot nach hinten geworfen. Sie verrenkt sich das Handgelenk, umklammert weiter den spanischen Fächer, hebt unvermittelt die Stimme. »Sie hat ihre eigene Flinte benutzt. Sie hat sie sich an den Hals gehalten.«

Der Außenbordmotor geht ohne Vorwarnung in Flammen auf. Rauch quillt gen Himmel, dicht und schwarz. Der Anblick wirkt auf Reina unerklärlich beschwichtigend. Dann treibt der

Wind den beißenden Rauch auseinander. Der Motor erstirbt mit einem letzten Stottern. Das kleine Boot ist mit einer Rußschicht überzogen. Es knirscht und beklagt sich in der wogenden Weite.

Reina nimmt gelassen ein Ruder von den Bootsplanken auf, hält es im rechten Winkel zu ihrem Hals. Mit ausgestreckten Armen bemüht sie sich, das Ruderblatt zu erreichen, versucht sie den Schaft auf ihre eigene braune Kehle auszurichten. »Mami kann es nicht gewesen sein. Sie hätte den Abzug nicht erreicht.«

Reina stützt das schmale Ende des Ruders gegen ihre rechte Schulter. Zielt mit dem Ruderblatt auf Constancia. Rings um sie herum funkeln die Wellen wie Herbstlaub. Reina nähert sich langsam ihrer Schwester, nimmt die Mitte von Constancias Kehle genau ins Visier. Die Augen ihrer Schwester sind grün und mißtrauisch. Wie die Augen ihrer Mutter.

»Du glaubst also, die Toten halten einfach still, Constancia? *Coño*, sieh dich doch nur an.«

Constancia bewegt sich nicht. Sie betrachtet die konvexe Kante des Ruders. Die Erleichterung, die es bringen könnte, die Erpressung vollkommenen Friedens wäre ihr recht. Dann blickt sie zu Reina auf und sieht etwas, das ihr noch nie aufgefallen ist. Einen finsteren Makel in ihren Gesichtszügen.

»Papá hat sie umgebracht.« Reina hält das Ruder auf ihre Schwester gerichtet, läßt keinen Zentimeter von ihr ab. »Er hat sie erschossen wie einen seiner Vögel, und dann hat er ihr beim Sterben zugesehen. Mami ist in den Sumpf gefallen, und er hat ihr beim Sterben zugesehen.«

Constancia spürt eine rege Wachsamkeit in ihrem Fleisch. Sie wirft sich nach vorn, dem Erbrechen nahe und zitternd von den Ansprüchen ihres Vaters. Sie fällt hin, zerreißt ihre Robe. Versucht wieder aufzustehen. Verliert das Gleichgewicht. Kämpft darum, das bedrohliche Ruder abzuwenden. Blindlings zerkratzt sie Reinas Arme, hinterläßt blutige Striemen auf der zusammengestückelten Haut ihrer Schwester.

Reina zerbricht mit einem Fußtritt das Ruder und wirft die splitternden Hälften fort. Mit einer Hand packt sie ihre Schwester an der Kehle und hebt sie hoch. Um ihr die letzten Lügen auszutreiben. Papás Lügen. Constancias willentliche, stockblinde Lügen. Reina schwitzt so sehr, daß ihr salzige Rinnsale über Gesicht und Rücken laufen. Wildes Blut rauscht aus ihrem Herzen empor. Sie riecht die feuchte Erde, Mamis frisch geschaufeltes Grab.

Der Anblick der bleichen Brust ihrer Schwester veranlaßt Reina, unversehens innezuhalten. Sie lockert ihren Griff und läßt Constancia auf die Planken fallen.

Constancia beeilt sich, des geborstenen Ruders habhaft zu werden. Sie hebt das breite Ende und läßt es mit aller Kraft auf den Kopf ihrer Schwester niedersausen. Reina fällt ins Meer. Wird einen unendlichen Augenblick lang unter Wasser herumgeschleudert. Constancia versucht zu berechnen, wie lange der Leichnam ihrer Schwester brauchen würde, um sich zu zersetzen. Eins zu werden mit dem Blau ringsumher.

Gleich darauf taucht Reina zwischen den schäumenden Wogen auf. Sie wird von Zuckungen geschüttelt. Ihr Kopf ist zurückgebogen, ihre Schläfe klaffend und blutig vom Schlag mit dem Ruder. Die Konstellationen der Sterne scheinen durcheinandergeraten und über Gebühr belastet zu sein, als wären sie der ewigen Wiederholungen überdrüssig.

»Alles eine einzige Geschichtsfälschung«, flüstert Reina. Der Wind verstärkt eigentümlich ihre Worte, weht eine Wolke ihres ätzenden Geruchs heran.

Constancia packt den spanischen Seidenfächer. Schwenkt ihn heftig durch die Luft, um den Geruch zu vertreiben. Sie ringt mit dem Bedürfnis, Reinas Kopf wieder unterzutauchen. Ihrer Schwester mit dem Ruder den Schädel einzuschlagen und ihm seinen Frieden zu geben.

»Ich mußte ihm glauben!« Constancia stellt einen Fuß auf den

Rand des Bootes. Sie wünscht sich ein Megaphon. Nein. Grollenden Donner zur Untermalung. *»¿Me oyes?«*

Über ihr dreht sich der Himmel um einen Grad weiter. Der Halbmond sinkt herab, kraftvoll und blau angehaucht.

Reina treibt vom Boot weg. In einigen Wochen, fällt ihr ein, wird die Sonne den Äquator überqueren und überall werden Tag und Nacht gleich lang sein. Dann hebt in ihrem Kopf ein Summen an, als würden dort winzige Sterne auf der Stelle tanzen. Außerdem spürt sie einen Druck in den Lungen, wie von Milch oder Quecksilber.

Eine kriechende Wärme umhüllt Reina, plätschert gegen ihre Schenkel, ihre Hüften, die weiche Wölbung ihres Bauchs. Sie macht die Augen zu. *»Así. Así mismo.«* Ihr Mund öffnet und schließt sich von selbst, füllt sich allmählich mit Meerwasser, mit besorgtem Mondlicht.

Wissen ist eine Art Wahn, entscheidet Constancia, während sie zusieht, wie ihre Schwester ertrinkt. Was könnte die Wahrheit jetzt noch besiegen, das nicht schon die Reue besiegt hat?

Der Horizont ist karmesinrot vom Sonnenaufgang. Constancia läßt den Fächer fallen, versenkt das Blatt des zerbrochenen Ruders im Meer, paddelt damit angestrengt auf ihre Schwester zu. Sie packt Reina am Kragen ihrer triefenden Jacke und bringt weitere unerwartete Kräfte auf, um sie wieder an Bord zu hieven. Constancia beugt sich vor, verschließt den Mund ihrer Schwester mit einem offenen Kuß. Zwingt so lange Atemluft hinein, bis sich Reinas Brust aus eigenem Antrieb hebt und senkt.

Constancia lehnt sich zurück und greift in den Proviantkorb. Sie füttert ihrer Schwester einen Bissen Omelett mit Krabben und Brunnenkresse. Dann schneidet sie sich selbst ein Stück ab. Es schmeckt auch kalt sehr gut, findet sie, als wäre es eben erst aus dem Meer gefischt worden.

CODA

EINE WURZEL IM DUNKEL

Constancia

DIE FLORIDASTRASSE

Der Sturm braut sich am südlichen Himmel zusammen, dräuend mit einem Mandelmond und einer Million Sterne. Constancia spürt das Gären eines jeden sterbenden Geschöpfs, die Liturgie des ungeheuren grünen Salzes. In der Ferne sind Blitze zu erkennen, mit einem Aufleuchten der Wolken. Die Luft schreibt ihre klammen Botschaften auf ihrem Atem nieder. Constancia berührt den Brief ihres Onkels in der Tasche ihres Pullovers. Seine feuchte Präsenz beruhigt sie.

Nachdem Reina sie in Key West abgesetzt hat, heuert Constancia ein Fischerboot und einen wahrsagenden Kapitän an, den sie in der Blue Cockatoo Bar kennengelernt hatte. »Ich hätte auch als Wünschelrutengänger Wasser finden können«, sagt er. Und nachdem er seinen einzigen Witz losgeworden ist, verstummt er. Constancia ist dankbar für seine Schweigsamkeit am Ruder. Die Überfahrt nach Kuba ist lang, und es gibt soviel anderes zu beachten.

Heberto ist tot. Constancia hat es gestern auf Radio Así gehört. Sie ist nicht überrascht, obwohl die Wahrscheinlichkeit, daß er und Gonzalo binnen einer Woche sterben, sehr gering gewesen sein muß. Sie tröstet sich mit der Erkenntnis, daß Materie niemals vergeht, sondern nur unerwartete neue Formen annimmt. Heberto, damit rechnet Constancia fest, wird ihr in nächster Zukunft ein Zeichen geben.

Das Gewitter rückt näher, entfesselt warmbunten Regen. Der Horizont ist ein Wirrwarr aus Licht und Dunst. Constancia spürt ein trockenes Nagen in ihrer Mitte. Sie hat in den letzten zwei Tagen, seit sie und ihre Schwester sich am Mallory-Kai befangen verabschiedet haben, sehr wenig zu sich genommen. Jedesmal, wenn Constancia an jene Nacht denkt, an Reina bewußtlos im Meer, vergeht ihr der Appetit.

Nun aber ist Constancias Hunger so groß wie der unbezähmbare Trieb eines wilden Tiers nach einem Gefährten. In der Kühltasche finden sich Schinkenbrote und ein Sechserpack mexikanisches Bier. Constancia schraubt den Deckel von der Flasche mit dem goldenen Etikett, hebt sie an die Lippen und legt den Kopf in den Nacken. Dann ißt sie rasch hintereinanderweg vier Brote und eine Handvoll überreifer Weintrauben. Sie braucht, entscheidet sie, für die bevorstehende Landung all ihre Kraft.

Das Boot hält Kurs auf den Strand von Varadero. Constancia ist überzeugt – und der Kapitän ist ganz ihrer Meinung –, daß die kubanische Miliz nicht zweimal am selben Ort mit Eindringlingen rechnen wird. Einer von Reinas Liebhabern, ein Bauinspektor mit politischem Durchblick namens Calixto Peón, hat sich breitschlagen lassen, Constancia auf Kuba ein, zwei Tage als Führer zu dienen. Sie will als erstes Anspruch auf Hebertos Leichnam erheben, will seine Gebeine zu tragbarer Asche verbrennen lassen. Wie könnte ihr das irgend jemand verweigern?

Constancia überlegt, welche Riten sie mit den sterblichen Überresten ihres Mannes durchführen muß, was für Gebete an Oshún zu richten sind. Aber eine gewöhnliche Ausstreuung erscheint ihr nicht angemessen. Vielleicht wird sie Heberto schlicht von Stadt zu Stadt mit sich herumtragen, bis sie in Camagüey angekommen ist.

Papis Papiere sind dort unter dem Bauernhaus der Familie Mestre vergraben. Unter dem Haus, in dem ihre Mutter geboren ist, dem Haus der Großmutter, die von Schweinen zu Tode getrampelt worden war. Tío Dámaso hat geschrieben, daß er Papis Memoiren in einer mit gelben Filz ausgeschlagenen kupfernen Truhe versteckt hat. Alle paar Jahre hat er die Truhe ausgegraben und die Aufzeichnungen erneut gelesen. Ihr Onkel hat behauptet, nicht zu wissen, warum Constancias Vater ihm sein Vermächtnis hat zukommen lassen.

Constancia führt auf dem Deck des stampfenden Bootes Balanceübungen aus. Sie versucht zu stehen, ohne sich festzuhalten, wird jedoch vornübergeschleudert, als achtern eine Welle aufprallt. Es wäre so leicht, sich diesem Wind zu opfern, eins zu werden mit dem Ozean, sich einem jeden unbarmherzigen Element hinzugeben. Keine Mission, sondern zyklische Existenz. Gesetze, die über einer einzelnen traurigen Sache stehen.

Constancia sieht auf der Seekarte des Kapitäns nach, wo sich das Boot befindet. Sie könnten scharf nach links ausscheren und Kuba ganz verfehlen. Vorbei am Santaren Channel und der Great Bahama Bank und durch die Mayaguana-Passage hinaus aufs weite offene Meer. Aber die Erde, denkt sie, ist zu klein, um die Flucht fassen zu können, die sie vorhat.

Der Kapitän verkündet, daß sie sich nahe dem Wendekreis des Krebses befinden, daß man an dieser Stelle häufig gut Meeräschen angeln kann. Constancia verspürt den Wunsch, auf dem imaginären Wendekreis den Planeten zu umrunden, in eine bestimmte Bahn gezwungen wie ein Satellit, immer rundherum, bis es keinen Grund mehr gibt, damit aufzuhören.

In der Ferne ist das Archipel von Sabana zu erkennen, das die trüben Lichter der Cárdenas-Bucht bewacht. Der Kapitän vergewissert sich, daß er sie heute in einer Woche wieder abholen soll. Länger kann sie der Fabrik unmöglich fernbleiben. Constancia schärft ihm ein, daß er, falls sie aus irgendwelchen Gründen nicht da ist, jeden Sonntag wiederkommen muß, bis sie wieder aufgetaucht ist.

Constancia macht sich bereit, zwängt sich in den schwarzen Taucheranzug. In einem wasserdichten Rucksack hat sie Reinas alte kubanische Montur verpackt, natürlich geändert, so daß sie ihr paßt, ein Paar Stiefel mit Gummisohlen, zweitausend Dollar in bar, ihren Kosmetikbeutel, ein Mobiltelefon und eine Feldflasche mit frisch gepreßtem Granatapfelsaft. Der Kapitän hilft ihr beim Anziehen der Schwimmflossen und hält dann die Leiter fest, während sie sich ins Meer hinabläßt. Constancia ist ziemlich genau fünf Kilometer von der kubanischen Küste entfernt. Fünf Kilometer von all jenen Antworten entfernt, nach denen sie am meisten verlangt.

Dulce

MIAMI

Es war höllisch schwer, überhaupt herzukommen. Ich brauchte siebenhundert Dollar für den Flug und mußte deshalb drei endlose Tage lang eine Nummer nach der anderen schieben wie seinerzeit in Havanna. Ich versuche mir einzureden, daß es nicht drauf ankommt, daß es immer nur Mittel zum Zweck ist. Aber wann, verdammt noch mal, werde ich endlich aufhören, die Mittel nötig zu haben?

Noch nie hab ich für so wenig so hart gearbeitet. Ich hab mich bemüht, mir jedes Bett als Schreibtisch vorzustellen, als Ort der Berechnung, und jeden Körper als einen Haufen unzusammenhängender Einzelteile. Hier ein widerlicher Mittelfußknochen, da ein knotig verkrampfter Trapezmuskel. Alles, um die notwendige Distanz zu wahren. Immer wieder habe ich mich mit diesen nervtötenden Männern zusammengeschweißt und Lust vorgetäuscht.

Ein *madrileño* mit einer Schwerttätowierung auf der Brust hat von mir verlangt, daß ich Heilige darstelle. Er hat mir versichert, daß ich dem heiligen Erasmus, dem Schutzpatron der Seeleute, wie aus dem Gesicht geschnitten bin. Eigentlich kein Kompliment, fand ich. Bei stürmischer Witterung kriegt man manchmal an Flugzeugen und Schiffen Elmsfeuer zu sehen. Das sei, hat mir der Mann erklärt, eine Lichterscheinung wie bei der

Büschelentladung von Elektrizität. Seltsamerweise haben sich die nächsten zwei Freier beklagt, weil ich ihnen elektrische Schläge versetzt habe. Jedesmal, wenn sie mich anfaßten, sprühten die Funken.

Es ist chaotisch in Miami, und das will einiges heißen nach allem, was ich durchgemacht hab. Meine Tía Constancia ist letzte Woche nach Kuba gefahren, so daß ich sie noch nicht kennengelernt habe. Mittlerweile droht Mamá damit, die Wohnung meiner Tante schwarz zu streichen. Alles schwarz, bis auf die weite Aussicht aufs Meer. *Abuelo* Ignacios tote Vögel will sie auch anmalen. Zur Erklärung sagt sie nur, daß die Zeit der Trauer überfällig sei.

Ich sage zu Mamá, daß ich es leid bin, das Gegenteil zu tun, die alltäglichen verbotenen Dinge. Am Ende, sage ich, ist das die unangenehmste Form von Berechenbarkeit. Aber ich glaube nicht, daß sie mich versteht. Neuerdings will sie mir nur immer das Haar frisieren, zwei stramme Zöpfe den Rücken herunter, wie ich sie als kleines Mädchen hatte. Mamá flicht mir Blumen ins Haar, Veilchen, die sie heimlich im Supermarkt aus den Blumentöpfen rupft. Und sie singt unaufhörlich amerikanische Songs. Ich verstehe die Texte nicht, aber ihre Stimme hört sich für mich irgendwie mißtönend an, wie die der unzufriedenen Pfauen, die ich einmal im Zoo von Barcelona gesehen habe.

»Ich will, daß du ein Baby bekommst«, verkündet sie beim Frühstück. Mamá brät mir drei Eier, wärmt eine dicke Scheibe Schinken mit Honigkruste auf. Sie behauptet, sie versuche meine Energie aufzubauen, für die Schwangerschaft, die mir bevorsteht.

»Por favor«, schnaube ich. »Lieber würd ich mich vom Blitz treffen lassen.«

Mamá wirft mir einen beleidigten Blick zu. Ich weiß, ich bin taktlos, aber wenn ich nicht übertreibe, begreift sie nie was. Verdammt noch mal, ich will nicht, daß mein Körper auf Dauer mit einem andern verstrickt ist. Ich sag ihr auch nicht, daß ich seit Monaten Zwischenblutungen kriege. Genug Blut, um ein kleines Waschbecken zu füllen.

Ich tauche ein Stück Schinken ins Eigelb. Herrlich. Nach meiner Hungerkur in Spanien schmeckt hier alles so gut. Ich hab allein diese Woche sechs Pfund zugenommen. Ich muß mich schon flach auf den Rücken legen, um an meiner Jeans den Reißverschluß hochzuziehen.

»Ich würde mich um dein Baby kümmern, *mi amor.*« Mamá hält inne, um mir tief in die Augen zu sehen. »Ich würde es zu Tode verwöhnen.«

Gestern hat mir Mamá in einem Laden namens Parrot Jungle, wo lebendige Vögel Kunststücke vorführen und den Kunden Samenkörner aus der Hand fressen, ein Paar lederne Cowboystiefel gekauft. Meine Stiefel, die in Knöchelhöhe mit Kanarienvögeln geschmückt sind, sind eine Größe größer als die, die Mamá für sich gekauft hat. Sie ist überzeugt, daß wir, wenn wir jede Nacht in unseren identischen Stiefeln schlafen, bald wissen werden, was zu tun ist. Ich bringe Mamá so freundlich wie möglich bei, daß sie aufhören soll, ihre Träume an mich zu verschwenden.

Meine Cousine Isabel ist mit ihrem Baby Raku da. Sie schweben zusammen durch die Räume wie zwei blutarme Gespenster. Der kleine Junge blökt, als wäre er halb Mensch, halb Ziege. Isabel sagt kaum etwas. Sie trinkt den ganzen Tag Ananassaft aus einer Plastiktasse mit eingebautem spiraligem Strohhalm. Mamá erzählt mir, daß meine Cousine todunglücklich ist, daß sie sich kaum einmal von ihrer Qual abbringen läßt, die eingesetzt hat, nachdem das Baby geboren war. Isabels Blicke haben etwas Unheilbares an sich. Wenn ich sie so ansehe, frage ich mich manchmal, was schlimmer wäre: das Ausmaß ihres Leides zu kennen oder es nie kennenzulernen.

Letzte Woche hab ich mir Tía Constancias Fabrik angeschaut, um festzustellen, ob ich dort arbeiten und zur Abwechslung mal einer legitimen Tätigkeit nachgehen könnte. Meine Tante braut seltsame Lotionen gegen Orangenhaut und Faltenbildung. Die Luft war so mit Parfüm angereichert, daß ich sofort Kopfschmerzen gekriegt habe. Der Geschäftsführer, ein kubanischer Typ mit Beny-Moré-Schnurrbart, hat mich genau begutachtet und dann zum Mittagessen eingeladen. Ungefähr einen Tag lang hab ich Pläne geschmiedet, die Fabrik zu übernehmen und im Handumdrehen eine Million Dollar zu verdienen. Dann wollte ich mir eine von diesen Küstenfestungen kaufen, einen Tennis- und einen Hubschrauberlandeplatz bauen und mir jeden Abend die Füße massieren lassen. Was ist los mit dieser Stadt, daß sie so nichtssagende Hirngespinste hervorruft?

Dann hat Mamá vorgeschlagen, ich solle ihr in ihrer Reparaturwerkstatt helfen, Vergaser neu zusammenzubauen. Sie sagt, ich hätte begabte Hände, unterbeschäftigte Hände (wenn sie nur wüßte). Aber mit ihr zusammenarbeiten ist das letzte, wonach mir der Sinn steht.

Heute hab ich einen Job in einem Sandwichladen gefunden, am Crandon Boulevard, nur wenige Straßen von Tía Constancias Apartmentblock am Strand entfernt. Ich denke, das wird fürs erste reichen. Nestor Vallín, der Besitzer, war in den fünfziger Jahren ein berühmter kubanischer Volleyballspieler. Als ich ihn erkannt habe, hat er mich gleich eingestellt. »Den Kubanern gehört alles in Miami«, hat er mir stolz erzählt und dabei den silbernen Wurstschneider betätigt. Nestor bringt mir bei, wie man *medianoche* zubereitet – das genaue Verhältnis Schweinebraten zu Schinken und zu Käse, je ein Klacks Majo und Senf, drei Scheiben süßsauer Eingemachtes, alles auf ein dickes Stück knuspriges Brot gepackt und unterm Grill zu schmelzender Perfektion gebracht.

Ich hab mal vor Jahren auf Kuba so ein Sandwich gegessen,

ehe dort die harten Zeiten kamen. Daran hab ich erkannt, wie dicht wir davorstehen, alles zu vergessen, wie dicht wir davorstehen, erst gar nicht zu existieren.

Constancia

SANCTI-SPÍRITUS

Constancia läßt sich direkt außerhalb von Sancti-Spíritus von einem Militärlastwagen auflesen und hinten auf der Ladefläche mitnehmen. Die Fahrt ist von Reinas altem Bewunderer Calixto Peón arrangiert worden. Die Ladefläche ist leer bis auf einen Metallschrank, der mit einem rostenden Vorhängeschloß versehen ist. In seinem Innern könnte sich alles mögliche verbergen, Schrotflinten oder Autoersatzteile oder geschlachtete Hühner auf dem Weg zum Schwarzmarkt. Vier Tage auf Kuba, und schon läßt sich Constancia von nichts mehr überraschen. Vier Tage auf Kuba, und schon ist, dem stämmigen Calixto sei Dank, ihre Mission zur Hälfte erfüllt.

Die zentrale Autostraße führt über eine trockene Ebene mit vereinzelten Königspalmen. Constancia sucht den Himmel und die Bäume nach den seltenen Vögeln ab, an die sie sich erinnert, kann aber nur Geier und Tauben entdecken, eine Finkenfamilie in einem einsamen Korallenbaum. Der Lastwagen wird von jeder Erhebung und jedem Schlagloch heftig erschüttert. Constancia geht in die Hocke, um die Stöße abzufangen.

Bald überqueren sie zwei Flüsse und fahren auf weite Zuckerrohrfelder zu. Die Soldaten machen zu einem *guarapo* am Straßenrand halt, und Constancia spendiert ihnen eine Runde zähflüssigen Zuckerrohrsaft. Wohin sie auch blickt, schwanken die grünen Stengel mit reifenden Blüten gekrönt im Wind. Nur ab und zu unterbricht eine Ansammlung von Hütten die wogende Monotonie. In einem Monat, wenn die Ernte beginnt, werden die Felder und Zuckerrohrmühlen süßen schwarzen Rauch ausatmen.

Es ist später Nachmittag, als die Soldaten Constancia endlich in Camagüey absetzen, vor der Kathedrale im Kolonialstil nahe dem Agramonte-Park. Sie ist froh, sich nach der langen Fahrt wieder richtig die Beine vertreten zu können. An mehreren Straßenecken stehen riesige mit Regenwasser gefüllte *tinajones*. Constancia kauft bei einem Straßenhändler eine warme Limonade und macht sich auf die Suche nach dem Hotel, das Calixto empfohlen hat.

Ihr Dollarvorrat ist bedrohlich zusammengeschrumpft. Constancia hat fast ihr ganzes Geld ausgegeben, um soweit zu kommen. Es kommt ihr so vor, als habe es, seit sie am Strand von Varadero fröstelnd dem Meer entstiegen ist, außer Feilschen und Bestechen nichts gegeben.

Meist hat sie Calixto das Reden überlassen, aus Angst, daß ihr Akzent, ihre altertümliche Ausdrucksweise sie beide verraten könnten. Nicht klar war ihr, daß ihre ganze Erscheinung sie immer aufs neue preisgeben würde. Ihre Haut ist nach hiesiger Norm zu glatt, zu sehr vor der Sonne geschützt. Ihr Make-up ist tadellos, ihre Fingernägel sind manikürt. Man stelle sich vor, rechnet Constancia sich aus, wie viele Lotionen und Cremes hier loszuschlagen wären, wenn El Comandante endlich das Zeitliche segnet!

Es ist, denkt sie, bezeichnend für die auf der Insel herrschende Not, daß nicht einer sie abgewiesen hat. Selbst die abwegigsten Wünsche Constancias sind erfüllt worden, zum Beispiel ihr Ansinnen, den Taucheranzug und die Schwimmflossen gegen den starren Leichnam ihres Mannes einzutauschen. Der Leichenbeschauer hat ihr mitgeteilt, daß Heberto tot, aber unverletzt im Leichenschauhaus angekommen sei. Er sei höchstwahrscheinlich an einem Hirnschlag oder Herzinfarkt gestorben. Daraufhin hat sie dem Leichenbeschauer gedankt und ihm für die heimliche Feuerbestattung ihres Mannes sechshundert Dollar gezahlt.

Nur bis nach Hause durchzukommen hat Constancia immer noch nicht geschafft. Ihr Mobiltelefon funktioniert von Kuba aus nicht. Und es gibt im Umkreis von mehreren Kilometern kein Faxgerät. Selbst die gewöhnlichen Telefonverbindungen sind entweder belegt oder irreparabel außer Betrieb. Sie hofft, daß Isabel und Raku unter Reinas Aufsicht durchhalten, daß die Fabrik in ihrer Abwesenheit nicht zugrunde geht.

Constancia klopft auf ihren wasserdichten Rucksack, um sicherzugehen, daß Heberto noch da ist. Seine sterblichen Überreste, ein halbes Pfund Verbrennungsrückstände von unregelmäßiger Größe, ruhen in ihrem geleerten Coldcream-Topf. Constancia ist über Hebertos Endzustand beunruhigt. Sie hat ein weiches, rosigeres Erscheinungsbild erwartet, wie sehr feiner Gesichtspuder. Nicht diese Handvoll grobkörniger Fragmente, diese nicht weiter reduzierbare Knochenmasse.

Constancia schlendert die Maceo-Straße entlang und steigt im Gran Hotel ab. Der Mann am Empfang informiert sie, daß es einen Rohrbruch gegeben hat, weshalb diesen Abend kein Wasser zur Verfügung stehe. Und sein Telefon, wie könnte es anders sein, funktioniere seit Wochen nicht mehr. Dafür sei der Speisesaal geöffnet, sagt er mit einem Tremor, der an Veitstanz denken läßt. Und es gebe zur Abwechslung einmal genug *malanga* und Schweineschnitzel zu essen.

»Calixto schickt mich«, sagt Constancia leise. Sie zahlt dem Empfangschef zehn Dollar für seine zerschlissene Landkarte und macht ihn sich damit augenblicklich zum Freund. »Ich brauche bei Tagesanbruch ein zuverlässiges Auto und eine stabile Schaufel«, fährt sie fort. »Hundert Dollar für den Tag. *Sin preguntas y sin compañia.«* Dann steigt sie die Treppe zu ihrem Zimmer hinauf.

Die Sonne ist im Untergehen begriffen, und Constancia schiebt einen Sessel ans Fenster, um zuzusehen. Die Farben bringen den Himmel durcheinander, als wäre etwas Gnadenloses verschüttet worden. Ihr kommt der Gedanke, daß die Nacht und der Tag nichts weiter sind als zwei einander abwechselnde Diebe. Sie kann sich an ihr Leben vor dieser Reise um keinen Preis mehr erinnern. Es kommt ihr vor wie ein schwindender Traum. Ist sie wirklich Großmutter geworden? Ist ihr Sohn in Mexiko verschollen? Womit hat sie die Abende verbracht? Was hat sie gegessen?

Constancia lockert ihre Kleidung und läßt sich auf dem Bett mit der flachen Matratze nieder. Sie hat das Bedürfnis, rational zu sein, ihr Vorgehen am kommenden Morgen zu planen. Aber je näher sie ihrem seltsamen Erbe kommt, desto weniger real erscheint es ihr. Es ist, als würde jeder Augenblick auf Kuba das Vielfache seines Gewichts verzehren.

Sie öffnet den Cremetopf und schüttet Heberto auf die Bettdecke. Sie nimmt ein glanzloses Bruchstück zur Hand und hält es ans Licht. Dann legt sie das Stück auf ihre Zungenspitze und nimmt es in den Mund. Constancia sehnt sich danach, daß es sich auflösen, ihr etwas Bedeutsames mitteilen möchte. Aber es ist zum Verrücktwerden: Heberto bleibt wie schon zu Lebzeiten störrisch und reglos.

Reina

KEY BISCAYNE

Eine träge Biegung des Terrains von Key Biscayne ist mit Kiefern und Papaya-Bäumen gesättigt. Die Früchte sind reif, dick und saftig, mit Girlanden aus offenmäuligen Blüten behangen. Reina pflückt von einem weiblichen Baum mehrere Papayas und spaltet mit den Zähnen ihre Schalen. Sie bietet das Fruchtfleisch ihrem Geliebten Russ an und leckt ihm den Saft vom unrasierten Kinn. Dann zupft sie an den schwingenden Halmen eines nahen männlichen Baums. Seine Früchte sind klein und enthalten keine Samen, haben aber einen genauso intensiven süßen Geschmack. Reina setzt sich hinten in Russ' 56er Nash, den mit den umklappbaren Sitzen.

Um sie herum vibriert die Nacht vor Tropengeräuschen. Der Mond steht hoch, noch nicht ganz rund, und spornt das Meer zum monotonen Tanz an. Ein leichter Wind läßt die Pinien rascheln, trägt auf seinem Rücken die Leidenschaften von Insekten. Reina entdeckt einen dreibeinigen Waschbären, der von einem Baum herablugt. Seine Pfoten reinigen mit gezierter Bewegung sein Zaungastgesicht. Die Sterne hinter ihm sind ferne Stecknadelköpfe, eine unbrauchbare Karte aus Licht. Die Stadt wirkt noch weiter entfernt, weit hinten geduckt am Horizont.

Hüfte an Hüfte mit Russ setzt Reina sengend seine Haut unter Strom. Sie genießt seine unverhohlene Liebe, doch ihr Unvermögen dauert an. Reina schließt die Augen und verliert sich in Träumerei. Sie ist nackt und willensstark, viermal so groß wie sonst. Sie tut sich an Früchten gütlich – riesigen Ananas und Mangos, Brotfrüchten, Sternäpfeln und Annonen –, gesammelt und glitzernd auf rohen Platten aus Licht. Nacheinander reißt Reina ihnen die mächtigen Schalen ab, schlingt sie in einem herunter wie ein ganzes Jahrhundert. Russ liegt reglos unter ihr, den Kopf erhitzt und entspannt in den Nacken gelegt.

Reina öffnet die rückwärtige Autotür und schreitet dem Ozean entgegen. Der Mond ist ein Schatten auf ihrem Rückgrat, losgelöst von seinem angestammten Platz am Himmel. Als sie ins Meer watet, bis es ihr an die Taille reicht, rutscht er über ihre nackten Schultern, an ihrem schrägen braunen Hals entlang. Sie ist nun ein Strom aus Sehnen und Muskeln und unterwirft den Mond ihrem Willen. Dann endlich spürt Reina, wie der Mond in ihr versinkt und sich in ihrem Schoß niederläßt. Sie krümmt den Rücken, und ein winziger Klumpen setzt sich im Sturm feuchter Blitze in Bewegung, immer schneller, bis die erste zarte Ranke Wurzeln schlägt. Er läßt die dichten Himmel in ihrem Innern bersten, bringt Reina eine Woge reiner, krampfhafter Wonne.

Sie hebt den Blick und findet den Mond ganz wiederhergestellt am Himmel vor. Es ist Mitternacht. Das Sternenzelt gleißt ungerührt herab. Heute Nacht, weiß Reina, wird ihr Schlaf tief sein, vollkommen und zufrieden. In einem Monat wird das Stück Gewebe in ihrer Mitte zum feinen Skelett herangewachsen sein, so groß wie ein Kolibri. Reina spürt schon, wie es in seinem Netz aus Blutgefäßen flattert, wie es sich stetig flatternd vorarbeitet in Richtung Ewigkeit.

Constancia

CAMAGÜEY

Bei Morgengrauen stehen neunundzwanzig alte Automobile in Zweier- und Dreierreihen vor dem Gran Hotel bereit. Der Wunsch der verrückten Exilantin hat sich herumgesprochen. Alle Männer reden gleichzeitig auf Constancia ein und preisen ihre altmodischen Autos an. Sie ist wütend über die Indiskretion des Empfangschefs, doch es bleibt ihr nichts anderes übrig, als die Gelegenheit wahrzunehmen. Constancia hofft nur, daß die örtliche Polizei nicht auf ihre Anwesenheit aufmerksam wird. Sie verschafft sich rasch einen Überblick über die Chevys und Plymouths, die Fords und die Oldsmobiles. Dann erspäht sie einen schwarzen Packard aus den dreißiger Jahren, wie ihn ihr Vater zu fahren pflegte, und beschließt auf der Stelle, ihn zu mieten.

Der alte Hof der Mestres liegt fünfundzwanzig Kilometer außerhalb von Camagüey. Constancia zockelt auf der staubigen Straße dahin und erschreckt Hühner und umherwandernde Ziegen. Der Himmel über ihr ist unnatürlich blau poliert, so blau, daß die Existenz von Wolken unmöglich erscheint. Kinder tollen im Dreck herum, geben ihr im Vorbeifahren mit einem Pfiff zu verstehen, daß sie mitgenommen werden wollen. Auf den Feldern schnauben die Rinder. *Guajiros* mit spitz zulaufenden Strohhüten reiten auf Mauleseln dahin. Dies ist eine erhalten gebliebene Welt, denkt Constancia, eine Landschaft, in der sich jeder Ursprung bemerkbar macht. Zum ersten Mal in ihrem Leben ist sie dankbar, daß sie Teil ihrer Vergangenheit ist.

Tío Dámaso hat ihr geschrieben, daß das Mestresche Bauernhaus heutzutage leicht zu verfehlen sei. Es gleicht der unfertigen Skizze von einem Gebäude. Keine Veranda, kein nennenswertes Dach, wettergegerbt und wurmzerfressen, mit schief hängenden Fensterläden. Um es zu finden, hat ihr Onkel geraten, solle sie am besten nach einem Bienenschwarm suchen, der immer summend über dem Haus verharrt. Er hat ihr mitgeteilt, daß Eugenia Mestres Sarkophag vor langer Zeit von Pilgern und Wundergläubigen zerlegt worden sei. Mal hier ein Stück, mal da, bis nichts von ihrer Grabstätte mehr übrig war. Er habe die Diebstähle nicht verhindern können. Und das schlimmste daran sei, daß niemand wisse, was aus den Gebeinen seiner Mutter geworden ist.

Constancia drosselt ihr Tempo, als sie durch ein Dorf mit strohgedeckten Häusern fährt. Dort findet eine Prozession statt. Sämtliche Mädchen tragen gelbe Kleider und haben sich Blumen ins Haar geflochten. Die ebenfalls gelb gekleideten Knaben tragen ein Standbild ihrer geliebten Schutzheiligen. Andere bieten La Virgen de la Caridad del Cobre Kürbisse und lange Bernsteinketten an. Constancia ist beim Anblick des Festes überrascht. Sie wußte nicht, daß öffentliche Kundgebungen von Frömmigkeit auf Kuba erlaubt sind. Sie wartet geduldig ab, bis die Festtagsparade die Straße entlang weitergezogen ist. Dann fällt ihr auf einmal ein, daß ihr Sohn heute vierunddreißig Jahre alt wird.

Obwohl es noch früh am Morgen ist, lastet die Hitze mit gleichmäßigem Druck auf ihrer Haut. Constancia steuert ihren Packard langsam über einen verlassenen Lehmweg. Immer wieder bildet sie sich ein, das Trugbild der durcheinanderwirbelnden Bienen ihres Onkels vor sich zu haben, aber wenn sie haltmacht, verflüchtigt sich die Vision jedesmal auf geheimnisvolle Art. Constancia kurbelt auf ihrer Seite die Scheibe herunter und beschließt, ohne optische Ablenkung den Bienen zu lauschen. Der Weg vor ihr ist gerade und leer, darum wagt sie es, mit fest geschlossenen Augen im Schrittempo weiterzufahren.

Erst hört Constancia nichts, nur das Blut, das in ihren Schläfen pulsiert. Sie empfindet es als wohltuend, ihre Augen in den Höhlen ruhen zu lassen und das ganze grelle Licht zu verbannen. Dann dringt von Süden her ein Summen an ihr Ohr. Der Packard kommt vom Weg ab und trifft auf einen steinernen Pfosten, der den vorderen Kotflügel verbeult.

Constancia erschrickt angesichts des jähen Vorhangs aus Licht. Sie schützt ihre Augen und entdeckt etwas, das aus der Ferne wie ein Haufen gebleichter Knochen aussieht. Die Vergangenheit ist eine Wildnis, denkt sie, als sie sich dem verlassenen Bauernhaus nähert. Hoch droben vollführt ein Kranz von Bienen eine wütende Umdrehung nach der anderen. Schneller, immer schneller rotieren die Bienen, bis sie den Eindruck eines dunkelgelben Rades erwecken. Dann wirbeln die Bienen davon und verschwinden ebenso plötzlich, wie sie erschienen sind.

Im Innern des Hauses gibt unter Constancias Füßen das Holz nach. Der Boden ist so schwach, daß sie befürchtet, in seinen modernden Sog zu geraten. Constancia reißt mit ihrem stabilen landwirtschaftlichen Spaten die morschen Dielenbretter heraus, erst ganz methodisch, dann mit zunehmendem Ungestüm, als ihre Ungeduld wächst. Die Hitze drückt von allen Seiten zu, bis Constancia salzig feucht und von ihrer eigenen Entschlossenheit erschöpft ist.

Sie hält einen Augenblick inne und stützt sich auf ihre Schaufel. Durch das offene Fenster wehen Fetzen bunten Satins herein, in der Schwebe gehalten von einer unmerklichen Brise. Als wäre es ein Gerücht, das auf krummen Wegen an sie herangetragen wird, spürt sie auf einmal, wo sie suchen muß. Constancia gräbt draußen an der bezeichneten Stelle, schlägt dem Erdboden eine tunnelförmige Wunde, bis sie auf die kupferne Truhe trifft.

Ihr Onkel hat sie ihr unverschlossen hinterlassen. Drinnen liegen, eingebettet in Filz, ein Schälmesser, eine Schachtel Streichhölzer, ein verblichener Stoffbeutel mit einem abgegriffenen Stück Knochen und der Stapel mit den letzten Aufzeichnungen ihres Vaters. Constancia läßt den kleinen Knochen aus seinem Beutel rutschen und befühlt die Ausbuchtung an einem Ende, während sie zu lesen beginnt. Papis Handschrift ist sauber, leserlich, angenehm förmlich – und was er schreibt, ist allem Anschein nach an niemand besonderen gerichtet.

> *Mein Name ist Ignacio Agüero, und ich wurde am späten Nachmittag des 4. Oktober 1904 geboren. Wie meine Mutter mir später mitgeteilt hat, war es derselbe Tag, an dem Estrada Palma, der erste Präsident der Republik, zu einer Parade, einem Bankett und einer langen Nacht der Ansprachen in der Residenz des Gouverneurs in Pinar del Río eintraf...*

Constancia liest Papis Worte mit Sorgfalt und liest sie immer wieder aufs neue, bis nur noch die Sterne geblieben sind, um den Himmel zu erleuchten. Den kleinen Knochen, beschließt sie, wird sie mit nach Hause zu ihrer Schwester nehmen.

Der Kolibri

Ich habe, was im Zapata-Sumpf vorgefallen ist, nicht geplant. Das müßt ihr begreifen. Im einen Augenblick stand meine Frau am Rande des Morasts und strich sich eine Haarsträhne von der Wange. Und im nächsten schwirrte ein höchst außergewöhnlicher Vogel ins Blickfeld. Er hing vibrierend über Blancas Helm in der Luft, zwischen den Zweigen eines Laubbaums. Ein funkelndes Juwel, nicht größer als die Spitze meines Daumens.

Ich erinnere mich nicht, auf ihn gezielt zu haben, nur an meine wilde Unbesonnenheit, an den Druck der Schrotflinte an meiner Schulter, an die Verlockung, die der Vogel selbst darstellte. Dann nahm ich anstelle des Kolibris Blanca ins Visier, als legte die Natur mir einen Zwang auf.

Es war Mittag, und die Sonne schien erbarmungslos herab. Die Luft erschauerte beim Knall meines Schusses. Unsere Pferde, die am wirr herabhängenden Geäst eines Mangrovenbaums festgebunden waren, rissen sich los und versanken spurlos im Sumpf. Binnen eines Augenblicks sah ich die Zukunft vor mir, eine dürftige ununterbrochene Saison.

Der Tag stahl sich fort, schien nur eine Stunde zu dauern. Wolken zogen vorbei und schleppten ihre Schatten über das feuchte Land. Ich hörte im Rauschen der Gräser und des Schilfs, im Hin und Her der Kraniche am Himmel, im Schwanken der Sumpfdotterblumen Blancas Stimme. Den ganzen Nachmittag lang klickte und raschelte der Zapata, klickte und raschelte seinen tödlichen Refrain, bis sich ein vereinzelter rotschwänziger Bussard über uns in die Lüfte schwang.

Ich hielt meine Blanquita fest. Ich hielt sie umfangen. Ein trauriges, bitteres Vergnügen. Und dann, im zerrütteten Violett des schwindenden Lichts, trug ich sie siebenundzwanzig Kilometer weit ins nächste Dorf und hob an, meine Lügen zu erzählen.

Cristina Garcia

Träumen auf kubanisch

Roman

Aus dem Amerikanischen von Carina von Enzenberg

Band 12915

Cristina Garcias temperamentvoller Roman spielt auf Kuba und in New York und erzählt eine Familiengeschichte über drei Generationen, wechselvolle Lebensläufe von vier wunderbar verschiedenen, willensstarken Frauen – Müttern und Töchtern. Im Mittelpunkt steht Celia, die verwitwete Großmutter in Havanna, eine Anhängerin der Revolution. Beide Töchter entgleiten ihr, und sie muß Einsamkeit und schwierige Liebe lernen.

»Auf ›kubanisch träumen‹: das bedeutet, im inneren und äußeren Exil den Stimmen der Heimat und den eigenen heimlichen Leidenschaften lauschen.« *Helmut Winter, Frankfurter Allgemeine Zeitung*

Fischer Taschenbuch Verlag

fi 4012 / 7

Margaret Forster

Die Dienerin

Roman

Aus dem Englischen von Dietlind Kaiser

Band 12292

Vierundzwanzig Jahre alt ist Elizabeth Wilson, als sie 1844 in London in den Dienst der fast vierzigjährigen Dichterin Elizabeth Barrett tritt. Von Anfang an empfindet sie ihr gegenüber mehr als bloße, durch den Dienst auferlegte Ergebenheit. Und auch für die viktorianische Dichterin wird die »Wilson« bald zum guten Engel. Als Elizabeth Barrett heimlich den Dichter Robert Browning heiratet und aus dem Haus ihres Vaters flieht, ist sie es, die das Paar als einzige Vertraute über Paris, nach Pisa und von dort nach Florenz begleitet. Hier bleibt Elizabeth Wilson für sechzehn Guineen im Jahr und als Mädchen für alles die billige Arbeitskraft des Dichterpaares, das in seinen wunderbaren Gedichten humanistische Ideale besingt, ansonsten aber kein Verständnis für fremde Belange aufbringt. Als Elizabeth Wilson den Diener Ferdinand heiratet, führt eine zunehmende Entfremdung im Verhältnis von Herrin und Dienerin zu Kälte und Distanz und letztlich zur Trennung.

Fischer Taschenbuch Verlag

fi 1607 / 6

Jeanette Winterson

Orangen sind nicht die einzige Frucht

Roman

Aus dem Englischen von Brigitte Walitzek

Band 14205

Die höchst eigenartige, ja geradezu bizarre Geschichte einer Kindheit und Jugend in England. Adoptiert von Eltern, die der Pfingstbewegung angehören, wächst die junge Heldin des Romans als auserwähltes, als missionarisches Kind auf, um das sündige Diesseits im Namen Gottes zu läutern. Mit großem Einfühlungsvermögen, aber auch mit sarkastischem Witz erzählt die Autorin die Geschichte einer allmählichen Befreiung aus einer bigotten und engstirnigen Welt.

»Wieder so eine haarsträubende Familie, in der ein bedauernswertes Kind erzogen und verbogen wird. Aber diesmal treffen die bösen Kräfte auf Witz und Widerstand. ... Spannend und stellenweise sehr komisch.«

Brigitte

Fischer Taschenbuch Verlag

fi 2119 / 3

Anne Tyler

Kleine Abschiede

Roman

Aus dem Amerikanischen von Christine Frick-Gerke

Band 13437

Als Delia während einer Sommerfrische Ehemann und drei Kinder, Schwester und Nichten, alle, wie sie da sind, kurzerhand verläßt, ist sie 40 Jahre alt. Den Anstoß für ihre plötzliche Neugier auf »ein eigenes Leben« gibt ein junger Mann namens Adrian, eine Supermarktbekanntschaft, dessen Bemühungen Delia erkennen lassen, daß ihr normaler Familienalltag, bei dem sie die Rolle der für alle und alles Zuständigen spielt, ohne je selbst eine Rolle zu spielen, zumindest nicht das einzig Wahre ist. Delia steigt aus, taucht unter in einem unscheinbaren Nest, ein paar Stunden vom heimatlichen Baltimore entfernt, stellt sich auf die eigenen Füße und genießt bald ihre Existenz als Single, zu der an irdischer Habe nicht mehr nötig ist, als in einen Pappkarton hineingeht. Kompliziert wird es erst, als Delia eine Stelle als Haushälterin annimmt. Die Konstellation ist apart: Nicht nur daß Delia, wenn auch gegen Entgelt, eigentlich genau das gleiche tut wie zu Hause, sie tut es auch anstelle einer Frau, die – so wie sie – Mann und Familie verlassen hat, um die Selbstverwirklichung zu betreiben.

Fischer Taschenbuch Verlag

fi 1020 / 6

Maria Messina

Der zerronnene Traum

Erzählungen

Aus dem Italienischen von Maja Pflug

Band 13048

Die Provinzen Süditaliens und das Sizilien der Jahrhundertwende sind die Schauplätze dieser lange Zeit vergessenen und nun wiederentdeckten Erzählungen der sizilianischen Autorin. Ihre überwiegend weiblichen Protagonistinnen heißen Vanna und Lucia, Camilla und Bettina; sie kommen aus den unterschiedlichsten sozialen Verhältnissen und erleiden doch immer wieder das gleiche Schicksal: Weil sie sich den familiären und gesellschaftlichen Zwängen nicht entziehen können, bleiben sie Gefangene, an denen die Sehnsucht nach Ausbruch nagt. Frauen, die Männer heiraten, die sie nicht lieben oder die ihr Leben tyrannischen Eltern opfern. Ihr Dasein ist geprägt von kleinmütigen sozialen Beziehungen, von frühzeitigem Alter und demütigender Einsamkeit. Die Autorin entwirft fast unabsichtlich das Bild einer erbarmungslos rückständigen Gesellschaft, die Frauen im Status der Unmündigkeit und demütigenden Abhängigkeit beläßt.

Fischer Taschenbuch Verlag

fi 113 / 5

Jane Smiley

Gewöhnliche Liebe und Guter Wille
Zwei Novellen. Band 12725

Die Grönland-Saga
Roman. Band 11398

In den Jahren der Trauer
Erzählungen und eine Novelle. Band 10171

Mörder in Manhattan
Roman. Band 12643

Moo
Roman. Band 13441

Die Scheune im Schatten
Roman. Band 12641

Tausend Morgen
Roman. Band 12412

Tor zum Paradies
Roman. Band 12642